LA VILLA
DES TÉRÉBINTHES

Du même auteur

Le Vent mauvais, L. Souny, 1993
Les Caramels à un franc, L. Souny, 1995
Le Domaine de Rocheveyre, Presses de la Cité, 1999
Jours de colère à Malpertuis, Presses de la Cité, 2001
Les Vignerons de Chantegrêle, Presses de la Cité, 2002
Quai des Chartrons, Presses de la Cité, 2002
Les Compagnons de Maletaverne, Presses de la Cité, 2003
Le Carnaval des loups, Presses de la Cité, 2004
La Tradition Albarède, vol 1. Les Césarines, Presses de la Cité, 2004
La Tradition Albarède, vol 2. Grand-mère Antonia, Presses de la Cité, 2005
Une maison dans les arbres, Presses de la Cité, 2006
Une reine de trop, Presses de la Cité, 2006
Une famille française, Presses de la Cité, 2007
Les Eaux profondes, L. Souny, 2007
L'homme qui rêvait d'un village, Presses de la Cité, 2008
La Rosée blanche, Presses de la Cité, 2008
Les Fruits verts, L. Souny, 2009
L'Auberge des diligences, Presses de la Cité, 2009
Le Notaire de Pradeloup, Presses de la Cité, 2009
L'Or des Borderies, Calmann-Lévy, 2010
Soleil d'octobre, Calmann-Lévy, 2011
Les Encriers de porcelaine, Presses de la Cité, 2011
Les Noces de soie, Calmann-Lévy, 2012

Jean-Paul Malaval

LA VILLA DES TÉRÉBINTHES

Les Noces de soie, tome II

Roman

Collection
« France de toujours et d'aujourd'hui »
dirigée par
Jeannine Balland

calmann-lévy

COUVERTURE
Maquette : Atelier Didier Thimonier
Peinture de Jules Alexandre Grün, *Un groupe d'artistes* (1929),
Musée de la ville de Paris, Musée du Petit Palais,
© Giraudon / The Bridgeman Art Library

ISBN 978-2-7021-4329-2
ISSN 2107-2639

FAMILLE ANDROMAS

Théodore ANDROMAS
(propriétaire de la ferme
de Fontbelair)
Mariette MARTELET

Juliana MARTELET
(sœur de Mariette)

Eugénie ANDROMAS
(institutrice
à Largentière)

Pauline ANDROMAS
Léonet SITBON

Armand SITBON

Silvius ANDROMAS
Roxane COLOMIER

Jade ANDROMAS

Florine MARTELET

FAMILLE COLOMIER

Francisque COLOMIER
(soyeux à Lyon)
Adèle WAISER

Cyril COLOMIER

Octave COLOMIER

Roxane COLOMIER
Silvius ANDROMAS

Jade ANDROMAS

FAMILLE SITBON

Barthélémy SITBON
(vigneron au Maillazet)
Baptistine LAURET

Léonet SITBON
Pauline ANDROMAS

Armand SITBON

Albin SITBON

1

Automne 1894

Après la mort de son homme, Mariette Andromas découvrit un sentiment inédit : l'ennui. Sans tarder, elle comprit que cette mélancolie n'était que le fruit amer de son état contemplatif auquel il lui faudrait échapper. Mais facile à dire… Théodore était tenace en son cœur. Son fantôme hantait ses nuits blanches. Pourtant, ce n'était pas faute de l'avoir fait souffrir de son vivant, persécuté même, mais par un singulier paradoxe il n'est que les maris tyranniques qui sont regrettés, puisque les autres s'estompent dans la mémoire à force qu'on ne puisse rien leur reprocher. Il ne se passait pas un jour sans que Mariette ne dise d'une voix soupirée : « Il m'a tourmentée, mon diable d'homme, il m'a blessée, il m'a humiliée, le sacripant, mais au moins il était là, si vivant ! »

La magnanarelle[1] de Fontbelair descendait chaque fin de jour au cimetière pour célébrer son culte. Théodore était allongé dans le carré des protestants. Elle fleurissait sa tombe autant qu'elle le pouvait avec les trésors de la saison, présentement des pompons de chrysanthème, des asters aux pétales étoilés rose ou blanc… C'était une drôle d'idée en

1. Personne qui élève des vers à soie dans les magnaneries (Provence).

vérité, Théodore n'avait jamais aimé les fleurs, ni les prières. N'avait-il pas mis, lui-même, sans prévenir, un terme à son existence, comme l'avait fait son père ? Forcément, ce n'était pas pour qu'on le regrettât, pour qu'on tressât des chagrins sur sa tombe en terre rocailleuse, rude et aride comme celle du plateau des Gras où il avait trimé durant son enfance au cul des chèvres. « Qu'au moins la mort me laisse en paix », avait-il songé à l'instant de plonger dans l'Ardèche, sous le pont de Rochemare. Mais pour cela il avait l'éternité devant lui. Ce serait sa gloire que l'oubli le gardât des médisances. Et même si sa pauvre femme s'escrimait aujourd'hui à raviver la flamme du souvenir, elle finirait, elle aussi, par être emportée. Et ce serait alors un triomphe. On ne risquerait point que ses enfants, Eugénie, Pauline et Silvius, s'en viennent dans le carré des protestants. Tant de haine laissée derrière lui le protégerait à jamais de sa descendance. Tant de colère, de ressentiment et de détestation… C'était mieux ainsi. Il avait travaillé sans relâche à cette grande œuvre, comme d'autres à leur postérité.

L'existence de Mariette était chiche. Un repas par jour, du pain et du fromage, quelques fruits et, le dimanche, un verre de vin. Elle était sèche comme un arbre mort, décharnée, mais toujours gracieuse dans sa manière de se mouvoir, entre la magnanerie et le repaire de Cujols où elle montait, une fois par semaine. Sa vêture était élégante, simple et nette. Elle n'avait jamais dérogé à ses principes, bien que la vie eût perdu tout intérêt pour elle. Sans doute entrerait-elle ainsi dans la mort, avec ce visage lisse et pâle, et ce sourire lointain des gens qui n'attendent plus rien de l'existence.

Mariette n'avait pour seul voisinage que son domestique Gianno Fausto, un fils d'Italien qui avait émigré en 1848. Après la mort de son mari, la question de son avenir à la magnanerie s'était posée. Fausto avait insisté. Pour la mémoire de Théodore Andromas, il voulait poursuivre l'activité de la ferme. Mariette avait finalement cédé. « Même si je n'ai pas de quoi te payer ? – Qu'importe. On s'arrangera. Qui connaît mieux que moi la chèvrerie ? Et la bonne manière de déplumer les mûriers ? »

Gianno Fausto avait simplement demandé le droit de dormir dans la maison, sous les combles. Jusqu'alors on l'avait logé dans le réduit obscur d'une grange. Le domestique l'avait arrangé à sa façon, une simple paillasse tenait lieu de lit et un agencement de caisses d'étagères « Maintenant que je suis seule dans cette vaste demeure, avait justifié Mariette, ce sera mieux pour tout le monde. » À la vérité, elle s'en fichait que Fausto fût si près d'elle, qu'il pût surveiller ses allées et venues. Tant d'années avaient fini par bâtir une confiance réciproque. À la longue, il était devenu à Fontbelair une sorte de fils adoptif. D'un certain point de vue, Gianno avait pris la place de Silvius, maintenant que celui-ci, le petit dernier sur lequel Théodore Andromas avait fondé tant d'espoir, n'était plus qu'un employé des Colomier, soyeux réputés sur la place de Lyon.

Comme on eût pu s'en douter, cette nouvelle promiscuité autorisa le journalier à prendre quelques libertés avec la dame de Fontbelair.

– Vous n'aurez pas su retenir vos enfants, lui reprocha Fausto un soir où il avait forcé sur la gnôle. C'est bien malheureux tout de même, tant de gâchis. Moi, qui ai souffert d'avoir été abandonné à quinze ans, chassé de ma famille comme un relaps, je ne comprends pas votre attitude, madame Mariette.

– Vous ne pourriez pas comprendre, se défendit Mariette en lui prenant la bouteille des mains.

Gianno ne résista pas à ce geste d'autorité, par trop maternel sans doute, bien que le bonhomme courût vers ses quarante ans et qu'on disait de lui, dans Chauzit, qu'il n'avait pas encore connu de femme.

– Suis-je assez bête pour ne rien voir ? Allez donc, madame Mariette, vous ne me connaissez pas. J'ai tout vu, tout entendu et rien dit, toutes ces années, à cause que votre mari était un sauvage avec moi. J'ai reçu plus de coups de fouet qu'à mon tour.

Elle l'écoutait sans baisser le regard. Elle avait envie de le gifler. Elle trouvait même que son Théodore ne l'avait pas suffisamment battu. Mais Mariette savait aussi, et son domestique tout autant, qu'elle ne rassemblerait jamais assez de force pour le maintenir dans son rôle de petit domestique obéissant.

– Croyez-vous que je vous garderai un jour de plus à mon service, si vous vous comportez de la sorte ?

Les reproches eurent le mérite d'infléchir l'audace de Fausto. Il tomba à genoux devant sa maîtresse et se mit à geindre comme un chien. Elle l'incita à se redresser d'une voix ferme.

– Je n'ai pas besoin d'un fouet, moi, pour commander un homme. Nous sommes tous les deux dans la même galère. Si la prochaine récolte de cocons est bonne, vous aurez de quoi vivre. Si notre maison continue à aller de travers, nous nous séparerons…

Alors Fausto assura sa maîtresse d'une soumission sans borne. Elle n'en demandait pas tant. Tout juste un effort du côté de Cujols. Et un soutien à la magnanerie.

– Cessez alors de lui porter des fleurs, suggéra-t-il. Votre mari ne mérite pas autant d'attention. Qu'il pourrisse dans sa terre en paix et que les vers lui curent les os…

Mariette le chassa d'un cri de bête. Ce n'était pas une vérité qu'elle avait envie d'entendre, elle qui trouvait dans cette dévotion la réponse à toutes ses angoisses. Une femme qui s'est vouée à un homme toute sa vie ne peut s'en délier aussi aisément. La mort, hélas, ne fait que renforcer l'exaltation des sentiments.

Une semaine de silence suivit cette altercation, une semaine où elle ne posa pas le regard sur son ouvrier. Elle le maudissait, ce Gianno Fausto, elle se persuadait que l'avenir de Fontbelair se jouerait sans lui, même si la solitude était une charge trop lourde pour elle. Mais l'homme avait aussi un honneur démesuré, un orgueil insoupçonné. Sans rien connaître des femmes, des veuves éplorées de surcroît, il conduisit son affaire avec maestria. Mariette fit la paix la première en lui faisant jurer de ne plus jamais parler de Théodore.

– Pour vous, madame Mariette, je suis prêt à les porter moi-même, vos gerbes de fleurs. Si ça doit vous éviter de la peine…

Ce jour-là, elle se mit à rire. Le ciel était porté à l'été de la Saint-Denis, un reste de foehn transalpin faisait chanter les insectes. Ils montèrent ensemble à Cujols avec les mules pour passer trois jours à la chèvrerie. Le bâtiment avait souffert des orages et des vents. On remit des tuiles là où elles manquaient, des pierres sur les murets, des calfeutrements quand l'eau ruisselante avait sournoisement ouvert des brèches.

– Ça fait du repos, reconnut-elle.

– Trois jours sans le fleurir, insista Fausto. C'est un début. Laissons les morts à leur place.

Mariette voulut prier encore une fois avec son rosaire en buis fleurant le vieil encens de sacristie. Autrefois, elle avait été catholique dans les monts de Saint-Agrève, puis était devenue hérétique.

– Croyez-vous qu'il existe, ce Dieu ?

– Sans doute, admit Gianno. Mais le mien est généreux et sans exigence. Il laisse les vivants en paix.

– Et le mien alors ?

– Mieux vaut n'en pas parler. Ça ouvre les querelles dans les têtes.

– Je l'ai quitté par amour, ce Dieu des catholiques.

– Il ne vous a pas demandé ce sacrifice.

– Si.

– Vous devriez avoir honte. Un Dieu ne se quitte pas sans raison.

– Théodore a voulu que je croie au sien, en guerre contre les papistes.

Le journalier fit entrer les chèvres à petits coups de badine. La liberté les avait rendues désobéissantes et rétives. Ce manège amusait Mariette. Jamais, elle ne s'était occupée du troupeau. C'était l'affaire de Théodore.

– Pour moi, ce lieu est maudit.

– Je sais, reprit Gianno en se tournant vers la vallée où la brume gravissait les flancs.

Peu à peu, la montagne les enfermait dans un silence inquiet.

– Vous savez quoi ?

– Ce qui s'est passé ici…

Elle entra dans la cabane dont l'unique pièce du bas servait de cuisine. « Un lieu désordonné, un endroit d'hommes », pensa-t-elle. Au-dessus, il y avait de quoi dormir à l'étroit. Fausto voulut la rassurer en disant que sa place était dans la chèvrerie. Il y avait assez de foin pour se ménager une litière et autant de confort que nécessaire.

– Et que s'est-il passé ici ? reprit Mariette.

– Ne m'obligez pas, tout de même…

Gianno jouait son timide. Son ignorance des femmes le rendait nerveux. Il est des mots impossibles à prononcer. Pourtant, elle voulait le pousser dans ses derniers retranchements. Il résista avec sa tête de cochon, fier et obstiné.

– Je veux l'entendre, dit-elle.

– Vous n'ignorez rien de tout ça. Votre fille, votre aînée, Eugénie, elle vous a tout dit, et vous faites semblant de n'avoir rien entendu. Pour la peine, vous lui portez des fleurs, vous le chérissez en prières et en larmes. Croyez-vous que Dieu lui pardonnera ?

Elle alluma le feu. Les branches de pin se mirent à grésiller dans l'âtre.

– C'est là-haut que c'est arrivé, dit-elle en baissant la tête, comme si la honte n'en finirait jamais avec elle. Dans la chambrée, sous la toiture…

C'était l'heure où la nuit tombait trop vite sur le Coiron. Une nuit de vent. Les tuiles claquaient des dents sur les ossatures de bois. La fumée n'avait pas encore trouvé son chemin et se répandait dans la pièce en volutes blanches. Elle attisa la flamme. Une fois le conduit chauffé, la guerre serait gagnée. Pure flamme dansante sur l'incandescence des braises.

– Oui, il lui a fait un enfant de force. C'est pourquoi elle est partie un bon matin, sans rien dire, murmura Fausto.

– Ma pauvre petite sœur bien aimée…, geignit Mariette. Ma Juliana… Elle a eu tellement honte. Moi aussi, j'ai éprouvé de la honte. Mais je me suis murée dans le silence. Et, depuis ce jour, nous ne nous sommes plus jamais parlé. En y songeant bien, je crois que cette triste histoire a détruit notre maison, peu à peu. Quand Pauline a épousé Léonet Sitbon, j'ai choisi de ne pas me rendre au mariage. Mes filles m'en ont voulu, certes, et Eugénie bien plus que Pauline qui a toujours été une enfant simple et raisonnable. Et de même avec Silvius. J'ai embrassé la cause de Théodore, j'ai fait mien son ressentiment, alors que j'aurais dû me révolter, bien sûr… Il s'est marié avec la fille d'un riche marchand lyonnais…

Assis au coin de l'âtre, Gianno l'écoutait la tête baisée, tisonnant le feu. Le bois était assez sec bien qu'il eût passé toute la saison dehors sous un appentis à la toiture trouée comme une passoire. C'était un jeu d'enfant de l'attiser en rapprochant les brandons. Le pin brûlait vite en dégageant de la chaleur et une forte odeur de résine charbonnée.

Le journalier connaissait toute l'histoire des Andromas par cœur. Il en avait vécu les péripéties. Mais il ne se sentait pas le droit de l'interrompre, jugeant sans doute que cette confession lui était nécessaire pour se débarrasser des vieux démons.

– Trouvera-t-il le bonheur avec cette petite dame de la ville ? Tant de choses les séparent, lui l'enfant de la campagne et elle l'enfant gâtée des beaux quartiers. Me comprenez-vous, Gianno ?

Il hocha la tête. Il ne voulait pas la contrarier. Pourtant l'envie de lui répondre le démangeait. C'eût été facile et lâche de dire que Silvius n'aurait eu aucun avenir à Fontbelair, que son appétit de liberté l'avait poussé à découvrir d'autres horizons, que la conquête de nouveaux espaces est dans la nature de l'homme… « Il faut être bête et arriéré comme je suis, pensa-t-il, pour ne pas l'avoir imité lorsqu'il en était encore temps. »

– Si j'avais eu son audace et son intelligence, reconnut Fausto, il y a belle lurette que j'aurais quitté cette terre ingrate et rebelle. Est-ce parce qu'elle est ainsi, indomptable, que nous l'aimons au point d'y rester coller comme des mouches sur un ruban empoissé ?

Mais Mariette Andromas poursuivait son idée, comme si elle ne se parlait plus qu'à elle-même. Elle essayait de se trouver quelque excuse pour justifier la distance prise avec ses enfants, à moins que ceux-ci eussent choisi de l'ignorer, mais n'avait-elle pas sa part de faute dans cet éloignement ?

– Un jour pourtant, il vous faudra les faire revenir à Fontbelair, suggéra Gianno, tandis que le vent sifflait sans vergogne dans la toiture.

2

Eugénie Andromas s'en voulait de n'être pas restée au chevet du curé Bessac jusqu'au dernier moment. Pourtant les forces déclinantes du vieil homme n'auraient dû lui laisser aucun doute sur l'issue prochaine. Mais trop accaparée par sa rentrée à Largentière, l'institutrice avait négligé ses devoirs, jugeant sans doute que David Bessac survivrait à sa bronchite comme il en avait surmonté bien d'autres.

Peut-être n'était-elle pas aussi sincère que sa conscience l'exigeait ? Depuis des mois Eugénie boudait le vieil homme. La défiance entre eux s'était installée à propos de la grotte de La Baume. Le confesseur lui avait révélé son secret, par crainte sans doute de le voir disparaître avec lui. Les peintures préhistoriques que le site cachait depuis dix mille ans eussent mérité aux yeux du curé Bessac de demeurer méconnues. C'était une histoire entre gens initiés, entre disciples éclairés. Le prêtre craignait que la divulgation de ces peintures préhistoriques remît en cause le récit biblique et engendrât une relecture critique de la Genèse. « Une église avant celle de saint Pierre, avait dit Bessac, ma chère petite, vous rendez-vous compte ? » Mais Eugénie n'avait pu garder le silence, comme le lui avait intimé le curé de Chauzit. Sa communication, publiée dans le *Bulletin de la société anthropologique de Lyon*, avait mis le feu aux poudres. Dès lors, le prêtre avait jugé que sa chère protégée, sur laquelle il avait fondé tant d'espoir, s'était engagée dans la voie de la trahison.

Ses pas la portèrent sur la tombe du vieil homme. On l'avait inhumé près d'un if, dans le carré des sommités. Il y avait là quelques voisins, jadis célèbres mais que la mémoire de Chauzit avait fini par oublier : un juge et bailli de Largentière, une marquise de Lachadenède, deux délégués de la Convention et quatre ou cinq curés de Chauzit. Il eût fallu gratter longtemps les pierres tombales pour qu'elles révèlent leur histoire. Mais à ce moment, Eugénie sentit une colère la gagner, celle de n'avoir su maintenir entre Bessac et elle cette petite flamme de la reconnaissance. « Trop tard, se dit-elle. Toujours trop tard. »

Le cimetière de Chauzit, en contrebas du village, n'était qu'à trois cents mètres de la curie. Elle décida d'y faire une visite, certes bien tardive. Félix Tabarou, le sacristain, l'accueillit, comme à son habitude, avec un air bourru. L'homme était occupé à défricher le potager, aussi dévasté que le reste.

– Vous me reconnaissez au moins ? lança-t-elle en guise de présentation.

Les poignes jointes sur le sommet de sa houe, il l'observa d'un œil noir. Tabarou n'avait jamais aimé les Andromas, ni les protestants en général, ses ennemis mortels. Du reste, il n'avait jamais compris les raisons qui avaient poussé son ancien maître à recevoir la petite institutrice de Largentière dans sa cure. Il lui fit signe d'approcher. Elle s'y résigna, craintive. « Autrefois, pensa-t-elle, ce méchant homme me jetait des pierres, comme on l'eût fait pour un chien perdu. » Eugénie avança vers lui en enjambant les hautes herbes. Pour se mouvoir, elle relevait un peu son jupon gris, juste à mi-mollets pour que ce ne fût pas indécent. Félix Tabarou avait les idées mal placées. Il voyait des succubes partout, jusque sous le pont de Rochemare qui était maudit, comme chacun sait, depuis que les parpaillots y avaient baptisé leur progéniture.

Quand elle fut à deux pas du bonhomme, l'appréhension la reprit, indéfinissable. Elle s'en voulait d'avoir répondu à son geste si promptement.

– Ce n'est pas Tabarou que je suis venue voir, diable ! maugréa-t-elle.

Et le nouveau prêtre ne l'intéressait pas non plus. Un certain Louis-Charles de Merle, jeune à ce qu'on disait, trop jeune, impétueux et vindicatif, peu influencé par le nouveau pape Léon XIII et ennemi juré du Sillon.

– Me permettrez-vous de visiter son cabinet de travail une dernière fois ? Le temps de me recueillir, expliqua-t-elle, d'honorer sa mémoire là où il a vécu ses dernières heures ? Pas plus de cinq ou dix minutes…

Tabarou hocha la tête. Pour une fois, il arbora un air affable.

– Monsieur le curé, paix à son âme, reprit-il, m'a chargé de vous remettre un paquet.

– Comment cela ?

– Le pauvre homme vous a attendue, jusqu'au dernier moment. Il disait d'une petite voix : « Elle viendra, je sais qu'elle viendra me voir. Peut-être après que je serai parti, mais elle viendra… » Je lui disais : « Mais non, curé Bessac, elle ne viendra pas. Votre protégée a autre chose à faire… »

– Vous lui disiez cela ?

– Oui.

– Vous avez dû lui faire beaucoup de peine.

Tabarou haussa les épaules.

– C'est vous qui lui avez fait beaucoup de peine.

Eugénie baissa la tête. Mais le sacristain n'insista pas. Il eût pu lui adresser quelques reproches. Elle les eût accueillis sans broncher.

– Après tout, chacun a ses raisons. Vous aviez les vôtres et Bessac les siennes. Moi, ça ne me regarde pas.

Il partit devant elle pour lui ouvrir la marche.

– Le nouveau prêtre est-il arrivé ? demanda-t-elle.

Félix ne se retourna pas.

– Le curé de Merle s'est installé au château des Sabatier, à Gorce. Voici un homme qui aime le confort. Ce n'est pas tout à fait le genre de notre vieux Bessac. Lui, ce serait plutôt un curé de riches, si vous voyez ce que je veux dire…

Tabarou se mit à ricaner. Eugénie ne releva pas l'allusion. Cette histoire ne la concernait pas.

– Sans vous connaître, M. de Merle a dit : « Cette institutrice, je ne veux pas qu'on l'accueille dans notre cure, sous aucun prétexte, c'est une laïcarde ! » Mais moi, je m'en fiche. Même si je ne vous ai jamais beaucoup appréciée, mademoiselle Andromas, j'obéis aux ordres de Bessac. C'est la moindre des choses. Une parole est une parole, chrétienne ou pas.

L'antre du vieux prêtre disparu était sens dessus dessous. Les livres encombraient les deux tables de travail. Et de surcroît on y avait jeté des dossiers : liasses conséquentes de certificats de baptême, journaux tels *La Correspondance catholique, Durandal* et quelques exemplaires de *La Revue des deux mondes*. Sur un fauteuil, les antiques soutanes rapetassées, les amicts et chasubles du défunt étaient répandus en vrac. L'arrivée du nouveau curé de Chauzit n'avait rien arrangé. On n'attendait plus que la visite du déménageur pour faire place nette.

– Voici le paquet, fit Tabarou.

Puis il se retira sur la pointe des pieds.

Une fois seule, Eugénie Andromas alla décrocher un dessin à la plume punaisé sur un mur représentant l'entrée de la grotte de La Baume. Elle s'autorisa à le prendre, jugeant qu'on lui réserverait de toute évidence un triste sort.

À ses heures perdues, David Bessac croquait quelques paysages, tous se rapportant aux gorges de l'Ardèche. Il les signait d'une petite croix romaine accompagnée d'une devise latine qu'il avait faite sienne : *Angulus ridet*[1].

Eugénie attendit d'être revenue dans sa maison de Largentière pour défaire le paquet. Aucune sorte de curiosité ne s'était manifestée en elle. Elle avait même pris le temps d'accrocher le petit cadre dans son bureau. En vérifiant le niveau d'un coup d'œil, elle se dit que ce petit dessin serait le seul souvenir qu'elle garderait de David Bessac. Et elle en éprouva une vive émotion.

Après s'être servi une tasse de thé noir, elle se retrouva devant le fameux paquet. Elle alla chercher des ciseaux dans sa commode pour trancher la fine cordelette. Le papier gris contenait une bible. En la feuilletant négligemment, une enveloppe tomba à ses pieds. Car David Bessac lui avait laissé cet ultime témoignage, une lettre brève rédigée d'une écriture tremblante.

> *Chère Eugénie,*
>
> *Je vous attends en vain au moment où Dieu me rappelle à lui. Bien que j'eusse déjà sollicité de Lui un court sursis qu'Il ne manqua point de m'accorder, je fis le vœu un peu fou de vous appeler par la prière. Mais ignorerais-je que vous n'y êtes guère sensible, vous, ma chère enfant, mécréante et agnostique dès que le savoir vous fut donné ? Auriez-vous craint que je me fâche ? Allons donc. Les récriminations à votre égard furent exprimées et bien exprimées en leur temps. Si ce qui est dit ne se reprend pas et ne se répète point non plus.*
>
> *Vous aviez jugé bon de faire une préjudiciable réclame à notre secret contre mon avis. Hélas, mille fois hélas. Cette folie me contraria et me poussa à reprendre l'amitié que je vous*

1. Ce coin de terre me sourit.

avais généreusement témoignée. Aujourd'hui, je vous la rends. En même temps, je vous délivre de notre pacte. Absurde, certes, puisque vous l'aviez déjà jeté aux orties. Mais j'entends que ma colère ne pèse plus sur votre conscience.

Qu'importe. L'heure n'est guère à la déploration. Mes forces s'amenuisent une à une. Il est l'heure d'aller à l'essentiel.

Ainsi fait, il me faut vous dire, chère enfant, que la grotte de La Baume n'a pas fini de vous réserver des surprises. Il existe une nouvelle salle que je ne vous ai pas montrée au plus profond du boyau. On peut l'atteindre au sommet de la voûte par un étroit passage. La cavité contient des trésors que vous devrez répertorier. Des dessins encore, mais aussi des fragments de poterie… Je ne doute pas que ces vestiges intéresseront au plus haut point vos amis de la Société lyonnaise. Il s'y trouve en particulier un sac de cuir caché sous un amas de pierres plates, garni d'écus au soleil frappés durant le règne de Charles IX. Il s'agit d'une monnaie or ayant appartenu aux protestants. La grotte de La Baume leur fut une cachette providentielle au lendemain du massacre de la Saint-Barthélémy… Vous comprendrez que je n'ai jamais voulu en distraire le moindre sou. S'agissant de l'or des huguenots, il eût sali mon honneur et voué mon âme aux Enfers. Quant à vous, faites-en ce que bon vous semble pourvu qu'il serve une cause réparatrice et respectable. Mais gardez-vous néanmoins de cet héritage empoisonné… Vous ne serez, ma chère Eugénie, jamais assez prudente.

David Bessac.

Tandis que le jour déclinait sur son horizon, incendiant le haut plateau du Vivarais, Mlle Andromas semblait pétrifiée par la surprise. Il n'était que les rumeurs lointaines des troupeaux et leurs sonnailles du soir qui lui parvenaient comme chaque fois que le vent portait des collines les respirations des hommes et des bêtes.

« Je me disais aussi que le cher homme ne pouvait quitter

ce monde sans laisser planer un mystère derrière lui... » Ainsi s'acquittait-elle de sa découverte, feignant de ne pas attacher trop d'importance au dernier paragraphe de la lettre posthume.

– Il y aurait un trésor ? Et moi, désignée comme la seule héritière... Voici qui me paraît bien trop romanesque. Cher Bessac, petit curé de campagne, murmura-t-elle dans la pénombre qui s'épaississait autour d'elle, vous auriez pu me demander mon avis. Si fortune il y a dans la grotte de La Baume, en bonnes pièces d'or, comme vous le prétendez, vous me jouez là un bien vilain tour. Moi non plus, je ne voudrais pas me salir les mains en dépensant cette manne. Et pour quelle cause, quel bénéficiaire ?

Eugénie ne tarda pas à allumer une lampe tempête, histoire de se rassurer. Dans ce pays, on craignait les esprits, même dans une tête bien pleine comme celle de l'institutrice, surtout lorsqu'il s'agissait de l'or des huguenots...

« Puisqu'il en est ainsi, fronda-t-elle, je ne suis pas prête à remettre les pieds à La Baume avant longtemps. »

Elle prit la lettre de Bessac et releva le verre de la lampe, puis elle avança le coin de la feuille sur la flamme. Elle la laissa se consumer sur le pavage de sa terrasse, l'air pensif. Et quand elle ne fut plus qu'une pelure de cendre, Eugénie posa le pied dessus et s'acharna à la réduire en poussière. Elle qui n'avait jamais été croyante, même si elle avait souvent débattu avec Bessac ne serait-ce que pour mieux contester ses arguments, elle se surprit à lever un regard inquiet vers le ciel, comme si, soudain, le vieil homme s'y tenait, impérieux et dominateur. « Lui, il sait », pensa-t-elle.

M. Sitbon avait bataillé, des années durant, pour que ses fils deviennent, comme lui, des vignerons. Ils les avaient dressés à n'avoir d'autre ambition que fouler le raisin de syrah et de jacquez et produire du champrenart et du fontane en quantité suffisante pour satisfaire les négociants de Vals et de Privas.

Léonet, son fils aîné, avait montré l'exemple bien qu'il n'ait jamais eu la moindre disposition pour la viticulture. Une tête percée, un esprit lent, un benêt… C'était tout ce qu'il pensait de lui, Barthélémy Sitbon, avec lucidité et discernement. Aussi n'avait-il point hésité lorsque son fils avait voulu épouser Pauline Andromas. Une noce bâclée et sans fantaisie. Seule la mère s'était montrée enchantée, mais qu'est-ce donc qui n'enchantait pas Baptistine ? Lui seul n'avait été aveuglé par ces accordailles. Léonet n'avait-il pas été la chercher, la fille du parpaillot de Fontbelair, jusque sur les trottoirs de Privas ? Dès lors, il lui avait fallu fermer les yeux sur cette vilenie-là pour l'accepter dans sa maison. Chez les Sitbon, on était trop catholique pour injurier le ciel. Enfin, la famille s'était résignée à faire une place à cette fille perdue au Maillazet et à ne plus jamais poser de questions.

Quant au second des enfants Sitbon, Albin, il était tout le contraire de son frère, un garçon intelligent, sensible et secret. Trop de qualités pour devenir vigneron, en somme. Mais il était décidé qu'on ne lui laisserait pas le choix, même si Baptistine avait longtemps rêvé pour lui un destin plus brillant. « Tu épauleras ton frère, avait tranché le maître de maison. Et si tu veux te marier, choisis ta femme à trois lieues à la ronde. Ne fais pas comme Silvius Andromas, qui en a trouvé une à Lyon, trop riche et trop bien pour lui… » Le père traitait son cadet avec rudesse, comme il n'avait jamais traité Léonet, peut-être parce qu'il sentait en lui le feu couver sous la cendre. « Tant d'effacement et si peu de caractère finiront par lui gâter l'esprit, craignait-il. N'est-ce point chez les timides que se recrutent les futurs rebelles ? »

Pour compenser la rudesse paternelle, Baptistine redoublait de tendresse. Elle aimait à cajoler cette âme douceâtre. Sur ce point, M. Sitbon n'avait pas la parole. Elle lui disputait son pouvoir de patriarche autoritaire. Elle lui disait : « Ce n'est pas chrétien de détester un fils… » Quelle exagération, quelle démesure ! Barthélémy n'en revenait pas que son Albin fût, alors qu'il s'acheminait vers ses vingt-deux ans, toujours le petit enfant de sa mère.

À la vérité, Albin collectionnait les conquêtes. Même si ses proies se situaient toutes dans le fameux cercle géographique des trois lieues, elles n'avaient pas le droit d'entrer au Maillazet pour autant. « Pas de dissipation sous notre toit, prévenait le père. Sauf le jour où tu auras fixé ton choix… »

Albin courait les filles de ferme, les petites serveuses de Chauzit et de Vallon, les jeunes veuves d'Aubenas, et même quelques épouses délaissées. Baptistine n'ignorait rien de son commerce infernal. Elle en éprouvait même une singulière fierté au point que Barthélémy s'interrogeait sur les réactions de sa femme. « Qu'est-ce donc qui la pousse à encourager les écarts de son fils ? Une telle turpitude chez n'importe quel autre garnement lui soulèverait le cœur, pensait-il. Mais ce qui vient de sa chair et de son sang est pardonné par avance, pire encore, applaudi, sublimé… »

À la pointe du jour, M. Sitbon était monté avec ses deux fils à Champrenart pour tailler la vigne. C'était une habitude, on commençait par les arpents de crête, là où le vignoble était entré en repos précocement à cause des premiers froids. Pour la sempiternelle fois, le propriétaire du Maillazet refaisait sa leçon. Les fils écoutaient distraitement.

– Dès que les bois sont aoûtés et que les feuilles tombent, alors il nous faut jouer du sécateur avec précaution.

Albin traînait les pieds. Souvent, il se retournait vers la vallée embrumée. Il semblait avancer à contrecœur. D'autres idées lui trottaient en tête.

– Ce qui me désespère, dit-il, c'est de recommencer toujours les mêmes tâches. Comment éviter l'ennui ?

Léonet se mit à maugréer :

– Quand le travail sera fini, enfin, notre mère viendra nous chercher.

– De quel travail parles-tu ? demanda M. Sitbon.

– C'est bien ainsi qu'il parle, le doc, p'pa ?

Barthélémy éclata de rire.

– Tu veux dire l'accouchement de Pauline ?

– Bien sûr.

– Ce sera un siège, long et douloureux, récita le père d'une voix monocorde.

Il se signa par trois fois. « Tu enfanteras avec douleur..., se dit-il. Pourquoi Dieu a-t-il voulu que les femmes souffrent en donnant la vie ? Pour punir Ève ? N'est-ce pas un moment de joie et d'allégresse ? » C'était un des paradoxes qui l'avaient interpellé chaque fois que Baptistine avait accouché, que la parturiente originelle fût vouée à souffrir de ses grossesses.

– Tu veux redescendre et l'assister, ta Pauline ? demanda Barthélémy.

– Non, répondit Léonet, je ne veux pas voir ça.

– Tu as peur ?

L'aîné des Sitbon hocha la tête.

– Comme je te comprends, ajouta le père. Mais ta Pauline est une rude bonne femme, le rassura-t-il.

Parvenus au pied de la falaise, là où la roche s'était égrenée, où la terre pierreuse convenait à merveille au syrah, les hommes prirent leur poste, un rang chacun.

– Vous faites un *espoudassage*[1], dit le père. Vous supprimez tous les sarments inutiles et vous laissez juste ceux qui assoiront la taille, c'est-à-dire trois mains de large. On y reviendra au printemps pour ajuster les sarments rabattus.

– Pourquoi deux tailles, en automne et au printemps ? demanda Albin. On ne pourrait pas faire en une seule fois ?

– Cette méthode rend la vigne plus fructifère, croyez-moi. C'est à ce prix que l'on fait du champrenart. Brutus Roussez en sait quelque chose. Il est fou de mon vin. Et à Vals, c'est un des plus appréciés.

Albin se mit à sourire. Il s'attendait à entendre encore une fois le fameux jeu de mots de son père, l'ancienne confrontation du champrenart aux eaux miraculeuses de Vals-les-Bains. Il y a dix ans, M. Sitbon n'avait pas hésité à imprimer sur ses étiquettes un adage tout personnel : « Il n'est qu'une boisson miraculeuse à Vals, le champrenart rouge rubis de la maison Sitbon. » Mais Barthélémy flaira le sarcasme de ses fils et se tut, raisonnablement.

Comme ils s'affairaient, Baptistine les appela au bas du chemin.

– C'est fait, marmonna Barthélémy.

Son aîné le regarda, hébété.

– Va la voir…, ajouta le vieil homme.

Léonet avait donc attendu l'ordre paternel pour s'échapper des vignes. Mu comme par un ressort, il partit en courant, son chien sur les talons.

---

1. Dans le Midi, la première taille d'automne.

– Notre famille s'agrandit, dit Albin. Bientôt, il n'y aura plus de place pour moi…

Le père Sitbon choisissait méticuleusement ses coupes, veillant à ce que les mâchoires du sécateur n'écrasent pas le bois. Il ne releva pas la tête, tout absorbé par sa besogne, pourtant rien ne lui avait échappé…

– Tu m'entends, papa ?

Barthélémy se mit à grommeler.

– Si j'amène une femme au Maillazet et que je lui fais, moi aussi, un enfant, où donc logerons-nous ? La maison est trop petite.

Le père acheva la taille du pied de vigne avant de se redresser. Et se tenant les côtes, il affirma qu'il y aurait assez de place à l'étage dans l'aile droite, là où l'on faisait sécher l'ail, les oignons et les échalotes.

– Peut-être serait-il mieux que je quitte le Maillazet ?

– Pour aller où et pour quoi faire ? lança le père.

À midi, Barthélémy et Albin entrèrent dans la chambre. Pauline tenait son enfant sur la poitrine.

– Comme une lettre à la poste, dit Baptistine. C'est un plaisir de faire des enfants dans ces conditions. Le médecin n'a eu qu'à dire : « Poussez ! poussez ! »

– Un fils ? s'étonna Barthélémy en se signant. L'avenir est assuré.

– Décidément, déplora Albin, il n'y a jamais de filles chez les Sitbon.

– Le Seigneur le veut ainsi, reprit Barthélémy. C'est le signe que notre maison doit prospérer et qu'elle n'a pas survécu à la maladie en vain.

Et sur ces derniers mots, il jeta un regard insistant à son cadet. Jamais Sitbon n'accepterait qu'un de ses fils fasse défection. Lui aussi, jadis, il eût pu partir pour la ville et vendre la terre de ses aïeux. « Comment cette idée peut-elle germer dans la tête d'un Ardéchois ? » se demanda-t-il. C'était une question si grave qu'elle réveillait chaque fois en lui un sentiment de colère irrépressible.

Pauline s'agaçait de voir autant de monde dans sa chambre. Mais elle n'osait se rebeller. Léonet, assis sur le coin du lit, la dévorait des yeux. « Habité par la grâce, pensa Barthélémy, d'un amour né dans la boue. » Et il en ressentit un haut-le-cœur.

– Nous l'appellerons Armand, proposa Baptistine.

Elle avait l'habitude de décider des prénoms, sans s'inquiéter de l'avis des autres. Ce rôle lui semblait dévolu par principe, puisqu'elle était la maîtresse de maison. Et Pauline ne se décidait pas à réagir, assurée par avance que ce serait un effort bien inutile. Tant il était doux et apaisant aussi de se laisser ainsi guider, sans résistance aucune, bien à l'abri du cocon familial.

– C'est tout le portrait de son père. Il sera fort et robuste comme lui, ajouta-t-elle.

Léonet écoutait ces louanges avec un air d'agacement.

– Espérons qu'il le sera aussi de la cervelle, soupira le père.

Baptistine lui fit les gros yeux.

– Ce n'est pas gentil de dire ça, un jour comme celui-ci, reprocha-t-elle.

Albin pouffa de rire.

– S'il n'est pas trop fort de la tête, peut-être résistera-t-il, lui aussi, à l'appel du large…

Le père sortit et fit signe à son cadet de le suivre.

– Avant de remonter au Champrenart, prenons quelque force au lieu de raconter des bêtises.

vendre la terre de ses aïeux. » Comment cette idée peut-elle germer dans la tête d'un Ardéchois ? se demanda-t-il. C'était une question si grave qu'elle réveillait chaque fois en lui un sentiment de colère impuissante.

Pauline s'agaçait de voir autant de monde dans sa chambre. Mais elle n'osait se fâcher. Léonce, assis sur le coin du lit, la dévorait des yeux. « Hébété par la grâce, pensa Barthélemy, d'un amour né dans la boue. » Et il en ressentait un haut-le-cœur.

— Nous l'appellerons Armand, proposa Baptistine.

Elle avait l'habitude de décider des prénoms, sans s'inquiéter de l'avis des autres. Ce rôle lui semblait dévolu par principe, puisqu'elle était la maîtresse de maison. Et Pauline ne se décidait pas à réagir, assurée par avance que ce serait un effort bien inutile. Mais il était doux et apaisant aussi de se laisser ainsi guider, sans résistance aucune, bien à l'abri du cocon familial.

— C'est tout le portrait de son père. Il sera fort et robuste comme lui, ajouta-t-elle.

Léonce écoutait ces louanges avec un air d'acquiescement.

— Espérons qu'il le sera aussi de la cervelle, soupira le père.

Baptistine lui fit les gros yeux.

— Ce n'est pas gentil de dire ça un jour comme celui-ci, reprocha-t-elle.

Albin pouffa de rire.

— S'il n'est pas trop fort de la tête, peut-être résistera-t-il, lui aussi, à l'appel de la ville.

Le père sortit et fit signe à son cadet de le suivre.

— Avant de retourner au Champfleuri, prenons quelque force au lieu de raconter des bêtises.

3

Francisque Colomier entra dans la serre. Elle était garnie de plantes exotiques, dont d'exubérantes orchidées. Certaines se dressaient comme des bouquets d'iris, d'autres tombaient en lianes. Le marchand de soie de la place des Jacobins fit trois pas dans l'antre suffocant d'humidité. La moiteur du lieu avait favorisé le développement de moisissures sur les parois de verre et d'acier. Francisque se sentit si mal à l'aise qu'il renonça à allumer le cigare que lui avait offert le banquier William Fouque. Pourtant, il se sentait attiré par cette floraison tropicale, raffinée et luxuriante. Par la finesse des formes, elle lui rappelait certains motifs de la soierie japonaise avec ses grains d'étoiles, ses cascades de pétales, ses fleurs de plumes et ses vents de lune... Dans les années quatre-vingt, le négociant en soie avait importé de Tomioka des coupons de précieuse facture pour satisfaire la demande française alors que le japonisme faisait fureur dans le milieu de l'art. La maison Colomier se montra en pointe dans ce domaine et celui-ci permit à Francisque d'asseoir sa renommée. L'industriel Marinchard, avec lequel le négociant des Jacobins se trouvait en compétition, lui reprocha même de porter un coup fatal à la soierie lyonnaise en installant la concurrence dans son propre pays.

En arpentant la serre de la Tête-d'Or, M. Colomier songeait à ses vieux rêves. Des voyages pour découvrir de nouveaux continents. Des tentations d'exil aussi. « Sans cela un homme est mort », pensa-t-il. Mais il ne pouvait s'illusionner plus longtemps sur son destin d'homme libre. Les dernières années l'avaient conduit au sommet de sa fortune. Pourtant, celle-ci ne tenait qu'à un fil. Il suffirait qu'il s'éloigne de la place des Jacobins quelques mois seulement, pour que ses fils, Octave et Cyril, ne sèment le désordre dans ses affaires. « Et à mon retour, se dit-il, je n'aurais plus que mes yeux pour pleurer. Ils sont légion ceux qui espèrent me voir mordre la poussière. Chaque marche gravie vers le succès attise les convoitises et les inimitiés. »

Il sortit la montre de sa poche et consulta l'heure sans surprise. La lumière était encore vive sous la verrière, et bien que la moiteur la rendît opaque, on conservait l'illusion d'un été prolongé en vase clos. Il desserra sa cravate et posa son veston à cheval sur son avant-bras. Quant au panama, il le garderait sur sa tête, quoi qu'il arrive. Sans lui, Francisque se sentait nu et délesté de sa toute-puissance. C'était sans doute un brin ridicule, mais il avait été élevé dans cet esprit ; un homme n'est que ce qu'il montre de lui-même. Et sur ce point, Colomier avait cent facettes, insaisissable personnalité aimant à cultiver ses changeantes apparences.

Il contourna le bassin aux nénuphars sans y jeter un regard. C'était l'endroit qu'il aimait le moins, lui préférant les trouées sous les plantes à caoutchouc. Il suffisait d'écarter de la main les larges feuilles des ficus et le salmigondis des lianes d'axillums pour traverser la forêt vierge acclimatée. L'odeur surie des plantes carnivores lui souleva le cœur. Il s'éloigna vers la grande allée. En cet endroit, des gouttelettes d'eau suintaient des verrières comme une pluie retenue.

Puis Francisque se dirigea vers l'entrée. Le dôme elliptique contenait les arbres les plus exubérants. Certains touchaient le ciel sous la canopée de verre et d'acier. On venait en famille pour contempler les kapokiers, les hévéas ou les palmiers à sucre, puisqu'ils étaient la curiosité de la serre tropicale de la Tête-d'Or. On faisait cercle autour des merveilles exotiques. Le nez en l'air, on mesurait leur magnificence.

Soudain, le visage de M. Colomier s'éclaira d'un subtil sourire. Il venait d'apercevoir la fine et longue silhouette de sa visiteuse. Il l'attendait depuis de longues minutes, résolument patient, un peu inquiet comme chaque fois qu'un contretemps venait perturber ses habitudes.

– Vous enfin, ma chère petite, s'exclama-t-il dans une débauche de gestes qui ne lui ressemblait guère.

Il voulut prendre la jeune femme dans ses bras, mais résista en balayant les alentours du regard. Il s'agissait de rester prudent et de ne rien perdre de son flegme, même par passion. Quant à la visiteuse, elle se tint sur sa réserve, attendant qu'on lui dictât ce qu'elle devait faire. Il la toucha à l'épaule par brèves palpations, ainsi comprit-elle qu'il fallait quitter les lieux.

– Vous m'attendiez et je suis navrée…

Il l'interrompit en lui effleurant la main, comme si ce contact se devait faire envers et contre tout, pour se rassurer l'un l'autre.

– Oh non, surtout pas. Vous connaissez ma manie de la ponctualité. Mais avec vous, ma chère France, depuis le temps que nous nous connaissons, attendre n'est rien.

– Je vois bien que vous êtes fâché, Francis.

– Moi, fâché ? Certainement pas. Voilà bien une conversation inutile.

La voiture à cheval les attendait près du portail. Elle monta la première et il s'engouffra à son tour. Le cocher savait où le couple devait se rendre pour cette fois, car les lieux changeaient sans cesse. C'était à ce prix que l'on déjouait le danger, à ce prix qu'on échappait aux ragots et aux médisances.

Mlle France Lazaret était la secrétaire de Colomier depuis plus de trois ans. Puis un soir à Paris, au cours d'un voyage d'affaires, à la fin de l'été de cette présente année, elle devint sa maîtresse. « Voici bien une banalité, s'écria le vieil homme. Mais pour moi, c'est un bonheur sans nom. Pensez donc, au soir de mon existence, vous m'offrez là le plus beau cadeau qu'un homme puisse espérer de la vie… » Cette belle déclaration avait ému la jeune femme qui n'avait guère plus de vingt-cinq ans, tandis que M. Colomier approchait des cinquante-trois ans. Ils pleurèrent ensemble de joie, de ravissement, qui sait ? d'apitoiement peut-être. L'aimait-elle par pitié, par attendrissement, par intérêt ? Il n'osait imaginer une réponse. Elle eût été, dans tous les cas, peu flatteuse. Mais lui ? Qu'entendait-il faire d'elle, cette jeune beauté froide, lisse comme un marbre, un brin distante, qui accueillait ses faveurs avec désinvolture ?

C'était écrit dans l'histoire de sa vie, M. Colomier ne pouvait posséder une femme sans la dominer. Seule exception à la règle, son épouse Adèle. Conquise dès son jeune âge, il avait tenté de la façonner, mais elle se rebella, ce qui acheva leur amour d'un bref coup d'épée au cœur. Dès lors, les Colomier décidèrent de vivre côte à côte, du même pas, mais à distance. La jouissance partagée d'une fortune acquise par héritage et dans des affaires rondement menées permit d'arrondir les angles, de masquer les médiocrités de la vie conjugale.

Mlle Lazaret était l'opposé d'Adèle. Celle-ci, il l'avait choisie, formée, modelée. Ainsi s'était-elle muée en maîtresse, confidente passive des angoisses et des coups de folie d'un homme seul. Elle adorait sa puissance et sa force. Elle se pâmait devant ses désirs, même les plus extravagants.

Sans doute, eût-elle supporté de lui toutes les humiliations et tous les avilissements, s'il n'avait craint que les langues se délient dans les suites d'hôtel où ils passaient furtivement comme des ombres.

Francisque fit rouler sa voiture le long du Rhône, jusqu'au quai des Célestins, entre les rails du tramway et l'alignement des platanes. Ils descendirent prendre un vin chaud dans un estaminet de fortune. Comme la boisson manquait de cannelle, France en fit commander. À deux pas du couple, on vendait dans des cornets de papier journal des bouquets de goujons et d'ablettes frits. M. Colomier fit signe à une matrone de lui en apporter un qu'il tendit à sa secrétaire.

– Comment pouvez-vous croire que je vais avaler ça ?

Il se mit à rire à gorge déployée. C'était sa manière de la rabaisser un peu, en lui faisant toucher « le commun », comme il disait.

– Vous avez tort. C'est un geste d'amour. Des fleurs ? Vous souhaiteriez des fleurs ? Oh non.

Se souvenait-elle encore qu'elle avait fréquenté dans sa petite enfance les bouis-bouis de la Mulâtière que les « pirates du Rhône », comme on appelait ces clandestins de la pêche au filet, approvisionnaient en fritures ? France avait encore dans le nez le fumet des huiles rances. Elle repoussa le cornet avec dégoût.

– Pourquoi aimez-vous ces jeux-là ? Pourquoi me rappeler incessamment ce que je fus jadis et d'où vous m'avez sortie ?

Sa main caressa son cou frêle avec insistance, serra puis relâcha son étreinte aussitôt. Ainsi s'y prenait-il quand il voulait lui faire l'amour, en la saisissant à la gorge comme s'il craignait qu'elle s'échappât trop vite ; il la soupçonnait d'avoir commerce avec des inconnus. Ses questions angoissées n'obtenaient jamais de réponses. Par jeu, elle l'obligeait à se satisfaire de ses mutismes. M. Colomier, qui était d'ordinaire un homme pondéré, se découvrait des instincts belliqueux. Ceux-ci s'estompaient dans l'instant. Sa bonne éducation reprenait le dessus.

Le vent faisait claquer les voiles des gabarres et les bâches des tombereaux, roulait les feuilles de platane. Ils s'avancèrent vers le fleuve, le nez en l'air, humant les remugles de vase que le courant réveillait dans ses profondeurs.

– Si vous le voulez, nous pourrions aller au Grand Hôtel ? murmura-t-elle, le feu aux joues.

« Je viens de la blesser au cœur et voilà qu'elle me propose de jouer avec elle, pensa Colomier, les mains enfoncées dans les poches de son manteau en tweed tombant sur ses talons. Décidément, tout m'est autorisé… »

Il lui prit la main et la porta à ses lèvres.

– Vous ne m'en voulez pas ?

Elle détourna le regard. Parfois, comme dans ces instants de désir et de peur mélangés, elle révélait sa fragilité. Il eût pu sentir à son poignet l'accélération du pouls. Elle ne parvenait à contenir son émotion, jusqu'à ce qu'il la délivrât de ses vêtements dans une suite luxueuse, rideaux tirés.

Il consulta sa montre et trouva que l'heure était par trop avancée. À la vérité, il ne se sentait pas dans les meilleures dispositions. Elle insista, supplia. Il fit la sourde oreille jusqu'à ce qu'elle avouât d'une voix chuchotante :

– Songez un peu dans l'état où vous m'avez mise ? Il faut que vous me donniez mon dû. Sinon je devrais aller voir ce pauvre Pierre Hubelle qui me dépannera, assurément.

Depuis son mariage avec Silvius Andromas, Roxane Colomier s'était découverte une passion pour les toilettes.

Jusqu'alors elle ne s'était jamais inquiétée de son apparence, jugeant sans doute que son insolente jeunesse suffisait à la parer. Mais sa mère Adèle avait commencé à instiller en elle une sorte de doute en prétendant à tout instant que le mariage était une étape décisive dans une vie et qu'une fois les consentements échangés, plus rien n'était comme avant.

Au sortir de la primatiale de Lyon, Roxane s'était retrouvée dans la peau d'une autre. Du moins, cela lui fit curieusement cet effet, comme un vertige. Elle, qui avait l'habitude de porter des bloomers pour faire de la bicyclette, des gilets de flanelle et des casquettes extravagantes d'apache pour flâner dans le parc de la Tête-d'Or, éprouvait désormais le besoin de veiller à ses tenues en fréquentant assidûment le magasin chic du moment, *Aux deux passages*, entre la place de la République et la rue Thomassin. Mme Colomier avait compris qu'il était enfin temps de donner quelques conseils utiles et futiles à sa fille pour se vêtir élégamment.

– Quelle misère cette ville pour des gens comme nous, déplorait Adèle, le nez collé sur les étalages…

Sa fille restait en retrait, juste derrière elle, comme si elle ne parvenait pas à épouser sa passion pour la mode. Pourtant, avant son mariage avec Silvius, la jeune Roxane avait couru, elle aussi, les magasins pour offrir à son futur mari une toilette digne de son nouveau rang dans la société, et transformer un petit paysan en élégant n'avait pas été une mince affaire. Ainsi s'amusait-elle que sa chère mère s'en vînt jouer ce rôle pour elle. Il lui était agréable de se laisser conduire dans les boutiques à la mode, imposer des goûts et des choix qui n'étaient pas les siens, mais relevant néanmoins de la meilleure intention du monde.

Adèle fulminait toujours.

– Toutes, nous sommes de parfaites idiotes à piaffer d'impatience devant le nouveau quartier de la Grolée. Le

Printemps de Paris tarde à venir. Ton père dit que le grand magasin ne sera pas là avant deux années au moins. Te rends-tu compte ?

– Mais *Aux deux passages*, c'est très bien aussi…, releva Roxane avec une moue de désolation.

Elle ne comprenait pas que sa mère se mît dans cet état pour de malheureuses parures qui finiraient, tôt ou tard, par rejoindre les penderies, car c'était courir après une chimère que d'espérer être à la mode en tout lieu et en tout temps.

– Où crois-tu que j'aie trouvé les costumes de Silvius ? Ici même, *Aux deux passages*, et non aux Cordeliers. Ces grands chambardements m'effraient. Il me semble qu'autrefois c'était mieux…

– Allons ! s'offusqua Adèle. Tu as tout juste vingt et un ans et tu parles comme une vieille femme des Terreaux. Réveille-toi ! Est-ce le mariage qui t'a engourdi l'esprit ?

Roxane avait glissé les mains dans les poches de sa jupe-culotte. C'était une trouvaille vestimentaire qui la ravissait, surtout pour faire de la bicyclette et du cheval. Dans cet accoutrement, Silvius se moquait d'elle. « Bientôt les femmes porteront leurs dessous en pleine rue », la raillait-il. Il ne croyait pas si bien dire. Sa nouvelle épouse aimait à traîner en sous-vêtements dans leur appartement de la rue Juiverie. Un jour, elle descendit même jusque dans l'entrée, fort peu vêtue, par étourderie. Heureusement, Abigaïle, la servante, s'en rendit compte et courut derrière elle avec une robe de chambre.

Sa mère la toisa rudement.

– Tu as des goûts de petites filles dévergondées, persifla-t-elle en lui tirant le bras pour qu'elle enlevât ses mains de ses poches. Le fais-tu exprès ? Ça ne fait pas assez femme, tout de même, cette manière de te tenir devant le monde.

– Mais je suis bien ainsi, se défendit-elle. Ma pauvre maman, je t'ai connue plus rebelle.

– Je le suis, lorsque ça en vaut la peine. Ne t'ai-je pas défendue quand tu as voulu épouser ton Silvius ?

– Merci, maman. Merci mille fois, répéta Roxane.

C'était un argument qui s'en revenait sans cesse, à croire que le mariage avait été obtenu de haute lutte.

– Au départ, ton père n'était pas rassuré par ce jeune Ardéchois sans le sou, poursuivit-elle. Et surtout tes frères... Je crains que ce ne soit toujours le cas...

La jeune femme n'écoutait plus sa mère. Roxane surveillait le regard des hommes sur elle. « Eux, ils ne trouvent pas que ma jupe-culotte est une aberration du goût féminin », pensa-t-elle. Et pour donner un peu plus dans le jeu, la jeune fille se mit à arpenter le passage, là où la lumière tombait des verrières et s'en venait accrocher sa belle chevelure blonde, libre et offerte depuis qu'elle avait ôté son chapeau amazone.

Fendue sur le côté, jusqu'au mollet, la jupe-culotte dévoilait le haut de ses bottines jaunes. Elle-même en avait accentué l'échancrure avec l'aide d'Abigaïle, pour que sa parure fût outrancière, comme elle désirait le paraître quelquefois. Ainsi se rassurait-elle sur sa personne ; elle était encore capable de plaire bien qu'elle appartînt à un homme. On avait assez répété dans son entourage, des âmes bien-pensantes, de vieilles dames aigries, que le mariage ferait d'elle une sage petite femme dévouée à la cause conjugale. Et même sa mère, rebelle parmi les rebelles, suffragette du cercle Saint-Simon, s'abandonnait aussi à ces tristes pronostics pour en avoir sans doute éprouvé en son temps ce constat amer, qu'il n'est d'amour que dans la brièveté ; ainsi la lucidité s'en vient toujours contrarier les rôles.

Jugeant qu'il y avait trop de monde à l'étage des

nouveautés, Adèle conduisit sa fille dans le salon de thé du passage, un lieu fréquenté par les élégantes agrémenté de fauteuils grenat et de tables basses. On pouvait s'y répandre à son aise, étaler sa suffisance, comme il sied pour une bonne société tout occupée par l'oisive contemplation.

De beaux messieurs en habits moirés ou en costumes de ville portant haut-de-forme et canotier se tenaient près des colonnades d'où ils jouissaient d'une vue stratégique sur les allées et venues, tant dans le salon lui-même que dans le passage couvert du palais Grillet. Roxane s'amusait à les examiner à la dérobée par le jeu des miroirs du fond de salle. Bien sûr, on avait remarqué sa présence. Quand elle se savait observée, elle jouait avec son corps, tenant son buste droit, puis la tête haute pour faire saillir sa poitrine et avantager le galbe de son torse.

Depuis quelque temps Roxane surveillait ses seins ; ils prenaient de l'importance depuis le début de sa grossesse, deux mois à peine. Et tant d'effervescence dans son corps réveillait en elle des désirs insoupçonnés. Elle avait compris que son corps n'était plus celui d'une petite fille, négligeant son apparence et cultivant l'exercice physique jusqu'à l'épuisement. Désormais, femme, elle se complaisait dans le phantasme. Si les hommes ne cessaient de la courtiser par des regards indiscrets, des gestes appuyés, des compliments alambiqués, elle se gardait bien de goûter à ces plaisirs. Il lui était flatteur de se sentir ainsi caressée par la légèreté masculine, tout en demeurant à distance respectable, laissant accroire tout de même qu'une aventure serait possible, mais sans révéler ce qui pourrait en déclencher le commencement.

Roxane aimait à entretenir cette énigme. L'offrande de son corps, provisoirement suspendue par des signes qui n'eussent jamais trompé un séducteur, se dévoilait jusque dans sa manière de se mouvoir. On devinait que ses jambes, sous le fin voilage des jupons, se croisaient et se décroisaient dans une sorte d'impatience et de nervosité contenues.

À l'étage des nouveautés, Adèle se montra autoritaire. Elle n'avait aucune confiance dans les choix de sa fille. Pour gagner du temps, elle attira son attention sur un costume marron doré dont la jupe était façonnée à gros plis.

– Par la suite, nous donnerons de l'aisance en défaisant les pinces, expliqua-t-elle.

La vendeuse avait compris que Roxane était enceinte et elle parut franchement écœurée qu'on pût mettre tant d'argent, quatre-vingts ou cent francs, pour une tenue qui ne serait portée que deux mois à peine. Elle voulut en faire la remarque avec d'infinies précautions, mais Adèle la remit à sa place vertement :

– Que vous importe, ma petite ! fit-elle. Je ne veux pas voir ma fille dans un sac parce qu'elle porte un enfant...

Roxane se sentit gênée. Depuis qu'elle vivait avec Silvius, son intérêt pour le sort des petites gens s'était accru. Lors de leur promenade, et chaque fois qu'il croisait un ouvrier en bleu de chauffe, le jeune Andromas ne manquait jamais de lui rappeler les temps difficiles chez Pleynet où il ne gagnait qu'un franc vingt-cinq par jour.

À l'essayage, Roxane trouva mille raisons pour ne pas choisir ce costume dans lequel elle se sentait engoncée. Adèle avait une idée différente. Elle trouvait la couleur du tissu plutôt chic ; le doré allait bien avec le teint de sa fille.

– Nous allons essayer autre chose, ordonna Adèle à la vendeuse.

Roxane et sa mère défilèrent devant les robes posées sur des mannequins. Adèle écartait celles qui ne lui plaisaient pas, d'un geste sans appel. Cette manière étonna la dernière des Colomier. Jadis, avant qu'elle fût mariée, sa mère ne se préoccupait point de ses achats. Elle lui donnait de l'argent que Roxane dépensait selon son bon plaisir. Quand cela ne suffisait pas, la jeune fille se tournait vers son père. Ainsi se jouait-elle des désaccords entre ses parents, ce que l'un approuvait l'autre le désapprouvait. Il semblait même qu'elle était devenue le centre d'un jeu affectif. À la vérité, Francisque Colomier était plus libéral que sa femme sur la question des modes, tandis qu'Adèle vouait un culte fanatique au classicisme bourgeois, bien qu'elle eût été attirée par les idées novatrices de son temps dont elle discutait au cercle saint-simonien.

– Est-ce parce que j'attends un enfant que tu me maternes de la sorte ? interrogea Roxane.

– Qu'entends-tu par là ?

– Je pourrais avoir mon mot à dire ?

– Mais tu es dépourvue de goût, ma pauvre petite. Ton mariage avec Silvius Andromas est la seule chose que tu as réussie dans ta vie. Mais pour le reste…

Elle parut réfléchir, la main posée sur une robe à pans avec corselet d'étoffe Anne d'Autriche. C'était élégant, fort habillé. Elle pensait se l'offrir, bien qu'elle trouvât le corselet à trois tons un peu trop hardi pour elle, surtout avec sa garniture ruchée Sarah Bernhardt.

Pendant ce temps, Roxane avait porté son attention sur un costume en jersey écossais de fort belle coupe, rehaussé par un corsage en tricot. Elle l'essaya et décida qu'il lui convenait sans donner le temps de réfléchir à sa mère. Mme Colomier opina de la tête.

Au moment de payer, Adèle demanda à la vendeuse de lui apporter un paletot qu'elle avait repéré en entrant dans le magasin.

– C'est pour toi, maman ?

– Non, dit-elle. Moi, je n'ai besoin de rien, ajouta-t-elle d'un ton pincé.

Demi-cintré en drap de Sedan, couleur loutre noir, le manteau fit son effet lorsque la lourde chevelure blonde de Roxane se répandit sur l'encolure en fourrure.

– Quelle métamorphose ! s'écria Roxane en sortant du magasin. Tu as réussi ton coup.

Un sourire furtif glissa sur le visage de sa mère. Roxane lui prit le bras. Elle songeait à Silvius et se demandait ce qu'il faisait à ce moment. Ce qui rend fou dans l'amour, c'est de s'interroger sans cesse sur l'autre.

Silvius Andromas avait appris la naissance du petit Armand par une courte lettre de sa sœur Eugénie. Elle avait l'habitude de lui adresser une ou deux fois par mois la liste des faits notables survenus en Ardèche et dans la famille. Silvius prit la nouvelle avec détachement, tant il se sentait déjà loin du berceau de son enfance. Peut-être maudissait-il ce qu'il avait été et ce qu'il avait dû faire pour échapper à la fatalité d'un destin tracé d'avance.

De retour de la Croix-Paquet où il avait réceptionné quatre chariots de coupons au pied du funiculaire, Silvius était comme chaque fois sur des charbons ardents. Jamais satisfait, il se jugeait mauvais négociateur avec les chefs d'ateliers.

– J'aurais pu leur racler davantage. Mais je n'ai pas su y faire, encore une fois.

– Les racler jusqu'à l'os, reprit Henri Jeandrot.

– Vous croyez que c'est facile de rouler son monde, ajouta Silvius. Mes contrôles sur la qualité des soies que nous achetons aux ateliers sont d'une méticulosité rare. Tout ça pour faire sauter un peu de sous. Les bénéfices se concrétisent à l'achat.

Jeandrot, avec son éternel foulard jaune noué autour du cou, l'approuva d'un hochement de tête. « Et dire que nous aurions pu nous priver d'une telle recrue, pensa-t-il. Il n'est meilleur courtier que les gens du petit peuple. Ceux-là s'avèrent d'autant plus pugnaces, féroces et bagarreurs qu'ils ont dû émerger par la ruse et l'abaissement de leur condition. Peut-être pourraient-ils posséder quelque commisération pour la classe à laquelle ils ont échappé ? Mais non, ils sont plus durs encore envers celle-ci. Sans pitié. Sans remords. Notre Silvius en est le meilleur exemple », se dit-il en l'écoutant religieusement.

– Tout ce que vous obtenez aux forceps des chefs d'ateliers les assassine lentement, comme un poison. C'est une catastrophe en chaîne, mon cher Andromas. Les tisserands doivent ensuite batailler pour gagner un peu sur les filateurs et les moulineurs, lesquels doivent conquérir leur marge sur les magnaneries. Ainsi, la valeur des cocons a chuté vertigineusement depuis ces vingt dernières années. En 1874, on les payait sept francs, aujourd'hui…

– Trois francs, répondit Silvius. Je connais tout ça sur le bout des doigts. C'est pourquoi j'ai fui ma maison de Fontbelair, cette pauvreté et ce déclin. Pauvre Ardèche de mon cœur, marmonna-t-il. Nous sommes les derniers des derniers, condamnés à l'exil.

Il y avait tant d'émotion dans sa voix que Jeandrot détourna instinctivement le regard. Le chef du personnel de la maison Colomier sentit que le mal du pays et la douleur des siens l'affectaient plus profondément qu'il ne l'avait cru jusqu'alors.

– Vous participez au jeu, néanmoins, releva Jeandrot. Désormais, votre cause est celle des Colomier. Mais je comprends que celle-ci ne puisse effacer le reste. Peut-être tout cela constitue-t-il pour vous une sorte de cas de conscience ?

Silvius arpentait l'entrée du magasin des Jacobins d'un pas nerveux, allant et revenant, sous le regard de Mlle Griffey. Elle avait de la pitié pour ce jeune homme qu'elle avait vu grandir et prospérer dans la maison. Elle l'avait vu si souvent battre en retraite devant les railleries des fils Colomier, subir les humiliations des petits maîtres.

Soudain, il s'arrêta net devant Jeandrot, le visage si près qu'il n'eut qu'à murmurer :

– Diriez-vous que j'ai trahi les miens, les paysans éducateurs de vers à soie sur les pentes du Coiron ? Diriez-vous cela ? Non, mais je sais ce que vous pensez de moi, monsieur Jeandrot. Qu'il n'est plus féroce adversaire des pauvres que les pauvres eux-mêmes lorsqu'ils sortent de la nasse. Ils écrasent leurs congénères. Ont-ils un autre choix, sinon se révolter ? Bien sûr.

Il songeait à sa demi-sœur Florine qui l'avait un soir conduit au cercle social pour entendre le discours des anarchistes. Pour un peu, oui, il eût pu rallier leur camp. Mais il ne le fit pas. Peut-être s'interrogerait-il longtemps sur cette question : qu'est-ce qui avait fait de lui un arriviste plutôt qu'un rebelle ?

– Ne vous méprenez pas sur moi, monsieur Andromas, se défendit Jeandrot, j'ai de l'estime pour vous. Est-ce vous faire injure que de dire combien votre travail est estimé ici ? Vous négociez aussi bien l'achat des lots de tissu au sortir des ateliers qu'Octave Colomier. Je ne doute pas qu'il vous jalouse un peu. Mais entre beaux-frères…

Silvius éclata de rire. Il prisait fort d'entendre qu'il était aussi performant qu'un fils Colomier, meilleur que tous les autres courtiers réunis de la Croix-Paquet.

– Oui, je suis bon, insista-t-il. Et j'ai d'autant plus de mérite que l'on m'a confié un secteur difficile. On aurait voulu que j'échoue qu'on ne s'y serait pas pris autrement.

N'est-ce pas, monsieur Jeandrot ? Dites-le donc que je suis meilleur que M. Octave ?

L'homme baissa la tête. On ne pourrait obtenir un acquiescement de lui ; un compliment passe encore, mais à la condition qu'il ne portât atteinte à l'honneur et à la réputation d'un Colomier.

Les deux hommes montèrent au troisième, passèrent devant les larges baies qui donnaient sur la place des Jacobins. En cet endroit, on éprouvait un sentiment de puissance, celle d'être au cœur d'une grande maison de soyeux lyonnais et d'en partager les prouesses et les servitudes. Les magasins et bureaux grouillaient d'employés, et tant d'activité étage après étage faisait songer à une fourmilière. Il semblait que le va-et-vient des hommes et des femmes en tabliers bleus et gris ne s'interrompait jamais au milieu de cet empilement ordonné de tissus multicolores.

Jeandrot entra dans son bureau en poussant la porte d'un coup de pied. Chaque fois, Silvius Andromas ressentait un serrement de cœur. Ici s'était jouée son existence, au printemps dernier. Que serait-il advenu si le chef du personnel de la maison Colomier ne l'avait engagé ? Malgré toutes les tergiversations, l'affaire avait été conclue en une journée, grâce à l'appui décisif, il est vrai, de sa chère Roxane. « Eh bien, se dit-il en allant prendre ses aises au fond d'un vieux fauteuil au cuir griffé, je m'en serais revenu en Ardèche pour y croupir le restant de mes jours… »

– Voyez-vous, Andromas, toutes nos difficultés présentes viennent du canal de Suez. Depuis 1881, le Japon a accès à l'Europe et ses marchandises encombrent le marché. Trente mille tonnes de cocons transitent par ce formidable raccourci. Et un tiers, entendez-vous bien, un tiers est destiné à la France. C'est une concurrence mortelle avec le taux de change du yen. Il vaut cinq francs vingt au Japon et plus que deux francs soixante en France. Autant dire qu'un Japonais qui vend sa soie vingt yens à Lyon reçoit la valeur de cent francs en se tournant les pouces. Monsieur votre beau-père, ajouta Jeandrot, a tenté de convaincre les dirigeants de notre pays, dont le ministre du Commerce Antoine Marty, de protéger notre marché intérieur. Mais en vain. Après tout, ce sont les sériciculteurs et les filateurs qui trinquent. Quant à nous, les marchands, nous tiendrons encore longtemps en forçant les fabricants à baisser leur prix de revient. C'est facile. Il suffit de mettre les chiffres sur la table. Notre soie française ne fait pas le poids en face de la japonaise et de l'italienne, oui, de l'italienne même.

– C'est simple, on tire sur le salaire des ouvriers. Il n'y a pas plus bas aujourd'hui que le coût horaire d'un tisseur : un franc cinquante-cinq pour un homme et quatre-vingt-quatorze centimes pour une femme. Ça besogne douze heures, quatorze heures, pour gagner de quoi survivre.

– Tout de même, je vois que ça ne vous fait ni chaud ni froid, s'amusa Jeandrot.

Silvius baissa la tête. Il fixait les pointes vernies de ses chaussures. Il avait compris que le directeur voulait l'attaquer sur ses idées, lui qui avait jadis fréquenté le cercle social de Lyon. Une fois, une toute petite fois, un péché de jeunesse, mais il n'en finirait jamais d'en entendre parler, directement de la bouche de ses beaux-frères et plus subtilement avec un Jeandrot. Bien qu'il eût épousé la fille du patron, on ne le ménageait guère, à croire qu'on ne se résignait point à l'accepter dans le premier cercle des Colomier.

– Mon avis importe peu, reprit Andromas. Que je me révolte ou que je me lamente ne changera rien à l'affaire. Voici une situation qui nous dépasse l'un et l'autre, convenez-en. Il est vrai, je préférerais que chacun vive de son travail : les éducateurs, les moulineurs, les filateurs, les tisseurs… Mais la concurrence défait notre corporation et ce déclin finira par nous affecter aussi. Il n'y a plus que cinquante filatures en Ardèche et trois mille bassines, tout ça pour fabriquer moins de deux cents tonnes de grège. Autant dire que la production s'est réduite de moitié. Les filatures meurent les unes après les autres. Ne parlons pas des magnaneries… Qui sait ce qu'elles vont devenir face au grège d'Asie. Là-bas, le climat permet plusieurs élevages par an, tandis que nous…

M. Jeandrot esquissa un geste de lassitude. Il avait appris les avantages de l'égoïsme, cette propension à ne voir que le bon versant de la réalité, celui qui flatte et rassure. Les noirceurs de son temps n'étaient que l'éternel renouvellement des *impedimenta* de la société. Il énonçait bêtement les tautologies afférentes à ce sujet telles que : « Il y aura toujours des riches et des pauvres… »

Roxane fit la surprise de sa nouvelle toilette à son mari. Le tissu doré, sous les lampes jaunes du petit salon que le couple occupait rue Juiverie dans l'hôtel particulier des Colomier, prêtait à sa physionomie un secret éclat. Sur le coup, sa jeune épouse lui parut transfigurée. Était-elle encore la Roxane qu'il avait épousée le mois dernier ?

– Tu as tellement changé, murmura-t-il presque sur un ton de regret.

Il aurait voulu qu'elle demeurât dans sa robe blanche garnie de dentelles avec ses minuscules boutons de nacre comme des perles d'eau gelée. Mais l'addition des jours conspirait à sa perte, lui semblait-il. « Elle me devient étrangère. Est-ce cela qui me rend animalement amoureux ? Comme si la prendre deux ou trois fois par jour rageusement était de nature à me rassurer… »

Il vint la prendre par la taille, lui fit faire un pas de valse sur les tapis. Elle se laissa conduire, sa chevelure ruisselant sur ses épaules. Elle paraissait légère bien que sa tenue fût stricte, et qu'elle donnât l'impression fugitive d'y être engoncée. Ce sentiment venait surtout de ce qu'elle n'avait pas l'habitude d'être habillée comme une gravure de mode. D'ordinaire, elle portait des chemisières lâches, des jerseys déformés, quand elle n'était pas à moitié nue. Et qu'elle fût soudain si bien revêtue d'un costume taillé à l'anglaise inquiétait Silvius.

– Tu vas sortir ainsi ? En bourgeoise ? Décidément, ça ne te ressemble pas. Dire que je t'ai tout de suite aimée parce que tu étais si peu conventionnelle, comme une fille de riche qui se dévergonde.

Roxane l'écoutait distraitement. Elle rajustait ses boucles d'oreilles, donnait de l'aisance à quelques accroche-cœurs.

– Ne m'aimerais-tu pas avec des cheveux gaufrés ? Ainsi te rendrais-je honneur ?

Il se mit à rire. Il n'avait pas besoin de cet honneur-là. Il suffisait que sa chère Roxane parût à son bras, simple et pathétique, comme il l'avait toujours rêvée, c'est-à-dire en rébellion contre son ordre, pour qu'il recouvrât foi en elle. Et afin d'étayer son sentiment, il évoqua leur première rencontre quelque part sur le col de l'Escrinet, entre Aubenas et Privas[1].

– Tu étais comme une déesse au milieu des muletiers, des colporteurs et des camelots, dit-il.

Dès lors, ce fut un jeu d'enfant pour Silvius de conduire sa belle jusque dans la chambre. La pièce était sens dessus dessous ; des fanfreluches traînaient sur l'accoudoir des fauteuils.

---

1. Voir tome 1.

– Oh non, protesta-t-elle, tu ne m'auras pas à ce petit jeu.

Il s'obstina en fouillant sous les tissus. Mais elle lui opposa une terrible impassibilité qu'il ne sut fléchir. S'il s'était montré plus insistant, il eût immanquablement provoqué une crise.

– Pourquoi ne veux-tu pas te rendre ? demanda Silvius.

Roxane le toisa de haut. Il y avait quelque chose d'indéfinissable dans son visage, une pique goguenarde ou peut-être une fine touche d'apitoiement. Silvius ne sut trancher lorsqu'il lui fallut analyser la scène après coup. Mais cette chose étrange et nouvelle dans son regard, si fugitive, lui fit toucher du doigt, néanmoins, qu'il n'était pas le mari qu'il espérait être. Il y avait encore des fossés et des vides que le mariage ne saurait combler mécaniquement.

– Me rendre ? dit-elle en affectant quelque amusement. *Me rendre ?* répéta-t-elle en enjambant un gros coussin posé à même le tapis sur lequel elle aimait parfois s'asseoir en tailleur pour lire ou rêver. Combien de fois n'ai-je entendu ce mot-là dans la bouche des hommes ?

Elle cita les noms de ceux qui lui passaient par la tête et avec lesquels elle avait entretenu quelque commerce. Silvius fut peiné d'y entendre ceux de Hubelle et de Prénat. Car c'étaient les deux seuls qu'il connaissait. Elle lui avait pourtant juré de ne leur avoir jamais accordé la moindre faveur.

– Qu'est-ce donc que ce langage de caserne ? Nous autres, les femmes, nous ne serions que des appâts ou des proies sur lesquels exercer l'art de l'amour ? Nous devrions nous laisser assaillir et défendre la citadelle jusqu'au dernier moment pour conforter votre appétence guerrière ? Je me suis rendue à toi, mon beau Silvius, et ce mariage et cet enfant que je porte sont les clauses de ma reddition.

Andromas voulut la prendre dans ses bras mais elle

s'échappa d'un pas de côté. Sa main effleura sa poitrine, agrippa sa taille.

– Tu es toujours prêt à livrer bataille, mon cher mari, dit-elle en se retournant sur le seuil de la chambre. Mais pas ce soir.

– Tant d'amour me porte vers toi, plaida Silvius. Tant de désir. Tant de rêves fous. Surtout lorsque tu es ainsi, distante et froide. J'ai de l'angoisse et il me semble que te faire l'amour est la seule manière de me rassurer. Voici le remède et tu me le refuses.

– Tu sais bien que cela me fait des yeux battus, des cernes affreux.

Puis elle disparut d'un pas leste. Silvius chercha une bouteille dans le buffet du salon et se servit un armagnac fort tassé. La lumière sur la Saône coulait au fil de la rivière, comme des fronces de soie. Et le soleil d'automne dorait les immeubles de la presqu'île avec ses toits rouges et ses façades jaunes. Le ciel lui-même s'était aquarellé de rose et les tons ne feraient que se durcir à mesure que les ombres s'étendraient sur la ville. En cet instant, Lyon épousait la pente de son esprit et ajoutait à sa mélancolie. Silvius tenait le rideau de mousseline écarté entre ses doigts, la buée se formait et s'effaçait sur la vitre au rythme de sa respiration. « Quel prodige devrais-je accomplir pour elle ? Un miracle, assurément, murmura-t-il. Sinon, je la verrais s'éloigner de moi, impuissant. »

À ce moment, on le pria de descendre au salon jade, chez les Colomier, un étage au-dessous. À vrai dire, Abigaïle fut étonnée de le trouver à la fenêtre, plongé dans la pénombre, un verre d'alcool à la main et en débraillé. La gouvernante flaira une algarade conjugale mais eut ce tact des domestiques obligeants de n'en rien montrer.

En entrant dans le salon, Silvius tomba sur une conversation très animée. Chaque mot était porté avec force gesticulations, si bien que le jeune homme se tint à distance, ne sachant comment approcher beaux-parents et beaux-frères. Cyril Colomier parlait du capitaine Alfred Dreyfus, « ce traître qui ne mérite que le peloton d'exécution ».

Le majordome avait fait sauter un bouchon de champagne et remplissait les coupes au fur et à mesure qu'elles se vidaient. Seul Francisque se tenait assis, dans son fauteuil habituel, la tête rejetée en arrière, le visage sans expression. Il n'aimait pas les mots outranciers de la passion, cette passion qu'il se représentait sous la forme d'un cheval fou lancé au galop.

Octave voulut courir sur les brisées de son frère. À court d'argument, il ne fit que réitérer ses invectives, mais un ton en dessous. La mère accueillit son gendre et ordonna au majordome de le servir, nul ne s'était inquiété jusqu'alors de sa présence. C'était une situation qui rongeait la maîtresse de maison que, deux mois après le mariage, Silvius fût considéré en quantité négligeable. « Une pièce rapportée », disait même Cyril Colomier. Et pire, Roxane n'avait plus le courage de relever les affronts, comme si elle avait fini par accepter les lazzis de son frère.

Silvius trinqua avec ses beaux-parents. Il hésita à tendre son verre aux fils Colomier. Combien de fois avait-il reçu ce camouflet ? « Est-ce la manière de faire des petits paysans de l'Ardèche ? Oh ! que je suis bête ! Ça n'a jamais vu la couleur du champagne… »

M. Colomier paraissait absent. Cela lui était coutumier depuis que France Lazaret était devenue sa maîtresse. Il s'en voulait de n'avoir dix ans de moins. Il sentait bien que, malgré tout son charme, cette passion serait de courte durée.

– On ne parle plus que de ça, dit Silvius. L'affaire, l'affaire, l'affaire. Ça a contaminé en un rien de temps toutes les cervelles. Même celle de gens sensés et honorables. Il y a les pour et les contre, ceux pour qui la parole d'État est parole d'Évangile et ceux qui la remettent en cause par principe. Où est la vérité ? Personne ne peut plus rien comprendre. Mais moi, je crois tout de même que le capitaine Dreyfus est innocent. C'est mon intime conviction.

– Il y aurait donc un complot ? releva Adèle. Ce ne serait pas la première fois qu'on jetterait un juif aux chiens.

– Ma chère maman, reprit Cyril, le seul complot est celui des juifs…

Octave ricanait doucement près de son frère. Il dégustait son champagne à petites lampées. Puis il fit signe au majordome de le resservir.

M. Colomier s'était vivement dressé de son siège.

– Nous n'avons jamais été antisémites dans notre famille. Ni contre les juifs, répéta-t-il, ni contre les protestants, ni contre les francs-maçons… Et si nous occupons sur la place de Lyon une position forte dans le milieu des marchands de soie, c'est que nous nous sommes toujours bien comportés. Mon petit Cyril, tu es libre de penser ce que bon te semble sur Dreyfus et le reste, mais ces idées-là ne doivent pas quitter notre sphère privée. Je ne voudrais pas avoir à me justifier devant Marinchard. Nous avons des amis juifs à Lyon avec lesquels nous entretenons les meilleures relations du monde. Des personnes droites et honnêtes. Si nous devions perdre leur sympathie, les conséquences seraient terribles.

Lorsque Francisque sermonnait sa petite famille, son discours paraissait sans portée. On ne parvenait pas à croire à ses colères. On se disait « M. Colomier gronde pour le principe, mais dans son for intérieur il s'en moque ». Peut-être s'était-il fait une opinion définitive sur ses fils. Sans doute pensait-il qu'ils ne parviendraient jamais à l'égaler et que la maison aurait plus à souffrir de leurs actes qu'à s'en réjouir. Et sur ce point, l'avenir des Jacobins, Adèle n'était pas plus optimiste. N'avait-elle pas été la première à douter des compétences de ses fils ? Mais Francisque aimait à caresser l'idée, jour après jour, qu'il serait irremplaçable et qu'après lui on connaîtrait des désastres. Cette vision le rassurait, écartait pour un temps les flétrissures de l'âge et la question si redoutée de sa propre succession. « Je me sens encore jeune par obligation », disait-il, l'œil aux aguets, cherchant sur les lèvres de sa femme quelque acquiescement qui ne venait jamais.

Cyril accueillit les propos de son père avec une moue de dédain. Plus craintif, Octave baissait la tête. Mais il n'en pensait pas moins. Dreyfus était coupable, voilà tout. Sinon le monde ne marcherait pas droit.

Après qu'il eut retrouvé son siège et sa flûte de champagne que le majordome remplissait à satiété, Colomier se plongea dans une longue réflexion, triste et désespérée. Même Adèle ne parviendrait pas à le consoler, puisqu'il n'y avait plus d'amour entre eux, que les restes flamboyants de leurs anciens rêves.

– Jeune Silvius, on se sent des ailes, releva Cyril. On vient défendre Dreyfus par esprit de contradiction. Mais mon cher, on ne vous demande rien d'autre que de vous conformer à la loi de notre milieu. Encore heureux que nous vous acceptions… Si l'on m'avait écouté, vous ne seriez pas entré dans notre maison. Mais ici, ma sœur a toute liberté. Elle peut faire mille bêtises, on les absout par avance. Tandis que moi…

– Cyril, je t'en prie, déplora Francisque en dressant un bras qu'il laissa retomber, impuissant.

– Tu ne vas pas nous gâter la soirée ? dit Adèle.

Instinctivement, Roxane s'était rapprochée de Silvius. Elle

le tenait par la taille comme pour prévenir ses réactions. Elle le savait impulsif, batailleur ; en vérité, il était abasourdi. Chez les Colomier, c'était la première fois qu'il affirmait une opinion. Mal lui en avait pris, car il venait de comprendre que sa déclaration avait jeté sur lui le discrédit.

– Moi, insista Andromas tremblant de rage, je ne me déjugerai pas. Mon opinion vaut la vôtre, Cyril. Et permettez-moi de croire que vous avez tort.

– Oui, dit le maître de maison en se tournant vers Silvius, je comprends cela. Mais il vous faut rompre là, puisque les avis sont inconciliables.

Cyril marchait de long en large dans son habit de soirée, le jabot en avant, le front buté. Octave se tenait près de la cheminée de marbre blanc. La pendule Empire cliquetait les secondes dans un silence pesant.

– Je vois que je ne suis pas admis. Peut-être me suis-je fait des illusions. Peut-être..., bredouilla le jeune homme.

Il se donna le temps de réfléchir.

– Un étranger, un paysan de l'Ardèche sans le sou qui épouse une riche demoiselle, voilà mon crime. Mais alors, il fallait me refuser la main de Roxane. Et j'aurais compris.

– Allons Silvius, ce ne sont pas des choses à dire. Vous jetez de l'huile sur le feu. Notre fils est impulsif, certes, mais je me devrais de le défendre si vous l'agressiez encore, dit Adèle.

– Je suis blessé dans mon amour-propre... Qu'en faites-vous, de mon honneur, madame ?

Adèle se prit le visage dans les mains, comme si elle avait quelque difficulté à saisir la situation.

Mais Cyril n'était point homme à lâcher son os, et cela lui faisait tellement de bien de venir le narguer effrontément.

– Mon vieux, apprenez donc à vivre en société, en mettant ça dans votre poche et un mouchoir par-dessus. Oui, je le dis haut et fort, dans cette maison où l'on chuchote plutôt que de clamer les vérités, vous ne serez jamais des nôtres. Jamais. Jamais ! fit-il en fauchant l'air de la main.

D'autorité, Roxane prit son mari par la main et l'entraîna hors du salon. Le couple gagna aussitôt ses appartements en faisant claquer les portes pour qu'on entendît un peu de leur colère.

– Tu ne m'as pas défendu, lui reprocha Silvius.

– Je ne le pouvais pas. À moins de me fâcher avec mon frère.

– Tu ne m'as pas défendu, répéta le jeune homme.

Elle voulut allumer les lampes, mais il refusa. Il ne voulait point qu'elle vît ses larmes de rage.

– J'ai été humilié. Mais je ne l'oublierai pas.

– Que veux-tu dire ?

– Je me vengerai, murmura-t-il.

– Même si je dois en souffrir ?

– Et ma peine, qu'en faut-il faire ?

Roxane était ravie à la seule idée de pouvoir le consoler, son petit soldat héroïque.

– Je suis tout émoustillée, avoua-t-elle en portant les mains sur ses seins.

Silvius la prit avec violence, ainsi qu'on se jette dans une bagarre, avec ce sentiment trouble de bousculer l'ordre bourgeois. Roxane, toutefois, le rappela à l'ordre :

– Je suis enceinte, non ? Tu devrais faire attention…

Silvius la plaqua sur le tapis, entre les fauteuils et les pieds de table. Elle se débattit pour mieux s'ouvrir à lui, lui qui ne savait pas par où commencer, tantôt abaissant tantôt relevant le déferlement de tissus. Elle jouit aussitôt en poussant un cri.

– Me voir humilié t'excite à ce point ?

Roxane tourna la tête de côté. Comment lui donner une

réponse sensée ? La dénégation eût signifié qu'elle se refusait à prendre fait et cause pour sa mésaventure et, *a contrario*, l'assentiment qu'elle avait joui de sa détresse. Aussi inavouable que la vérité fût à ce moment dans son esprit, Roxane avait pris plaisir à voir son mari piétiné, comme elle avait pris plaisir à le voir jadis se mortifier devant sa porte. Hier, elle avait fini par lui céder, par insouciance, par lassitude. Lui ou un autre, après tout ! Quand il n'était rien d'autre, tout compte fait, que ce qu'une femme peut espérer d'un homme : l'affection, la tendresse, l'assiduité. Tant les choses de l'amour désormais allaient decrescendo…

4

Printemps 1895

Depuis que le temps s'était mis au beau et avait chassé les ultimes espérances de l'hiver, Gianno Fausto était monté à la chèvrerie de Cujols pour s'occuper des dernières naissances et conduire enfin le troupeau à l'herbe. Avec ses deux mules chargées, l'affaire lui avait demandé deux jours, le temps d'installer le jeune Anselme dans la montagne. « Tu veilleras sur les bêtes entre Lagude et Cortasse..., avait dit Mariette en l'embauchant. Une bouche de plus à nourrir, j'y consens à la condition que tu gagnes ton salaire à la force du poignet... »

Le petit Anselme était la timidité même ; il ne parlait jamais. Peut-être était-il venu au monde sans l'usage de la parole. Pourtant, il paraissait bien comprendre les consignes qu'on lui donnait. Ça répondait juste par un branlement de tête. Et quand ça ne voulait rien savoir, ça tournait la tête de côté, lèvres pincées. Mais le garçon, bien robuste pour son âge, treize ans, à moins que sa mère ne se fût trompée sur le nombre des années, avait aisément appris à traire et à mettre le lait au caillage.

« Il n'a pas l'air trop *beunânu* », avait jugé Mariette en lui confiant le nettoyage de la magnanerie. Mme Andromas en savait assez sur la nature humaine pour comprendre qu'avec une telle mère le petit Anselme avait des circonstances atténuantes. La veuve Pradons, atteinte par le haut mal, eût pu tuer dix fois son fils s'il n'avait eu l'instinct de survie chevillé au corps.

Cette nouvelle organisation à Fontbelair satisfaisait donc Mariette. Ainsi, son ouvrier n'avait plus besoin de monter à Cujols et d'y passer plus de temps que nécessaire. Elle avait besoin de lui à la magnanerie, bien que la montée des vers à soie et la cueillette des cocons ne fussent pas du goût de Fausto. Tout juste prenait-il plaisir à défeuiller les mûriers et à préparer la pitance des bombyx en la tournant et retournant à pleine fourche comme il l'eût fait de la fougère aigle des Gras.

Mais Fausto lui était d'une compagnie agréable. Il n'entendait rien à sa solitude, ni à ses soliloques. Il ne comprenait toujours pas que la veuve Andromas demeurât encore fidèle à son mari.

– Doit plus en rester grand-chose, disait-il en caressant la bouteille.

– Comment pourrais-je renier ce que j'ai aimé ? Il m'a donné trois enfants. Il m'en aurait fait d'autres, si je ne lui avais interdit mon lit. C'est tout ce qu'il savait faire…

– Le faisait-il bien au moins ? demanda Fausto en lissant sa moustache.

Mariette fronçait des sourcils.

– Allons Gianno ! Restez sérieux.

Mais Fausto n'avait pas envie de rester sérieux. Bien qu'elle eût quinze ans de plus que lui, Mariette était encore une fort jolie femme. Et cela l'échauffait de la surprendre à sa toilette. Elle se lavait dans le cellier de la magnanerie là où l'on entretenait le feu. Il s'y cachait honteusement comme un misérable, puis allait se soulager au village, chez Miette Charmille, pour trois sous.

Un matin, l'ouvrier lui porta un bouquet de fleurs, des rameaux roses pourprés et papilionacés d'arbre de Judée, cueilli sur le plateau des Gras. Elle parut si émue par son geste que Fausto s'enhardit à la prendre dans ses bras. C'était un geste irrépressible, insensé, violent, annihilant toutes les délicatesses dont il avait fait montre jusqu'alors avec elle, comme cette manie de lui tresser des couronnes de laurier pour sa patience conjugale.

– Je suis bien trop vieille, se rebiffa-t-elle. Mon pauvre garçon… Allez voir une jeune ! Une bien jeune.

Fausto se sentit honteux. Il voulut se faire pardonner pour se préserver de l'avenir et conserver, quoi qu'il en fût, son amitié. Mais Mariette parut encore plus bouleversée que lui.

– Comment pourriez-vous me désirer ? demanda-t-elle. Je n'ai plus rien à donner à personne. Je suis inutile et chaque jour est un vain recommencement.

Fausto ne sut comment lui dire qu'ils pourraient tous deux partager des moments heureux, même s'il n'était qu'un ouvrier agricole et elle une magnanarelle digne et fière. À croire qu'un étrange jeu s'instaurait ainsi, à qui serait le plus insignifiant, entre Fausto qui ne la méritait pas et Mariette qui se dépréciait. Un mur, ainsi, se trouvait dressé, un mur de malentendu et d'incompréhension.

Plus tard, Mariette Andromas observa la détresse de son employé avec agacement. Désormais, elle s'en voulait de n'offrir d'elle que cette chose sèche et froide que rien ne pourrait jamais ramener à la vie. En examinant point par point la situation dans la solitude de sa chambre, elle se reprocha de n'être plus qu'un fruit talé. « Ça ne me ressemble pourtant pas ? se questionna-t-elle. À moins que ce ne soit, lui, Théodore, qui m'ait rendue ainsi… À quoi bon entretenir ce feu du souvenir ? Il ne me sert à rien. Sinon à me dessécher un peu plus chaque jour. »

Elle palpa ses seins, son ventre, ses cuisses, la courbe de ses hanches. Elle chercha de bonnes raisons de se croire encore désirable. Peut-être ? Se pourrait-il que la vie lui offrît une deuxième chance ? Elle eut honte, encore, de cette singulière pensée, puis se retourna sur le côté, cherchant le sommeil.

L'arrivée du printemps avait mis la magnanerie en émoi. On courait dans toutes les directions pour préparer les éclosions. Le temps était au fixe, fort beau, doux et porteur de sève. On avait envie de rire de tout, on chantonnait même. Et Fausto œuvrait, le torse nu, ruisselant de sueur. Elle-même était vêtue de léger, des tissus de fin coton. Ils se frôlaient, s'épiaient, se cherchaient du regard, et souvent se taquinaient.

– Que lui trouvez-vous à cette dame Charmille ?

Gianno feignait de ne rien entendre. Elle insistait.

– Allez donc fleurir la tombe de Théodore. Dites-lui tout ce que vous avez sur le cœur.

– Comme vous êtes cruel, Gianno. Vous savez bien que j'ai perdu cette habitude. Les vieux couples séparés par la mort finissent aussi par se tourner le dos.

Il riait. Elle riait aussi. Pourtant, qui était le plus cruel, lui qui s'amusait de ses morbides attachements ou elle qui lui refusait un geste d'amour ?

Un soir, ils sortirent ensemble sur la terrasse de Fontbelair. C'était le plus bel endroit du monde. On y distinguait les feux des villages essaimés sur le flanc de la montagne. Le petit vent chantait dans les micocouliers. Il portait les rumeurs de la vallée : tintement de cloches, cris d'hommes et de bêtes mélangés. Gianno se tenait près d'elle, à distance respectable. Il lui suffisait de tourner la tête dans sa direction pour contempler sa mince silhouette blanche dans l'épure de la nuit. Il guettait les sursauts de sa respiration. À quoi tenaient-ils, ces souffles contenus ? L'émotion, peut-être.

– Seriez-vous jalouse, madame Andromas ?

Elle éclata de rire. Il l'appelait « madame » pour ne pas dire Mariette, ou peut-être encore pour lui faire sentir qu'elle était la maîtresse. Il savait, quoi qu'il advînt, qu'elle serait toujours la maîtresse, la magnanarelle, la descendante de ces femmes joyeuses qui jadis faisaient éclore les œufs de papillon dans la chaleur douce de leurs seins.

– Non, Gianno, vous êtes libre de fréquenter qui bon vous semble. Mais vous méritez mieux que cette dame Charmille, ajouta-t-elle d'une petite voix lasse.

– Ai-je le choix d'aimer qui je veux ?

– Ah, les hommes ! Un rien les contente pourvu que ça porte un jupon. Tandis que nous…

Elle comprit que les mots allaient l'emporter au-delà de toute raison. Mais elle poursuivit, tout de même.

– Vous ?

– Nous ne pouvons aimer n'importe qui sous prétexte que ça porte un pantalon. En ce sens, nous sommes plus délicates, comme dirait ma chère sœur Juliana.

L'image de Juliana s'en vint troubler l'atmosphère. C'était un souvenir douloureux. Et la question, entre eux, était éclaircie. Mariette parut caresser le ciel d'un geste hésitant. Il la prit dans ses bras. Elle ne fit que pousser un cri, un seul, en forme de remords. Car elle craignait encore l'ombre du commandeur. Rien ne pourrait l'en débarrasser avant longtemps, tant celui-ci avait ordonné sa vie passée. Mais cette fois, cette première fois, la nuit était complice. Et Gianno fit ce qu'il avait à faire, tendrement. Elle resta muette jusqu'à l'instant où elle sentit qu'elle allait perdre pied.

– Vous ne me dominerez pas, promit-elle.

– Non, dit-il.

– Je reste votre maîtresse. Que ce soit entendu.

– Oui.

– Et vous ne prendrez votre plaisir que lorsque je le voudrai ?

– Soit.

– Il se peut que vous me trouviez dans la honte et le mépris de moi-même. Et peut-être haïrai-je l'emprise que vous prendrez sur moi.

– Je ne ferai rien qui ne soit décidé entre nous.

– Et si je vous demande de vous tenir près de moi une nuit entière et que j'en pleure de rage et de colère, vous insisterez quand même ?

– Voici qui est compliqué.

– Je vous battrai, Gianno, à coups de fouet, si vous ne respectez pas ma liberté. Pas un homme, durant toutes ces années, pas un homme ne m'a fait souffrir sans découvrir la force qui était en moi.

Après lui avoir arraché un dernier cri, Fausto se renversa sur le côté, à même le tapis d'herbe sauvage. Mariette demeura longtemps immobile, fixant la voûte céleste. Il lui prit la main, mais elle la repoussa. Déjà, Mariette voulait éloigner d'elle le souvenir de l'étreinte qui l'avait si soudainement rendue prisonnière.

Le pont de Rochemare franchi, Juliana Martelet arrêta sa voiture sur la rive droite de l'Ardèche. C'était une petite jardinière louée à Aubenas au bureau des messageries. Elle mit pied à terre et s'étira de fatigue. Cela faisait une heure au moins que la carriole brinquebalait sur des routes défoncées par les pluies de l'hiver. Son châle rouge orné de plumetis dorés glissa de ses épaules. Sa fille, qui se tenait derrière elle, le rattrapa de justesse.

– C'est donc là ! s'exclama Florine.

Juliana ne répondit pas. Elle fixait les tourbillons d'eau sur la roche blanche. Les blocs polis par le courant se tenaient serrés les uns contre les autres sous l'arche du pont, comme des gisants au fond de la rivière. Peut-être les avait-on vénérées, ces pierres sacrées, sur lesquelles les femmes, à la belle saison et par eau basse, venaient désormais étendre leur lessive ? Peut-être croyait-on encore qu'elles représentaient les âmes fortes des parpaillots ? Jadis le sang des justes avait empourpré l'Ardèche, trois jours durant. On avait cru que c'était là un signe, une nouvelle plaie d'Égypte. En ces temps barbares, on se consolait en récitant les versets de l'Exode. Mais on attendit en vain le premier jour du premier mois, comme les sermons le prédisaient. Alors on comprit qu'il n'existerait jamais un crime assez infâme pour éveiller la colère de Dieu.

Florine portait une chevelure brune flottant au vent, une cape boutonnée au col. Et sa robe bleu pâle dansait comme les ailes d'un papillon azuré de l'orobe. La délicate silhouette allait et venait sur le parapet, quêtant les secrets dans l'air chamboulé par la lumière.

– Tu ne me diras rien ?

– Il n'y a rien à dire, ma fille. Sinon qu'il a sauté ici, ton pauvre père. Peut-être s'est-il noyé ? À moins qu'il se soit cassé le cou sur les rochers blancs ?

Juliana se retira d'un pas leste, le regard embrouillé par la colère. Celle-ci la tenait depuis vingt ans, aux tripes, au cœur, au sang, au foie. Elle avait vomi sa rancune, pleuré sa détestation et honni la triste nuit de Cujols. Elle serait inconsolable jusqu'au dernier jour. Il n'était que l'exil et les années passées à Lyon rue du Bon-Pasteur qui avaient pu apaiser sa haine.

– Pourquoi être revenue alors ?

La mère ne répondit pas. Elle regardait les falaises jaunes et grises et les arbres qui en festonnaient les arêtes.

– Pour toi, dit-elle enfin, presque à regret.

Florine était avide des mots qu'on lui refusait. Il lui fallait les arracher un à un de la bouche maternelle.

– Donne-moi ce lait-là, j'en ai tellement manqué.

Juliana éclata de rire.

– Je t'ai nourrie au sein, ma jolie.

– Je veux que tu me donnes un peu du lait de mon histoire, réparateur comme la vérité, reprit la jeune fille rêveuse, posant un pied devant l'autre sur l'angle vif du parapet, bras écartés.

Sa mère la reconduisit d'un geste vif sur la chaussée, craignant qu'elle ne chutât dans l'Ardèche. Mais la petite avait besoin de ce jeu pour se prouver qu'elle n'avait pas peur, à moins qu'elle ne voulût vérifier qu'on l'aimait assez, elle qui était l'enfant d'un crime.

– Son sang coule dans mes veines, dit-elle en manière de provocation.

Juliana releva le propos, le visage défiguré par une colère contenue.

– Ce n'est pas un père, ça ! Ce ne le sera jamais. Un géniteur, voilà tout, rien qu'un géniteur qui a toujours voulu ignorer les conséquences de son acte. C'est pourquoi je t'ai tenue éloignée de lui. Et si d'aventure, j'avais voulu pardonner et lui révéler ton existence par la même occasion, crois-tu qu'il t'aurait reconnue ? Bien sûr que non. Tuons ce passé. Résolument.

Les deux femmes montèrent à Chauzit. Sur la place de l'Église, Juliana voulut montrer à sa fille la vue sur l'Ardèche et les gorges de Gens et pour ce faire elles s'avancèrent dans l'enclos des Perdurier. Léontine somnolait sur une chaise, sur le pas de porte de sa maison. Le bruit des pas foulant son allée de petits graviers de rivière la sortit de sa torpeur. Elle cligna des yeux. Elle mit longtemps à reconnaître Juliana. Peut-être n'y voyait-elle pas assez bien.

– T'es la sœur de Mariette, bien vrai ?

Juliana hocha la tête et s'approcha de la vieille dame pour l'embrasser. Mais celle-ci leva sa canne pour l'arrêter.

– C'est toi la fugitive de Fontbelair ?

Florine se recula instinctivement jusqu'au muret. Elle comprit alors que sa mère, en partant jadis si précipitamment, avait dressé contre elle tout le village. Sans doute Théodore avait-il contribué à entretenir le malentendu.

– Qu'est-ce qui vous a fâchées, vous, les deux sœurs ? questionna-t-elle.

Offrant un visage jaune de vieille pomme ridée, Léontine Perdurier se mit à avancer sur Juliana, comme elle l'eût fait d'un intrus, la menaçant de son bâton avec force moulinets.

Florine dit d'une voix pincée pour voler au secours de sa mère noyée dans le désarroi :

– Elle avait ses raisons…

La sève de printemps avait fait éclater les bourgeons et ériger les pousses tendres jusque sur le flanc haut de la montagne, là où les murets tenaient les terres. La magnanerie était majestueuse avec sa tour carrée surmontant le reste de la bâtisse. La tuile chatoyait au soleil, rouge et cuivre. L'air vibrait d'insectes, tandis que, sur la pente du chemin, on entendait le ruissellement des eaux sous la terre ocre et la pierraille blanche.

Les barbes peinaient à tirer la jardinière ; la boue avait mastiqué les tampons de frein sur le fer des roues.

– J'aurais dû passer par Valgrande. Là-bas, la route est mieux entretenue.

Juliana se surprit elle-même. Elle avait conservé tous ses souvenirs de Fontbelair intacts, au creux de sa mémoire. Ici, rien n'avait changé. Les accols, les plantations de mûriers, les châtaigniers et aussi les jardinets à étages, avec leurs alignements d'aulx, d'échalotes, d'oignons, leurs vieux pieds d'artichauts sauvés du froid par le paillis. Elle demeura de longues minutes à ausculter l'espace autour d'elle. Elle ne se résignait pas à croire que le temps s'était arrêté en Ardèche à ce point, que malgré le cycle des saisons et les dix-sept années, rien ne s'était altéré ou si peu, rien n'avait été ajouté ni retranché, comme à un vieux texte sacré. « Les gens de ce pays ont voulu que la terre demeure immémoriale. Peut-être craignaient-ils que le progrès ne l'endommage ou la corrompe, qui sait ? Ainsi les hommes qui restent sur ce sol scellent un pacte, celui de ne rien détruire pour user jusqu'à plus soif de ce que leur offre la terre nourricière. Grande solitude, petit dessein. »

Juliana se tourna vers sa fille.

– Crois-tu que tu aurais pu grandir ici ?

– Non, dit-elle.

– Tandis que je partageais la vie de Fontbelair aux côtés de ma sœur, je ne me rendais compte de rien. La montagne avait anesthésié en moi toute ambition. J'étais aussi aveugle que ceux qui se sont laissé prendre au mirage et qui marchent sur ce sol comme des somnambules. Mon Dieu, s'écria-t-elle en franchissant le dernier muret, comment Silvius a-t-il fait ?

– Que dis-tu maman ?

– Quelle détermination, quelle force, quelle énergie lui a-t-il fallu pour fuir ce pays !

– Mais toi, maman, tu l'as fait ? Tu es bien partie d'ici ?

– Ce n'est pas la même chose. Moi, c'est la haine qui m'a donné le courage, la haine et la honte, et le désespoir aussi.

– Qui sait si Silvius n'était pas possédé par la haine des siens ?

Depuis dix bonnes minutes, Mariette suivait pas à pas la progression des deux femmes menant la carriole à la bride. Elle avait reconnu sa sœur après que l'équipage eut atteint les figuiers de Charassol. Aussitôt Mariette s'était sentie prise de panique, s'agitant en tous sens, se répétant d'une voix perdue qu'elle ne les recevrait pas, qu'elle irait se cacher dans la cave, qu'elle demanderait à Gianno de leur raconter une histoire pour justifier son absence. Mais la maîtresse de Fontbelair n'en fit rien. Elle finit par se figer dans une pose extatique, le visage collé à la vitre de la magnanerie. « Je voudrais mourir, se murmurait-elle. Pourquoi faut-il que je sois encore là ? Alors que lui est parti… Et que, chaque nuit, je le trahis… Mon corps se rend et mon âme s'attriste. »

Puis Mariette se décida enfin à descendre les marches une à une, pesamment. Elle sortit dans la lumière, écartant d'une main ferme le fichu qui domptait sa chevelure.

Depuis qu'elle était devenue la maîtresse de Fausto, Mariette se plaisait à gommer toute féminité en elle, comme si cet artifice suffirait à l'éloigner d'elle. Mais son corps la trahissait une fois dévêtu, son corps se livrait sans que nul paravent ne pût le protéger.

– Oh mon Dieu, ta fille, Juliana, comme elle est jolie ! s'écria-t-elle.

La sœur de Lyon hésitait à approcher tandis que Florine se sentait étrangère. Elle s'ennuyait déjà, elle qui n'avait vécu qu'à la ville et qui jugeait la nature tellement hostile. Sur ce point, Juliana avait su lui instiller son virus, la haine de ce pays où elle s'en retournait pour un bref, si bref séjour.

Enfin Mariette s'avança pour observer la jeune fille. Puis

elle se mit à sourire lorsqu'elle eut enfin la confirmation de ce qu'elle espérait découvrir.

– Je suis rassurée, dit-elle en se tournant vers Juliana.

– De quoi donc ?

– Elle n'a rien hérité de lui.

Juliana éclata de rire et prit sa sœur dans ses bras. Mariette se laissa faire, bien qu'elle n'aimât guère les cajoleries et les effusions sentimentales. Mais après tant d'années…

– Tu sais pourquoi j'ai disparu sans rien dire, comme une voleuse ?

Mariette hocha la tête.

– Nous ne dirons rien de tout ça. Le silence nous rendra fortes !

Des anciennes vignes de 1880 abandonnées après la maladie, sur le flanc sud de la colline, il ne restait plus que dix pieds de mourvèdre, miraculeusement rescapés du désastre et que Pauline Andromas avait laissés en tonnelle. Les deux sœurs s'y installèrent pour passer l'après-midi. Le vent portait les fragrances printanières de la terre revigorée. Les souvenirs communs occupaient leur silence. Elles fixaient la vallée, toutes deux, le visage tourné dans la même direction. Et peut-être pensaient-elles la même chose, qu'il était sage enfin de ne rien dire qui puisse nuire aux retrouvailles.

– Pourquoi les filles ne viennent jamais te voir ? Tu ne mérites pas ça, tout de même…

Une larme coula sur le visage de Mariette. Une minuscule larme. Une perle de jour. Mais Juliana ne chercha pas à en savoir plus qu'il n'était autorisé d'une sœur. Elle avait compris que ce silence lui était réparateur, comme le vent chaud, l'aouro, qui soufflait du sud-est. Peut-être se paierait-il en pluie dans les jours à venir.

Mariette se tourna de côté, la main posée sur son chapeau de toile jaune. L'aouro voulait le lui ôter, mais elle lui résistait, car ce n'eût été convenable de lui abandonner sa belle chevelure noire, tandis qu'il s'acharnait dans celle, fauve, de sa sœur, à lui faire une tête de pécheresse.

– Ça décorne, dit Mariette.

– Ça fait du bien. On se croirait en bord de mer.

– Je ne sais pas. Je n'y suis jamais allée, avoua Mariette.

– Tu ne quitteras plus ta magnanerie. Pourtant, tout ça se meurt.

– Je mourrai avec elle. Dieu m'a posée ici et je me dois d'obéir à mon destin.

– Quelle drôle d'idée. Si seule avec ce domestique. Pourquoi Fausto reste ici ? Qu'a-t-il à y gagner ?

La dame de Fontbelair se mit à rougir. Chaque fois qu'on prononçait le nom de Fausto, des tressaillements de volupté la parcouraient. Bien sûr, Juliana remarqua son embarras mais n'y vit aucune malice. Comment imaginer que cette sœur résignée et soumise eût pu encore aimer un homme à la folie ?

– Eugénie a oublié qu'elle avait une mère. Son école de Largentière la tient corps et âme. Quant à Pauline, elle s'est vendue au Sitbon. Mais qu'importe, je n'ai jamais eu le moindre lien affectif avec mes filles.

– Comment peux-tu dire ça ? Sans un cillement de regard.

– Peut-être n'ont-elles jamais compris que j'étais différente de leur père ?

Juliana se sentit gagnée par une profonde tristesse. Elle venait de comprendre combien la rudesse de la vie campagnarde avait durci le cœur de Mariette. « Ce sont des stigmates ineffaçables », pensa-t-elle. À ce moment de leur conversation, il lui eût été facile de se comparer à Mariette, de juger que la vie citadine rend les êtres plus perméables à l'évolution du monde.

– Quant à Silvius…

La mère fut prise d'un hoquet et sa gorge se ferma, comme si l'émotion la paralysait. Elle s'y reprit à deux fois, hésitante.

– La grande déception de ma vie, chuchota-t-elle.

Le vent chaud se voulait caressant, ensorcelant, au point de réveiller les insectes et les lézards de muraille. C'était un avant-goût d'été qui frappait à la porte du ciel. Mais rien n'autorisait à le croire, cet aouro trompeur, car il pourrait tout aussi bien apporter la dernière gelée dans les vingt-quatre heures, un froid contenu sur le plateau du Coiron, un fond de burle oublié.

– Silvius est heureux avec sa petite Roxane, non ?

– Ce n'était pas son destin.

– Rien n'est écrit.

Mariette offrit alors un visage buté, fermé. Ce sentiment si fort qui l'avait jadis possédée, comme une illusion trop longtemps couvée dans les secrets de son âme, était désormais dévasté.

– Son père lui avait demandé de rester à Fontbelair pour sauver son héritage. Maintenant, tout ira à vau-l'eau. Les pauvres vivent au jour le jour mais rêvent au long cours. L'aurais-tu oublié ?

– Je n'ai rien perdu de mon passé, les jours heureux et les heures tragiques. Mais la générosité des pères et des mères exige que l'on lâche la bride à temps, avant qu'elle ne devienne la corde du pendu.

Mariette croyait encore que son mari s'était supprimé parce qu'il n'y avait plus d'espoir à Fontbelair et que la dernière chance de la maison s'était envolée avec le fugitif, l'enfant élu. Mais elle se garda bien d'évoquer cette hypothèse, sachant sans doute que sa sœur ne parviendrait pas à la comprendre.

– Nous ne nous chercherons aucune excuse, dit Mariette d'une voix ferme. Nous avons porté Fontbelair au plus haut et il n'y a personne pour reprendre le domaine…

Juliana resta confondue par ce « nous », par le sens étrange qu'il recelait, l'association des Andromas à laquelle sa sœur se sentait encore rattachée. Elle avait espéré qu'à la mort de Théodore, Mariette s'affranchirait enfin de ce vieux pacte marital.

– Tu es une Martelet, oui ou non ?

Mariette n'avait toujours pas répondu quand Gianno Fausto vint saluer la visiteuse. Le domestique portait un pantalon en coutil serré au genou et des bottes de cuir hautes, une chemise de lin ouverte sur sa poitrine, les manches retroussées au-dessus du coude. La sueur perlait sur son visage. Il s'approcha de Mariette mais celle-ci s'écarta.

– L'herbe est trop rase pour vos chevaux, Juliana, dit-il. Je leur ai apporté du foin pour qu'ils se nourrissent. C'est bien maigre, tout de même. À croire qu'on les traite mal dans les écuries Artige.

Juliana le remercia d'un mouvement de tête.

– Vous devriez aller fermer les fenêtres de la magnanerie, ordonna Mariette.

Gianno hésita. Parfois elle le tutoyait, parfois elle le vouvoyait. Le temps du plaisir et des câlineries méritait cet égard, puis s'en revenait la rudesse de la maîtresse de ferme. Le ricanement de l'ouvrier attira l'attention de Juliana. Elle n'avait jamais connu un Fausto aussi insolent, aussi insistant.

– C'est à moi, maintenant, de m'occuper de la magnanerie ? Comment me faut-il le prendre ? dit-il en frôlant Mariette, comme s'il voulait la bousculer.

Mais lestement, elle se recula, craignant sans doute qu'il révélât par un geste de trop le sentiment singulier qui les liait tous deux. Après qu'il fut parti, Juliana demanda :

– Eh bien dis donc, il y a quelque chose qui a changé ici ?

– Quoi donc ?

– L'assurance de Fausto. Après tout, cela se conçoit.

– Comment cela ?

– C'est le seul homme qui te reste. Un homme, c'est bien utile pour les rudes tâches. Et on se sent moins seule.

Mariette haussa les épaules. Elle contint sa rage, se jurant bien à cet instant qu'elle mettrait un terme à cette histoire. Mais cette ambivalence des sentiments lui ressemblait tellement, comme s'il n'était plus rien qui fût avéré en son cœur. Tantôt prisonnière, tantôt geôlière, les rôles s'intervertissaient d'une heure à l'autre. Peut-être était-ce la seule vertu dont elle eût hérité à la mort de Théodore, une liberté nouvelle, une vacuité insensée, qu'elle ne parvenait à apprivoiser.

5

À peine installée à Fontbelair, Florine montra des signes d'impatience. Elle n'avait aucune curiosité des lieux et de l'histoire de sa mère, comme si déjà la jeune fille avait compris que c'était un voyage inutile.

– Pourquoi ce pèlerinage ? Qu'as-tu besoin de te prouver ? demanda-t-elle.

Les deux femmes arpentaient le chemin de Valgrande, bordé par une garrigue peuplée de genêts, de chênes blancs, de cades et de pistachiers. Juliana voulut lui faire humer quelques odeurs persistantes et parfois entêtantes obtenues en écrasant dans la main des pousses nouvelles ou en écorchant le bois tendre.

– Je cherche ce à quoi j'ai échappé, répondit Juliana.

– Et à quoi as-tu échappé, maman ? répliqua Florine.

La mère allait d'un pas dansant en effleurant les roches instables. Il semblait qu'elle connaissait ce paradis par cœur, dans les moindres recoins, y compris les petites clairières où les chèvres avaient nettoyé le maquis. Mais Florine détestait s'y égarer, comme si elle craignait que la garrigue se refermât sur elles avec ses sortilèges de forêt enchanteresse.

– Tu ne m'as pas répondu, insista la jeune fille dont la robe s'accrochait aux buissons lorsqu'elle frôlait le bord de la sente.

– J'aurais fini par m'encroûter dans cette montagne et par oublier ce qu'est l'ambition d'une femme honorable.

Florine salua les mots de sa mère par un sourire ravi. Elle ne voulait rien entendre d'autre qu'une justification.

– Et quelle fut ton ambition ?

Juliana se retourna en écartant une branche de cornouiller, puis attendit que sa fille l'eût rejointe pour dire d'un ton désabusé :

– Travailler chez Girardin. Et alors, s'offusqua-t-elle, pourquoi en rougir ?

Elle avait flairé ce que sa fille pensait à ce moment, que l'atelier de couture Girardin n'était pas digne d'elle et que, peut-être, sur ce point, elle n'avait pas été assez exigeante.

– Tirer l'aiguille pour les petites dames de Lyon, exulter à chacun de leurs caprices, se faire rabrouer pour un ourlet trop court, ce n'est pas une situation enviable, certes, mais du moins t'ai-je apporté ce que tu étais en droit d'attendre d'une mère : la protection, les bonnes manières, la respectabilité. J'ai travaillé dur pour parvenir à mes fins. La vie n'a pas été facile. J'ai passé des nuits entières devant la machine à coudre pour faire des extras à la maison. Peut-être n'ai-je pas obtenu tout ce que je désirais, rue Doyenné, mais ma constance dans l'ouvrage nous a permis de tenir un petit rang dans la ville, et d'un certain point de vue, de nous élever au-dessus de notre condition. Pour le reste…

Elle parut absorbée par une idée tenace, hésitant à la livrer telle quelle à sa fille, comme si c'était par trop sérieux pour elle.

– Oh, bien sûr, j'ai eu des rêves, comme tout le monde. Des rêves de grandes dames, des appétits de fortune, des envies de voyage…

Elle eût pu ainsi longuement énumérer tout ce qu'elle avait raté.

– Après tout, ce que je ne suis pas parvenue à atteindre, toi, peut-être, y parviendras-tu…

Juliana conservait de sa petite expérience une certitude selon laquelle « toute existence finit par porter ses fruits pourvu qu'on s'attache à faire de son mieux. Mais le rêve, non… Jamais. Ça ne sert qu'à supporter les désagréments de l'existence ».

– Voilà qui met un terme à l'insouciance de ma jeunesse, dit Florine en rajustant son chapeau de paille qu'une branche de chêne venait d'ôter. Dis, maman, est-ce vrai que la récréation est terminée ?

La jeune fille s'amusa de l'étonnement qu'elle venait de susciter. Autrefois, c'était une réflexion ordinaire que celle-ci, lorsqu'il lui fallait cesser ses jeux dans la cour de l'immeuble de la rue du Bon-Pasteur pour faire ses devoirs.

– Oui, dit Juliana d'un air enjoué en prenant sa fille par le coude.

En cet endroit, le chemin était plus confortable avec sa forte assise de pierres blanches, plates et larges. Au fur et à mesure qu'on s'élevait, les arbres se faisaient plus rabougris, squelettiques, décharnés, comme si la terre ne parvenait plus à les nourrir.

– Oh c'est bien triste, déplora Florine. Moi qui espérais tellement que la récréation s'éternise.

Soudain, Juliana prit un visage sérieux et sa voix se fit plus ferme :

– Tu devras te résoudre à ne plus fréquenter le cercle social. Il est là-bas des influences qui finiraient par gâter tes ambitions. Vois donc ton frère !

– Silvius ? Tu veux parler de Silvius, n'est-ce pas ? Mais maman, c'est mon demi-frère.

– Ce n'est pas le moment de finasser.

– Qu'a-t-il de plus que moi, le petit Silvius ?

Les femmes cherchèrent un peu d'ombre. Les arbustes étaient si chétifs qu'on distinguait au loin le cirque de Gens.

– Après que tu l'as entraîné au cercle social des Terreaux, il a décidé de n'y plus jamais mettre les pieds. En une soirée, ton frère a réalisé ce que d'autres, moins rusés que lui, mettent dix ans à comprendre. Si ce n'est pas du talent, ça ! Tu ferais bien d'en prendre de la graine. Tâche de suivre son exemple, de marcher sur ses pas aveuglément.

Bien qu'elle fût d'une humeur enjouée ce jour-là, Florine sentit de l'amertume poindre en elle. « Tu ne me feras pas perdre patience, se promit-elle. Tu ne réussiras pas à me faire sortir de mes gonds. » Dans les conversations, c'était devenu une manie de la comparer à son demi-frère, comme si Juliana cherchait à cerner dans cette filiation hasardeuse la quintessence même des Martelet.

– Moi, se défendit-elle d'une voix mesurée, je n'ai pas son esprit conquérant. Ma pauvre maman, nos histoires diffèrent et cette dissimilitude a sans doute influé sur nos caractères respectifs. Tu ne crois pas ? Silvius a été frustré de son enfance, tandis que la mienne a été heureuse.

– Protégée, tu veux dire ?

Florine hocha la tête. Elle n'éprouvait aucune honte à cette évidence. « S'il faut avoir été infortuné pour gagner l'admiration d'une mère, alors cette vie n'a pas de sens, se dit-elle. N'est-ce pas le rôle des familles de combler leurs enfants ? Et si la dureté forme des esprits trempés, alors il n'est plus qu'à placer les enfants en bas âge dans des maisons de correction ou de redressement, quitte à les punir incessamment de fautes imaginaires... » Elle chercha à exprimer ce singulier paradoxe, mais n'y parvint pas ; les idées se bousculaient dans sa tête. Peut-être était-elle jalouse de Silvius, de l'intérêt qu'il avait suscité à son arrivée à Lyon sans un sou en poche avec ses illusions de petit paysan ardéchois. Juliana l'avait pris en affection, forcément, puisqu'elle avait un compte à régler avec les Andromas, un compte à solder avec Fontbelair et son ogre maléfique. Ce Silvius au moins s'était sauvé, tel le Petit Poucet, pour ne pas se faire dévorer…

– Il restera un exemple, insista Juliana. Pour toi, bien sûr, qui n'as aucune ambition dans la vie. Voudrais-tu faire un misérable mariage ?

– Je n'y songe pas le moins du monde, fit-elle en s'agitant en tous sens, comme si l'on venait de glisser dans l'encolure de sa robe une pincée de poil à gratter.

– Mais alors, qu'est-ce donc qui te décidera à faire quelque chose de tes dix doigts ?

Un silence, un long silence se mit à planer sur les hauteurs de Valgrande. L'air chaud semblait suspendu au ciel sans nuage. Il en irait demain comme aujourd'hui, un beau fixe de mille soixante millibars.

– Je ne suis pas décidée à faire mon trou en jouant des coudes, se défendit-elle. Ne t'en déplaise mais mes fréquentations du cercle de la rue Lanterne sont honnêtes, des garçons pétris d'idéal. Bref, tout ce que petit Silvius ne représente guère. Et si je devais abandonner mes camarades, ce serait pour moi un déchirement. Ma pauvre maman, tu n'as aucune idée de ce que nous prépare le prochain siècle. Il est des causes nouvelles qui doivent émerger pour que le monde soit meilleur. Tôt ou tard, ce sera comme une éruption volcanique, des forces incontrôlables se mettront en mouvement. Ainsi sera l'avenir, un chaudron bouillonnant où mijotera le ferment des causes justes. Ton Silvius est loin, si loin de mes préoccupations. Pourquoi devrais-je l'admirer ? Ce serait renoncer à tout ce que je crois…

– Tais-toi donc, s'offusqua Juliana. Tu me fais peur.

Au retour de Valgrande, Florine se mura dans le mutisme. Elle ne fit plus que de courtes apparitions dans la maison de Fontbelair. Il lui pressait même de repartir à Lyon, et peut-être de rencontrer Silvius pour tordre le cou à quelques malentendus. Pendant ce temps, les deux sœurs Martelet, Mariette et Juliana, s'employaient à établir une sorte de compromis sur la mémoire honnie de Théodore.

« Et ce fameux père, tout juste mon géniteur, se demandait Florine, ai-je envie d'en savoir plus sur lui ? » Oscillant entre le mépris et la curiosité, elle descendit à Chauzit, là où la vieille femme, assurément bigote, les avait rabrouées deux jours plus tôt. Elle visita le bourg, entra même dans l'église, ausculta les lieux et s'enfuit lorsque le curé de Merle montra un bout de soutane.

– Je ne prie pas puisque je ne crois en rien, s'amusa-t-elle à dire à voix basse. C'est ma religion, chasser les relents opiacés de la sainte parole.

Près du cimetière, un cas de conscience pesa sur elle. Devait-elle s'avancer jusqu'à sa tombe ? Ou suivre son chemin, comme si de rien n'était. Elle se haussa sur la pointe des pieds pour voir par-dessus le mur. Le carré était bien garni, les sépulcres enchevêtrés les uns dans les autres avec leur forêt de croix. Autour de l'allée centrale, des coursives cheminaient en labyrinthe, encadrées d'ifs, bien vivants eux. Il se trouvait même un olivier égaré dans la pierre blanche taillée à la mesure des morts logés à l'étroit. Florine eut un haut-le-cœur. Rien ne l'intimidait plus que la mort et ses rituels. Elle se disait que le spectacle n'était pas de son âge, et son impression fut renforcée lorsqu'elle vit sortir de ce dédale une vieille femme en noir, cassée en deux sur sa canne heurtant le pavé. Elle eut un regard pour elle, aussi désespéré que l'ombre qui l'accompagnait. Florine détourna les yeux. « Vient-elle ici pour se préparer à sa villégiature éternelle ou visiter ses chers disparus ? » se demanda la jeune fille. Mais la réponse ne l'intéressait guère, puisqu'elle lui révélait sa propre angoisse.

– J'ai un père ici… Un père, façon de parler, un père qui a refusé de me voir, et peut-être même pire encore, de croire que j'étais sa fille, scandaleusement conçue dans un moment d'égarement. Comprenez-vous ?

La vieille femme se retourna en pivotant sur sa canne. Elle l'observa attentivement, chercha à comprendre le sens de cette parole et le rôle que celle-ci voulait lui assigner.

– Qui donc ? demanda-t-elle d'une voix éraillée.

– Théodore Andromas. Vous l'avez connu ? Oh, sûrement que vous l'avez connu, cet homme. Un homme tout de même, malgré sa faute, rectifia-t-elle.

La vieille dame en noir se mit à hocher la tête.

– Oui, je vois.

Elle désigna l'angle gauche du carré. C'était là qu'il dormait, contre le mur.

– À quoi ressemblait-il ?

– Secret, dit-elle, secret et sombre. Jamais une parole. Ça vivait dans la montagne avec les chèvres. Au Gras ou à Cujols. Le vent se souvient.

Elle eut un sourire.

– Le vent ? interrogea Florine.

– Oui, le vent, été comme hiver, entre mistral et burle. Tout se disperse sur la terre du Seigneur en poussières de vie et de mort.

6

Il ne s'écoulait jamais trois jours sans que Silvius Andromas visitât les ateliers de la rue du Chariot-d'Or. C'était par trop sentimental. Ici, on lui avait donné sa chance dès son arrivée à Lyon. Durant les premiers temps, il avait travaillé pour un salaire de misère. Toutefois, M. Chavanne, le chef d'ateliers, lui avait tout appris ou presque en quelques semaines. De cette expérience, une impression mitigée lui était restée. Une légère contrariété. Désormais, ses relations avec les tisseurs, catégorie inférieure contre laquelle il bataillait sans concession pour garantir à ses maîtres des bénéfices substantiels, s'avéraient plus compliquées. Silvius était un atypique. Tous ses collègues de la place des Jacobins honnissaient les ouvriers, les petits chefs, les maîtres tisserands, tant ils s'estimaient appartenir au gratin du négoce de la soie. On ne s'intéressait pas au grège, mais à la soie ouvrée.

Chaque fois, Silvius aimait à retrouver l'odeur poussiéreuse du grège, cette odeur si particulière qu'il avait connue dans son enfance à la magnanerie familiale. Ici s'ajoutaient les effluves de teinture, dont l'aniline et la quinine qui entrent dans la composition de la mauvéine et de l'indigo par exemple. Silvius ne manquait pas de faire le tour des métiers, saluant ici et là ses anciens instructeurs. Il avait passé plus de temps qu'il ne l'aurait souhaité aux ourdissoirs, en tant que simple manutentionnaire, même si Odilon Chavanne avait su déceler en lui quelques qualités. Et si les circonstances n'en avaient décidé autrement, il eût fait sans doute, avec le temps, un bon tisseur.

Ce matin d'avril, la pluie tombait à seaux sur la Croix-Rousse. Surpris par la giboulée, Silvius avait traversé la place Belfort au pas de course et s'était engouffré dans l'atelier Colomier & Pleynet sans prendre le temps de frapper aux vitres, comme il en avait l'habitude. Mme Vaucresson, la gardienne du temple, se tenait debout, derrière sa banque.

– C'est donc un peu de pluie qui vous met dans cet état ? persifla-t-elle. Vous êtes devenu bien délicat ! J'ai pourtant des choses à vous dire, peu agréables, et je doute que vous les preniez en bonne part.

– Dites toujours, Germaine ?

– Vos règlements sur la commande Tourtain, des bordures chenilles à la mode ancienne, de la passementerie et j'en passe, on est loin du compte. Comment le chef va-t-il faire pour payer les compagnons ? Vous avez déjà négocié sur la commande et maintenant vous en remettez une couche au solde.

Andromas baissa la tête. Son chapeau dégoulinait d'eau et ce désordre énervait la comptable.

– Vous ne dites rien ? C'est un comble.

– Que pourrais-je vous dire, Germaine ?

– Ce n'est pas vous qui avez retranché la somme ?

– Non. À la remise du bordereau, j'ai indiqué le prix conclu, mais… Voilà, on est repassé par-derrière…

– Qui donc ?

– Je ne veux plus avoir affaire avec les ateliers d'Octave.

– Ah ! je comprends.

Dans un recoin obscur de son bureau, Odilon Chavanne avait suivi l'altercation. Silvius tendit la main mais le chef refusa de la lui serrer.

– Tu es un Colomier comme les autres. Tu as du sang sur les mains. Tous, vous ne rêvez que de nous voir crever la gueule ouverte. On serre le prix à la commande, on serre encore à la livraison, on discute sur la qualité du façonnage… C'est la guerre, la guerre ! s'écria-t-il.

– Je ne pourrais pas remettre en cause une décision d'Octave Colomier et rectifier le bordereau. Déjà que je ne suis pas en bons termes avec lui.

– Et Francisque ? Il ne peut rien, lui ? Mettre fin à cette guerre des concurrences…

Germaine éclata de rire. Elle fixait le jeune Silvius dans son costume de bonne facture orné d'une chaînette d'or. Il avait retiré un de ses gants en chevreau pour serrer la main de la comptable et le tenait désormais dans l'autre, ce qui lui prêtait une allure de dandy. Cette impression se trouvait renforcée par une cravate bleu de Prusse en soie moirée. Mme Vaucresson ne doutait plus qu'il fût entièrement du côté des Colomier et qu'on ne pourrait tirer de lui, désormais, que de vaines lamentations.

– Odilon, tu l'as mal dressé, ton arpète.

– Le jour où il est entré aux Jacobins, il a vendu son âme au diable.

– Les fils Colomier ont un héritage à défendre, mais lui ? insista Germaine.

À dessein, elle prenait une voix gouailleuse et se tenait, derrière sa banque, solidement campée sur ses bottines, les mains plaquées sur les hanches.

– Il a épousé la dernière, Roxane, renseigna Chavanne, deux doigts glissés dans les poches de son veston de velours vert.

– Elle ne le gardera pas. Dans la famille, les pièces rapportées ont toujours fait des cocus, non ?

Silvius affrontait, bras croisés sur la poitrine, l'adversité. Il ne baisserait ni la garde ni le regard, jusqu'à ce qu'on fût à bout d'arguments. Les ouvriers s'étaient approchés pour voir la scène. Il faisait un bouc émissaire épatant pour le coup, un souffre-douleur idéal. On pouvait se payer un employé des Colomier à peu de frais, sans risquer quelque retour de flamme. Chacun avait compris que le jeune Andromas avalerait les couleuvres sans rien dire, ni se plaindre. Du reste, qui pourrait prendre sa défense ? Voici des propos dont Cyril et Octave ricaneraient en douce. Tant qu'on se raillait du petit employé, le maître resterait à l'abri. N'était-ce pas la position idéale ? Après tout, ne l'avait-on point engagé pour cette besogne, essuyer la colère des chefs d'ateliers ?

D'un geste, d'une chiquenaude, Chavanne fit signe à Andromas qu'il pouvait se retirer. Mais le jeune homme resta sans bouger, le regard froid, imposant, comme s'il lui restait encore dans les veines un peu de sang chaud.

– Vous me payerez cet affront, monsieur Chavanne. Vous me le payerez un jour, répéta-t-il. Je ne suis en rien responsable de cette malhonnêteté. Le fiel ne saurait m'atteindre, parce que je sais, en mon âme et conscience, que je me vengerai. Souvenez-vous de moi. Souvenez-vous, tous, ici.

Il fit un moulinet du bras pour englober l'ensemble de l'atelier.

– Allez, allez, du vent. Dehors ! s'écria Chavanne.

Le jeune homme se retira aussitôt, fermant la porte à grand bruit. Et quand il fut sur la place, face à l'atelier, il se mit à jurer furieusement. Puis il se dirigea vers le caillou de la Croix-Rousse, sous la pluie qui tombait à verse. Désormais, cette eau du ciel lui était salutaire. Il aimait à la sentir couler sur son visage. C'étaient des larmes qui ne lui coûtaient rien, puisque les vraies, il les gardait en lui, avec cette dureté de caractère héritée de Théodore, un père dont il se sentait si proche, soudainement.

Comment Silvius Andromas eût-il pu deviner que l'association Colomier-Pleynet battait de l'aile ? Depuis plusieurs mois, les deux hommes d'affaires, partenaires depuis une vingtaine d'années, se rendaient coup pour coup, cherchant sans doute à s'affranchir l'un de l'autre à peu de frais.

L'usine du Chariot-d'Or avait été fondée par le père Pierre-Auguste Pleynet après les événements de 1831. La révolte des canuts avait poussé nombre de fabricants à créer des établissements dans lesquels les tisserands pourraient produire sous la protection des marchands de soie. On établit quelques conventions et protocoles âprement négociés par lesquels on instaura une paix sociale sous l'égide de la solidarité et de l'entraide. À l'usage, cette organisation apporta quelques améliorations, mais les vieux démons s'en revinrent, pas à pas, égoïsme, individualisme, esprit de lucre, creusant un fossé entre les ouvriers, les chefs d'ateliers et les négociants. M. Romain Pleynet, le fils avait la passion de la fabrique et des produits manufacturés ; il chercha donc un négociant digne de lui fournir des débouchés sur le marché de la soie. Ainsi s'adjoignit Francisque Colomier. Au départ, chacun se sentit à l'aise dans son pré carré, Romain Pleynet en poursuivant ses travaux et recherches sur l'élaboration de techniques novatrices et Francisque Colomier en conquérant des marchés sur plusieurs continents dont l'Amérique et l'Angleterre. La rentrée de subsides conséquents fut le ciment de leur alliance. Mais les premières difficultés eurent raison de cette belle entente. Romain Pleynet milita pour une évolution des techniques de fabrication tandis que son associé de la place des Jacobins se voulut le champion d'une soie richement ouvrée pour une clientèle plus rare.

Après la vive altercation du Chariot-d'Or, Silvius Andromas se fit conduire en fiacre rue Juiverie, bien que sa journée de travail fût à peine commencée. Le découragement l'avait saisi comme jamais encore dans sa vie. Il avait mesuré durant tout le trajet la petitesse de sa condition.

« Moi qui croyais posséder de solides relations et quelque respectabilité, me voici comme un roi nu, se dit-il. Quant à mes menaces, signifiaient-elles autre chose que mon impuissance à inverser le cours des choses, puisque je ne possède aucun appui fiable dans ma propre maison. Mes beaux-frères ne rêvent que de me voir mordre la poussière. Et si je ne m'abuse, ils intriguent dans mon dos pour m'écarter des affaires. »

Pour seule consolation, Silvius n'avait donc plus qu'à courir dans les jupes de sa Roxane. « Elle, au moins, me comprendra... Et qui sait ? peut-être me prendra-t-elle en pitié, une fois encore, comme elle le fit le jour où l'on refusa de me recevoir place des Jacobins ? »

À peine entré dans l'hôtel particulier des Colomier, il hésita à monter. Une sorte d'angoisse l'étreignit, si vive et prégnante qu'il se crut pris de malaise. C'était en vérité une sorte de vertige, comme s'il se trouvait au bord d'un précipice, immobilisé par la peur. Certes, il avait envie d'en sortir, plutôt indemne, mais il ne savait plus comment s'y prendre. Un pas en avant, un pas en arrière ? Le jeune homme s'assit au coin de l'escalier, adossé au balustre de pierre. La lumière tombait du sommet de l'immeuble dans la vaste cage qui distribuait les étages. Une odeur de cire et de térébenthine flottait dans l'air. « Le parfum des maisons bourgeoises », pensa-t-il, en se souvenant des odeurs de son enfance. Il avait tout connu, les effluves aigres de la chèvrerie de Cujols, l'odeur de cadavre de la magnanerie de Fontbelair, la senteur aillée des cuisines du Maillazet… Toutes, les unes après les autres, avaient marqué son histoire. Et il s'était affranchi d'elles, comme on quitte une île avec le sentiment de n'y jamais revenir un jour.

« Me voici peut-être, encore une fois, à la porte de cette maison, songea-t-il, prêt à partir pour d'autres îles inconnues ? » Il prisa fort cette détresse qui le submergeait. Elle paraissait lui redonner vie et conscience d'être. Elle lui fouettait le caractère. À trop baisser la garde, l'âme s'attendrit sur elle-même inutilement, alors qu'il lui faut les passions pour la stimuler. Ainsi se leva-t-il d'un seul mouvement, chancelant un peu sur ses jambes tremblantes. « Tu dois te battre, se dit-il, comme on te l'a appris, avec tes armes favorites : l'indifférence, le cynisme à l'endroit de tes adversaires… Ne jamais les craindre, même s'ils brandissent leur arrogance. La vie est ainsi faite ; l'infortune et la chance sont soumises au mouvement perpétuel du balancier. Ce qui s'éloigne de toi finit par revenir… Mais alors, une seule règle, comme art suprême du savoir-être : ne point rater cet instant. »

Comme la journée avait si mal commencé, Andromas se jura de la tuer par une longue promenade : traverser la presqu'île de la Saône au Rhône, flâner le long des quais, puis monter à la Croix-Rousse, histoire de faire un brin de conversation avec les joueurs de boules du Clos-Jouve. Peut-être s'offrirait-il un mâchon dans un des bistros de la rue de Crimée avec, au menu, une salade de lentilles et un saucisson chaud accompagné d'un pot de beaujolais.

Place des Terreaux, son attention fut attirée par un fiacre qui roulait lentement, presque sur ses talons. Silvius fit un saut de côté pour lui laisser place en bougonnant. Il n'y avait pas foule à cette heure, ni grand trafic, au point de serrer de près le piéton. Mais l'attelage marqua l'arrêt et, de la berline fort bien carrossée, descendit un petit homme à moustache et chapeau melon. Andromas accéléra le pas pour couper par la fontaine Bartholdi. Mais l'homme le rattrapa.

– Hep, monsieur ! cria-t-il.

– Que me voulez-vous ? Nous ne nous connaissons pas.

– Quelqu'un souhaiterait vous parler, monsieur.

– Moi ?

– Oui, vous. N'ayez crainte. Il n'y a pas méprise sur la personne.

Silvius éclata de rire. Et il s'avança de bonne grâce vers la voiture. À l'intérieur, un vieil homme à la barbe fournie s'y tenait, confortablement installé sur une banquette de cuir. L'homme tendit la main avec vivacité et la ramena tout aussi prestement vers son visage.

– Pardonnez-moi cette invite cavalière, reconnut-il.

Le vieux monsieur ajusta son pince-nez aux verres ovoïdes pour mieux l'observer. Cette curiosité intrigua Andromas.

– Que voulez-vous de moi ?

– Une conversation entre deux gentlemen, répondit-il.

– Je ne suis pas l'homme que vous croyez, s'alarma Silvius. Vous vous trompez sans doute.

D'une main gantée, l'homme rajusta son chapeau haut de forme. Il était grand et mince, vêtu d'un costume anglais et portant le nœud papillon sur une chemise de soie gaufrée. La maigreur du visage cerné par une barbe de rabbin blanche apportait quelque noblesse à cet homme dont la voix était posée, presque inaudible.

– Vous vous appelez bien Andromas, n'est-ce pas ? Vous avez épousé une jeune demoiselle qui se nomme Roxane. Il se trouve qu'elle est ma filleule.

Andromas hocha la tête.

– Qui êtes-vous ?

L'homme pointa le pommeau de sa canne vers la vitre du fiacre et tapa à deux reprises pour donner le départ.

– Je suis Romain Pleynet, dit-il amusé à l'avance par l'effet que ne manquerait pas de produire cette révélation.

– Vous ? s'étonna Andromas. Monsieur Pleynet ? L'associé de mon beau-père ?

– Oui. En effet. C'est ainsi depuis quelques années. Nous formons une association fort redoutée sur le pavé de Lyon. Quant à vous, jeune homme, je sais ce que vous valez, ce que vous pensez de nos activités. En bref, je vous connais. Du reste, je connais tous nos collaborateurs. Ceux qui ne méritent pas le salaire qu'on leur verse et ceux qui sont fort mal rétribués.

– Vous me rangez dans quelle catégorie ?

Romain Pleynet se força d'un sourire.

– C'est une question superfétatoire, fit-il en détachant les syllabes.

Le fiacre longeait l'hôtel de ville et se voyait condamné à réduire son allure tant la circulation était dense sur l'avenue de la République. Tramways, omnibus, chariots et charrettes formaient une colonne continue souvent stoppée par un afflux de piétons. Ça allait et venait, incessamment, comme des colonies de fourmis vers le quai Saint-Clair, Tolozan et le pont Morand.

Dans la rue Puits-Gaillot, M. Pleynet fit arrêter sa voiture à l'endroit habituel, c'est-à-dire face au café de la Gaule.

– Je parie qu'un petit remontant ne nous ferait pas de mal. Qu'en pensez-vous, jeune homme ?

Silvius acquiesça d'un mouvement de tête. Comment décliner l'invitation de l'un des cinq ou six grands soyeux de Lyon ? Mais il le suivit non sans crainte. Il ne comprenait toujours pas le motif de cette rencontre. Si elle était fortuite en apparence – comment l'homme d'affaires eût-il pu savoir qu'Andromas se trouvait à ce moment précis place des Terreaux ? –, M. Pleynet avait profité de l'occasion sans la moindre hésitation.

Soudain, l'homme d'affaires se retourna, vif et le pas leste malgré son âge, pour dire à son invité, la pointe de la canne levée vers les hauteurs de la Croix-Rousse :

– Vous n'aurez pas manqué de noter cette singularité : la rue d'Algérie, la place des Terreaux et le Puits-Gaillot forment une frontière nette et précise entre deux mondes, d'un côté le labeur et de l'autre l'oisiveté. Chaque fois, je songe à cette fracture non sans émotion. Nous autres, les marchands de soie, nous devons notre fortune aux petites gens de la Croix-Rousse. Je tâche de ne pas l'oublier. Vous devriez méditer cette pensée, jeune homme. Je crains que ma filleule, notre belle Roxane, sans vouloir amoindrir ses qualités bien sûr, n'ait pas compris d'où lui vient son aisance. Serez-vous assez habile pour lui enseigner cette vérité ? Ce mot de Montaigne que j'adore par-dessus tout me semble adéquat, qu'en toute fortune, nous ne regardons qu'au-dessus de nous et jamais en dessous… Vous lisez Montaigne ?

Silvius avoua son ignorance et M. Pleynet en parut navré. Pourtant, il eût pu lui aussi adapter l'opinion du philosophe selon lequel, en matière de savoir, on se compare semblablement au-dessus plutôt qu'en dessous de soi.

– Oh, monsieur, il ne faut pas m'en faire grief, je n'ai pas longtemps usé mes pantalons sur les bancs de l'école. Et mon savoir, je l'enrichis chaque jour avec les expériences de la vie. Peut-être pourrait-on me reprocher de n'en tirer assez profit…

– En effet, voici qui est bien vu.

Au moment de franchir la porte du café de la Gaule, M. Pleynet ôta son chapeau ; il se savait trop connu dans le quartier, qu'il fréquentait deux ou trois fois par semaine, pour risquer de paraître plus snob qu'il n'était. Et il montra sa déférence en saluant à la cantonade de la tête. Andromas en fut surpris, lui qui, n'étant ni célèbre ni estimé, n'avait à s'annoncer de la sorte, allant et venant en tout lieu sans ne jamais saluer personne, presque insolent, voire méprisant alors qu'il avait tout à espérer de son prochain. « Un homme aussi fortuné et célèbre que Pleynet a-t-il besoin de ménager sa notabilité ? Sa position le mettant audessus du commun, c'est de lui, forcément, dont on doit tout attendre », pensa-t-il.

M. Pleynet possédait ce don si particulier de deviner les pensées de ses voisins à leurs réactions. Ainsi s'amusa-t-il de son embarras.

– Ici, dit-il pour le rassurer, je suis connu comme le loup blanc. J'y fréquente une table de jeu. Lorsque l'ennui m'accapare, il n'est rien de plus réconfortant qu'une partie d'échecs. Connaissez-vous M. Rinck ? C'est un de nos champions, un compositeur de fins de parties hors pair, nota-t-il.

Andromas n'osait placer un mot ni hasarder une question. Il lui paraissait côtoyer un univers inconnu. Et si ce monde le fascinait, il ne croyait point un jour en franchir la porte. « À moins de naître avec cette grâce divine... », se dit-il.

– Faites comme moi, dit Pleynet en jugeant à sa montre que l'heure apéritive avait sonné, prenez une coupe de champagne.

Puis il ajouta :

– À deux pas d'ici, se tient le siège de notre estimable confrérie, l'Union des marchands de soie. M. Marinchard la dirige d'une poigne ferme.

Silvius reconnut son ignorance. Jusqu'alors il n'avait fréquenté que le syndicat des tisserands à Tolozan. M. Pleynet fronça les sourcils.

– Votre beau-père ne vous y a point introduit ? Comme c'est curieux. C'est pourtant l'endroit où se décide l'avenir de notre profession.

– Dans la maison Colomier, je ne suis que la cinquième roue du carrosse.

– Monsieur Gendre, tout de même.

Le jeune homme baissa la tête. Il n'était pas assez stupide pour ignorer que sa place dans l'immeuble des Jacobins se trouvait réduite à celle d'un banal courtier en soie, qu'il était évincé des grandes décisions et qu'on agissait rue Juiverie comme s'il n'existait pas.

– Pourtant, vous seriez fondé à exiger un rôle plus actif.

– Mes beaux-frères ont toujours vu d'un mauvais œil mon mariage avec Roxane.

– Et elle, qu'en pense-t-elle ?

– Je la trouve fort timorée à mon endroit.

M. Pleynet lui fit répéter sa phrase. Il n'en saisissait pas le sens exact.

– Vous voulez dire qu'elle ne vous soutient pas ?

Silvius ne répondit pas. C'était là un jugement qui pourrait lui porter préjudice, au cas où l'homme d'affaires usait de quelque perfidie pour le perdre. Celui-ci comprit sa crainte et s'en amusa. Pleynet voulait vérifier qu'Andromas était plus fin et subtil qu'il ne paraissait et, jusqu'alors, le jeune homme ne lui en avait pas apporté la preuve.

– Il s'agirait que je vous instruise un peu de la fameuse Union. Nous sommes soixante-quinze sociétaires à faire la pluie et le beau temps sur le marché de la soie. Nous avons les banques à nos pieds, dont le Crédit lyonnais avec ses deux cents millions et la Société lyonnaise pour cinquante. Avec ça, nous tenons la filière entière. Nous avançons aux filateurs et aux mouliniers les fonds nécessaires pour acheter et transformer les cocons et, en retour, nous recevons la garantie d'avoir en consignation les soies ouvrées. Les fabriques, dont la nôtre, dépendent du marché ; nos comptoirs de vente exportation-importation orientent les prix à la hausse ou à la baisse. Tout cela est bien ficelé, comme vous le voyez. L'entreprise Colomier & Pleynet est au troisième rang sur la ville de Lyon avec un chiffre d'affaires de deux millions et demi, sachant que le marché de la soie lyonnais représente en tout deux cents millions de francs de capitaux flottants. La place lyonnaise devance aujourd'hui la milanaise, mais pour combien de temps ? Colomier & Pleynet a ouvert des succursales à Paris, Marseille, Londres, auxquelles il faut ajouter les comptoirs de Shanghai, Canton, Yokohama pour l'importation des cocons asiatiques. Pour ces affaires hors d'Europe, nous traitons avec la banque anglaise Hongkong & Shanghai Bank Corporation.

Romain Pleynet parlait avec force gestes, mais d'une voix mesurée, de peur sans doute que ces chiffres ne tombent dans une oreille mal intentionnée. Précaution inutile en vérité, héritée de la vieille époque où les affaires ne se pouvaient évoquer que dans l'antre feutré des salons privés. Il y avait avantage à paraître plus pauvre qu'on ne l'était – par crainte d'une surenchère des doléances ouvrières ou manufacturières – et forcément à vivre caché, sur les hauts de Fourvière, dans une luxueuse villa nommée Les Térébinthes en raison des pistachiers qui ornaient la partie du parc la plus livrée à elle-même.

– Vous pourriez être plus généreux avec les tisseurs. Vous en avez les moyens. Cela amollirait les tensions, les peurs, les défiances.

– À quoi bon ! Les marges ne nous servent qu'à réinvestir et ceci afin d'asseoir notre influence. La générosité, jeune homme, nous conduirait à la défaite dans la lutte de pouvoir avec la concurrence, dont la milanaise qui est redoutable par ces temps. Produire une soie moins chère en jugulant les intermédiaires, voilà le secret. Perdez vos illusions. Et si vous voulez faire carrière dans notre maison, il faudra vous y mettre, vous aussi, à notre doctrine. Vous devrez choisir entre le vertueux cercle social et la profitable confrérie.

D'un œil malicieux, l'homme d'affaires attendit sa réponse. Mais il n'eut pas la cruauté d'insister. Le propre de la jeunesse est de croire qu'une promesse n'engage à rien, qu'une trahison se peut pardonner et que la vie est un champ ouvert sur l'infini.

M. Pleynet décidément se sentait revigoré par cette conversation. Ce n'était pas si souvent qu'il avait l'occasion d'invoquer les lois de son empire bâti sur trois ou quatre générations.

– Et mon beau-père, qu'en pensez-vous, franchement ? hasarda Silvius.

Bien entendu, Romain Pleynet hésitait à répondre. Il triturait ses gants de soie noire, les étirait, puis les lissait sur le coin de la table. D'une chiquenaude, il commanda du champagne.

– Un associé scrupuleux, honnête, loyal…

Il s'interrompit soudain. « N'en jetons plus, pensait-il, parce qu'il faut bien désormais évoquer le revers de la médaille. »

– Sans imagination, reprit-il, un tantinet veule à ses heures, terriblement conformiste.

Silvius se sentait dans ses petits souliers, ne sachant comment accueillir ce jugement terrible qui tombait comme un couperet. Jusqu'alors M. Francisque Colomier était l'homme à Lyon qu'il admirait le plus et qu'il s'était résolu à égaler pour conserver l'amour de Roxane. Une pensée lumineuse l'assaillit. « Et si mon salut se dessinait là, à cet instant, ainsi qu'à la croisée des chemins le voyageur hésite. »

Mais M. Pleynet poursuivait son idée, un monologue farci de silence et de papillotement d'yeux.

– Je ne veux pas le suivre sur cette pente. Je m'interroge. Vais-je défaire notre belle association ? Ou vais-je me résigner ? Voici mon doute. Et personne pour me conseiller.

– Oh je ne sais pas, monsieur, je ne sais plus. Comment voudriez-vous que je vous conseille, moi qui suis un débutant, un pâle béotien sans instruction.

Pleynet agita la tête pour récuser cette opinion. Car il ne croyait pas s'être trompé. Son flair seul, son instinct de loup solitaire, le guidait dans la vie, lorsque ses rêves n'étaient plus que labyrinthes et dédales, inextricables songes.

– Mais non. Vous possédez l'innocence et la fraîcheur d'âme dont je suis dépourvu. La vérité est dans la parole du fou, du jeune fou, pour qui les contingences matérielles, les croyances du passé, les vieilles lunes n'existent pas. Je suis prisonnier de mes pactes, de mes contrats, de mes compromis, de mes alliances, en un mot ligoté comme Gulliver par l'armée des Lilliputiens. Voici la raison de mon impuissance. En vérité, tout homme possède un rêve. Et le mien, présentement, me semble hors de portée. Trop vieux, trop las, trop rompu pour ce grand voyage.

– Mais où donc voulez-vous aller, monsieur Pleynet ?

– Madagascar, fit-il. L'Île rouge. Il vit là-bas une araignée, l'halabé ou plus précisément la *nephila madagascariensis*. Sa particularité consiste à produire une soie inégalée, bien plus fine, résistante et extensible que celle du bombyx. Si nous parvenions à domestiquer cette halabé, nous pourrions livrer sur le marché un tissu nouveau dont l'intérêt serait manifeste. Cette production, selon Paul Camboué, missionnaire à Tananarive qui a fourni à notre confrérie un mémoire assez détaillé, n'est pas sans poser des difficultés.

Il faudrait selon lui plus de dix mille araignées pour une once de soie. Le fil, si je ne m'abuse, serait composé de quatre-vingt-seize filaments... On voit que notre affaire mérite réflexion. Mais j'avoue m'y être intéressé au point d'envisager un voyage dans la fameuse île de l'océan Indien. Pour l'heure, la situation politique ne nous est pas favorable, bien que notre gouvernement projette une opération pour obliger la reine Ranavalo à se soumettre à notre diktat. Je détiens cette information d'Émile Chautemps lui-même. Le ministre des Colonies est un ami. Nous partageons la même loge, ajouta-t-il avec un sourire malicieux. Et selon ses dires, nous nous dirigerions vers un protectorat français sur Madagascar, ce qui arrangerait bien nos affaires.

– J'ai le plus grand mal à imaginer, reprit Silvius, qu'un fil d'araignée se puisse travailler comme celui du ver à soie. Rien n'est plus fragile que ce tissage.

– Détrompez-vous, jeune homme. Celui des halabés a attiré l'attention des premiers explorateurs dès qu'ils virent des indigènes utiliser leur toile pour prendre de petits poissons. C'est un prodige de la nature dont nous devons tirer parti. Et je suis déçu que mon cher associé, Francisque Colomier, tourne cette hypothèse en dérision. La recherche, l'étude, l'expérimentation sont nécessaires au progrès de l'industrie. Notre profession périclitera de ne pas se renouveler. S'endormir sur nos lauriers, à l'ombre des fortunes, voici qui est l'attitude générale du bourgeois repu et satisfait. Moi, je n'en suis pas. Je vis dans l'inquiétude de l'avenir, dans la hantise des crises et des bouleversements.

M. Pleynet renfila ses gants, soigneusement, étirant la soie jusqu'à ce que ses doigts y fussent à l'aise. Il y avait même quelque maniaquerie dans sa manière de vérifier l'élasticité du tissu et de placer, sur le dos de la main, les motifs pour qu'ils fussent bien disposés. Il se leva enfin et salua son invité d'un sourire bref. Puis il sortit de la poche de son veston un bristol.

– J'aurais grand plaisir à poursuivre avec vous cette conversation, monsieur Andromas. Si vous la jugez utile…

Silvius ne sut répondre que par un balbutiement, tant le personnage l'impressionnait, même après un si long entretien et bien que celui-ci eût tout fait pour rabaisser sa supériorité.

M. Pleynet avança d'un pas dansant vers le temple des marchands de soie, à cinq immeubles du café de la Gaule. Andromas l'accompagna du regard, intrigué, abasourdi, en proie surtout à des sentiments mitigés. « Et dire que je ne sais toujours pas ce qu'il me veut », pensa-t-il.

Le soir même, de retour à la rue Juiverie auprès de Roxane, il narra sa rencontre sans omettre aucun détail, pas même l'histoire singulière des araignées de Madagascar.

– Un vieux fou ! dit-elle.

Roxane s'était assise en tailleur sur un sofa, sa robe anglaise déployée comme un éventail. Il y avait trop de paillettes et d'ornements sur le satin, trop de sophistication pour un jour ordinaire. Silvius regrettait le temps où sa chère petite Roxane portait la jupe-culotte.

– Un homme si jeune d'esprit, la reprit-il.

En un éclair, les traits du visage de la jeune femme se durcirent.

– Ne dis jamais ça devant papa, conseilla-t-elle.

– Oh je ne savais pas qu'il y avait entre eux autant de rivalités.

– Où as-tu été pêcher une idée pareille ?

– Je ne fais qu'observer.

– Tu n'as rien compris. Pleynet est un excentrique. Heureusement que mon père est là pour tenir la fabrique, sinon où en serions-nous ?

– Je ne sais pas.

– Pourquoi le saurais-tu ? Il est un pan entier de notre histoire qui t'est étranger.

– Cela conforte le jugement de Cyril, selon lequel je n'appartiendrai jamais au clan des Colomier.

Silvius se renfrognait dans le silence à mesure que la colère de son épouse gravissait la pente, par paliers. Une irritation incompréhensible à ses yeux. Certes, il l'avait taquinée et avait pris plaisir à le faire. Il découvrait soudain horrifié qu'elle n'était pas entièrement de son côté. « Pourtant je m'étais interdit de penser une telle chose », se dit-il en l'observant. Et son désir d'elle sembla prendre tout l'espace, comme une compensation. « Puisque je ne puis avoir son âme, alors au moins me faut-il la posséder charnellement, comme un amant passionné plutôt qu'en mari distrait. »

Roxane ne lui résistait jamais plus de cinq minutes, quelle que fût l'heure. Cette fois, elle eut quelques difficultés à se défaire de ses vêtements. Pressé par le désir, qu'il craignait en vérité de perdre dans ce contretemps fâcheux, il se montrait un tantinet brutal. Mais Roxane ne voulait pas que sa toilette en fût chiffonnée ou abîmée.

– Depuis le temps, tu n'as toujours pas appris à te maîtriser, mon pauvre mari, lui souffla-t-elle à l'oreille.

Il craignait qu'une prompte prise du corps ne suffise à la combler, alors qu'elle l'eût amplement satisfaite. Les hommes parfois se gâtent dans cet égoïsme. Elle voulut le mettre à ses pieds, le voir souffrir une attente durant laquelle elle se préparerait elle-même à l'accueillir. Leur étreinte ne se pouvait conclure dans l'entortillement des corps, comme jadis. L'enfant qu'elle portait l'obligeait à quelque attention.

Ses seins étaient sensibles et son ventre aussi. Elle vociféra à le voir tout occupé à son plaisir et se demanda s'il comprenait la moindre chose à la mécanique des femmes.

– Bientôt il ne te laissera plus aucune place, s'amusa-t-elle.

– Resteras-tu ma maîtresse tout de même ?

– Bien sûr. Vois-tu comme je tressaille ?

Elle s'amusa à lui montrer les pans de chair où le rouge de l'excitation marbrait sa peau. Il la contempla et en fut attendri.

– Combien reste-t-il ?

– Trois mois, deux mois…

Roxane n'avait pas envie de lui répondre. Elle était tout entière à l'écoute de ses sens. Pour un peu, elle eût préféré qu'il se contînt et qu'il se bornât à accompagner son plaisir.

Silvius se résigna à combler le désir de Roxane, guettant ses réactions, les devançant parfois, pour ne pas commettre le geste qui eût pu l'entraver.

– Enfin, dit-il.

Elle le reçut sans élan ni satisfaction.

7

Par un bref message transmis au bureau des Jacobins, Florine Martelet demanda à rencontrer Silvius Andromas, son demi-frère. Ils ne s'étaient pas vus depuis l'assassinat de Sadi Carnot, en juin dernier. Presque une année s'était écoulée et ni l'un ni l'autre n'avaient ressenti le besoin de se revoir. Troublant constat, triste enchaînement des sentiments. Mais la clé était sans doute dans la dernière phrase du bristol de Florine : « Il nous faut enfin terrasser l'ombre du père. »

Cette fois, Silvius se montra secret. « Je ne suis pas le genre de mari qui dit tout à sa femme », confia-t-il à ses proches collaborateurs, Benoît Terrasse et Jacques Hamelin, courtiers tout comme lui toujours en visite sur « la colline travailleuse ». Ainsi parlait-on de la Croix-Rousse. Silvius passait sous silence les trois quarts de ses activités et encore plus ses opinions et sentiments sur le chantier de la soie et des soieries. Les attaques des frères Colomier et le peu de réaction de Roxane pour sa défense l'avaient incité au mutisme. À ses dépens, il avait compris qu'il n'était qu'un étranger dans sa propre maison. Un mariage et une prochaine naissance n'y avaient rien changé. Sur ce point, Silvius Andromas avait perdu toutes ses illusions avec la douloureuse impression de cheminer à côté de sa vie.

Il s'était décidé à inviter Florine à la brasserie Georges, cours du Midi. L'intense activité de l'établissement alsacien avait séduit Andromas dès ses débuts à Lyon, bien plus que la cuisine qui tournait autour de la choucroute et de ses garnitures pantagruéliques. Ça changeait des bouchons de la vieille cité du bord de Saône où l'on servait jusque dans les caves et les réduits obscurs, à l'étroit entre quatre murs moisis fleurant les traboules. Ce secteur de Lyon avait connu de récents bouleversements, avec l'extension de la gare de Perrache. Il y régnait un incessant va-et-vient de foule, un brassage des classes sociales. Silvius imaginait que le futur siècle serait à l'image de ce quartier, une architecture ancienne cernée, dévorée par l'acier et le verre. Déjà, l'électricité avait gagné cette partie de Lyon, et gravirait bientôt les pentes de Fourvière. Entre la manufacture des Tabacs, la place Carnot et le quai d'Occident, il était difficile de se frayer un passage, tant les voitures à cheval, les charrois, les omnibus, les tramways avaient envahi l'espace.

– L'endroit le plus dangereux de la ville, nota Silvius en tenant Florine par la main, comme une petite fille.

Cela l'amusait, la flattait aussi que son cher frère fût si attentif. Même si elle ne connaissait rien du quartier de la gare de Perrache, du trafic des bateaux-mouches sous le pont du Midi, Florine ne s'y trouvait guère dépaysée. Elle était née pour la ville et s'y sentait partout comme un poisson dans l'eau, folâtrant, flânant, musardant le nez en l'air, toujours à la recherche de décors insolites, de curiosités pittoresques. À son goût, la ville n'était jamais assez active et conquérante. Elle eût voulu la voir prendre ses aises sur les hauts de Fourvière et de Loyasse, là où il était si malaisé de bâtir. La nouvelle basilique sur sa montagne, comme une sentinelle de marbre blanc sur son écrin de verdure, paraissait contenir la cité dans sa plaine entre rivière et fleuve.

– Quand on regarde de ce côté, on se dit que Lyon n'est pas si grand, dit-elle.

– Et pourtant, reprit Silvius, au bord de l'esplanade de Fourvière, la ville paraît immense, tentaculaire, avec ses deux saignées minérales bordées d'arbres. Mon premier contact avec elle a été une souffrance. Je craignais de ne pouvoir m'y installer et de ne rencontrer aucune main charitable pour m'en écarter les rideaux et me propulser sur la scène. Puis j'ai osé demander mon chemin à une jeune femme. Il me souvient qu'elle était fort élégante dans sa jupe étroite qui l'obligeait à marcher en se dandinant. Je l'ai désirée aussitôt. Mais combien inaccessible, forcément. Ainsi de toute beauté, la vraie beauté, dont on se dit qu'elle n'est point faite pour vous. Tu me comprends, j'espère ?

– Bien entendu. Voici qui rend l'existence hors de prix.

Elle promenait une ombrelle et la faisait virevolter comme une canne. Cet objet chic faisait partie de sa personnalité, à n'en point douter.

– Et qu'as-tu fait alors ?

– Je l'ai suivie, comme un somnambule, bien que sa direction ne fût pas la mienne, mais rien ne pressait, sinon me repaître de la vue de cette gravure de mode.

Ils longèrent les baraquements du cours du Midi et ses allées ombragées puis cheminèrent vers la brasserie Georges où Silvius avait ses habitudes, dans l'angle de la grande salle, tout au fond. Ils prirent place sur une banquette de moleskine rouge. Avant qu'ils n'aient entamé la conversation, un serveur drapé dans son ample tablier blanc leur porta un pot de bière.

Silvius s'amusa de la mousse accrochée à la lèvre supérieure de la jeune fille. Il l'ôta du bout de l'index. Elle se laissa faire. Cela l'amusait qu'il risquât de tels gestes, troubles et équivoques.

– Tu es en beauté, Florine.

– Pas autant que ta gradiva lyonnaise, répliqua-t-elle.

– J'imagine que tu es très courtisée ?

Du plat de la main, il redessina à distance respectable la courbe de son visage, son port de tête, son buste. Il s'attarda à mi-hauteur, comme un peintre qui évalue son modèle. Le geste appuyé eut pour conséquence d'attiser le feu aux joues de la jeune fille. Il lui paraissait qu'elle se trouvait ainsi dévoilée, mise à nue, livrée à la foule et aux regards indécents.

– Cesse donc ce jeu, le réprimanda-t-elle.

Mais il prit la main qu'elle avait posée, près de l'assiette, sur la nappe blanche. De l'autre, Florine cacha son geste en le recouvrant de sa serviette, si vivement qu'il en fut surpris.

– Ta femme ne te suffit plus, petit Silvius ? dit-elle. Oublierais-tu que nous avons le même père ?

Le jeune homme la jugea par trop effrontée, soudain.

– Cela est-il prouvé ?

– Allons, Andromas.

Elle l'avait nommé ainsi, par son nom, dans le dessein de mettre un terme à son manège. Mais il s'en amusa encore plus.

– Tu es la plus jolie fille de Lyon.

– Et Roxane ? Ne l'aimes-tu plus autant que tu l'aimais ? Tu as couru après elle pendant des années. Toutes les femmes aimeraient rencontrer un soupirant tel que toi. Voilà qui me déçoit. Elle va bientôt te donner un enfant. Tu devrais être sérieux, non ?

Il l'écoutait, le regard en coin. Il la couvait des yeux. Il lui plaisait même qu'on crût dans le voisinage qu'ils étaient peut-être amants. C'était une illusion dont il reniflait le parfum, comme si cette comédie pouvait être aussi enivrante qu'il le supposait.

– Tu es riche, insista-t-elle.

– Riche de quoi donc ?

– D'être entré dans une famille fortunée. Tâche de ne pas te gâter à leur contact. Les bourgeois sont comme les chancres, leurs vices prolifèrent sur le bois neuf. Pauvre Ardéchois ! Tu te noieras si tu n'y prends garde.

Silvius se renfrogna dans une sorte de tristesse soudaine. Il n'aimait guère qu'on lui rappelle ses origines. Les lettres d'Eugénie suffisaient à son calvaire. Chaque fois, elle lui débitait les sept ou dix commandements qu'un honnête homme sorti du peuple doit observer pour traverser sa vie sans dommage.

– Je ne me noierai pas, se défendit-il.

– Notre drame, fit-elle, c'est l'ombre du père. Moi, je ne peux que l'imaginer. Il m'a fait par infraction. Un crime. Le produit d'un crime. C'est moi, affirma-t-elle tristement.

Elle insistait pour qu'il se sentît coupable. C'était une chose terrible qu'elle n'avait jamais dite à Silvius, « petit Silvius » comme elle l'appelait. Par dérision, par provocation, comment savoir ? Elle y tenait, à ces manies langagières.

– Il ne m'a jamais prise sur ses genoux. Tu comprends ça ? Je ne dis pas que ça m'a manqué. Mais un père inconnu, c'est comme un père qui ressemble à tout le monde… C'est tout et c'est rien.

Elle se mit à rire, nerveusement, pour se prêter une contenance. Elle ne comprenait toujours pas pourquoi Silvius ne disait rien d'autre que des banalités sur le sujet, alors que cette situation eût dû le bouleverser pour le restant de ses jours.

– Je l'ai trop connu, reconnut Silvius. Il a voulu faire de moi un chef pour diriger sa maison, la magnanerie, la chèvrerie, les plantations de mûriers et de châtaigniers…

Florine l'étudia avec ravissement en se disant qu'elle tenait enfin sa revanche…

– D'un certain point de vue, il a réussi son coup, s'exclama-t-elle.

– Qui donc ?

– Ton père ! Il a fini par triompher puisque tu es devenu un chef. Et toute ta vie, désormais, tu seras prisonnier de cette idée obsessionnelle : être un chef, un vrai chef, un chef incontesté. Cette course vers le pouvoir et la puissance ne cessera jamais, comme une ronde démoniaque.

En sortant de « chez Georges », comme on disait entre gens initiés, ils prirent le chemin des bords de Saône, histoire de se dégourdir les jambes. Marchant d'un bon pas, ils remontèrent jusqu'au pont de Tilsitt et décidèrent d'aller boire un dernier verre sur la place Bellecour. Florine y connaissait un estaminet fort sympathique, Le bon temps, où l'on buvait des pots de beaujolais et de gigondas. Après la bière et la choucroute du vieux Umdenstock, changement de programme. Florine aimait l'ambiance des bouchons et pour tout dire elle avait trouvé celle de la brasserie plutôt ennuyeuse.

Ils burent deux ou trois ballons en croisant les coudes, sans se douter que cette complicité tout innocente était l'objet d'une observation attentive. Passant devant la vitrine du bistro, Roxane vit ce qu'elle interpréta, hélas, comme une danse galante, une roue de cygne, une parade nuptiale, à tout le moins, une complicité d'amants seuls au monde. Elle faillit défaillir en scrutant la scène, et se retira, blessée dans son amour-propre.

– Oh le petit salaud ! marmonna-t-elle entre ses dents. Une maîtresse ? Bien sûr. Que suis-je bête, moi, de le plaindre, mon petit mari, alors qu'il batifole sur la place Bellecour avec une belle…

Elle se félicita ensuite de l'heureux hasard qui l'avait mise sur le chemin de la vérité. Ainsi, désormais, se sentirait-elle forte lorsqu'il viendrait ronronner entre ses bras, caresser son ventre bien rond et s'apitoyer sur son sort de mal-aimé de la famille.

« À coup sûr, se promit-elle, je lui rendrai la pareille, dès que je serai redevenue désirable pour un homme, pour tous les hommes. » Comme ceux qu'elle s'était amusée à aguicher, déjà, *Aux deux passages*. Rien de plus aisé.

Et de rage, elle repartit pour la place de la République où il y avait un salon de thé fort bien fourni en pâtisseries lyonnaises. Elle alla s'y goinfrer de macarons. « Que m'importe si je prends un peu de tour de taille... », se rassura-t-elle. Car Roxane, bien qu'elle fût ébranlée par ce qu'elle venait de découvrir et d'interpréter comme une trahison, ne parvenait à prendre la situation au tragique. Elle s'en amusait même en léchant sur ses doigts la crème pralinée et le sucre glace.

8

Automne 1895

C'était une soirée qui ne se pouvait manquer, le bal militaire au profit des œuvres caritatives de la cité, un moment de forte liesse et d'embrasement des énergies. Toute la bonne société lyonnaise aimait à se montrer dans la salle des fêtes de l'hôtel de ville. Un ensemble de musique de chambre faisait sonner valses et polkas sous les suspensions de cristal, les lambris dorés et les tapisseries chamarrées. La garance et le jais des uniformes se mélangeaient au rose, à l'ambre, à l'ivoire et au vert jade des robes. Soie, satin, mousseline, une orgie de toilettes flamboyait sous la lumière jaune des lustres.

M. Colomier, qui se serait bien passé de cette corvée mondaine, ne voyait là que le vain papillonnement des plaisirs futiles. « À quoi nous servirait l'argent s'il ne se donnait parfois en spectacle ? » pensait-il en longeant les corniches du salon fleuries de drapeaux tricolores. Certes, l'excès de décorum républicain frôlait le mauvais goût, mais pouvait-on s'éviter cette débauche patriotique, puisque le bal était dévolu à l'ordre militaire ? « C'est votre soirée de gloire », avait dit Colomier au général Zédé, gouverneur de la place de Lyon, en effleurant ses épaulettes d'un petit geste amical. Le militaire lui avait répondu par un sourire malicieux : « J'ai connu des moments plus héroïques… », en citant de mémoire les noms de lieux où la mitraille avait autrement fait danser le soldat : Tunis, Lang Son, Tombouctou…

En vérité, Francisque s'en voulait d'être venu à l'hôtel de ville trop tôt. Ses amis n'étaient visiblement pas encore arrivés. Il n'était aucune personne avec laquelle il eût voulu entreprendre une conversation sérieuse. Son occupation présente se bornait donc à serrer quelques mains, à distribuer des amabilités sommaires.

Ses fils valsaient avec des demoiselles d'honneur, en y mettant beaucoup d'application, ce qui lui parut assez comique. Les leçons de danse et de maintien n'étaient guère parvenues à dégrossir leur allure pataude. « Pourquoi n'ont-ils pas ça dans le sang ? » se reprochait Colomier, chaque fois qu'il en avait l'occasion. Roxane, elle, avait gagné à la loterie congénitale la grâce de sa mère. Et lui, le géniteur, que lui avait-il transmis qui lui appartînt en propre ? Il rajusta son chapeau et étira ses gants. C'était une manière de se cacher à peu de frais des regards insistants. L'argent, la bonne fortune, l'aisance, la satisfaction, le bien-être semblaient sourdre de sa prestance de vieux beau placide et taciturne. On se demandait ce qu'il aimait dans l'existence et ce qu'il faisait de l'or qui coulait de ses mains. Cette indifférence lui valait quelque mésestime, mais celle-ci ne s'affichait jamais qu'en contre-jour, car on le craignait bien plus qu'il ne l'imaginait. On craignait son autorité de patron et de propriétaire capable de faire la pluie et le beau temps dans les banques et de retirer sa confiance sur un coup de tête. « Sais-tu combien tu es imprévisible ? » lui demandait Marinchard. Mais loin de prendre ce trait pour une qualité, M. Colomier avouait dans ces moments-là qu'il ne se rendait pas compte de ses défauts, qui lui collaient à la peau comme une tache de vin sur un visage.

Justement, Francisque repéra la haute stature du président, à l'entrée du salon rouge, et il poussa un soupir de soulagement. Enfin sa soirée pouvait commencer. Marinchard, Prénat, Fouque et quelques autres membres de l'Union des marchands de soie s'en vinrent prendre d'assaut les fauteuils du fumoir. On apporta le champagne, le cognac et les cigares.

– On ne parle que de ça, déplora Fouque.

– De quoi donc ? s'inquiéta Prénat en faisant l'idiot comme à son habitude.

– De Dreyfus, bien sûr ! s'écria Lamy.

– Eh bien, il est coupable, n'est-ce pas ? Le bordereau a parlé.

Tous se mirent à hocher la tête en chœur. On alluma les cigares avec d'infinies précautions. Les uns aimaient à les chauffer avec une allumette, les autres à les humecter de cognac.

Dans la salle des fêtes, on s'accorda un court entracte, le temps que les dames se refissent une beauté dans le vestiaire.

Silvius Andromas avait attendu jusqu'au dernier moment que son épouse condescendît enfin à quitter sa chambre. Finalement, elle lui avait fait savoir que le bal des militaires n'était pas une soirée à sa convenance. Il décida alors de s'y rendre seul, la mort dans l'âme.

Depuis la naissance de leur fille en juin dernier, une petite Jade fort belle – baptisée Jade-Émilie mais on s'habituerait à la nommer par son premier prénom qui lui allait si bien –, Roxane additionnait les caprices. Elle avait repris ses activités sportives, la bicyclette et la nage, pour redessiner sa physionomie, et affirmait une indépendance qu'elle n'avait que provisoirement quittée durant la première année de son mariage.

Silvius dansa deux ou trois valses sans attacher la moindre

attention à ses cavalières. Ainsi voulait-il étourdir sa rancœur. Lorsqu'il entrouvrit la porte du fumoir, il comprit, à la mine conspiratrice des occupants, que sa présence était indésirable. Cela faisait des mois qu'il essayait d'entrer en contact avec Marinchard. Mais obstinément le président lui refusait son rendez-vous. Pour mettre un terme à tout malentendu, Jeandrot lui fit savoir que le patron des soyeux lyonnais ne le recevrait jamais à moins que Colomier intercédât en sa faveur. C'était exiger l'impossible, les relations dans ce milieu devant exclusivement rester entre gens de bonne compagnie.

Dans ces moments, Andromas regrettait de ne pas fréquenter le cercle social pour y prononcer quelque discours sulfureux, comme ceux qu'il avait entendus durant l'automne 1893 aux Terreaux. Mais tout au plus ne s'agirait-il que d'une piètre revanche. « Laissons cela à Florine, pensa-t-il. Il faut être doué pour parler au peuple le langage du peuple. Je n'ai d'autre histoire à raconter que celle d'un petit paysan ardéchois déraciné par ambition. »

Il retourna à ses valses, passant d'une cavalière à l'autre, quelles que fussent leurs tailles, leurs mines ou leurs âges. Il s'offrait aux regards roucoulants des dames, s'enivrant de parfums mêlés à la transpiration. Ainsi gagnait-il son paradis, en se promettant de conquérir sa renommée par de futiles occupations mondaines. « Puisqu'on me refuse le pouvoir, sa rigueur et sa constance, autant que je m'amuse à le caresser de loin, des yeux ou du bout des doigts, là où la soie frôle la chair épanouie des bourgeoises. » Silvius se fit donc fort apprécier par cet effort constant.

« Mais d'où sort-il, ce phénomène ? » interrogeait-on entre deux papillonnements d'éventails. « Regardez comme il est drôle ! C'est à mourir, tout de même. » Personne en vérité n'osait répondre qu'il était le mari de Roxane, le monsieur Gendre des Colomier, le coursier de la Croix-Rousse.

Un petit arriviste dont l'ambition s'arrêtait à la rue Juiverie... C'eût été plaisant, tout de même, de s'entendre décliner son pedigree. « Trois générations sont nécessaires pour avoir du style et de la race... », ainsi Cyril s'était-il exprimé, un jour, devant le petit personnel du Comptoir des soies place des Jacobins. Et cette saillie avait suffi à détendre l'atmosphère.

De folie lassé, Silvius se laissa couler vers la sortie, traversant un groupe de militaires qui fumaient des cigarettes. L'un d'eux lui tendit sa flasque. Ce n'était rien qu'un mauvais cognac dont il se désaltéra d'une courte gorgée. Brûlure salutaire au fond du gosier car il se sentit ragaillardi, prêt à reprendre le combat. Mais une main le happa au passage, une poigne ferme. Il se retourna vivement. Et l'homme qui le tenait ainsi par la manche lui parut émerger d'un lointain passé.

– Mon Dieu ! s'écria Silvius. Vous ici ? Comment avons-nous fait pour rester si longtemps loin l'un de l'autre. Savez-vous que j'ai souvent pensé à vous ? Surtout au moment de mon mariage avec Roxane Colomier. Vous avez appris que nous étions mariés ?

L'homme portait de fines moustaches et un pince-nez qui lui faisait regarder le monde de haut. L'œil était bleu et pénétrant. C'était ce regard qui avait permis à Silvius de se souvenir de Berto Soarès.

Et sans attendre, l'étrange visiteur lui fit signe de descendre l'escalier d'honneur. Silvius le suivit, sans même se poser de question, la mine enjouée, l'esprit léger. Puis Soarès se retourna quand il atteignit la place éclairée par les réverbères. Le chapeau haut de forme, moiré par la lumière vive, tout comme son frac anthracite, lui prêtait une singulière physionomie teintée d'élégance et de grâce. L'écharpe de soie blanche, piquetée d'étoiles brillantes, négligemment passée sur l'encolure, flottait à l'air. Silvius tarda à le rejoindre, les mains glissées au fond de ses poches. Il réfléchissait à la bonne fortune dont le hasard nous gratifie quelquefois lorsqu'on se sent au fond du trou, prêt à renoncer à ses rêves.

– Pourquoi tant de mois sans nouvelles ? interrogea Silvius.

– La première fois, c'était à la Croix-Paquet, au pied de la ficelle. Ça remonte à un an et demi, notre affaire. Et depuis, mon cher Andromas, as-tu réfléchi à notre conversation ?

Ils traversèrent la place des Terreaux en écoutant le bruit de leurs pas qui frappaient les pavés. La douceur printanière était mâtinée d'un petit vent qui faisait remonter les odeurs du Rhône. C'était une des curiosités de la ville que ce mélange de senteurs. Il y avait celle de la Croix-Rousse, suie mouillée et graisse de machine, celle de la cité, faite des fumets de cochonnailles jusqu'à Saint-Barthélémy, et enfin celle de la presqu'île, partagée entre ses effluves de fond de cale, de poiscaille et la suavité balsamique des platanes.

Au silence de son voisin, Soarès comprit que sa proposition en était restée au point de départ. Il en parut peiné.

– Je comprends, fit-il. Maintenant que tu es marié, mon cher Andromas, tu ne songes plus qu'à ton bonheur. Mais ça ne pourra pas durer indéfiniment. Tu ne crois pas ?

– Et vous ?

Il tira de sa poche une liasse de billets de banque roulée et baguée de cuir.

– Tu n'en manques pas, je présume ? La première fois que je t'ai vu, à l'étroit dans un vilain costume gris, tu faisais pitié, jeune Andromas. Mais ta chère épouse a voulu t'offrir une vêture digne des Colomier, n'est-ce pas ? Voyez-vous ça, du tweed, du satin, de la soie... C'est là toute la compassion des femmes. Ce que l'on confond parfois avec l'amour. Et c'est un fâcheux malentendu dont, hélas, on met toute une vie à se remettre. Mais gardons-nous du chagrin. À trop s'attacher, on ne parvient plus à se détacher. Le mariage est ainsi fait qu'il complique l'ordre du monde.

Silvius retrouvait en son visiteur l'homme tel qu'il lui était apparu un an et demi plus tôt, badin et frivole dans l'étendue glacée de ses jugements. Néanmoins, en ces instants de doute, Silvius eût voulu s'étendre un peu sur sa situation, mais il hésita d'instinct. Que savait-il au juste de Berto Soarès ? Une seule conversation suffirait-elle à asseoir une confiance, une singulière confiance, au point de se déboutonner ? L'homme d'affaires de la place Bellecour flaira ces tergiversations. Il s'en amusa un peu.

– *Amigo*, tu hésites encore ? Allons, je sens bien que ma position sur la place de Lyon est plutôt dérangeante pour certains.

Il prit Andromas par les épaules, laissant échapper un de ses gants dans ce mouvement inattendu qui le portait à l'amitié, à l'amitié démonstrative. Silvius se baissa pour le ramasser et le lui tendit.

– Vous voulez parler de Marinchard et de mon beau-père ? Ils vous combattent ? Ce sont des fauves dans leur genre, de grands fauves, bien assis sur leur môle de terre dominant la jungle alentour, observant qui sera leur prochaine proie.

Soarès éclata de rire.

– Belle image ! Exotique en diable, *amigo* ! Je ne les crains pas. Je ne suis pas une frêle gazelle. Certes, Marinchard et Prénat tiennent les banques et le négoce, c'est vrai. Sans eux, je veux dire sans leur accord, on fait long feu sur le pavé lyonnais. Et Colomier leur emboîte le pas. Mais je dispose d'autres appuis, mon cher, hors de la Croix-Rousse et de Puits-Gaillot.

Par la petite place Tolozan, ils descendirent sur le quai Saint-Clair. L'éclairage du pont Morand dessinait des disques jaunes sur le fleuve. Ceux-ci dansaient, s'élargissaient puis reprenaient, au rythme du courant, leur forme initiale. Les deux hommes se tenaient au bord, près des bittes d'amarrage, dans le fouillis des cordages et des caissons empilés. En cet endroit, les mariniers avaient éviscéré le poisson sur le pavage. En marchant, on butait sur les têtes de brochets et de tanches.

– Où en êtes-vous de cette fameuse force électrique qui devait révolutionner la production de la soie ? demanda Silvius.

– Attendons que l'usine hydroélectrique de Cusset soit opérationnelle et ça ne saurait tarder… Un peu de patience que diable ! Alors nous pourrons équiper nos nouvelles machines.

– Pour l'heure, l'électricité est bien présente dans la ville. Rue Juiverie, par exemple…, souligna Silvius.

Jusqu'alors, cette invention n'avait guère suscité sa curiosité. Tout au plus, la lampe électrique était-elle plus brillante que le bec de gaz, plus confortable, sans odeur ni poussière grasse. « Une invention pour immeubles bourgeois et hôtels particuliers », pensait-il.

– Ce n'est pas suffisant, mon ami, reprit Soarès. La Compagnie du gaz commence en effet à produire de l'électricité avec ses petites centrales, mais pour quelques privilégiés. De Fourvière, la nuit, on peut compter les secteurs de la ville qui sont alimentés par cette prodigieuse énergie. Dès 1889, j'ai fait partie du premier groupe d'industriels qui a fermement appuyé le projet de l'ingénieur Raclet : construire un barrage sur le Rhône et apporter à l'agglomération lyonnaise de quoi révolutionner toutes les productions industrielles.

Nanti d'une patience peu commune, Berto Soarès accorda

alors à son jeune voisin son premier cours sur l'histoire de l'électricité. Avec moult détails, bien plus qu'il n'était nécessaire en vérité, il expliqua les principes de l'électromagnétisme découverts par Ampère et Faraday et l'invention des premières machines, la pile Volta et la roue de Barlow, jusqu'à l'électromoteur de Froment.

– Tu devrais venir visiter mon atelier de Belleville. J'ai équipé cinq métiers avec de petits moteurs électriques Alioth. C'est une compagnie de Bâle qui m'a fourni ce matériel.

– Pour quels résultats ?

– J'obtiens un rendement trois fois supérieur. Et j'économise des heures de salaire.

– C'est donc l'avenir de notre négoce, admit Silvius. De la soie moins chère sur le marché, ça permettra de concurrencer l'italienne.

– Certes, oui. Mais ce que je gagne d'un côté, je le perds de l'autre, pour l'instant.

– Comment cela ?

– Mes métiers bricolés ne résistent pas au rythme de production. Ils tombent souvent en panne. Les fils se cassent, les navettes ne soutiennent pas la cadence… Bref, je dois procéder à des réglages incessants. Mais je sais comment y remédier. L'outil conçu pour la main de l'homme doit être aménagé pour la force électrique, voilà tout.

Profitant de la douceur du soir, ils longèrent le Rhône jusqu'au pont Saint-Clair, puis firent demi-tour au pied de la Croix-Rousse. Soarès eût bien poussé jusqu'au parc de la Tête-d'Or. Il aimait cet endroit la nuit, près du petit lac où se cachaient les amoureux. À ce moment de sa vie, il était célibataire et eût aimé courir sa chance. Partager ce divertissement avec un jeune ami était parfaitement dans ses goûts, mais il comprit que le jeune Andromas était trop amoureux de sa femme pour se risquer à l'adultère.

– Moi, reconnut-il, je n'ai jamais su garder une femme. Au bout de six mois, je me trouve devant ce terrible dilemme : épouser ou ne pas épouser. Et je n'épouse pas. Par peur sans doute de fonder une famille. Les enfants, très peu pour moi. Peut-être tiens-je cette angoisse de mon enfance ?

– Comment cela est-il possible ? Je viens d'avoir une fille et c'est une chance inouïe pour un homme, s'emporta Silvius.

L'industriel de Belleville jouait avec un brin d'osier. Il fouettait l'herbe rase de l'allée avec rage, comme s'il se fût flagellé lui-même.

– J'ai connu toutes les misères. La faim, la puanteur d'un logis insalubre, la fuite d'un père et la détresse d'une mère obligée de se vendre pour nous nourrir, mon frère et moi. De ces années-là, j'ai retenu qu'il ne faudrait jamais me marier ni avoir des enfants, qu'il me faudrait vivre seul, en somme. Et voilà, mon cher Andromas, je me porte très bien, sans femme et sans famille. Sans rien.

Le lendemain, de fort bonne heure, Andromas se rendit à l'atelier de Soarès. L'industriel lui fit visiter ses installations. Il y avait une dizaine de tisseurs qui faisaient fonctionner les machines. Il s'intéressa à la qualité des soies. Soarès ne se passionnait guère pour le bel ouvrage. Il travaillait de grosses quantités, refusant les commandes de la grande soierie façonnée.

– Est-ce donc la soie que nous fabriquerons demain avec la force électrique ? s'inquiéta Silvius.

– Oui, reconnut Soarès, puisque tout le monde voudra en porter à bas prix. Tout ce qui se vulgarise se déprécie, admit-il. Mais à quoi bon produire de la belle soie pour une élite, une caste, un petit nombre de privilégiés, alors que la grande masse des gens en est privée ?

– N'est-ce pas une utopie de plus ?

– Une grande idée du prochain siècle. Tout va se démocratiser grâce au machinisme et nous offrirons des tissus moyens pour tout le monde.

Chaque fois que Berto Soarès prononçait « tout le monde », ses bras s'ouvraient généreusement. Il semblait porter sur ses épaules une cause juste avec une foi inébranlable, à croire qu'elle lui tenait de raison de vivre. Pourtant, il n'était qu'un patron comme les autres, agrippé à ses marges, à ses bénéfices, discutant au centime près le salaire de ses tisseurs. Silvius se sentit assez libre pour aborder cette question.

– Ah ! s'écria l'industriel, nous retrouvons là le petit paysan de l'Ardèche. Un peu parpaillot, un brin révolutionnaire. Mais où as-tu été mettre les pieds, mon pauvre *amigo*, dans le pire antre du bourgeois de Lyon ?

Andromas ne comprit point cette agressivité soudaine ; elle ne ressemblait guère au personnage. Peut-être avait-il mis le doigt sur un point sensible. Il s'en assura en ajoutant que l'amour de Roxane ne l'avait pas réduit à la figuration dans ce théâtre et qu'il comptait bien y tenir un premier rôle.

– Ici, à Lyon, s'agaça Soarès, il n'est qu'un seul théâtre prisé, celui des marionnettes. La grande tragédie ne se joue qu'en cercle clos. Il te faudra bien, à un moment ou à un autre, mon cher Andromas, voler de tes propres ailes. Il n'est que la pleine lumière qui convienne à un homme ambitieux, et non la pénombre des alcôves.

L'atelier de la place Bellecour occupait tout le rez-de-chaussée de l'immeuble, tandis que l'étage supérieur était réservé au propriétaire des lieux. Soarès vivait dans une seule pièce, lui servant à la fois de chambre et de bureau. Les grandes fenêtres étaient obturées par de lourds rideaux cramoisis. D'évidence, il aimait les lieux assombris et voilés, comme son âme. Il s'y tenait à l'abri, comme un sage, au milieu d'un désordre indescriptible de meubles, de livres, de malles, de tapis. Peut-être ne supportait-il point que cette face de son personnage fût livrée au grand jour ? Peut-être craignait-il que l'argent dont il eût pu jouir à satiété ne vînt lui gâter l'âme par un luxe superficiel ?

Dans un réduit proche, à sa grande surprise, Silvius découvrit la plus extravagante garde-robe qu'on eût pu imaginer. Une centaine de costumes pendaient sur des cintres, en bon ordre cette fois, des habits de luxe pour l'essentiel, confectionnés dans les meilleures maisons parisiennes telles que Worth et Bobergh ou Paquin. Cela n'était rien d'autre, en vérité, que les carapaces de l'illusion. L'homme disposait ainsi de ses parures de théâtre pour monter sur la scène du monde, là où s'exerce le pouvoir dans l'apparat et le trompe-l'œil des conventions mondaines.

– Si je devais vous rejoindre, avoua Silvius, ce serait une trahison pour les Colomier, pire même, une déclaration de guerre.

Une bouilloire chantait sur un réchaud à alcool. Berto Soarès versa l'eau chaude sur les brins de thé, y adjoignit quelques feuilles de menthe séchées. C'était sa boisson favorite, il en consommait toutes les heures, sans se lasser. Andromas consentit à l'accompagner. Ils choquèrent leur tasse de porcelaine comme s'il s'était agi d'un verre de cognac, en trinquant à l'amitié, à l'argent et au siècle à venir.

– Avant son avènement, rien ne nous sera possible.

– Croyez-vous sincèrement à cela ?

– Bien sûr, dès 1900, mon cher *amigo*, dès les douze coups de minuit, le monde aura changé. Tout nous sera permis. Tout !

Silvius observait la place Bellecour par les claires-voies

d'un volet. Un peloton d'infanterie défilait au pas cadencé. Les soldats portaient l'arme sur l'épaule, jusqu'à ce qu'un ordre bref les en délivrât. Puis le groupe se dispersa après qu'il eut disposé les fusils en faisceau.

– Ce que vous me dites est étrange, dit Silvius. Cela me fait songer à une réflexion de mon pauvre père qui croyait avoir du sang germanique dans les veines : « Le nouveau siècle est trop loin, je n'y arriverai pas… »

9

L'écharpe blanche piquetée d'éclats argentés ne cessa de hanter Andromas des jours durant. Cette image représentait tout ce qu'était le brillantissime Soarès à ses yeux, une sorte de prince. Hors du temps, c'était bien cela qui était singulier chez lui, hors du temps puisque le sien n'était pas encore arrivé. Il l'attendait, altier comme un chevalier à la porte du Graal, assuré que son heure sonnerait à point nommé et que les dieux qui l'avaient élu le récompenseraient un jour, enfin, pour sa longue patience.

Pourtant, cette amitié conditionnée à une pénible épreuve, se rendre à sa cause et affronter le clan des Colomier ou se résigner et endurer le mépris de sa belle-famille, lui devint aussi douloureuse qu'une maladie. Pire qu'un amour vidé de son sang, goutte après goutte. « À l'ombre des Colomier, rien ne prospère, sinon la tranquille assurance de jours sans histoire », se disait-il durant les heures de spleen.

Roxane ne lui était d'aucune consolation. Sa présence s'étirait en bâillements, en mots vides, en silences creux. Il ne pouvait se confier puisque Soarès n'était qu'un inconnu pour elle. Et enfin qu'en aurait-il dit ? Par exemple, cette réflexion qui n'aurait pas manqué de sel : « Je vis une amitié qui me dévore comme un amour... » Voici qui aurait éveillé chez elle un certain sourire. Et rien d'autre. « Qu'importe en vérité, puisque le jeune Silvius restera, malgré tant de vaines agitations, le monsieur Gendre de la rue Juiverie, n'est-ce pas ? »

– Cette existence m'épuise, dit-il un soir, tandis que sa femme se prélassait sur son sofa vert pâle, là où elle avait l'habitude d'entreprendre de longues siestes. Parfois, il en bousculait le rite sacré en soulevant le pan de sa robe. Mais l'amour entre eux deux n'était plus qu'une formalité, se jouant dans une économie de gestes. Forcément, il en hâtait la fin et elle oubliait de lui rendre la politesse.

– Pourtant, tu ne fais rien.

– En effet. J'avais tellement magnifié cette vie.

La petite fille se mit à pleurer dans la chambre voisine. Roxane appela sa camériste. Elle ne s'occupait guère de Jade. Tout juste la prenait-elle dans ses bras, quelquefois, faisant mine de la bercer comme elle avait dû le faire jadis avec ses poupées de porcelaine. Et faute d'apaiser les pleurs de sa fille, elle entrait aussitôt dans une vive colère.

– Décidément, déplorait-elle d'une voix lasse, je ne suis pas faite pour être mère. Tu aurais dû comprendre ça avant de me faire un bébé.

Antoinette, la chambrière, était de si bonne composition qu'elle palliait chacune des insuffisances de sa patronne sans la moindre plainte ni réprobation. Peut-être était-ce pour ces fameuses qualités qu'on l'avait jugée digne de rester au service des Andromas, car Roxane avait déjà épuisé en deux mois la patience de cinq ou six prétendantes.

– Une perle, disait-elle, j'ai dégoté une perle…

Adèle s'amusait des réflexions de sa fille. Elle avait su, depuis le premier jour, que sa petite Roxane n'élèverait pas Jade, que son immaturité de fille à papa avait généré en elle un égoïsme effrayant.

– Ne trouvez-vous pas, mon cher Silvius, demandait-elle quelquefois, que ma fille est insupportable ?

Il esquivait la question en tournant la tête de côté. Adèle n'était point dupe. Souvent, elle avait observé les traces furtives d'une infinie tristesse dans le regard de son gendre. Un signe explicite qu'elle n'osait ni interroger ni commenter bien qu'elle fût assez libre avec lui. N'avait-elle pas fortement insisté pour imposer le jeune homme dans la famille ? Désormais, Adèle n'était plus assurée que sa Roxane tînt tellement à lui. Et si elle n'avait poussé sa fille à se marier avec le jeune Ardéchois, peut-être eût-elle épousé en définitive le fils du député Prénat, ce qui eût été plus conforme à l'esprit des Colomier. Terrible doute par lequel elle se laissait volontiers dévorer en éclusant des verres de porto chez Vuittard, place des Cordeliers, seule, toujours seule, avec son grand chapeau Gainsborough orné de plumes d'aigrette.

Après la naissance de Jade, le couple prit ce pli fâcheux de ne plus sortir ensemble. Roxane passait ses soirées au Grand Théâtre devant des pièces de Feydeau et de Courteline, se passionnait pour les premières projections cinématographiques des frères Lumière. Puis elle finissait devant un souper froid à la brasserie du Dragon ou dans les salons de La Dégustation. Mariée et mère, Roxane se sentait enfin libre comme l'air, d'autant plus libre qu'elle avait surpris son mari en galante compagnie. Elle se répétait sans cesse : « Un faux pas de trop qui lui coûtera cher », ignorant encore que la supposée maîtresse n'était autre que Florine, la sœur de Silvius.

Ainsi, avait-elle renoué avec le petit cercle de son adolescence, les anciens élèves des Cordeliers. Il lui paraissait entretenir quelque nostalgie sur ces belles années perdues. Sans doute mettrait-elle de cette manière entre parenthèses sa vie conjugale qui n'avait pu lui faire franchir le pas vers le monde des grandes personnes. Une mère trop présente et autoritaire et un père indifférent et lointain régnaient encore sur elle, et Jade était arrivée sans que Roxane éprouvât le besoin de s'y préparer à quelque moment. Durant sa période de gestation, elle s'en était entièrement remise à l'ordre familial, espérant qu'il apporterait les réponses à ses questions matérielles. Désormais, elle ne conservait de cet épisode qu'une sensation voluptueuse, les transformations de son corps et ses perturbations hormonales dont elle avait tiré quelques plaisirs inattendus. De ce point de vue, la maternité l'avait incitée à ne plus voir son mari que comme une menace. Et elle se faisait même un point d'honneur à lui refuser sa couche. « Je ne voudrais retomber enceinte sous aucun prétexte… » Car elle jugeait, et sans doute avec raison, que Silvius connaissait si peu la mécanique des femmes qu'il eût pu lui faire un enfant sans y prendre garde, jugeant que cette affaire n'était pas de sa responsabilité. Dorénavant, le plaisir était devenu sa bête noire. Quand elle ne pouvait différer la demande de son mari, elle surveillait ses réactions. Ainsi, chaque fois, faisait-elle l'amour paralysée par la crainte. S'en rendait-il compte au moins ? Assurément, il abandonnait la place avec une moue de suffisance.

« Puisque mon pauvre Silvius a conquis le cœur d'une maîtresse, qu'il aille donc l'engrosser à son aise, se disait-elle. Nous verrons bien. Mais les hommes, tout de même, se rassurait-elle avec une pointe de commisération pour sa propre personne, autant les choisir parmi les plus expérimentés. Il n'est que l'âge pour nous protéger de ces misérables inconvénients. » À la vérité, cette idée l'avait toujours agitée. Bien avant son mariage, lorsqu'elle avait été la petite amie de Maxime Prénat, elle se répétait qu'un mari se devait d'être protecteur et rassurant.

Quelquefois, une pensée peut s'emparer d'un esprit jusqu'à l'obsession, au point qu'il n'est d'autre choix que de s'y abandonner. Roxane fut de la sorte possédée. Il lui fallait renouer de toute urgence avec ce type d'homme, cette catégorie opposée à celle de son Silvius. Elle éprouvait ce désir maladif de s'y confronter comme pour vérifier que la véracité d'une hypothèse ne se peut authentifier que hors la rêverie platonique d'un salon.

Roxane trouva sa solution en écrivant une courte lettre à son ancien amant, Maxime Prénat, fils de député et dilettante. C'était sa profession, l'oisiveté, grâce à l'argent dont il ne connaissait pas la valeur puisqu'il n'avait jamais eu à le gagner. C'est un des paradoxes de la richesse ; transmise par hérédité, elle se perd dans cette filiation, faute de l'énergie vitale que celle-ci exige pour se perpétuer. M. Maxime fils ne se reconnaissait donc que dans les plaisirs que sa bonne fortune lui permettait et non point dans ses servitudes. Le reste était casse-pieds, pour tout dire, éreintant. Et parfois, lorsqu'il lui arrivait de réfléchir à la question, il se demandait si son héritage suffirait à le porter sa vie durant, si la source ne se tarirait pas avant qu'il mourût. Immense angoisse en vérité, conjuré par un breuvage excellemment sophistiqué, le porto au champagne, pour lequel il avait inventé un nom : le velours noir.

M. Prénat fils parcourut la lettre de son ancienne maîtresse sans en comprendre le sens de prime abord. Son attention était détournée par une pensée profonde. Il songeait amèrement à sa destinée et à la mesquinerie des augures bourgeois. Puis il la relut attentivement car la dernière phrase en relançait l'intérêt. Il s'agissait d'un rendez-vous proposé par une femme de noble extraction à un gentleman tout aussi estimable. « Étrange manière, pensa-t-il. Ça fait commerce de demi-mondaines, ou pire, racolage de cocottes. Mon Dieu, tomber si bas ! soupira-t-il. Notre jolie Roxane aurait-elle été gâtée par son petit paysan ? »

Au salon de thé du Passage, Maxime Prénat avait ses

habitudes, sa table et son serveur attitré. Il arriva quelques minutes avant Roxane, histoire de prendre ses marques. Il fit appeler le chef de salle pour lui donner ses ordres.

– Un Graham's 1878 teinté de champagne.

– Quel champagne, monsieur ?

– Un Sillery et qu'importe l'année.

– Ne trouvez-vous pas, monsieur, que mouiller un porto Vintage port Wine de 1878 avec du champagne, fût-ce un Sillery, est une bien vilaine habitude ?

– Deux verres à cocktail, je vous prie, Charles, selon la règle suivante : un tiers de porto et deux tiers de champagne.

Roxane entra dans le salon avec deux minutes de retard, puis se dirigea directement vers la table de Prénat. Ce dernier se leva pour lui tendre une chaise rouge capitonnée. Elle lui offrit mollement le dos de la main et il y déposa les lèvres sans insistance.

– Depuis tout ce temps, déplora-t-il en hochant la tête.

La figure de la jeune femme était dissimulée par une voilette noire. D'une main gantée, elle en écarta le fin maillage parsemé de mouches qui rendait encore plus attrayant le grain de sa peau. Elle offrit alors un visage discrètement fardé, dont les lèvres purpurines contrastaient avec le regard teinté d'une inquiétude que le mascara n'arrivait pas à masquer. Au rythme de sa respiration, l'homme devina un peu d'émotion et de crainte. Cette fébrilité le flatta assez pour qu'il s'enhardît à lui prendre la main. Elle ne résista pas. Au contraire, elle trouvait quelque consolation à se sentir, ainsi, l'objet de son attention.

– Je voulais vous écrire, Maxime, mais il me fallait juste une occasion digne de…

Soudain, Roxane s'interrompit ne sachant comment terminer sa phrase. Trop attentif, le jeune homme lui épargna ce supplice.

– Ne vous excusez pas, vous n'en avez pas eu l'occasion, voilà tout. Mais ce soir, je suis là, ma chère, entièrement à vous, insista-t-il en se trémoussant sur son siège, comme s'il savourait par avance l'approche de quelque victoire.

Comme la lettre de Roxane faisait état de son désarroi et qu'il en avait perçu le ton désenchanté, Maxime coupa court.

– Hélas, je n'ai pas pu assister à vos noces. Ne m'en tenez pas rigueur, surtout. En vérité, je déteste les cérémonies de cette sorte. Comme vous le savez, je suis contre le mariage. C'est l'enterrement de première classe de toutes les passions prometteuses. La veille, on s'aime encore, le lendemain, on se regarde en chiens de faïence.

Et pour montrer qu'il avait quelque argument sur le sujet, il cita deux ou trois récentes unions qui avaient tourné au fiasco.

– D'autant que vous, ma chère, vous n'aviez aucun avantage à vous marier, n'est-ce pas ? Un petit paysan d'Ardèche. C'est assez curieux. Je crois qu'il a belle allure. Certes, c'est un avantage, mais autant en faire son amant. Lorsque l'attraction tiédit, on jette le galant avec l'eau de vaisselle.

Maxime prit plaisir à la voir sourire, cette petite renarde, jadis apprivoisée alors qu'elle sautait encore sur les genoux de son papa.

– Ne vous ai-je pas tout appris ?

Elle se mit à rougir en inclinant la tête de côté, l'œil coulissant à la fois vif et effronté.

– En ce temps-là, reconnut-elle, on ne se vouvoyait pas…

– Mais vous n'étiez pas, Roxane, une grande personne. Les grandes personnes doivent se vouvoyer, sinon les relations deviennent exécrables entre gens qui se coudoient de la langue.

Ils dégustèrent en silence, entre deux petits coups d'œil

brefs, incisifs, le velours noir, voluptueux et infernal cocktail, dont il connaissait les effets sur les jolies femmes.

Au deuxième service, les bulles enivrantes mirent le feu aux joues ; on eût pu aussi dire, assez trivialement, le feu aux poudres. Et Maxime, en impénitent séducteur, loua la beauté, la grâce, l'élancement de son corps, la courbe de ses hanches et la rondeur épanouie de ses seins. Ainsi se voyait-il déjà dans la place, fourbissant ses armes, tendant ses rets.

– Comme vous avez raison, Maxime. Pourquoi n'ai-je pas su écouter vos conseils ? J'ai fait une grosse bêtise dont je n'ai pas fini de me mordre les doigts.

– Le mariage ? reprit-il.

Elle hocha tendrement la tête. À cette seconde, il sentit qu'elle était prête à sauter le pas avec lui, à renouer avec le passé. Mais ce ne serait plus la même histoire dans le style professeur immoral, mais plutôt amant plan-plan de cinq à sept, entre les pâtisseries Chabert de la rue Mercière et le Grand Hôtel. Il la dévisagea longuement. Par chance, la lumière oblique qui tombait des lustres révélait tous les détails, ce qui restait de l'ancienne Roxane et ce qui avait changé. À ce jeu, Maxime était imbattable. Rien ne l'intéressait plus que la mise à nu des jolies femmes, et non seulement celle des corps, mais surtout celle de leurs belles âmes livrées ainsi, sans paravent.

« Comme elle est loin de moi, désormais, la belle Roxane dévergondée et insoucieuse d'hier, songea-t-il en tenant sa main au creux de la sienne. L'exquise parure d'innocence et d'ingénuité s'est donc dissoute dans le mariage et la maternité. » Cette impression l'attrista au point qu'il rabaissa le fin maillage de sa voilette sur son visage. Le dessin des mouches sur le grain de sa peau réveilla en lui quelque emballement voluptueux dont il avait besoin pour se rassurer.

« Saura-t-elle me donner du plaisir ? se demanda-t-il. Ou ne serai-je que le boute-en-train de sa vie de couple essoufflée ? »

– Ce n'est pas bien d'avoir jeté votre bicyclette aux orties, dit-il. On ne vous voit plus au parc, ma chère. Car vous auriez tout à gagner à venir aux bois et à jouer à loup-y-es-tu. Depuis le parc de la Tête-d'Or est désolé. Vous ne me croyez pas ? Pourtant, on vous réclame. Les sœurs Freynet ne cessent de me demander de vos nouvelles. Eh oui, Odile et Rose sont toujours en couple, comme il sied à des gomorrhéennes, n'est-ce pas ? Quant à Matelin, Brisseau et Puzaye, ils s'inquiètent aussi avec du chavirement dans le regard. Que ne leur avez-vous promis à ces trois-là ?

– Vous dites des bêtises, Maxime.

– J'aurais parié pourtant...

– Il n'y a eu que vous avant mon mariage, tout de même. Une petite passion sans envergure, minuscule, parce que ça faisait plaisir à mon père. Un fils de député de la République...

– Mon œil, oui... Et Hubelle ? Il y a eu Hubelle, non ?

– Qu'en savez-vous ? C'est un vantard comme tous les hommes à femmes. Et si vous ne me voyez maintenant que comme une de ces charmeuses en quête d'aventure, vous me peinez, Maxime. Quel plaisir trouvez-vous à me mettre à nu, ici ? Je suis plus forte que vous ne le croyez.

– Pourtant, ma chère, le mariage, hier tant célébré et aujourd'hui perfidement vilipendé... Ce n'est pas une illusion. On ne le quitte que pour le piétiner, n'est-il pas vrai ?

Sous la table, la main de Maxime effleurait le satin de la robe. Et sous ses doigts longs et fins, il devina la rondeur d'un genou et, plus haut, juste au-dessus, le galbe d'une cuisse musculeuse. Prénat eût pu poursuivre son jeu, comme si l'intimité lui était garantie alors que le salon fourmillait de regards, mais Roxane l'arrêta d'un œil sévère.

10

Été 1896

Le malheur de Léonet Sitbon résidait dans ce paradoxe, qu'il ne pouvait demeurer pour sa petite Pauline adorée le beau et ténébreux héros qu'il avait été un jour d'octobre 1893. Si le jeune vigneron du Maillazet ne l'avait jadis tirée des griffes d'un souteneur de Privas, elle eût fini sa vie dans une maison close. Ce prodige ne valait-il pas à Léonet une reconnaissance éternelle, un amour indéfectible ? Mais la jeune Pauline, qui avait toujours été distraite, sans gratitude, ne sut hélas se montrer à la hauteur de son destin. Ainsi qu'une page tournée et honnie en appelle une autre, plus noble et généreuse, elle se contenta des petits bonheurs au jour le jour.

Pourtant, la naissance d'Armand avait apporté tellement de joie dans la famille qu'on en avait presque oublié les fâcheuses circonstances de ce mariage hâtif. Mais l'usure du temps avait fini par instiller insidieusement dans la tête des Sitbon que Léonet n'était peut-être pas le père de ce petit garçon. Chaque fois que le soupçon s'abattait sur Pauline, elle le traitait avec indifférence, sans défense, sans colère, au point de laisser accroire un aveu. Certes, à ce moment, il lui eût été aisé de répondre qu'elle n'avait rien fait pour que ce mariage ait lieu, sinon suivre l'homme qui l'avait tirée de la boue.

– Pourquoi ne nous dit-elle rien sur son passé ? susurra un soir Barthélémy à sa femme.

– Nous lui avons promis de ne poser aucune question, répondit Baptistine. Une parole ne se reprend pas, chez nous, les catholiques.

– Mais ce péché ne peut rester en elle, sans que notre bru ne le confesse, si l'on veut qu'elle en soit absoute, ajouta Sitbon.

Il était au pied du lit, agenouillé devant son crucifix. C'était l'heure de la prière, une heure tardive où les anges noirs s'en venaient visiter son esprit tourmenté. Baptistine ne supportait pas qu'il se prosternât de la sorte, que ce mauvais sang lui empoisonnât l'âme, comme elle disait. Mais il voulut encore égrener quelques suppliques, sans relâche, jusqu'à l'épuisement.

Devant l'insistance de sa femme, Barthélémy finit par se laisser conduire à sa couche. Depuis l'hiver dernier, une bronchite éprouvante l'avait obligé à garder la chambre. Le retour des beaux jours avait essaimé en lui quelques forces nouvelles, comme une sève qui tente de reconquérir le bois perdu. Mais aux premières chaleurs, les crises le reprirent et il dut renoncer à monter aux vignes.

C'était sa grande punition de ne plus pouvoir surveiller ce qui se passait là-haut, si l'on avait décavaillonné et biné les rangs en prévision de la sécheresse, si l'on avait pincé et rogner suffisamment la vigne, vérifié les attaches des rameaux. Il n'avait aucune confiance en ses fils et, souvent, dans ses cauchemars, il voyait mourir ses parcelles comme au temps terrible de la maladie. Présentement, la maladie était désormais en lui tandis que la vigne était florissante.

Comme M. Sitbon croyait que chaque jour serait le dernier, il avait pris l'habitude de faire venir Léonet et Albin dans sa chambre et de leur administrer ses dernières volontés.

– C'est du réchauffé, ironisa Albin.

Pour montrer son esprit d'indépendance, le fils cadet avait décidé de ne plus se rendre à son chevet.

Pourtant ce n'était pas seulement ses vignes qui inquiétaient le vieil homme, mais aussi Pauline. Encore Pauline. Toujours Pauline. La bru était devenue son obsession.

– Je ne voudrais pas mourir avant qu'elle n'ait obtenu le pardon. Sinon, cette faute s'abattra, tôt ou tard, sur notre petit Armand, dit-il à Baptistine. Je voudrais lui parler. Même si je dois me souiller dans cette œuvre de vérité. Le péché retombera sur moi aussi. Et lorsque je paraîtrai devant le tribunal de Dieu, je veux que mes juges m'épargnent la géhenne. Ai-je mérité ça ? Moi qui n'ai vécu que pour ma foi.

Des larmes de désespoir mouillèrent son visage décharné. Baptistine accourut pour le rassurer. Elle le conduisit jusqu'à la fenêtre. Ainsi contemplait-il de longues heures sa montagne de la fertilité, son ciel sans nuage et l'éternité limpide qui l'attendait. Il ne passait une journée sans que Sitbon se mît en tête de lire et relire l'Épître de saint Paul aux Romains où il est question du salut des âmes et de la justice de Dieu. Et cette occupation paraissait l'apaiser. Dans sa foi intense, il entrevoyait l'approche d'une autre vie après celle qui ne tarderait pas à le quitter. « Douce folie, disait le docteur Gayet en lui ôtant des mains le Nouveau Testament. Voici qui nous aidera à partir par cette persuasion sublimée devant laquelle toute raison s'incline... » Le médecin avait compris que le prêtre de Gorce, désormais, avait plus de pouvoir que lui et ses misérables médications. Humblement, Gayet s'était retiré en disant à Baptistine : « Maintenant, vous ne m'appellerez plus que pour signer le certificat de décès. »

Par un singulier renversement de rôles, la maladie du

patriarche encouragea Léonet à prendre les rênes de l'exploitation. En quelques jours, il entra dans la peau d'un maître. Et Pauline vit fondre sur elle de bien cruelles remarques, selon lesquelles elle n'avait jamais su tenir la maison, qu'elle était paresseuse, sans foi, et qu'il regrettait bien de l'avoir un jour sortie du bourbier.

Léonet n'avait pas inventé, seul, ces admonestations. Elles lui avaient été suggérées grossièrement. Un soir, M. Sitbon avait prié son fils de venir l'écouter dans sa chambre, au pied du lit, religieusement. Sans doute était-ce la première fois de sa vie qu'il s'adressait à son garçon d'un ton aussi solennel. Avant que ses jours ne fussent comptés, il expédiait ses recommandations au détour d'une réflexion anodine. Aujourd'hui, les mots étaient réfléchis et pesés. Ainsi entreprit-il un vaste examen sur le devenir du domaine, entendons bien sans lui pour en guider la marche. Moult conseils furent donnés avec force détails, où il était question des tailles sèches ou en vert, des traitements contre le mildiou, l'oïdium ou le black-rot, la tenue de la cave, l'entretien des futailles, la conservation des vins et le sacro-saint respect des règles de vinification. À la fin, Barthélémy en vint à évoquer le cas de Pauline, à croire qu'il avait mesuré son propos et les effets sur l'avenir du couple.

– Tu as épousé une prostituée. Je ne viens pas te le reprocher puisque nous t'avons, ta mère et moi, accordé notre bénédiction pour ce mariage. Il ne s'agit pas de reprendre notre parole. Mais le temps a fait mûrir notre réflexion sur le sujet. Et il ressort que ce ne fut pas une bonne chose pour les Sitbon. Ce fut même une grave erreur. Une méprise épouvantable.

Léonet hocha la tête, d'un air coupable que sa grosse carcasse accentuait chaque fois qu'elle tentait de se faire une place devant le lit du paternel.

– Oui p'pa.

– Tu l'as choisie ainsi contre toutes les règles de notre éducation et de notre foi chrétienne. Tu as épousé une personne possédée par le mal. D'une Andromas, d'une fille de parpaillot, nous ne pouvions rien attendre. Aujourd'hui, j'en veux à ta mère, car elle a cédé par bonté et m'a infligé cette vilenie. Que vaut la bonté lorsqu'elle s'écarte devant le mal ? La miséricorde chrétienne ne nous oblige pas quand elle tourne au désavantage de la foi. Et s'il nous faut tendre la joue au mal, c'est sans profit pour le Seigneur. Nous avons nourri la diablesse dans notre maison. Nous lui avons apporté la prospérité, et qui sait ce qu'il adviendra à cause de notre faiblesse, si tu n'y mets pas bon ordre ?

– Tu veux dire, p'pa, que Pauline est mauvaise ?

– L'as-tu entendue une seule fois renier sa conduite passée ?

Léonet se prit le visage dans les mains.

– Je l'aime, dit-il.

– Ce n'est pas l'amour ça ! affirma-t-il. D'où crois-tu qu'elle tient cette immoralité des sens ? De son commerce passé avec les hommes. Oh oui, la garce, elle a su s'y prendre pour tourner la situation à son avantage. Nous, pauvres pécheurs, nous sommes faibles et démunis devant ces harpies. Mais si son sang est altéré par le mal, elle a de qui tenir…

L'aîné des Sitbon n'en finissait plus de hocher la tête comme un idiot, mais le père n'était pas tout à fait persuadé qu'il comprît bien la gravité de ses propos. Ainsi se risqua-t-il à un résumé de la situation, puisque son fils restait ainsi, telle une chiffe molle sans réaction. Et quand il comprit que son Léonet, tout faible de la tête qu'il était, ne risquerait point d'oublier sa leçon, il se sentit rasséréné.

– Tu disais, p'pa ?

– Je disais, reprit Barthélémy, que le sang de tous les

Andromas est irrémédiablement corrompu par le mal. Jadis, Théodore a commis un horrible crime. Tu as été instruit de cette affaire, n'est-ce pas ?

– Une histoire ancienne…

– Malheureux, un crime reste un crime. D'autant plus scélérat qu'il s'en est affranchi par le mépris. Et qu'il est mort sans confession, sans pardon. Seul Dieu a pu lui demander des comptes. Mais ce n'est pas tout. Il faut que tu saches aussi que Mariette, la mère de ta propre épouse, elle aussi, se vautre dans le péché. N'est-elle pas devenue, après le suicide de Théodore, la catin de son domestique ? Quelle déchéance ! La chute de la maison Fontbelair n'en finira donc jamais ! Quelle malédiction ! Sans doute n'est-elle que la conséquence de ce crime, comme s'il était des lieux prédestinés à l'accomplissement du mal, afin que Dieu nous enseigne qu'il n'est aucune faute impunie sur la terre et au ciel. Vois-tu, comme je le vois clairement, hélas, les conséquences de toutes ces turpitudes ? Silvius a fui sa famille pour échapper au déshonneur et Eugénie, la plus rebelle et la plus vindicative de tous les Andromas, a voué son intelligence à l'école des impies.

– Oh p'pa, d'où sors-tu tout ça ? Eugénie, Silvius, qu'ont-ils à voir avec toutes ces horreurs dont tu me parles ?

– Mon pauvre petit, tu dois ouvrir les yeux, regarder le monde partagé entre les forces du bien et du mal…

À sa demande, le curé de Merle vint lui administrer l'extrême-onction. Mais la question de la paix des âmes fut promptement expédiée car Barthélémy souhaitait surtout qu'on s'occupât de celle de sa bru, quitte à la forcer si nécessaire à entrer dans le confessionnal et qui sait, peut-être, à se convertir à la religion catholique. Sur ce point, il n'eut guère à convaincre le prêtre qui ne se plaisait jamais autant que dans ces batailles avec les forces obscures. Mais il comprit que la meilleure méthode pour contraindre Pauline serait de persuader d'abord Léonet de jouer son rôle d'homme et de chef de famille.

L'esprit embrouillé, l'aîné des Sitbon remonta à Champrenart pour y réfléchir tout son soûl. Un long examen de conscience l'incita à mesurer la portée de chacun de ses actes. En définitive, il avait beau chercher, il ne trouvait rien à lui reprocher. Pauline était fidèle et constante. Un peu paresseuse, certes, mais ce n'était là qu'un péché véniel. Elle n'entendait rien à la vigne et à l'assemblage. Quelquefois, elle lui prêtait la main pour tirer le vin de l'année, pour mettre en bouteilles celui de deux ans. Certes, il avait noté sa nonchalance, son mol entrain. « Une rêveuse, se disait-il. Mais à quoi rêve-t-elle ? Qu'est-ce donc qui peut bien occuper l'esprit d'une épouse qui médite des heures durant ? »

En matière de femme, son frère Albin avait réponse à tout. Et c'est d'un ton léger, ce jour-là, qu'il lui dit tout de go mais sans penser à mal :

– Tu n'as jamais rien compris aux femmes, toi !

– Qu'aurais-je dû comprendre ?

– Mais les femmes, mon pauvre Léonet, ça ne pense qu'aux hommes, forcément.

– Pas ma Pauline, tout de même ?

– Ta Pauline comme toutes les autres. Tu ne lui suffis plus, voilà tout. Elle voudrait lever la jambe, mais elle ne sait pas encore avec qui. À moins, ajouta le frère cadet, perfide, qu'elle ait déjà trouvé…

Deux jours plus tard, un violent orage s'abattit sur le Vivarais, gonflant les eaux de l'Ardèche, creusant les chemins de montagne et endommageant quelques rangs de vignes sur le flanc ouest de Fontane. Les frères Sitbon s'employèrent activement à remettre leurs parcelles en état. On remonta quelques murets, là où la terre gorgée d'eau les avait emportés. Léonet demanda à Pauline de mettre la main à l'ouvrage. Ce n'était guère l'usage chez les Sitbon d'enrôler les femmes. Charger les pierres dans les brouettes et les hisser sur les murettes était un travail d'homme. Mais, pour une fois, Pauline eut un traitement de faveur, si dur et violent que Baptistine s'en émut.

– C'est moi le patron, maintenant, se rebiffa Léonet. Pendant qu'elle trimera, au moins, elle ne pensera pas à autre chose.

– À quelle chose ? demanda la mère.

En tentant de franchir une pente raide, Pauline ne put retenir sa brouette et la charge roula en contrebas. Léonet fondit sur sa femme et la roua de coups de pied. Il fallut que le frère cadet s'interposât.

– Descends au Maillazet, ordonna Albin. Tu n'as rien à faire ici.

– Elle va rester, s'entêta Léonet, jusqu'à ce que le mur soit remonté. Ça lui fera les pieds.

Tandis que les deux frères échangeaient des coups de poing, Pauline profita de l'occasion pour s'enfuir. L'aîné eut aisément le dessus.

– Tu aurais dû la laisser à la maison, lui reprocha Albin en essuyant d'un revers de main le sang qui coulait sur ses lèvres.

Léonet s'était assis sur le bord du chemin, le front appuyé sur ses bras croisés. La colère lui tordait les tripes et la rage en lui ne se pouvait plus contenir. À distance, son frère l'observait en balançant la tête de droite à gauche.

– Dès que père sera au cimetière, je partirai, promit-il. Ainsi tu pourras tuer ta femme, *tabanné* !

Il y eut encore un orage sur le Maillazet durant lequel de nouveaux murets furent endommagés. Pour une fois, il semblait que le ciel s'était accordé avec la folie des Sitbon.

Baptistine voulut adresser quelques reproches à son fils. Elle venait de comprendre les effets dévastateurs des sermons de Barthélémy.

– Et ce curé, que nous avons maintenant, est-il pour la paix des âmes ? l'interrogea-t-elle. Mon Dieu, je regrette Bessac. Lui, au moins, c'était un bon berger.

Mais elle parlait dans le vide. Ses mots se perdaient dans le fracas des éléments déchaînés. Pendant ce temps, Pauline avait été se réfugier dans l'écurie avec les deux barbes et le mulet. Rien ne transparaissait sur son visage, nulle larme, nulle colère. Elle attendrait le jour pour partir.

Lorsque Léonet se mit en tête d'aller la chercher, quitte à la traîner par les cheveux, comme il disait, possédé par cette force insoupçonnée en lui, Baptistine lui fit barrage. Il n'osa lever la main sur sa mère, bien qu'il se sentît en droit de le faire.

– J'ai trop subi, trop subi, répéta-t-il. Et ça me bouffe les sangs.

À ce moment de passion et de violence, la mère ne trouva pas les mots pour éteindre la démence de son fils. Albin faisait les cent pas dans la cuisine. Il craignait, lui aussi, quelques autres mauvais coups, tout en songeant que l'heure de quitter la maison était venue.

– Finalement, dit-il d'une voix lasse, nous ne sommes pas meilleurs que les Andromas.

Une semaine plus tard, Barthélémy fut enterré. Son jeune fils n'attendit pas la cérémonie pour partir. Pauline, quant à elle, se réfugia chez sa sœur à Largentière. Elle n'y trouva pas la consolation qu'elle attendait.

– Mais comment as-tu fait pour ne pas aimer cet homme ? lui reprocha Eugénie. Tout ce qu'il a fait pour toi…

Tant d'hypocrisie attrista Pauline. « Tout de même,

songea-t-elle en observant sa sœur, ébahie, aurait-elle déjà oublié les avances que Léonet lui avaient faites, ses gestes pressants ? »

– Où dois-je aller, maintenant ?

L'orage n'était plus qu'un mauvais souvenir. À Largentière, comme ailleurs, on s'activait à réparer les dégâts sur les toitures, à dégager les arbres abattus dans les jardins. Eugénie se tenait sur sa terrasse, face à la vallée d'où remontaient, avec les floches de brume, des odeurs de roche et d'herbe mélangées. Elle humait cette quiétude du jour où les éléments bousculés par la nature s'en revenaient à la paix pastorale.

– En tout cas, tu ne peux pas rester ici, répondit-elle.

Pauline marchait de long en large, au bord du vide. Une rambarde séparait la terrasse de la vallée. Et le ciel accort charriait la lumière sur le pavage blanc.

– Je ne pourrais pas revenir au Maillazet.

– Tu le dois, asséna-t-elle d'un ton ferme. Tu lui dois bien ça, non ? Il t'a tirée de…

Eugénie se tut en fronçant les sourcils. Parfois, elle se surprenait à quelque cruauté qui la dépassait. Pauline baissa la tête.

– Je croyais que mon passé était enterré.

– Il ne l'est jamais, répliqua Eugénie. On n'en finit pas d'expier dans ce monde.

– Mais je ne l'ai jamais aimé, cet homme.

– Alors il ne fallait pas l'épouser.

– Je ne me sentais pas assez forte pour lui résister.

– Tu as besoin de lui. Il est ton maître, hélas, tu avais besoin de trouver quelqu'un qui t'impose sa loi.

Pauline hocha la tête.

– Je vais écrire à Silvius. Il me comprendra lui.

Eugénie pouffa de rire.

– Il se fiche bien de nous, maintenant !

– J'ai confiance en lui.

– Tu es naïve, aussi naïve que le jour où tu as suivi ton misérable souteneur. Mais sa loi à lui n'était pas morale, n'est-ce pas ?

Eugénie tourna les yeux vers les livres et les cartes de son bureau entrouvert sur la terrasse. Elle avait hâte d'y retourner. Il n'était que cette face de son existence qui l'intéressait, et non point les péripéties de cette pauvre Pauline empêtrée dans son drame domestique. Elle s'était introduite dans son ordre et Eugénie n'avait guère de solution à lui offrir. Les cris, les pleurs, c'était tout ce qu'elle avait envie de fuir, encore une fois. Et parfois, touchant le fond de sa solitude, l'institutrice se disait : « Après tout, lorsque ce me sera tellement insupportable de vivre, il restera toujours une issue de secours. »

Le jeune Silvius Andromas ne savait plus où donner de la tête. Son intérêt était partagé entre son amour qui se vidait de son sang, l'entrée en lice de l'énigmatique M. Pleynet avec sa soie d'araignée de Madagascar et le retour inattendu du sieur Soarès. Qui choisir, quel parti adopter ? Comment concilier ces vents contraires qui le poussaient tantôt en avant tantôt en arrière ? Il en arrivait à regretter le temps heureux où ses lettres à Roxane demeuraient sans réponse, où il hésitait encore, sur le bord du chemin, mais assuré qu'il n'était qu'une voie juste et résolue ouverte devant lui. Désormais, il s'en trouvait d'innombrables, partant dans toutes les directions. « L'avenir sera-t-il ainsi ? se demandait-il en se prenant la tête dans les mains. Une accumulation de possibles et tant d'incertitudes… Car je puis me tromper à chaque pas et le payer au centuple. Décidément, le destin ne m'aime pas. Je savais déjà qu'il était sans morale, voici qu'il me boude. »

Un matin, alors qu'il sortait de la salle de bains avec de la mousse à raser sur le visage pour chercher un peu d'alcool afin d'éteindre le feu du rasoir, il croisa Cyril Colomier qui fumait déjà un cigare. Le bonhomme avait passé la nuit au Cercle du Divan, place Bellecour, et il en portait les stigmates, des cernes sous les yeux, gris et bleu comme des lacs de montagne. Ils se saluèrent sèchement d'un geste de la main. Dans les appartements de la rue Juiverie, on se croisait, se recroisait sans effusions, parfois même sans se voir. Les rapports étaient tendus depuis que Silvius avait pris la défense du capitaine Dreyfus.

– Mon cher beau-frère, dit-il, vous trouverez de l'Aquavit dans la cuisine.

Sur le coup, Silvius fut surpris de tant de sollicitude chez l'un des frères de Roxane, et précisément le plus vindicatif des deux à son encontre. « Est-ce que je rêve ou le vent vient-il à tourner ? » se demanda-t-il en rejoignant Abigaïle. La cuisinière lui avait préparé une tasse de café assortie d'un petit pain tranché en deux et copieusement beurré. Elle avait joint au plateau une coupelle emplie de miel.

Silvius alla s'installer en bout de table et attaqua son petit déjeuner sans un mot. Cyril faisait les cent pas tout en l'observant. Ce n'était pas une situation courante, M. Colomier fils – « le Dauphin », disait-on au Comptoir des soies des Jacobins – n'aimait guère à partager, si tôt le matin, le voisinage d'Andromas. Il se faisait servir dans son appartement, dans l'aile droite de l'hôtel particulier, et négligeait la famille, même sa propre sœur qu'il prenait soin d'éviter en sortant par une porte dérobée donnant directement sur le quai de la Saône. « Un taciturne, mon garçon », avait coutume de dire Adèle pour dépeindre l'attitude de son fils aîné. Plus qu'un taciturne, en vérité, il était ombrageux, l'air de sortir continûment d'une colère.

Soudain, Cyril prit une chaise et vint s'asseoir en face de son beau-frère. Silvius s'obligea à cacher son agacement, bien que Cyril s'entêtât à le fixer droit dans les yeux comme pour le tancer. Andromas se leva pour chercher la cafetière et une tasse.

– Prendrez-vous un peu de café avec moi ?

Son beau-frère refusa d'un balancement de la tête, toujours silencieux.

– Auriez-vous quelque chose à me dire, Cyril ? demanda Silvius en repoussant d'un geste nerveux son plateau.

Cyril rajusta sa cravate, fit circuler un doigt dans l'encolure pour vérifier que son col ne le serrait pas trop à la gorge.

– Vous n'avez point accompagné Roxane au cercle ?

– Quel cercle ?

Le fils Colomier se détourna pour dissimuler sa jubilation.

– Le Divan, dit-il. Vous n'y êtes donc jamais allé ?

Silvius ne répondit pas.

– Il est vrai que ce lieu est réservé aux abonnés. Et vous ne l'êtes pas. Peut-être pourriez-vous en franchir la porte à la condition que Roxane vous y invite ? Mais tel ne fut pas le cas, hier soir. Vous m'en voyez navré, Silvius. Mais si le lieu vous tente, ma foi, je vous y introduirai. Regardez comme je suis plein de bonne volonté et de sagesse. Pourtant, nous n'avons rien à partager.

– Le Divan, répéta Silvius d'un air absent. Je ne crois pas, non…

– Que ne croyez-vous pas ?

– Je n'irai pas au Divan, pas plus qu'au Jockey. Voyez-vous, je n'en suis pas…

– Vous n'en êtes pas, mais de quoi donc ? reprit Cyril.

Silvius pouffa de rire pour se donner contenance et ajouta d'un ton méprisant :

– Du gratin. Et encore moins une tête blasonnée. Moi, voyons, je ne suis rien qu'un purotin d'Ardèche venu se perdre chez les aristos.

Rien n'intriguait plus le fils Colomier que l'embarras de son beau-frère sur ses origines modestes. Celles-ci s'en venaient souvent au détour des conversations avec fracas. « Il suffit juste d'agiter la *muleta* pour faire mugir de rage notre petit paysan, pensait Cyril. Pourquoi s'en priver ? Peut-être un jour finira-t-il par comprendre qu'il ne sera jamais des nôtres. »

Mais Colomier flaira qu'il devait poursuivre son histoire. Tout juste avait-il attisé la curiosité du mari, il fallait maintenant l'inciter à commettre l'irréparable.

– Tout de même, je me dois à l'époux de ma chère sœur ! s'exclama-t-il. Je ne verrais point d'inconvénient à ce que vous veniez fouler nos tapis et partager quelques tables de jeux.

– Vous êtes bien aimable, Cyril, mais j'ai mieux à faire, dit-il enfin en cherchant le moyen de rompre au plus vite cette discussion dans laquelle il s'était imprudemment engagé.

Il enfila son veston, rajusta son petit gilet de coton gris et en crocheta les derniers boutons nacrés. Puis il se dirigea vers le couloir. Cyril le prit en chasse jusque dans la cage d'escalier.

– Hier soir, Roxane nous a régalés de sa beauté. Elle était en fort bonne compagnie. Il y a longtemps que je ne l'avais vue valser avec autant de grâce. Elle s'était choisi, pour la circonstance j'imagine, une de nos bonnes relations, reprit Cyril. Maxime Prénat… Vous connaissez sans doute, le fils du député ? Mais oui, Prénat, une noble famille proche des Marinchard, insista-t-il.

– De nom seulement, reconnut Andromas.

Le regard pétillant, Cyril savoura sa victoire. Il avait vu poindre sur le visage de Silvius l'ombre de la contrariété. Tel avait été son jeu, instiller un peu de jalousie.

– À l'évidence, cela prouve que Roxane est libre de ses fréquentations et que je ne suis pas un de ces maris ridicules et tyranniques qui peuplent les comédies de boulevard.

Silvius mit son canotier et passa devant le miroir de l'entrée pour en juger l'effet sur sa belle figure. Colomier s'approcha par-derrière jusqu'à venir lui tapoter l'épaule. Vivement, Andromas se retourna, un sourire forcé sur le bord des lèvres.

– Prenez garde, prévint Cyril. Lorsque ma chère sœur se remet en toilette et court les cercles, c'est signe que les bonnes vieilles habitudes s'en reviennent.

– Quelles habitudes ? s'offusqua Silvius en serrant les poings dans les poches de son veston.

– Ne vous faites pas plus stupide que vous n'êtes. Roxane a toujours été un oiseau volage.

Le reste de sa journée fut morose, comme l'avait subodoré Cyril : les courses à la Croix-Rousse, la réception des lots au pied de la ficelle avec ses heures de comptage et de vérification, Silvius se sentit le plus malheureux des amants et le plus floué des maris.

Néanmoins, il fit porter par coursier un petit mot à M. Soarès.

Je ne vais pas tarder à me rallier à votre cause, mon cher Berto. La vie chez mes beaux-parents me pèse et je crois que pour arranger le tout, ma femme me trompe avec un fils de député. C'est du vaudeville, mais moi je ne suis qu'un veau de campagne. Misérable idiot qui avait cru que la greffe pourrait prendre…

Il se ravisa en biffant son jeu de mots douteux. Puis termina de la sorte :

J'ai hâte de voir naître votre fabrique.
Votre ami, Silvius A.

Le soir, il dîna seul chez Vuittard, espérant y croiser sa belle-mère. Mais on ne l'y avait pas vue depuis une semaine pour cause de cure d'été à Vals. On avait omis de le lui dire ou plutôt on ne lui disait plus rien. Sur ce point, par glissements successifs, il devenait de plus en plus un étranger dans l'immeuble de la rue Juiverie. Ses questions se perdaient dans l'atmosphère feutrée des tapis et des rideaux. À moins qu'il ne fût devenu inaudible pour cette famille qui l'enveloppait de tant d'indifférence.

Au moment de payer l'addition, le coursier le rejoignit à sa table et lui tendit un bristol de Soarès sur lequel l'homme d'affaires avait simplement noté d'une écriture hâtive :

N'attends pas trop longtemps, amigo. Les affaires sont comme les femmes, il faut sauter dessus sans réfléchir…

La comparaison lui parut si juste qu'il comprit à cet instant qu'il était un piètre amant et un éternel hésitant en affaires. Et en remontant vers la place Bellecour, il se plut à faire saigner ses petites plaies intimes, celles qui étaient apparues, il y a si longtemps, en Ardèche, les blessures d'un père autoritaire et d'une mère par trop protectrice, et celles plus récentes, reçues au contact des Colomier. Les mêmes, assurément. Car il ne se sentait pas plus armé devant les nouvelles que devant les anciennes. « Ne serai-je donc, ma vie durant, qu'un petit garçon qui n'aspire qu'à une trop haute ambition ? Si Roxane m'a aidé à grandir, elle a compris que je n'étais pas digne de sa confiance, que je ne serais jamais son homme providentiel. Un grand amour… Nous rêvions de le partager avec la certitude inébranlable d'être des enfants doués pour la vie. À peine quelques mois auront suffi à faire craquer le vernis. »

Devant Le Divan, 25 place Bellecour, il monta directement à l'étage, là où il lui faudrait montrer patte blanche. Sans doute espérait-il secrètement que le portier lui refuse l'entrée. Avoir tenté et n'y être parvenu, ce serait une sortie honorable en somme. Mais les palabres furent plus longues que prévues et, au final, le portier conciliant le laissa passer. En entrapercevant Silvius aux prises avec l'employé, d'un geste Cyril avait ordonné de le faire entrer. Sans surprise aucune, Colomier avait parié que son petit beau-frère, après une fiévreuse méditation sur l'inconstance des sentiments, se lancerait à la nuit dans l'anxieuse course à la vérité. Un homme ne peut demeurer longtemps dans l'ignorance ; il lui faut une preuve pour donner quelque consistance à sa peur.

Dans la seconde salle, il y avait bal tous les soirs et, dans la première, des tables de jeux ouvertes jusqu'à l'aube. Il la traversa le nez en l'air, sachant qu'il n'y trouverait pas Roxane. Elle détestait le poker, le tarot et le dernier en date, la manille, qui envahissait tous les cercles dans une sorte de folie communicative. La fumée des cigares rendait opalescente la lumière jaune et rose tombant des lustres. « Un brouillard de fête », pensa Silvius. Pourtant, il ne s'y sentait guère à l'aise, pour un peu il eût fait demi-tour, mais une force en lui, mécanique et désespérée, le poussait vers le second salon d'où montaient les voix aigres des violons. Silvius ne possédait pas une oreille assez fine pour entendre que ce petit ensemble à cordes ne faisait pas sonner ses instruments en accord. Seule une basse, tambourinant la cadence, apportait à la valse son rythme dansant. Cette transpiration de musique fatiguée allait et venait d'un couloir à l'autre, enveloppant le tumulte des conversations.

« Peut-être aura-t-elle failli à son rendez-vous, ce soir ? » se rassura-t-il. Et il se mit aussitôt en quête de Maxime Prénat. Il ne l'avait vu que deux ou trois fois au parc de la Tête-d'Or ou dans la salle des fêtes de l'hôtel de ville. Pour ainsi dire, il ne savait rien de lui, et pourtant, Maxime, le supposé amant de sa femme, occupait entièrement son esprit. Sans preuve, il ne servait à rien de s'alarmer. Et donner foi aux propos d'un Cyril Colomier, c'était se jeter dans ses filets, lui fourbir des armes contre lui-même, alimenter rumeur et malentendu.

Silvius s'en voulait d'être encore le petit garçon émotif et fragile qu'il avait toujours été, même s'il en avait caché sa vie durant les failles. Mais à quel prix ! Chaque fois, il s'était vu descendre en enfer, comme le jour d'orage à Fontbelair où il avait dû fuir sa maison après avoir essuyé la pire de toutes les humiliations. Cela s'était répété devant Jeandrot, place des Jacobins, où on l'avait reçu comme un chien dans un jeu de quilles et de nouveau dans le salon des Colomier où il avait cherché et attendu en vain l'appui de Roxane… Son ascension dans la société lyonnaise, commencée au plus bas, rue du Chariot-d'Or, ne s'était accomplie que dans la douleur. « Aucune satisfaction, pensa-t-il, comme si la vie ne m'aimait guère et qu'elle m'attendait au tournant. Qu'ai-je fait pour mériter une disgrâce perpétuelle ? Se pourrait-il que la morale de cette société, une morale dont les tables eussent été gravées par quelques dieux vindicatifs et partisans dans la pierre, ne tolérât qu'un petit paysan ardéchois gagnât son bonheur sur la terre ? »

Le bal du Divan n'avait que peu de succès. Pour les membres du cercle, il n'était que prétexte à tuer le temps.

Les couples s'étaient répandus autour de petites tables rondes. Les parfums, relevés par la moiteur du lieu, émoustillaient l'atmosphère. Dans un froissement de tissu satiné, les femmes cherchaient des cavaliers, en vain. Les hommes préféraient paresser devant leurs verres, à contempler le va-et-vient incessant des fêtards, à tirer sur un cigare ou à bayer aux corneilles.

« Je ne vois pas ma Roxane, j'en suis bien aise », pensa Silvius. Et comme il s'apprêtait à se faufiler dans la troisième salle, celle des intimes, comme on l'appelait, avec ses lumières basses et ses recoins discrets, il fut alpagué par Cyril. À la vérité, Colomier l'avait suivi, quatre pas en arrière, discrètement, s'arrêtant quand il s'arrêtait, ne le lâchant pas d'une semelle.

– Ah, vous y êtes venu au Divan ? s'exclama-t-il. Je l'aurais parié. La curiosité est plus forte que la prudence. Pourtant celle-ci aurait dû vous en préserver. Ce que vous allez voir va changer votre destinée, mon cher Andromas. Je vous sens tremblant. Bien sûr, vous avez compris. Et au point où nous en sommes, il ne servira à rien de vous masquer la réalité. Cependant, faites-moi la promesse de vous conduire correctement. Sans bruit et sans fureur.

Cyril lui tapota l'épaule par petits gestes appuyés, juste comme une incitation à aller de l'avant. Maintenant, Silvius avait peur. La sueur perlait sur son visage telle des larmes. Ce n'était qu'un incident de parcours. « Un homme, se dit-il, doit franchir dans sa vie un certain nombre d'obstacles, et s'il tombe une fois, une seule fois, il perdra confiance en l'avenir. » Il avait appris cette vérité de son père, à l'époque où Théodore Andromas voulait faire de lui l'enfant prodige, l'élu de Fontbelair, un chef, un vrai chef. Mais l'affaire avait tourné court, et Silvius s'était réveillé dans la peau d'un amoureux transi. Désormais, allait-il en sortir, de cette peau fragile, la mue allait-elle s'opérer quelle que fût la douleur ? Il avait vu maintes fois des couleuvres batailler contre l'enveloppe qui tardait à s'ouvrir, à se déchirer, malgré mille sollicitations désespérées, se tortillant et s'entortillant comme un ver de terre tranché. Cette image l'assaillit à ce moment, car les images d'enfance, sur toutes choses singulières qui composent la tragédie du vivant, ne s'effacent jamais complètement.

– Vous me mettez sur le gril, monsieur Colomier, dit-il en se cramponnant au chambranle du passage. Vous me tuez à petit feu. C'est votre bon plaisir que de m'humilier une fois encore. Qu'y gagnerez-vous ? Je me relèverai, quoi qu'il arrive. Je suis né pour tomber et pour me relever.

– Ah ! fit-il en pointant l'index sur son front, l'œil perfide. Nous verrons bien.

Cyril prit son beau-frère par l'épaule et le fit avancer jusqu'au corridor. Le salon des intimes cachait toutes les turpitudes de la bonne société lyonnaise. On venait s'y divertir en cachette. C'était une jouissance supplémentaire que de venir faire ses dévotions amoureuses en public, mais un public choisi tout de même.

À travers une glace sans tain, Silvius assista à la scène qu'il redoutait le plus au monde, Roxane dans les bras de Maxime. Une tranquille extase irradiait de son visage, la même sorte d'extase qu'au début de leur amour. Sa beauté paraissait transcendée par les baisers langoureux de son amant. L'homme la lutinait tout à loisir. Il avait dégrafé son bustier et le désordre ainsi produit dans sa toilette ajoutait à son excitation. Peut-être lui paraissait-elle plus désirable encore dans cette déroute de satin, de tulle et de dentelles qu'entièrement nue et offerte. La bouche de l'homme courait du visage à la pointe des seins en se jouant des saillies et des creux, tantôt suçotant, tantôt mordillant. Peu à peu, par son insistance, il s'arrogeait des privautés. Et alors que l'amant se trouvait à demi allongé sur elle, Roxane n'opposa plus que quelques résistances de principe, si bien que Prénat caressait son corps avec l'assurance d'en prendre possession promptement.

Silvius se détourna du spectacle, les mains plaquées sur le visage.

– Ne sont-ils pas charmants ? susurra Cyril dans son dos d'une voix mielleuse.

11

– Pourquoi vous écouterais-je, monsieur Daremberg. Je connais le pays mieux que vous.

– En effet. Mais un géographe sait décrypter la nature du relief et en tirer les conséquences utiles.

– Alors vous êtes aussi géographe ? Je vous croyais anthropologue, et à vos heures perdues, préhistorien.

– Ah ! préhistorien, s'exclama-t-il. C'est vous qui m'aurez attiré sur cette pente.

– Mauvaise pente ?

– Je n'ai pas dit cela, Eugénie. Bien au contraire. Depuis que le professeur Lortet loue vos travaux, j'ai eu ce fort désir de vous rencontrer.

– Voilà qui est fait.

Geoffroy Daremberg prit sa gourde et avala une gorgée puis la tendit à Eugénie. Elle refusa de boire. Elle était assurée de trouver rapidement un aven avec une résurgence de source. Tel n'était pas l'avis de monsieur le géographe, pour qui le secteur n'était qu'un plateau calcaire avec des igues sèches.

– Je ne regrette pas ma descente à Largentière.

– Flatteur, dit-elle.

– Oh non. Moi qui m'attendais à trouver une vieille institutrice fagotée dans un costume de toile noir, le visage sévère…

Il se mit à rire en l'observant de pied en cap. Elle portait un pantalon de cavalière bistre, des bottes de cuir, une chemise en coton blanche sous un petit gilet pain brûlé et, pour arranger le tout en matière d'originalité, un chapeau colonial. Sa chevelure opulente et noire débordait de sa coiffe, chahutée au gré du vent qui balayait les Gras. M. Daremberg n'avait retenu de prime abord que cette impression, celle d'une jolie femme, vive et indépendante, l'esprit prompt à la joute verbale. Tout ce qu'il aimait en somme dans la gente féminine, loin des petites dames timides ou précieuses qui hantaient les allées de la place Bellecour. Celle-ci courait les plateaux de l'Ardèche à grandes enjambées sans se plaindre, à fouiller une nature sauvage où le temps avait installé ses mystères.

Geoffroy s'était assis sur un roc affleurant la crête. L'ombre était rare bien que la végétation fût dense. La pauvreté du sol et l'aridité des terres en ses chaos karstiques n'offraient que peu de ressource aux cades, buis, chênes et genévriers. Le jeune professeur se sentait à bout de forces après deux heures de marche sur le dénivelé de Vigne-Vieille. Maintenant, ils n'auraient plus qu'à suivre le sentier qui traversait le plateau jusqu'au bord de la Ligne, là où la rivière rejoignait l'Ardèche, quelque part entre le bois Saint-Martin et Fossemagne.

– Vous n'avez pas voulu demander un poste à Lyon ? s'enquit Geoffroy. Et quitter ce pays ? insista-t-il.

– Pourquoi ? Je suis chez moi ici.

– On est chez soi partout avec des livres, répondit le professeur. Et sans livres, on est nulle part.

Eugénie hocha la tête. Elle n'avait aucune envie de se confier, bien que l'homme qui cheminait à côté d'elle dans la solitude des Gras eût mérité toutes les confidences du monde. Une belle figure, une élégante prestance, un esprit élevé et de surcroît admirateur de Montaigne, que pourrait-on exiger de plus ? Jusqu'alors elle n'avait eu que des fréquentations médiocres. Ce n'était pas faute de demandes en mariage : deux ou trois commerçants de Largentière, une demi-douzaine de paysans… Eugénie eût ainsi pu lier son existence à un homme si elle n'avait craint que sa vie ne ressemblât trop à celle de sa mère. Voilà le complexe de supériorité dont on la croyait affublée. « Mlle l'institutrice est trop fière pour nous, disait-on, trop prétentieuse… Ça nous fera une vieille fille de plus… »

– Ma solitude, ici, me convient. Elle m'est venue à un moment où je n'aspirais à rien d'autre.

Elle se tenait à l'entrée du sentier, au milieu des alysses pourprées qui couvraient le talus. La rocaille blanche brillait au soleil et, plus loin, un fouillis de cades et d'yeuses enchevêtrées formaient un parapet qui les protégeait du vent. Elle attendait le départ, impatiemment. Mais M. Daremberg avait envie de paresser au soleil comme un lézard.

– Ce que j'ai à vous montrer est de la plus haute importance.

Elle chercha sa montre dans la poche de son pantalon et consulta l'heure. Réaction inattendue pour une aventurière telle que Mlle Andromas, une aventurière qui rythmait son pas sur la course du soleil.

– Trouverons-nous quelques fossiles au moins ? Ce pays en regorge. Je voudrais bien en faire collection pour mes étudiants. Depuis le temps que je leur parle d'empreintes de diatomite ou d'ophiure et que je ne leur montre que des dessins. C'est affreusement abstrait. Et sortir quelques spécimens du muséum exige une paperasserie démentielle…

– Ça ne se voit pas ici, s'amusa Eugénie.

– Bien sûr, dans les marnes du jurassique, fit-il.

– Il faut aller à La Voulte, dans les grandes carrières. Il s'en trouve, forcément. Mais les carriers détruisent les sites sans vergogne.

– Le contraire serait étonnant.

Ils traversèrent le plateau à grands pas, malgré l'écrasante chaleur, en se faufilant entre les buis et les genévriers. Eugénie menait la marche avec assurance. Elle connaissait si bien Les Gras que le professeur eût bien voulu l'interroger sur ses balades antérieures au pays du Coiron, mais il comprit qu'elle tenait à ses secrets.

Ce qu'il avait appris sur Eugénie, de Lortet lui-même, l'intriguait fort. Le nom du curé Bessac avait été prononcé lors des premières communications sur la grotte de La Baume. « Un curé, un simple petit curé de campagne, préhistorien avant l'heure, qui révèle sa découverte en demandant à sa confidente de n'en rien divulguer, voici qui suscite la curiosité. Car qu'espérait-il, le bonhomme, que l'humanité ne profite pas de sa découverte ? Au nom de quelle doctrine, de celle qui recommande de ne point toucher à l'arbre de connaissance, à supposer que la connaissance fût un mal ? » Il songea à Montaigne, comme chaque fois qu'il se trouvait en face d'une énigme de l'esprit humain et qu'il lui fallait comprendre en quoi une posture pourrait se justifier ou être condamnée. « Ce Bessac avait peur que la révélation de sa trouvaille lui fermât les portes de son paradis, pensa-t-il. Mais le destin de l'homme ou le dessein, comme l'on voudra, est de chercher la vérité et la certitude et d'en faire profiter son prochain. »

Au bois Saint-Martin, les promeneurs demandèrent de l'eau dans une ferme, car ils n'avaient su en trouver sur le causse. L'un des chevriers les assura qu'on y pouvait se désaltérer vers Peyrefit, mais Eugénie reconnut qu'elle avait oublié ce lieu, ou que peut-être elle l'avait confondu avec Vigne-Vieille.

– Là-bas, c'est le pays des carrières, sourit l'homme au chapeau noir appuyé sur un bâton de buis aussi long et noueux que lui.

– Des carrières ? sursauta Geoffroy. Mais ça aurait pu être intéressant. Je cherche des fossiles.

L'homme fronça les yeux et lissa sa moustache. Les carrières étaient destinées à fournir la pierre pour la construction. Du reste, le site avait été exploité à l'époque gallo-romaine jusqu'à la tranchée de Bellevue. La montagne désossée à main d'homme offrait une plaie ouverte sur la Ligne, un site que le professeur regrettait de n'avoir pas visité. Mais Eugénie, obnubilée par sa grotte, ne comprenait pas que son invité se montrât si distrait. Il s'amusa de sa réaction, de cet entêtement qui la poussait singulièrement à gâcher ces rares instants de tranquillité, loin du monde et de ses contingences matérielles.

En descendant vers la rivière au milieu des éboulis sur un chemin pierreux et instable, ils décidèrent de reprendre quelque force. L'institutrice repéra un vieux fayard à l'ombre duquel ils s'installèrent. Elle prit dans son sac à dos de quoi manger : fromage, jambon et fruits secs. La rivière coulait à deux pas sur des galets blancs, d'un bleu pâle et ondoyant. On entendait à peine le roucoulement du courant.

– Connaissez-vous cette rivière ?

– Un rien suffit à en enfler le cours. Si calme en apparence, presque prisonnière de son lit en certains endroits où elle peine à tracer son chemin, elle peut se révéler fougueuse et violente.

Geoffroy s'avança au bord de la falaise pour en mesurer le débit. Il eût pu écrire sur son carnet que le paysage de l'Ardèche était trompeur, dans un équilibre instable entre deux forces combinées, le souterrain et l'aérien, des montagnes chahutées, érodées, taraudées par les forces telluriques mais aussi minées, sapées, fouies par les eaux souterraines…

Mais par paresse, il n'écrivit rien ce jour-là. Il n'éprouvait de curiosité que pour sa voisine, et celle-ci méritait plus qu'un couplet de littérature. Plus il l'observait et plus ce visage lui devenait familier, comme s'il l'avait dessiné dans une autre vie, celle des songes et des prémonitions.

– Je ne crois pas que je pourrais vivre dans ce paysage torturé, reconnut-il. Je n'aime que les territoires francs, ceux où la nature ne réserve aucune surprise, les longues plages du Nord, le bocage normand ou les plaines de la Beauce. Et non ces espaces qui portent les traces du chaos, hérissés, creusés, éventrés... Comprenez-vous ? Ici, l'homme s'est tué à la tâche pour réparer les dégâts du temps. Il a tenté de s'incruster dans le sol, mais à quel prix ? J'admire l'histoire des peuples émigrants. Ils ont su fuir le déchaînement tellurien pour des terres plus clémentes. Ici, nous sommes aux portes de l'enfer.

Elle éclata de rire.

– Diriez-vous, monsieur le professeur, que l'Ardèche est l'Achéron et la chaîne du Coiron les remparts de Dité ?

– L'homme d'ici ne s'aime pas ou, peut-être, s'entête-t-il à piocher une terre qui ne l'aime pas. Pourquoi vouloir s'enraciner sur un sol qui se refuse ? S'agirait-il d'expier quelque faute ? Ce peuple ardéchois serait-il voué à la malédiction ? Et pour racheter quoi ? Me le direz-vous ?

Par cette pique un brin provocante, M. Daremberg espérait obtenir de sa voisine quelques confessions. Il avait passé de longues heures à réfléchir sur ce qu'avait pu être l'existence d'une petite fille à l'ombre d'une magnanerie. Mais la carapace mentale de Mlle Andromas était plus dure encore que les galets qui tapissaient le fond de la rivière ; sa lutte pour le dépassement de soi lui avait calcifié le cœur – ce qu'il ignorait encore.

– Je vois un trou d'eau qui nous conviendrait parfaitement, dit le professeur en descendant sur la rive.

Il avait agi promptement pour entraîner à sa suite

Eugénie, craignant que la nage ne fît pas partie de ses plaisirs favoris. À sa grande surprise, elle se montra enthousiaste.

– Mais prenez garde, prévint-elle, le trou d'eau ici est bien plus profond que vous ne l'imaginez.

Sans gène aucune, elle se délesta de son pantalon d'homme. Daremberg se retourna par pudeur.

– Monsieur le professeur, vous n'avez jamais vu une femme ?

Il parut troublé. À ce moment, Geoffroy réalisa que Mlle Andromas possédait un sacré caractère. Il retira à son tour son costume de toile et courut vers le trou d'eau en marchant sur les galets plats. Eugénie garda sa chemise d'homme qui lui tombait au-dessus des genoux. En vérité, elle n'avait point à rougir de sa nudité. Elle avait hérité du corps harmonieux de sa mère, bien qu'elle fût d'une taille supérieure. Ses seins étaient ronds et fermes, ses jambes élancées et musculeuses. C'est alors que Geoffroy fut intrigué par sa chemise masculine en gros coton blanc, sans col. Pourquoi prenait-elle goût à cette excentricité ? Elle eût aisément répondu que c'était par commodité. Pour ses activités physiques et la liberté de mouvement, il n'était à ses yeux rien de plus confortable que l'habit d'un paysan, fait de coton, de baptiste ou de lin. Elle en achetait régulièrement au marché de Largentière, ce qui ne manquait pas de piquer la curiosité des petites dames du quartier Sigalière. On la soupçonnait de cacher une liaison sentimentale ou, pire, d'entretenir quelque coupable relation avec un homme marié.

Elle se laissa glisser la première dans le trou d'eau jusqu'à perdre pied et amorça un mouvement de nage. Elle gagna rapidement l'autre berge, là où le soleil blanchissait la roche, puis replongea de nouveau, tandis que le professeur hésitait encore. D'un geste, elle l'incita à la rejoindre. À la vérité, Daremberg était impressionné de ne pas voir le fond. Il craignait les remous et les tourbillons qui ridaient la surface. Mais la Ligne était une petite rivière calme et sereine, lorsque le temps était de la partie, clément et chaud. Il se décida enfin et elle exulta. Puis conforté par son audace, il se mit à brasser l'eau avec des mouvements désordonnés.

Eugénie alla se sécher au soleil sur un plat rocher. La chemise de coton lui collait si intimement à la peau que ses seins, son ventre, ses hanches paraissaient ainsi plus dénudés que nature. De ce corps, si impudiquement exposé, on distinguait tout autant les divines perfections que les insignifiants défauts. Et le professeur se surprit à assimiler cette touchante scène aux œuvres des peintres et sculpteurs de la Renaissance représentant une nymphe au sortir du bain. Il osa ce commentaire, mais le visage aux yeux clos de l'institutrice ne laissa paraître aucune émotion particulière. Elle n'eût agi autrement si elle avait été seule à prendre son bain de soleil sur sa terrasse. Tant de détachement l'intrigua si fort qu'il se risqua, lui aussi, vêtu d'un seul caleçon, à s'allonger près d'elle. Elle tourna juste la tête de côté pour examiner au loin les hautes terrasses du cirque de Gens et ses parois lactescentes. Les coulées de verdure fusaient comme des ombres sur la roche.

Geoffroy se hasarda à lui prendre la main pour la relâcher aussitôt, comme si ce geste plein de hardiesse s'était accompli dans un débordement de désir. Comme elle ne parut guère s'en offusquer, il recommença, mais en y mettant plus de finesse, c'est-à-dire en effleurant délicatement ses doigts. Eugénie se tourna vers Daremberg, le regard papillotant.

– Auriez-vous quelque intention, monsieur le professeur ?

Eugénie attendit sa réponse puis reprit sa pause initiale

après avoir, d'un geste décisif, étiré sur ses jambes les pans de sa chemise.

– Je ne vous en fais pas grief, ajouta-t-elle. Et pourquoi m'en plaindrais-je ? Vous êtes un homme séduisant.

Un sourire de satisfaction se dessina sur son visage et il lui prit la main, cette fois, avec assurance. Puis il la porta à ses lèvres.

– Je me dois d'être honnête et sincère avec vous, dit-elle.

Le professeur fronça des sourcils, ce n'était pas ce qu'il avait envie d'entendre, une sorte de parade l'écartant en douceur.

– Mais je n'en doute pas, se défendit-il. Mes intentions sont louables. N'est-ce pas habituel que l'homme se déclare et que la femme dispose ?

– Abandonnez cette idée, répliqua Eugénie. Je n'aimerai jamais un homme parce que la passion est une prison dans laquelle on s'enferme soi-même. Rester libre de toutes attaches, tel est mon destin.

Geoffroy accueillit cette déclaration avec un sourire de dépit. Il ne comprenait plus qu'elle lui eût paru si proche cinq minutes plus tôt, qu'elle eût répondu à ses avances, le jeu de mains, les caresses délicates, pour soudain l'éconduire.

– Peut-être me trouvez-vous trop audacieux ? Si vous avez senti à quelque moment que mes gestes vous obligeaient, n'en tenez plus compte. Je ne suis pas le séducteur que vous croyez, ma chère Eugénie. Un homme peut se méprendre lorsqu'il se trouve emporté par son désir. Tel a été mon cas…

Eugénie avait commencé à se rhabiller, bien que sa chemise de coton ne fût pas entièrement sèche. Mais elle en avait ressenti l'urgente nécessité pour mettre un bémol aux empressements de Daremberg.

– Pourquoi proclamer haut et fort que vous n'aimerez jamais ? repartit-il. Dites simplement que vous ne m'aimerez jamais, moi, Daremberg… Quelles que soient vos raisons, je les comprendrai. Même si je dois en souffrir…

Après avoir ramassé sa chevelure, elle rajusta son chapeau colonial. Ainsi se sentait-elle désormais à l'abri de toute extravagance.

– Vous finiriez par me demander en mariage, soupira-t-elle. Et je ne veux pas prendre ce risque-là. Me réveiller tous les matins avec un homme dans mon lit, mon Dieu, quelle horreur !

Le professeur tapa des mains à plusieurs reprises, la mine si contrariée qu'un rien eût suffi pour qu'il rebroussât chemin et la plantât seule au bord de la rivière. Mais avant de se risquer à cette irréparable extrémité, il avait envie de lâcher quelques méchancetés.

– Oh ! j'ai deviné… Vous m'en voyez confus.

– Qu'avez-vous deviné, monsieur le professeur ?

– Se pourrait-il que vous apparteniez au club des anandrynes ? Ce ne serait pas la première fois que je tomberais sur une gomorrhéenne.

Eugénie escalada prestement la rive de la rivière à l'endroit même où elle se jetait dans l'Ardèche, dans un vaste entonnoir sablonneux et pierreux. En été, l'eau basse offrait aux arbustes un court sursis, de petits saules et des repousses de peupliers noirs que les premières crues emporteraient au fil du courant. Daremberg la suivit sur le chemin de la falaise. Il suffisait de monter, à l'abrupt, une centaine de mètres pour conquérir le versant est.

– M'entendez-vous ? souffla-t-il un brin époumoné par la marche rapide.

Quand il l'eut rejointe à mi-parcours, elle se retourna, le feu aux joues. Sa chevelure noire s'était échappée de sa coiffe et des perles de sueur constellaient son visage.

– Vous faites erreur, professeur.

Il répondit par un sourire forcé. « Ce pourrait être une hypothèse fort plausible », songeait-il en l'examinant dans sa tenue d'homme qu'elle portait avec tant d'aisance.

– Voici qui arrangerait bien votre vanité masculine, que je sois une lesbienne, n'est-ce pas ? Mais s'il vous plaît de le croire, faites donc.

– Vous me devez une réponse claire, tout de même.

– Je ne vous dois rien, se défendit Eugénie d'un ton tranchant, comme si sa patience avait atteint ses limites.

Daremberg baissa la tête. En cet endroit, la roche brûlait au soleil. Elle vibrait sous le fouet de juillet, frissonnait de dessèchement. Et les insectes bruissaient dans l'air surchauffé.

– Une fois, une seule fois, j'ai été attirée par une femme. Mais il ne s'est rien passé. Cela ne fait pas de moi une sappho pour autant ? Et du reste, se rebella-t-elle, pourquoi aurais-je à en rougir ?

– En effet, admit Daremberg. Pardonnez-moi cette curiosité imbécile dont je fais si souvent preuve.

Ils marchèrent encore une heure, sans une parole, sans un regard, blessés l'un et l'autre par les atermoiements de la passion. Puisqu'elle n'avait trouvé à se cristalliser dans l'abandon des corps, elle s'ingéniait à les dresser l'un contre l'autre, comme des âmes ennemies.

– Pauvre petit Silvius, tu n'as jamais été des leurs, dit Florine en jouant de son parapluie comme d'une canne.

Grande, svelte, la taille corsetée, la robe près du corps, près des formes (comme disait sa mère qui la lui avait dessinée et taillée dans un coupon de satin perle), Mlle Martelet se mouvait avec élégance. Elle marchait avec un léger déhanchement qui la posait gracieusement.

– Au fond, poursuivit-elle, ce mariage d'amour n'aura été qu'un mariage de raison. Aurais-tu réfléchi à la question, petit Silvius ? Moi, je crois que si j'étais à ta place, je fouillerais dans mes souvenirs d'adolescence.

Silvius observa sa sœur avec un sourire admiratif. Chaque fois qu'il la retrouvait, une ou deux fois par mois, dans le meilleur des cas, il cherchait sur son visage et jusque dans sa démarche la marque des Andromas. « De quoi donc a-t-elle hérité ? se demandait-il. Ses yeux, sa bouche, son nez ? Mais le caractère ? Voici qui est plus difficile à repérer. »

– Est-ce que tu t'interroges sur Eugénie et Pauline ? Ne sont-elles pas le jour et la nuit ? dit-elle. Pauline est d'une nature indolente et irrésolue. Elle s'est laissé épouser par le premier venu… Quant à Eugénie, c'est un dragon en jupons, n'est-ce pas ?

Le frère éclata de rire. Il avait encore en mémoire le soir où l'on avait mis le père dans son cercueil et comment Eugénie avait expédié l'affaire en chassant la famille de la chambre mortuaire. Un ordre, un geste, et ce fut tout. On se rangea à la décision de l'institutrice.

– Si revêche et autoritaire qu'elle fera une vieille fille.

– Et moi ?

– Tu tiens plus de Pauline. Mais tu disposes d'une intelligence supérieure. Je ne sais pas ce que tu en feras. Peut-être rien.

Florine traversa la rue Dubois entre deux voitures à cheval. Elle sautillait plus qu'elle ne courait sur les fins talons de ses bottines, en tenant juste du bout des doigts sa robe relevée au-dessus des chevilles pour s'accorder un peu d'aisance. Il la rejoignit, le chapeau melon plaqué contre sa poitrine.

– Tu finiras par te faire renverser, ma petite, lui reprocha Silvius, à trop vouloir slalomer entre les attelages. Ces montures sont aveugles, tu le sais bien, excitées par le picotin…

Le large trottoir était à eux seuls. Désormais, on pouvait aller d'un pas tranquille frôler les belles promeneuses de l'après-midi en robes d'été et chapeaux fantaisie, bigler les élégants en canotier, les couples se tenant par le bras.

– As-tu songé à ce que je viens de dire ? insista Florine.

– Je ne pense qu'à ça. Faire mon examen de conscience et dénouer le vrai du faux, le secret de mon âme derrière les paravents de l'orgueil. Il faut être dans ma situation, c'est-à-dire face à un avenir embrumé, pour songer enfin à déceler un passage, aussi étroit soit-il.

– Voilà qui est bien parlé, petit Silvius. Toutefois, précisa-t-elle avec une mimique espiègle, je parlerais plutôt d'une sortie. Il te faut sortir par le haut de cette affaire. Quand l'amour se trompe sur ses intentions, à moins de continuer à se mentir à soi-même, il faut bien prendre le chemin de traverse.

Il éclata de rire en rajustant son melon sur sa tête. Ainsi dans son costume gris, de fort bonne coupe, mais étroit aux entournures et un peu fripé dans le dos, le col boutonné à l'étroit, alors qu'il lui aurait fallu un peu d'aisance pour apparaître moins guindé, il ressemblait à un gratte-papier de la Lyonnaise. La jeune femme lui en fit la remarque, car elle n'épargnait jamais son frère, ni elle-même, ni son entourage. Elle se voulait critique et caustique quand il s'agissait de juger l'espèce humaine. « Un rien rendrait la vie plus belle », répétait-elle souvent dans le Grand Théâtre où elle travaillait et où l'on exigeait de l'imagination et du bon goût. C'était ce qui faisait le plus défaut en cette fin de siècle, l'invention et la fantaisie.

– Mais j'aime toujours Roxane. Elle me trompe avec un bellâtre. Peut-être m'a-t-elle toujours trompé ?

– Comment cela ?

– Avant notre mariage, Roxane a dû avoir une liaison avec ce greluchon. Monsieur a servi à instruire ma belle des choses de l'amour. Mais sans amour, sans doute. Ainsi que dans ces romans licencieux où il se trouve toujours quelques instituteurs immoraux pour initier les jeunes vierges.

– Mais l'était-elle, ta Roxane ?

– Je ne sais pas.

– C'était ton premier amour, en somme, conclut Florine.

– Et le bellâtre l'a de nouveau entraînée dans ses jeux. Peut-être pour me la soustraire. Je soupçonne Cyril Colomier d'avoir intrigué dans ce sens.

– C'est du Feydeau ou du Tchekhov ?

Il ne parut pas saisir le sens de sa question. Une comédie en forme de vaudeville ou une tragédie douce-amère… Mais elle ne resservit point son interrogation, la jugeant par trop intime sans doute. Depuis qu'elle dessinait des décors de théâtre et qu'elle lisait des ouvrages pour s'en inspirer, Florine avait acquis cette manie simpliste de juger les situations selon ces deux seuls éclairages, comiques ou tragiques. Et dans le cas de Silvius, malgré toute l'affection qu'elle lui vouait, elle ne parvenait à prendre son destin au tragique, puisqu'elle en avait examiné les ressorts secrets.

– Je souffre de la perdre et si d'aventure je devais la perdre, alors je me perdrais moi-même. N'est-ce pas l'amour ? Ne se mesure-t-il pas à l'attachement qu'il suscite ?

Florine prit le bras de son frère et tous deux, à ce moment, déambulant rue de l'Hôtel-de-Ville, ressemblaient étrangement à un couple d'amoureux. Elle s'amusait de ce que le regard des passants pût les identifier ainsi, dans cette illusion. « Nous jouons à être un couple et nous sommes plus vrais que nature, se dit-elle. Et peut-être que petit Silvius, malgré tous ses efforts, ne parviendrait point à créer cette impression au bras de sa Roxane. »

– Je ne puis croire à autant d'attachement. Tu l'as épousée pour ce qu'elle représentait.

– Forcément, admit Silvius.

– Eût-elle été une petite ouvrière chez Beauchamp, comme Pauline, que tu ne l'aurais pas regardée.

– Se peut-il que tu dises vrai ?

– Tu as aimé en elle ce qu'elle pourrait t'apporter. Fille d'un riche soyeux de Lyon, elle t'a fait entrer dans son monde, dans son théâtre d'ombres, dans le labyrinthe du pouvoir. Et tu as acquis, grâce à sa famille, grâce à son argent, une position forte au Comptoir des soies. Et aujourd'hui tu as peur de perdre ces avantages en perdant son amour.

– Alors il ne faut choisir nos passions que chez nos semblables ? N'épouser que dans sa classe sociale ? Fuir l'amour lorsqu'il est au-dessus de notre condition ? C'est absurde.

– Il n'empêche que l'amour de Roxane t'a valu une situation enviable et que tu crains aujourd'hui de déchoir. Peut-être te faudra-t-il la défendre, en dépit des humiliations et des tromperies, et accepter que ta chère Roxane ait un amant. Ou alors, la quitter, certes, mais en sachant que tu quitteras aussi tout ce qu'elle t'a donné, pouvoir et argent. Sauras-tu faire ce choix ?

À cette heure, la place des Terreaux était encombrée de voitures : fiacres, omnibus, tramways à impériale. La foule se faufilait entre les véhicules, dans un tumulte assourdissant de piétinements de chevaux, d'éclats de voix et de crissements de roues. D'un pas rapide, Florine et Silvius se rendirent au Grand Théâtre. Par l'entrée du Puits-Gaillot, ils accédèrent aux bureaux, laissant à leur droite les guichets vitrés de l'administration. Un long couloir distribuait les ateliers sous le plateau de scène orné des photographies de comédiens qui avaient enrichi les soirées lyonnaises : Mounet-Sully, Sarah Bernhardt, Albert Lambert ou Eleonora Duse… Ils descendirent côte à côte une vingtaine de marches. L'atelier des décors était encombré de châssis, les uns montés, les autres en préparation. L'attention de Silvius fut attirée par un élément figurant un intérieur bourgeois. De hautes fenêtres y étaient peintes avec des rayonnages de bibliothèque, des statuettes antiques, des vases, une commode et quelques tableaux. Le jeune homme ne put résister à la curiosité de passer une main sur la toile tendue comme une peau de tambour. Florine l'invita vivement à n'en rien faire, craignant sans doute qu'il ne se fît réprimander par un des peintres ornemanistes.

– C'est un élément du fond de scène pour la pièce de Feydeau, *Un fil à la patte*.

– Ça ressemble à l'appartement d'Octave. À part que la bibliothèque ne comprend que des livres factices.

– Comme ici, en somme.

Ils se mirent à rire.

– Et les tableaux dans le tableau, c'est d'une étrangeté.

– Nous y avons réfléchi. Fallait-il de l'impressionnisme ou du classicisme, du Monet ou du Poussin ? Les bourgeois que Feydeau a mis en scène dans sa pièce ne sont que de médiocres parvenus, des escogriffes assoiffés de reconnaissance autour desquels virevoltent des dames de petite vertu. Ça ne peut posséder le moindre goût, ces gens-là. Alors, nous avons opté pour les pompiers.

Andromas l'écoutait attentivement. « Elle ne changera jamais, pensa-t-il, aussi révolutionnaire et libertaire que ses frères du cercle social. » Sans doute fréquentait-elle toujours, à ses heures, l'officine de la rue Lanterne. Il inclina la tête de côté pour mieux l'observer dans la belle lumière qui fusait des ampoules électriques suspendues à la passerelle de manœuvre. Les grands abat-jour en forme de chapeau chinois concentraient l'éclairage sur le plan de travail. Autour de tables serrées les unes contre les autres, juchés sur de hauts tabourets, les dessinateurs étaient à l'œuvre, jouant du crayon et de la craie grasse.

M. Basillac, le coude appuyé sur le plan de travail, l'air pensif, fumait son cigare. En apercevant Florine, il se redressa d'un coup.

– Ah enfin, tu nous l'as amené ton petit frère, cachottière !

Silvius serra les mains des décorateurs. Seul, M. Garette se montra ronchon. Quand il cogitait un plan de décor, il n'aimait guère être dérangé. Et ce mouvement de gens autour de lui, incessant, paraissait troubler sa concentration.

– Cette maison est une auberge espagnole. Heureusement que nous ne faisons que du vaudeville. L'univers bourgeois, ça nous connaît, pas vrai Octave ? Salons, alcôves, boudoirs... Tout ce qu'il faut pour que notre théâtre boulevardier s'exprime par ses précieux ridicules, ses soubrettes irrespectueuses, ses vieux barbons répandus sur des sofas.

– Et quelques chambres à coucher tout de même, avec rideaux transparents pour cacher les amours, n'est-ce pas ? ajouta Octave Misel.

– Et ce sein que nous ne pourrions montrer, reprit Basillac.

– Amour de déraison et mariage de raison ! s'écria Octave.

Le ténor d'opérette raté poussait parfois quelques airs de Poncielli ou de Bellini pour amuser la galerie. Mais surtout, il avait un sacré coup de crayon pour camper statues, fontaines, bosquets… Enfin, tout ce bon vieux fatras romantique peuplant les jardins de plaisance.

Quant à Mlle Cervelli, elle se tenait toujours sur la réserve, austère et grave, le regard rivé à sa planche à dessin, faisant mine d'ignorer les grivoiseries de ses voisins. C'eût été démissionner devant les hommes, que d'afficher la moindre réaction, colère ou stupéfaction, qu'importe. Elle n'entendait rien au théâtre de divertissement, se fichait complètement des intrigues nouées entre maîtresse et amant et la souffrance du mari cocu. Elle dessinait des décors, en imaginant qu'ils ne seraient jamais habités. Quelquefois, elle s'était émue après les représentations, lorsque les personnages avaient déserté les lieux, émue jusqu'aux larmes de penser que le monde était mieux ainsi, purifié par le silence.

Un peu à l'écart, perchée sur son tabouret, tournant le dos à ses camarades, Hyacinthe Rousselet était une jolie brune à la peau mate, aimant à cultiver un style exubérant de gitane. Elle était passée maître dans l'art de bâtir des maquettes. On lui apportait esquisses et dessins et elle en faisait un décor en miniature. Au final, il suffirait de se reculer de quelques pas, d'orienter un peu l'éclairage pour que la scène se mette à vivre. Si ça ne ressemblait presque à rien, ces pièces de carton encollé, agencées en trois dimensions, elles deviendraient pourtant, comme par enchantement, la reproduction à échelle réduite de ce qui s'offrirait au public. Un choc visuel ou rien. Telle sera toujours la magie du théâtre dans l'instant où le rideau s'entrouvre sur la scène.

Florine avait voulu montrer à Silvius son petit monde. Elle s'amusait de ses réactions lorsque Léon Garette ou Eugène Basillac s'en venaient tout doctes lui montrer leurs créations avec des yeux d'enfants émerveillés.

– Un Feydeau, c'est de la routine pour nous, flagorna Garette. Mais un drame musical, c'est autre chose, mon gars. T'souviens d'un opéra de Wagner où il a fallu monter les filles sur un portique avec des ailes dans le dos et toute une ferblanterie d'armures, de casques et que sais-je encore ? T'souviens Cervelli ?

La dessinatrice ne répondit pas. Elle avait détesté les « hoïotoho ! hoïotoho ! heiaha ! » des Walkyries.

Silvius posa mille questions, comme le premier jour où il était entré chez Pleynet, rue du Chariot-d'Or.

– Je viens juste d'être prise et je ne sais pas encore si je resterai. C'est pourquoi on me témoigne toutes les attentions, lui répondit sa sœur.

On s'amusa des réticences de la jeune Florine. Elle avait déjà fait montre de quelques idées originales dans le décor de l'acte 1, et sans s'épancher sur le sujet, M. Bertold, le maître décorateur, avait jugé que la jeune personne apporterait un regard neuf. À force de faire du décor au kilomètre, on avait la fâcheuse manie de se répéter ou pire de réutiliser d'anciens fonds de scène pour se simplifier la tâche.

Mlle Cervelli quitta sa table à dessin pour suivre Florine vers le plateau où les menuisiers montaient les châssis.

– Vous connaissez M. Pleynet ? demanda-t-elle à Silvius.

– Un peu, dit-il.

– Comment cela ? Tu m'avais dit que ton frère était un familier de Romain Pleynet, reprocha-t-elle à Florine.

– Oui. Et alors c'est bien le cas, il me semble, répliqua la petite Martelet.

– Je ne comprends plus, marmonna Paule Cervelli.

Silvius reconnut qu'il avait discuté avec l'industriel deux ou trois fois, sans plus, mais qu'il était assuré de le revoir sans délai. Cervelli parut rassurée.

– J'aurais une faveur à vous demander.

– Quoi donc ?

– Que vous lui remettiez cette lettre en mains propres. Je dis bien, insista-t-elle, en mains propres.

Il regarda sa sœur d'un air interrogatif, elle lui répondit par un hochement de tête ; ainsi semblait-elle dans la confidence.

– La prochaine fois que je rencontrerai Pleynet, je lui remettrai votre pli, promit-il d'un air grave.

– C'est de la plus haute importance, dit Paule Cervelli.

– Pourquoi ne pas lui adresser par la poste ?

– Je ne voudrais pas qu'elle tombe entre de mauvaises mains.

– Mon petit Silvius, tu peux bien rendre ce service à mon amie Cervelli ? supplia Florine.

Andromas ne savait encore quand il verrait Pleynet de nouveau, bien que ce dernier lui eût affirmé que la première entrevue qu'il avait provoquée ne demeurerait pas sans suite.

– Je ne vous connais pas, mademoiselle, hésita encore Silvius, et j'espère que vous ne ferez pas de moi un triste messager.

La dessinatrice l'observa intensément de ses grands yeux gris.

– Vous n'aurez pas à vous plaindre de moi. M. Pleynet sera fort intéressé par la lettre que vous lui remettrez.

Silvius prit le pli et le glissa dans sa poche.

– Est-ce pour ça que tu m'as attiré ici ? Après toutes ces grandes considérations sur l'amour de Roxane ?

Florine le sentit irrité, mais n'en fut pas mécontente. « Il mérite mieux qu'une Roxane », pensa-t-elle.

12

– Je ne vois pas ce que vous me montrerez de nouveau dans cette grotte, dit Daremberg en éclairant les parois avec sa lampe-tempête.

Il en balayait les aspérités pour suivre les dessins se jouant des creux et des bosses de la roche.

– Ce ne sont pas des peintures rupestres que je veux vous montrer, monsieur le professeur.

– Mais quoi donc alors ?

– Un peu de patience.

Eugénie connaissait l'endroit au point de s'y mouvoir les yeux fermés. Tant d'heures passées dans ces profondeurs, au cœur du silence et de la nuit, l'avaient confortée dans l'idée que les hommes du paléolithique en avaient fait un lieu de contact avec les esprits où s'étaient sanctuarisées sans doute les premières croyances.

– La chasse, la fécondité, la mort, ajouta à voix basse Daremberg, fasciné par les gravures qui s'offraient à sa vue.

Pourtant, il était déjà venu les contempler avec Lortet et quelques autres ethnologues de Lyon. Puis dans son cabinet de travail, il avait examiné les relevés effectués par Mlle Andromas avant de les publier dans sa revue. Cette fois encore, le jeune chercheur était persuadé que la découverte de l'abbé Bessac était de la plus haute importance. Faudrait-il à l'avenir en faire un lieu de pèlerinage après quelques aménagements ou cacher définitivement son existence au grand public ? Pour l'heure, rien à craindre, le prêtre de Chauzit pouvait dormir en paix, il n'était qu'une poignée de connaisseurs capables d'en apprécier la valeur.

Parvenus dans la seconde salle, Eugénie et Geoffroy s'assirent à même le sol, là où l'on avait pratiqué quelques fouilles sommaires. On n'avait trouvé que des fragments osseux d'animaux et des débris épars de poterie. Le lieu avait servi de refuge pour les bêtes sauvages, puis les hommes en avaient pris possession à des époques diverses pour y sanctifier quelques divinités et aussi pour se cacher. Ces menues découvertes avaient fait l'objet, chaque fois, d'un rapport détaillé, et inspiré différentes supputations sur les époques où La Baume avait été occupée.

Le professeur en profita pour amorcer la conversation sur les problèmes soulevés par le site tels que la datation des peintures rupestres. La poterie trouvée remonterait-elle au néolithique, à une époque où l'homme était devenu sédentaire ? Mais étaient-ce les mêmes hommes qui avaient dessiné les rennes, les mammouths et les aurochs ? Ne s'agirait-il pas plutôt d'une occupation plus ancienne ?

Eugénie coupa court à la controverse à laquelle elle avait déjà eu l'occasion de participer au musée des Bénédictines à Lyon.

– Ce n'est pas l'objet de notre visite aujourd'hui, fit-elle.

– Qu'avez-vous trouvé ? C'est étonnant. Ce lieu a été passé au peigne fin. Je doute que…

– Ne doutez plus, monsieur le professeur.

– Ma curiosité est sans limite.

La lumière de la lampe cuivrait leurs visages. Daremberg se tenait négligemment adossé contre la paroi rocheuse, les jambes étendues ; Eugénie, assise en tailleur, l'observait avec gravité.

– J'ai longtemps hésité avant de vous accorder ma confiance, commença Eugénie. Mais c'est un secret trop lourd pour moi. J'aimerais le partager.

Daremberg se redressa vivement. Il prit la lampe et la porta à la hauteur de la figure d'Eugénie Andromas. Mais il n'y avait pas assez de luminosité à son goût ; il augmenta la flamme jusqu'à ce que chaque recoin de la salle fût éclairé, et leurs ombres portées sur les murs de la caverne. C'était rassurant. Une certaine connivence pouvait naître enfin dans l'ambiance chaude qui se dégageait des lieux.

– Je veux le partager avec vous, jura Daremberg.

– J'ai peur que vous me trahissiez. Êtes-vous un chercheur authentique, un scientifique hors pair, un homme pour qui la connaissance seule importe en ce bas monde, prémuni contre toutes les tentations ?

– Que cherchez-vous à insinuer, Eugénie ?

– La passion pour la gloire, la reconnaissance, l'argent peuvent corrompre l'esprit le plus pur. Je ne voudrais pas que notre histoire finisse ainsi. Ce serait tellement méprisable.

Geoffroy en avançant sur les genoux vint prendre l'institutrice dans ses bras et la serra contre lui. Il la sentit si émue qu'il en éprouva une troublante impression. « Se pourrait-il que je la trahisse un jour ? pensait-il. Qui peut jurer d'une telle assurance ? » Sans doute n'était-il pas trop tard, à ce moment où leur histoire allait basculer, pour lui dire d'un ton ferme : « Alors, ma chère Eugénie, n'en faites rien. Quittons cette caverne. Retrouvons la lumière du soleil. Et gardez votre secret car je n'en suis pas digne… »

Mais Daremberg n'en fit rien. Il se laissa emporter lui aussi par l'émotion.

– Vous savez combien je vous désire. Et c'est une réalité si forte qu'elle nous incline l'un et l'autre à ouvrir notre cœur et à partager nos secrets.

« Maîtresse d'elle-même », tel avait été le jugement de Daremberg sur la belle institutrice durant la marche sur le plateau des Gras, au point qu'elle avait repoussé ses avances et qu'il avait imaginé des balivernes sur sa vie intime. Désormais, Eugénie se révélait telle qu'en elle-même, fragile et vulnérable. Il l'embrassa sur tout le visage, cherchant ses lèvres, les perdant et les retrouvant. Elle se voulait plus engageante, puisqu'elle répondait à ses baisers en les prolongeant, comme si ses sens prenaient le pouvoir sur sa raison. Et quand Eugénie comprit enfin qu'elle était à la merci de cet homme, elle tenta de s'en libérer. Mais il était plus fort qu'elle à ce jeu, elle qui n'avait pas connu l'amour charnel et s'en défiait, croyant que son fort caractère suffirait à l'en préserver.

– Je ne veux pas me donner à vous, ici, balbutia-t-elle. Ce serait un sacrilège en ce lieu où…

Il se retint de rire.

– Ne froissons point les esprits qui occupent ce site. Je vous le concède, ma chère Eugénie. Mais sachez que mon amour pour vous est pur et désintéressé.

L'institutrice prit la lampe et se dirigea au fond de la salle. À mi-hauteur, il était un passage à peine visible dans les stratifications de la roche, un boyau si étréci qu'il ne paraissait guère praticable à moins de s'y glisser par une lente reptation.

– Pourquoi devrions-nous emprunter cette galerie ? Y aurait-il une nouvelle salle ? C'est donc ce que vous vouliez me montrer ?

– Mon secret, dit-elle. Je l'ai conservé plus de deux années. Le moment est venu de m'en ouvrir et je vous ai choisi.

Daremberg passa la main sur son visage. Il éprouvait une angoisse à l'idée de ce confinement. La lumière lui manquait, celle salutaire du soleil, de ses rayons consolateurs. Il se disait : « Quelle sorte de folie habite Mlle Andromas ? À force de visiter ce lieu, de s'en imprégner, elle aura fini par basculer de l'autre côté, comme ces explorateurs obstinés, tel M. Livingstone qui passa sa vie à chercher la source du Nil sans jamais la trouver. »

– Je ne sais pas ce que vous allez me confier, chère Eugénie, mais il nous faut prendre du champ par rapport à La Baume, laisser cette grotte en paix dans son aura de mystère.

L'institutrice haussa les épaules.

– Écoutez donc ce que j'ai à vous dire. À sa mort l'abbé Bessac m'a laissé une lettre. Une sorte de révélation testamentaire en somme.

– Ah, Bessac ! s'écria le professeur. Un curé de l'ancienne époque avec des principes hérités du premier concile sur l'infaillibilité pontificale, n'est-ce pas ?

– Ici même, après le fameux massacre des protestants d'août 1572, les huguenots ont caché leur trésor. Et l'abbé, je ne puis dire dans quelle circonstance, a découvert ce pactole. Il l'a laissé ici, sans rien dire à personne, jugeant que l'argent des protestants était sacré et qu'un catholique comme lui, intègre, n'avait pas le droit de le détourner pour sa propre Église.

Sous le coup de l'émotion, Daremberg demeura sans voix. Eugénie comprit la réaction de son confident, elle-même était restée des semaines sans vérifier les dires de Bessac.

Sans plus attendre, ils se glissèrent dans le passage et atteignirent la cache minuscule où les protestants du XVIe siècle avaient installé leurs biens pour les soustraire à la cupidité de leurs ennemis, le clan des Guise et des Châtillon-Montmorency. Sous un amas de pierrailles, Eugénie dégagea un sac de cuir. Elle en défit le lacet, précautionneusement. Le professeur hésita à lui donner la main, car il craignait qu'elle vît dans sa hâte quelque réaction intéressée.

Enfin, Eugénie ouvrit la besace. Daremberg approcha la

lampe. Les pièces luisaient dans leur écrin de vieux cuir boursouflé.

– Ce sont des écus au soleil, c'est-à-dire des pièces d'or étalonnées en 1577 par ordonnance contre l'écu de compte qui avait perdu de sa valeur, dit-elle. Il y a au moins mille cinq cents pièces pour une valeur actuelle de six à sept mille francs.

Daremberg siffla de surprise. Elle éclata de rire.

– Et personne n'a eu l'idée de venir récupérer ce trésor ? s'étonna le professeur. Même au moment des trois guerres en Vivarais ? Se pourrait-il que ceux qui ont caché cette fortune aient disparu avant de prendre quelque disposition que ce soit ?

– C'est une hypothèse plausible, admit l'institutrice.

Le professeur prit dans le sac un des écus et l'examina après l'avoir astiqué avec son mouchoir.

– À l'avers, dit-il, l'écu de France porte cette inscription : *Carolus IX D G franco rex MDLXV*. « Charles IX, par la grâce de Dieu, roi des Francs… » Et le revers, ajouta-t-il, une croix fleurdelisée… *Cristus regent vincit imperat.* « Le Christ règne, vainc et commande. »

– Exactement, monsieur le professeur.

– M'autorisez-vous à conserver cette pièce pour la faire examiner de plus près ?

– Si c'est votre volonté, admit Eugénie.

– Car vous n'avez rien prélevé ?

– Pas un seul écu, affirma-t-elle.

– Comment voyez-vous l'avenir ? Ce trésor sortira-t-il de sa cache pour rejoindre un musée ?

Elle baissa la tête. Elle n'avait jamais été capable de prendre la moindre décision, enfermée dans ce dilemme par la lettre de Bessac qui l'obligeait. « Faites-en ce que bon vous semble, avait-il écrit, pourvu qu'il serve une cause juste… »

– Ou alors, poursuivit Daremberg, le laissera-t-on dormir dans son sanctuaire en nous promettant l'un à l'autre d'en conserver la clé ?

– Je préférerais la seconde solution, dit-elle, à la condition d'en jeter la clé.

– Voici qui n'est pas conforme à l'idée que nous nous faisons de la science, selon laquelle toute découverte historique se doit de figurer dans un musée… Mais respectons votre choix, ma chère Eugénie, puisque telle est votre volonté.

Ils sortirent aussitôt, épuisés par le confinement. Songeur, Daremberg fixait les derniers feux du jour sur les montagnes du Vivarais. Son esprit cheminait aux côtés des archéologues qui avaient visité des tombeaux égyptiens et mis à jour d'inestimables trésors. Eux, les Mariette, les Charles Harris ou les Wilkinson, n'avaient pas hésité à divulguer leur découverte afin que le savoir et la connaissance fissent un bon en avant. « Mais ce misérable Bessac a contaminé son esprit par ses sermons et ses boniments », pensa-t-il.

Bien qu'il fût irrité contre Eugénie, le professeur la serra de près dans la descente vers le pont de Rochemare. Le sentier étroit ne pouvait ralentir la marche de l'institutrice bien que la lumière du jour se fît déclinante. Bientôt, on ne distingua plus les bordures abruptes. Daremberg portait la lampe et prévenait les dangers par une inflexion de la main sur l'épaule de sa voisine.

Sur le pont de Rochemare, Daremberg lui demanda s'il pourrait passer la nuit dans sa demeure de Largentière. Elle accepta d'un hochement de tête. « Il est bien temps, pensa-t-elle, que je vive enfin une histoire d'amour. Lui ou un autre. Après tout, M. Daremberg fera bien l'affaire. » Elle se surprit à sourire. Il lui demanda la raison. Elle dit :

– Vous aurez fort à faire pour me convertir à la lubricité, cher professeur.

– Loin de moi cette idée bizarre, se défendit-il. Comment vous est-elle venue ?

– C'est vous qui me l'avez inspirée.

– Ah, oui ! s'exclama-t-il. À quel moment ?

– Lorsque vous avez soupçonné chez moi des inclinations saphiques.

– N'en parlons plus.

– Vous avez allumé la mèche, mon cher. Il vous faut aller jusqu'au bout.

– Quelle effronterie. À vous voir fagotée en petit cavalier, on ne croirait pas que vous cachez une belle âme ardente.

– C'est présumer de mes talents, non ? Attendez donc de voir.

– Et puis, l'interrogea-t-il, ne craignez-vous pas le qu'en-dira-t-on à Largentière ?

– Ma réputation est faite, Daremberg. On me voudrait voir mariée de toute urgence tellement j'inspire de jalousies dans mon voisinage. Pourtant, je ne saurais donner à vingt-six ans mon pucelage au premier venu…

– Une demi-sœur ! Que n'iras-tu pas inventer, mon pauvre Silvius. Tout ça, dans le fond, est bien lamentable.

Andromas, la tête dans les mains, l'écoutait immobile. Enfin parvenu au fait de son histoire, il paraissait flotter dans un bain d'eau tiède. La nuit d'été était lourde et poisseuse. C'est tout ce qu'il retiendrait de ce moment, si d'aventure il devait un jour se le remémorer. Mais le jeune homme était sans illusion sur lui-même. Il avait compris que l'existence était faite d'épisodes distincts. « On va d'un point à un autre, avant que le destin ne vous conduise vers une aube nouvelle avec l'étrange sentiment nauséeux de devoir tout recommencer. Et peut-être ne me restera-t-il aucune leçon profitable de cet instant. » Il eût voulu rire mais ne le put pas.

– Je ne t'ai jamais trahie, Roxane, répéta-t-il en frappant du poing le bras du fauteuil. Tu l'as cru, certes, mais c'est un affreux malentendu. Florine est ma demi-sœur. Mon père a fait cette enfant à ma tante Juliana qui vit, présentement, rue du Bon-Pasteur. Si tu le désires, nous pouvons nous y rendre et dénouer ce nœud qui nous empoisonne. Je puis même te présenter Florine. Ainsi, la lumière sera faite sur cette misérable méprise.

Roxane allait et venait dans sa robe d'amazone rouge outrageusement fendue jusqu'aux genoux. Elle portait un chapeau cloche et frappait dans ses mains une badine de cuir noir. Feignait-elle de se flageller ? On eût pu le croire à sa rage inaccoutumée. Mais c'était un genre qu'elle se prêtait pour échapper à la conversation que son mari lui avait imposée. Pour l'heure, elle paraissait fermée comme une huître et dédaignait de mettre en jeu les circonstances de leur mésaventure sentimentale.

– À quoi bon ? se défendit-elle. Peut-être as-tu raison, Silvius. Peut-être me suis-je trompée sur toi et sur moi-même. Mais ce qui compte n'est plus la vérité. Si cela peut te rassurer, je t'accorde cette vérité-là. Je te l'abandonne.

Roxane posa un pied sur le velours du sofa. Sa robe bâilla sur une jambe gantée de soie cendrée. La bottine noire lacée à mi-cheville ajoutait une touche de provocation.

– La vérité doit me rétablir dans mes droits d'époux, défendit-il.

– Et m'obliger à la servitude conjugale, compléta-t-elle en frappant le dossier du sofa de sa badine comme s'il se fût agi de la croupe d'un cheval.

– Servitude ! s'écria Silvius. Quel mot terrible. Comment ai-je pu croire à tes soupirs ?

– Je suis encore ta femme, Silvius, mais ton amante certes plus.

Il se leva d'un bond, furieux, avec la ferme intention de lui faire abandonner cette cinglante image du désir qu'elle cultivait à dessein. Mais d'un geste vif, elle dressa à hauteur de son visage la pointe de sa cravache. Il ne croyait pas qu'elle eût l'audace de s'en servir, mais se refusa à risquer l'expérience. Il ne savait pas encore de quoi elle était capable, sa chère Roxane, depuis qu'elle fréquentait assidûment Maxime Prénat.

Combien de mauvaises manières lui avait-il inspirées, cet homme-là ? Par exemple, sa façon provocante de se tenir, la jambe offerte dans son écrin de soie… Et cette cravache, dont elle se servait insolemment pour tenir un mari à distance afin de mieux affirmer la domination d'un amant.

Silvius feignait-il de découvrir que ces « mauvaises manières » étaient dans la nature même d'une Roxane, qu'elle en avait usé avec lui, sans vergogne, au moment où il lui suffisait de claquer des doigts pour qu'elle écartât les jambes ?

S'il n'avait tenu à sa position dans la maison Colomier, s'il n'avait craint de perdre d'un coup tout ce qu'il avait mis des années à bâtir, Silvius l'eût couverte de gifles. Mais la raison lui dicta de s'en remettre à une lâche retraite. D'évidence, Roxane avait compris qu'elle pouvait humilier son mari en toute tranquillité. En narrer les circonstances à Prénat ajouterait à son plaisir.

– Te fallait-il cette justification, interrogea-t-il, pour courir te vautrer dans l'adultère ? Te pesait-il tellement sur le cœur, ce mariage, au point d'en piétiner le serment à la première occasion ?

Abigaïle s'annonça d'un coup de sonnette pour apporter le thé. C'était l'usage chez les Colomier à cinq heures de l'après-midi, un usage établi par Adèle et auquel toute la famille devait se conformer. Avant l'entrée de la gouvernante, Roxane rectifia sa position, rajusta sa robe alizarine et abandonna sa cravache sur le sofa. Tant de prudence étonna Silvius.

– On veut sauver les apparences, petite Roxane, dit-il, mais Abigaïle te connaît aussi bien que moi. Personne ici ne se berce d'illusions... Mais à la vérité, tout t'est permis, puisque, ma chère beauté fatale, tu es la fille adorée de Francisque Colomier, maître des soies lyonnaises après Marinchard et Dieu en personne.

Elle le foudroya du regard, peu habituée à ce qu'il persiflât de la sorte, comme si en un seul déclic, s'éveillait enfin chez Silvius une nouvelle mentalité, ce dernier jugeant sans doute, sans en mesurer les conséquences, qu'il ne pourrait se contenter de la vieille routine du mari indifférent. C'était ce qu'il avait cherché, cette brûlure violente lorsque la passion vacille et qu'un brin de lucidité s'en vient affleurer le morne quotidien. « Si tout est perdu, pensa-t-il, tâchons d'être à la hauteur du désastre. »

Après que la gouvernante se fut retirée, Roxane récupéra sa badine et sortit dans le couloir. Il la suivit, les mains enfoncées au fond des poches. Elle redoutait qu'il devînt plus disert. Un couple au bord de la rupture se manifeste ainsi, dans le compte et le mécompte des pertes et des profits. C'était une mathématique à laquelle Roxane n'entendait rien.

– Chambre à part ! lança-t-elle en fichant un coup de cravache dans un vieux tableau qui vacilla au mur.

– La guerre donc.

– Mon pauvre mari, dit-elle d'un ton moqueur.

Son parfum de chèvrefeuille de chez Bichara emplissait le couloir. Silvius contemplait le balancement de ses hanches. Il ne lui avait jamais connu un tel charme ; autrefois, elle se montrait plutôt indifférente à ces futilités féminines. Peut-être n'en avait-elle été instruite que fort récemment, lorsque sa mère l'avait conduite *Aux deux passages*, dans le quartier du luxe, puis ensuite à *L'Élégance lyonnaise* ou qui sait ? dans les salons de La Dégustation, rue Pizay. Assurément, Le Divan était un pis-aller ! Une incursion chez les hommes afin de s'y encanailler en bonne compagnie : jockey-club, cricket-club, plumard-club…

– Et Jade ? insista-t-il.

Il y avait du chagrin dans sa voix. Mais Roxane ne se sentait guère concernée par sa peine. La crise semblait la porter sur des coussins de plumes. Elle s'y sentait à l'aise, confortée par son rang, bien à l'abri des complications.

– Jade restera en dehors de tout ça, prévint-elle. Que crois-tu, Silvius ? Ce n'est pas la première fois qu'un couple se dispute. Il y a dix ans, ma mère est partie à Rome. Mon père a cru qu'elle ne reviendrait jamais. À la vérité, c'est lui qui lui a couru après.

– Je ne veux rien savoir sur ta famille. Rien de plus que je ne sais déjà, rétorqua Silvius.

Il s'arrêta net. La porte venait de claquer devant lui. Il fit demi-tour et sortit par l'escalier du quai de Saône.

13

Adèle avait la compassion dans le sang. S'agissant de sa fille, on ne pouvait plus rien lui apprendre. Elle était son avocate, jouant de ses litotes pour justifier l'injustifiable ou pour modérer, voire atténuer, les travers familiaux des Colomier. Hier, Adèle s'était enthousiasmée pour ce mariage, jurant alors qu'il n'y aurait pas meilleur parti pour sa fille. Aujourd'hui, il lui était douloureux de revenir sur son opinion.

Hélas, l'affaire tombait au plus mauvais moment. Elle venait d'apprendre, elle aussi, que son mari la trompait avec sa secrétaire. Cette jolie bringue, mi-femme mi-garçon, qui l'eût cru ? La douleur fut si vive qu'elle n'osa s'en ouvrir à Francisque, qu'elle ne fit rien pour se défendre, jugeant sans doute que le temps finirait par détruire leur liaison ; son époux avait tout de même trente années de plus que France Lazaret.

Ce jour-là, Silvius avait pris place dans la voiture de Mme Colomier. Arpentant les allées du parc de la Tête-d'Or, l'attelage faisait le tour du lac à petit trot. C'était une des promenades coutumières d'Adèle. Parfois, elle faisait arrêter les chevaux sous les platanes et s'installait à l'ombre pour rêver. À la vérité, elle aimait à partager ces plaisirs avec quelques autres bonnes familles de Lyon. On se croisait, on se saluait de la main ou de la tête, plus rarement on échangeait quelques mots de politesse. Mais l'essentiel n'était-il pas de montrer ses dernières toilettes sans en avoir l'air, dans un somptueux coupé à la capote rabattue ? Du reste, Silvius s'était habillé pour la circonstance, habit de ville et tube, rien de moins. Il avait appris les usages et s'y conformait d'autant plus que de noirs nuages s'amoncelaient au-dessus de sa tête. C'était une manière hautaine de faire front, de résister contre son passé ; il craignait qu'à la faveur de la crise conjugale, celui-ci ne le rattrapât.

Adèle tapota l'épaule de son chauffeur pour faire stopper le landau. Puis elle se tourna vers son invité avec de beaux yeux vert d'eau qui soutenaient toute la tristesse du monde.

– Qu'est-ce qui n'a pas marché ? Me le diriez-vous ? Sinon, je respecterais votre retenue… Parlez en toute liberté, insista-t-elle. J'ai toutes les raisons de vous comprendre.

Elle fit signe à son cocher d'aller faire une promenade pour se prémunir des indiscrétions. Hubert avait la fâcheuse habitude de rapporter à Francisque Colomier toutes ses allées et venues.

Silvius affichait une mine contrite. Il se sentait blessé dans son amour-propre. Du reste, sa belle-mère avait bien deviné ce qui l'embarrassait, ce dégoût à l'idée de déballer sur la place publique des affaires intimes. À la vérité, Andromas ne croyait pas que l'on pût faire quelque chose pour lui, du côté de sa famille. Élément étranger dans un corps hostile, il ne pouvait faire l'objet que d'un rejet massif ; la greffe ne parvenait pas à prendre. Pourtant, ce n'était pas faute d'avoir redoublé d'efforts, mais sans succès. Pour l'heure, Adèle était la seule personne auprès de laquelle il trouvait encore grâce, tandis que Cyril et Octave ne cessaient de lui fermer les portes à mesure qu'il tentait de les entrouvrir et le maître trônait sur ses hauteurs, indifférent ou condescendant, selon les circonstances.

La main gantée de soie fine d'Adèle se posa sur son genou. « Allons, un peu de courage », signifiait ce geste qu'il interpréta comme un signe de complicité.

– Par-delà notre mariage, Roxane a conservé une relation intime alors qu'on aurait pu raisonnablement espérer la voir mourir. Sans doute ai-je ma part de responsabilité dans cette résurrection. Sans doute n'ai-je pas été assez attentif. Je crois aussi qu'un rien, un petit rien, aura suffi à la réveiller.

– De qui parlez-vous, Silvius ? Quel est ce rival ?

– Maxime Prénat, chuchota-t-il. Le fils du député.

Adèle tourna la tête de l'autre côté pour cacher son irritation.

– Ce snob, ce gigolo, ce débauché, fulmina-t-elle.

Le ton indigné laissa Silvius dubitatif. À l'hôtel particulier de la rue Juiverie, il était une table ouverte pour le premier cercle, des gens choisis, bien en vue, courtisés et choyés, et lui, petit Silvius, n'y avait jamais été invité, sans que Roxane s'en fût émue à quelque moment.

– Peut-être que vous aussi, dit Silvius d'un ton amer, vous n'ignoriez rien de cet engouement pour Prénat ?

– Roxane et Maxime ont toujours été très amis. Une amitié d'enfance.

– Si je ne m'abuse ce Prénat a dix ans de plus que Roxane. J'y vois plus qu'une gentille camaraderie d'adolescence, plutôt une sorte d'éducation sentimentale qui s'est muée en relation charnelle ?

Décidément, Adèle n'aimait pas qu'on nommât les choses par leurs noms. Elle eût préféré des métaphores plus doucereuses, de celles qui masquent les turpitudes du monde plutôt que les révéler crûment.

– Vous exagérez, Silvius. Le ressentiment vous emporte.

Il lui prit la main et la serra si fort qu'elle en grimaça

de douleur. Mais ce n'était rien pourtant, une manière de petit paysan rustre sans doute, un reste de cette rusticité qui s'en revenait par la mauvaise porte.

– Et maintenant, vous m'effrayez ! s'écria Adèle. Soyez sage, allons. Vous savez fort bien que je suis blessée autant que vous. Et que, dans cette malheureuse affaire, je désapprouve ma fille.

Il ne l'écoutait plus, il revoyait la scène du Divan, la mine réjouie de Cyril, et les mains de Prénat pétrissant les seins de Roxane. Peut-être eût-il fallu décrire ce tableau pour qu'Adèle s'indignât. Mais c'était ignorance que cela, car Adèle Colomier en avait vu d'autres : des trahisons, des humiliations, des vexations, pour s'abandonner à l'aigreur. Sa constance et les forces de l'oubli avaient plus fait pour réparer les injures de la vie que mille scènes de ménage. À ce prix, elle avait gardé son diable de mari. Et peut-être quelque part en tirait-elle quelque fierté, avoir eu le dernier mot contre vents et marées. Elle espérait, par la même résolution, arracher son Francis des griffes de la Lazaret.

– Vous devriez vous ôter cette idée de la tête, et vivre comme si de rien n'était. Prenez patience, elle vous reviendra, le rassura Adèle.

Ils firent quelques pas vers la rive du lac et dérangèrent des cygnes à l'ombre sous le couvert végétal. Adèle marchait dans l'herbe haute en s'appuyant sur son ombrelle qui lui servait de canne. Elle prit Silvius par le bras.

– Il m'est pénible, dit-il, de devoir parler du comportement de Roxane et surtout de vous enrôler dans ce vilain procès…

Adèle parut rassérénée de voir son gendre recouvrer un peu de sérénité. Elle l'encouragea en lui tapotant la joue.

– Un honnête garçon, je sais que vous avez toujours été

un honnête garçon, répéta-t-elle en fixant la surface scintillante du lac.

Des jeunes gens canotaient non loin du bord, on entendait les éclats de voix, les cris, dans le bruissement des pagaies fouettant l'eau.

– Après tout, ce Maxime Prénat est peut-être le seul homme qui a su lui apporter ce qu'elle attendait, dit-il la gorge serrée.

– Voulez-vous dire que vous n'étiez pas à la hauteur ?

– Nous sommes si différents, reconnut-il. Moi et mes origines modestes, pour ne pas dire misérables…

– Taisez-vous donc, Silvius. Ma fille, je la connais mieux que quiconque. Elle est dépourvue d'ambition. Elle n'attend rien d'elle-même si ce n'est se laisser porter au fil des jours. Elle ne mettra jamais en mouvement les forces du destin, comme la vie l'exige lorsqu'on veut se surpasser et relever quelques paris personnels. J'avais espéré qu'à votre contact elle s'ouvrirait sur le monde, enfin. Elle est restée une femme enfant. Et je crains fort que Prénat l'entretienne dans cette illusion de vie, qu'il s'amuse à cultiver en elle les légèretés et les futilités de notre monde bourgeois.

De retour en ville par le quai Saint-Clair, sur la rive gauche du Rhône, Adèle Colomier avait acquis la certitude que Silvius était entré dans la voie de la raison. Elle avait promis de convaincre sa fille de ne plus voir Maxime Prénat. Tant d'angélisme ne se pouvait concevoir que dans un esprit simple. À la vérité, Adèle avait fait un transfert ; elle se reconnaissait dans l'histoire de Silvius. Comme elle se sentait assez forte pour contraindre Francis à abandonner le « culte lazaretien », elle croyait que Silvius y parviendrait lui aussi, tout naturellement, avec sa Roxane.

À sa demande, Andromas descendit à la Bourse, laissant sa belle-mère poursuivre sa route avec ses belles illusions. Silvius avait envie de se dégourdir les jambes et flâner rue de l'Hôtel-de-Ville, longue artère bordée d'imposants immeubles haussmanniens de cinq étages. Les boutiques s'ouvraient sur la rue encombrée de passants avec ses étals de fruits et de viandes. Quelques magasins de confection et d'ameublement offraient leurs nouveautés à des attroupements de badauds. Les voitures à cheval avaient mille difficultés à se frayer un passage. Le Lyonnais était si indocile qu'il se croyait toujours maître de la rue. Tant de fronde et d'indiscipline ravissait Silvius, peut-être était-ce la raison pour laquelle il se plaisait dans la ville.

Dans un estaminet de la place d'Albon, Le Saint-Ignace, il commanda un porto. Il en but plusieurs à la suite, et trouvant à la longue la potion trop sirupeuse, il termina par un cognac de médiocre composition. Il eût préféré un Hennessy ou un Otard mais la maison n'en vendait pas.

« Que cherches-tu ? Un peu d'ivresse. Qu'importe le flacon », se dit-il. Et il continua sur sa lancée. Dans le fond de salle, il y avait quelques braillards en goguette. Les uns chantaient, les autres criaient.

– Je trinque aux canuts, aux cervelles de canuts, dit un type en brandissant un pot de vin.

Ses voisins exultèrent. Et le type se mit à choquer les caboches, une à une, avec son pot. Tous se prêtèrent au jeu, sauf un qui répondit par une bourrade.

– J'suis pas une cervelle de canut, moi. Mélange pas, mon gars. Je m'fous des canuts. Ah ! l'ouvrier, l'ouvrier…

Son idée se perdit en route. Et soudain, il parut retrouver le fil :

– De l'esclave, oui. Qu'a su qu'trimer pour trois francs six sous. Moi, j'vous dis, vive la *Carmagnole*. Ça, c'était des hommes, les sans-culottes. Est-ce que t'as vu le sang des profiteurs couler à la Guillotière ? Moi non. Alors, cervelle de canut, foutaise, va donc voir la vierge de Fourvière. Y en a marre de se faire traiter de fromage de canut. Allez, les gars, vous n'en avez pas assez ?

Les types burent religieusement. L'un d'eux se hasarda même à chantonner une vieille rengaine, du temps où ça bardait sur les remparts de Lyon, où la Croix-Rousse était en pétard. On reprit en chœur :

Voilà l'ouvrier de Lyon.
Voilà ! Voilà ! l'ouvrier de Lyon !

– Dis donc Bertus, ici même, on a attrapé la mort, tu pourrais pas avoir un peu de respect ?

Le petit gros avec sa casquette bleue tapa du talon sur le parquet de l'estaminet. Ça faisait martial, mais ça plaisait aux autres pirates du Rhône qui l'entouraient.

– T'en as vu, toi, des morts, seriné comme celui de la République ? C't'à Lyon, y a deux ans déjà. Encore. Pays des drames et des légendes.

L'Instruit, ainsi le nommait-on, avait ses habitudes à la Mulâtière. Il faisait du braconnage de petite poiscaille dans une barcasse, sous la lune. Les coups de filet, c'était du grand art. Au bec, à la pancarte, on remontait de la friture pour les guinguettes de la Mulâtière.

– Si t'y vas c'soir, même qu'j't'y suis, proposa un jeunot.

L'Instruit lui tapota le dos.

– J'm'méfie des gones. Ça parle trop.

Silvius commanda une tournée générale. L'initiative fut

suivie d'un concert d'applaudissements. Pourtant, on hésita, on voulut savoir s'il n'y avait pas quelque piège là-dessous.

– T'es un patron ? T'veux nous acheter ? On est durs de la caboche. Mais nous, c'est fini la b'sogne. On chôme, maintenant. On fait plus que d'la braconnière pour les baraques à fritures de la Guillotière.

– Des cervelles de canuts, repartit l'autre en ricanant. Ça obéit plus ! V'là l'ouvrier ! Claque ! pan ! V'là l'ouvrier d'Lyon.

Cramponné au bout du zinc, solidement arrimé même, les coudes posés dans la gouttière, Silvius se sentait envahi par le spleen. Le pays, avec ses odeurs de pluie après l'orage, les senteurs de térébinthes sur le plateau des Gras, la douceur opaline de l'Ardèche léchant les roches blanches et les falaises inviolables ocre et grises, lui manquait. Il ferma les yeux et vit sa mère affairée dans la magnanerie. Sa chevelure brune ondulait sous la brise du sud, celle qui montait de la vallée chaude et sèche. Il écrasa une larme. C'était un secret à ne point partager avec les pirates de l'estaminet. Qu'eussent-ils pu comprendre à un Ardéchois déraciné ?

Trois cognacs plus tard, il était dans la forêt de Valgrande, sous les chênes drus et les châtaigniers chantants. La nuit l'enveloppait mais il n'avait pas peur de ses sortilèges, car il avait appris le secret des esprits, ceux des eaux, des pierres et des montagnes. « Mais quel est le secret de cette ville ? se demanda-t-il. Je ne cesse de m'y perdre et ne me réveille qu'en mille morceaux, écartelé par l'angoisse. J'en voudrais saisir la quintessence ; elle se refuse à moi, comme si son entendement dépassait mes moyens. Là-bas, pourtant, tout ce qui vient du vent ou des nuages nous est offert. Mais ici, rien ne se donne sans souffrance. Pourquoi s'y livrer alors, s'il n'est d'autre consolation que la solitude et la servitude ? »

– Est-ce la ville qui a fait de vous, mes amis, des cervelles de canuts ? questionna Andromas.

Il n'avait pas mesuré sur l'instant combien l'interrogation ainsi formulée pouvait paraître insolente. On le jeta dehors, parmi les tramways, les carrioles, les fiacres, sous le regard indifférent de la foule.

En traversant le hall du Comptoir des soies, place des Jacobins, Silvius ne salua personne, contrairement à son habitude, ni Mme Griffey ni la nouvelle secrétaire, Marie Lormeau. Il monta les marches quatre à quatre.

– Veuillez attendre, l'avertit Jeandrot, monsieur votre beau-père est avec des clients, le prévint-il.

Mais Silvius répondit par un geste désabusé et flanqua un vigoureux coup de pied dans la porte capitonnée. Elle s'ouvrit à la volée.

Francisque Colomier était assis derrière son bureau Mazarin, orné de décors incrustés dus à Bérain et surmonté d'une lampe abat-jour dont la couleur ambre créait une atmosphère feutrée. Le dessus du meuble était vide, comme à l'ordinaire ; ce n'était pas le lieu où le directeur général du Comptoir des soies faisait ses comptes et rédigeait ses lettres. Il y avait pour cela un cabinet près de celui de son fils Cyril où personne n'avait le droit d'entrer, pas même ses proches collaborateurs comme Jeandrot. Étranges mœurs que celles des soyeux de Lyon : l'on cultivait le secret, la discrétion, l'effacement, comme un art de vivre. Et ainsi se traitaient les belles et florissantes affaires, loin des curieux, des envieux, des jaloux. « À quoi bon attirer des adversaires ? ils s'en viendront toujours assez tôt », avait coutume de dire Marinchard à ses amis de l'Union des marchands de soie.

L'arrivée intempestive de Silvius le tira à peine de sa réflexion. Il demeura un long moment absorbé dans ses pensées sans même relever la tête, si bien qu'Andromas se trouva vite embarrassé par son coup d'audace. Il avança néanmoins sur le tapis qui formait une rosace au milieu de la pièce. Les couleurs fauves se retrouvaient partout, sur les tentures, les rideaux et même sur les capitonnages du mobilier : fauteuils, sofa et liseuse. C'était bien dans les goûts du maître qui était un des spécialistes du brocart broché or et argent et des lampas.

– Quel vent vous amène ? dit Colomier d'une voix grave.

Il avait fumé un de ces cigares d'Amérique du Sud que lui fournissaient les amis de M. Marinchard en gage d'amitié. L'odeur s'était répandue dans le bureau, incisive et âcre. Le directeur général attendit une réponse en fixant Silvius. Ce n'était qu'une simple question, sans accent particulier. Il en connaissait déjà la réponse, puisque Adèle lui avait rendu visite.

– Je crois que je vais être désobligeant, répondit le jeune homme.

– Envers moi ? Pourquoi ? Qu'ai-je fait pour mériter cela ?

– Je voudrais vous parler de Roxane. Et le sujet est tellement scabreux que je crains le pire pour l'avenir de nos relations. Mais comme se taire ? Tout accepter sans broncher ?

Colomier hocha la tête. Son visage émacié se fit grave, comme un procureur qui va énoncer une sentence.

– Vous avez deviné que je serai toujours du côté de ma fille, quoi qu'il m'en coûte. Et cette fois encore.

– Elle vous a parlé ? s'étonna Silvius.

– Cyril a eu tort, je l'avoue. Mais Roxane, comment pourrais-je la blâmer ?

– Pourtant, c'est elle qui m'a trahi. Cyril n'a fait que m'ouvrir les yeux, même si le moment et l'endroit n'étaient pas des plus appropriés. Le Divan, vous rendez-vous compte ? Je ne savais point, à la vérité, que les arrière-salles servaient de lupanar.

Colomier se dressa, rouge de colère. Mais cet homme avait trop de caractère pour laisser éclater sa fureur. Il méprisait son gendre, il méprisait tout ce qu'il représentait : la médiocrité de sa condition, la petitesse de son esprit, sa démarche de commissionnaire. Sans doute lui reconnaissait-il quelque talent lorsqu'il s'agissait de négocier avec les tisserands, mais même ce don relevait du registre de la piétaille à ses yeux. Du reste, si Andromas n'était pas le mari de sa fille, il l'eût remercié depuis longtemps, sans la moindre hésitation.

« Lorsque ça vient chanter victoire dans mes officines, en se croyant l'oiseau indispensable perché sur sa branche, je tire un coup de fusil, se disait Colomier. Et de préférence, je vise juste. Au suivant. Ça ne manque pas, les amateurs de boniments. On les flatte un peu, juste pour les voir monter à l'assaut de la Croix-Rousse, puis revenir ventre à terre avec le triomphe au bord des lèvres. Voici ce que je déteste le plus, la suffisance des imbéciles. »

– Si Roxane ne vous avait point épousé, mon cher, elle serait aujourd'hui la femme de Maxime Prénat. Ce n'est pas nouveau. Ces deux-là s'aimaient déjà alors que vous sortiez encore le fumier de votre bergerie. Comprenez-vous ?

Silvius se laissa tomber dans un fauteuil. M. Colomier marchait de long en large, sa main frôlant les rideaux de soie qui frémissaient sur son passage. La lumière ambrée faisait une fin de jour crépusculaire. Il était dans le cœur de Silvius aussi, ce fin brouillard d'or mortifère.

– Vous me haïssez, n'est-ce pas ?

– Bien sûr que non. Où allez-vous chercher des histoires pareilles. Je gère mes affaires, je consolide mon empire, j'installe des comptoirs en Angleterre, en Allemagne, en Italie... Jusqu'au Japon. Vous rendez-vous compte ? Je suis entouré d'ennemis. Et le peu de haine que je possède, à la vérité, je la leur réserve. Mais vous ? C'est pitoyable, Silvius. Roxane vous a fait quelques infidélités, et alors ? Ne possédez-vous pas d'elle la meilleure part ? On ne peut tout avoir. Résignez-vous, mon cher. Et vaquez à vos occupations. Faites-nous rentrer assez d'argent pour nourrir votre femme et votre fille. Quant au reste, ignorez-le, superbement. Vous me trouverez à vos côtés dans ce geste noble.

Silvius se prit la tête dans les mains. Il ne supportait plus l'air hautain de son beau-père, sa suffisance, sa morale à quatre sous.

– Je ne crois pas que vos idées triompheront longtemps.

– Quelles idées ?

– Le monde va changer. Et vous serez dépassé, vous aussi.

– Voyez-vous ça ! s'exclama Francisque Colomier. Nous sommes humiliés et nous voulons donner des leçons. Jeune homme, vous n'avez rien à m'apprendre. Cinq générations de soyeux derrière moi…

– Tel n'est pas l'avis de Pleynet, releva Silvius.

– Pleynet est un vieux fou. Si nous écoutions ses conseils, où irions-nous ? Mais je trouve fort, tout de même, qu'il ait essayé de vous corrompre avec sa soie d'araignée de Madagascar !

Il éclata de rire, jusqu'à s'étouffer, par quintes répétées.

Silvius s'était relevé de son siège. Maintenant, il s'en voulait d'avoir mêlé Pleynet à la conversation. Pourtant, sans qu'il le soupçonnât, la réaction de son beau-père était pleine d'enseignements. « Colomier déteste son associé, se dit-il. Soarès a vu juste. Mais garde le silence, ici, dans la maison du loup. Un homme avisé ménage ses arrières. Le feu ne prend que dans le vieux bois sec, tandis que le vert résiste, pensa-t-il. Et si l'on veut brûler le vert, il faut d'abord consumer l'ancien. » Voici ce que son père lui avait appris.

– J'ai réfléchi, repartit Silvius. Sans doute, vais-je m'éloigner de Roxane…

Colomier s'arrêta de marcher, pensif.

– Ce ne serait pas une bonne idée. Je ne veux pas de divorce. C'est un genre que je désapprouve.

– Vous ne pouvez m'empêcher de prendre du champ, non ?

– Je ne le veux pas, répliqua Colomier. Ce ne serait pas admissible dans notre maison.

– Et pourtant…, fronda Silvius. Chacun son choix, chacun sa vie.

– Vous n'en ferez rien, répéta Colomier, où alors vous ne verrez plus votre fille. Jade, la petite Jade, pensez donc à elle, tout de même. Un petit effort, insista Francisque.

– Un chantage scélérat ! s'écria Silvius, poings tendus.

Colomier se rassit derrière son bureau, pontifiant. Il n'était lui-même que dans les joutes oratoires ; le reste du temps, placide et effacé, il se contentait de rêver entre le Comptoir des Jacobins et le Grand Hôtel, entre soie et jeune maîtresse. Une existence bien remplie, réglée comme du papier à musique, avec l'éternité en ligne de mire.

– Ce n'est pas du chantage, c'est du bon sens. Un peu d'ordre et de raison et la vie retourne au calme plat, se défendit-il. Grâce à Jade, je suis sûr que vous adopterez une attitude honorable, celle d'un père et d'un mari. Voilà tout.

D'un geste las, M. Colomier fit savoir que l'entretien avait assez duré.

– J'ai été généreux avec vous, fit-il, et voici que vous me défiez pour toute récompense.

– Généreux ? releva Silvius.

– Vous jouissez d'émoluments confortables. Bien plus que vous n'auriez pu gagner dans toute votre vie de misérable petit paysan de l'Ardèche. Et de surcroît, je vous ai évité les servitudes militaires. Avec mon ami le sénateur Challemel, on vous a fait tirer le bon numéro. Sinon, vous auriez tâté de la loi des trois ans dans une infâme caserne…

Avec insolence, Andromas inclina la tête devant son maître avant d'esquisser une sorte de génuflexion, comme un mandarin de l'Empire chinois rendant les politesses à son prince. Toutefois, il hésita à mettre le genou à terre et se recula insensiblement vers la porte.

– Nous n'avons plus rien à nous dire, dit-il.

– En effet, répliqua Colomier.

– Pour l'instant, du moins. Pour l'instant.

14

Été 1898

Peu à peu, à mesure qu'il s'affirmait, l'orage consumait la lumière du jour et amenuisait le bleu du ciel. L'alerte était venue du sud, comme d'habitude. Gianno Fausto espérait que la menace passerait à côté, « une peur pour rien », comme on avait coutume de dire. Ainsi la mauvaise affaire échoirait aux voisins, les gens de Saint-Maurice et de Lavilledieu. Une estimation bien optimiste à laquelle Mariette Andromas ne croyait pas. C'est pourquoi elle se dépêcha dans la magnanerie. Elle monta les marches quatre à quatre et ferma les fenêtres avec soin. À cet instant, elle se souvint que des réparations n'avaient pas été opérées sur certaines d'entre elles, des fermetures qui crochetaient mal et dont elle avait dénoncé les défauts à Gianno sans qu'il réagît, toujours empêché par sa négligence.

– À la moindre bourrasque, ça va céder, déplora-t-elle. Pourtant c'est pas faute de l'avoir signalé… Mais, voilà, on ne m'écoute plus dans cette maison.

Comme Mariette le faisait souvent, une conséquence de la solitude, elle pensait à haute voix.

Le domestique l'avait suivie au pas de charge.

– Vous êtes là, Fausto, c'est bien le moment. Il est trop

tard. Et si ça donne dans les fonds de l'Ardèche, comme je le crains, plutôt que vers l'est, on va perdre nos cultures.

Machinalement, elle désigna d'un geste las les râteliers d'encabanage.

– Ça prospérait si bien. Ça promettait même.

Elle contemplait à la fenêtre la vallée soumise à la prise d'orage. Une brume lactescente empoissait la lumière. Il semblait que la nature bataillait contre les vents et ses colonnes d'air chaud et froid qui ensorcelaient la montagne.

– Ça ne sera pas pour nous, jugea l'Italien.

Depuis ces années de vie presque commune, entre la patronne et le domestique, mais aussi entre la maîtresse et l'amant, il s'était instauré une étrange relation teintée de colère et d'allégresse, de brutalité et de soumission. S'il eût été donné à un regard étranger de les observer dans leur quotidien, on eût compris sans discours que de l'un ou de l'autre on ne savait jamais qui menait le jeu. Tantôt Fausto, tantôt Mariette… C'était la guerre perpétuelle par les mots, les gestes, les silences, les coups de fouet parfois, tant, pour se rassurer, Mme Andromas aimait jouer le rôle de la mégère et Gianno Fausto celui du dresseur de lionne. Griffures, suçons, insultes, humiliations, toute la gamme des bizarreries amoureuses se composait sur ces corps rebelles et exaltés.

– Qu'en savez-vous, mon pauvre Gianno ? Vous n'avez jamais rien entendu à l'éducation des vers à soie.

Elle s'amusa à scruter son embarras. Et de la pointe de sa sandalette, elle lui tapa la cheville, comme si elle avait besoin de le sortir de son engourdissement imbécile, de ce béat optimisme qui lui faisait prendre tout mal pour un bien.

– La nature est violente et injuste, cruelle même. Celle du ciel, de la terre et de nos entrailles, jura-t-elle. Féroce et sans pitié. Tous les paysans de l'Ardèche savent cela, mais peut-être pas un petit Italien immigré. Allons, cessez donc de vous caresser le poitrail de suffisance. On le sait que vous possédez une belle santé, Fausto. Même que vous me voudriez plus souvent soumise, mais j'ai autre chose à penser, moi.

Fausto éclata de rire. Il la savait ardente et possédée à certains moments, lorsqu'il grimpait dans sa couche. Pourtant à la voir, ici, dans la pleine lumière du jour, affairée et anxieuse à cause d'un orage, c'était difficile à imaginer.

– La nature nous domine, dit Fausto. Il ne sert à rien de lutter.

– Ça n'aurait pas été du luxe de protéger nos ouvertures. Si jamais le vent, la pluie, la grêle s'engouffrent dans la magnanerie, tout est fichu. Surtout après la deuxième mue. Les vers vont tomber comme des mouches.

– Ce n'est pas trop tard, proposa Fausto. Quelques piquets de châtaignier cloués en travers, ça opposera une bonne résistance.

Au pas de charge, il descendit à la remise chercher un marteau, des clous et quelques bardeaux de bois. Elle soupira de contentement à l'idée qu'il lui avait obéi prestement. « Ces hommes ont trop de fierté, pensa-t-elle, pour se laisser commander par une femme, surtout lorsque la maîtresse entretient un trouble commerce avec eux. » Mais sur ce dernier point, Mariette Andromas ne pourrait s'en prendre qu'à elle-même. Et sa sœur Juliana, qui avait vu clair dans son jeu, lui avait donné quelques conseils utiles : « Alors épouse-le, ton domestique. Ainsi la barrière sera rompue. » Mariette avait répondu : « Pour qu'il devienne le maître de Fontbelair… Jamais. »

Pour vérifier l'état du ciel, elle sortit de la magnanerie à son tour. Le vent, par à-coups répétés, activait la course des nuages sur Largentière où un dernier carré de ciel bleu se distinguait encore. Puis tout devint bronze, pesant comme un couvercle, comprimant l'air chaud sur le flanc des collines. Elle s'avança jusqu'aux mûriers dont les feuilles souffraient déjà de la bourrasque. Décoiffée, elle retourna vers la magnanerie pour en fermer la porte. Puis le premier coup tambourina de loin en loin, avec force éclairs et zébrures de feu.

Fausto revint à ce moment les bras chargés.

– Pauvre homme, dit-elle. C'est trop tard.

Mais il voulut lui montrer qu'il ne renoncerait pas aussi vite. Il monta à la chambre d'incubation. Entre deux fracas du tonnerre, elle guetta les coups de marteau sur les clous. Mais les efforts furent sans effet, tellement les fenêtres étaient vermoulues.

La première averse de grêle descendit en diaprures, comme si le ciel se liquéfiait. Impuissante, Mariette vit les mûriers partir hachés menu, les ramures se détacher sous la violence de la tempête.

Mariette alla se pelotonner dans sa chambre, comme elle le faisait enfant. En ce temps-là, toute la famille allait se réfugier dans une seule pièce en attendant que l'orage s'éloigne. Sa mère avait coutume de dire : « Si Dieu veut que l'on soit foudroyé, autant l'être tous et qu'on n'en parle plus ! »

Présentement, il lui semblait que de ne plus voir les éclairs la protégerait de la foudre, alors que le vent ne cessait de redoubler de violence. Et elle comprit que l'orage rôdait sur Chauzit, Valgrande, Cujols, Montmarel, Fontbelair. Il avait pris possession de la montagne et s'entêtait sur les crêtes, comme s'il ne pouvait se perdre vers l'est, là-bas où le Rhône roule ses eaux.

À la première accalmie, elle sortit sur le pas de la porte. Un craquement sec et rauque et un éclair aveuglant la jetèrent au sol. Elle poussa un cri. Ce n'était pas son sort qui lui importait, puisque personne ne dicte au destin, mais celui de ses vers à soie.

– C'est perdu, maugréa-t-elle. Perdu ! Perdu !

Et elle courut vers la magnanerie où la foudre avait frappé. Elle ne songeait même pas à Fausto qui s'y trouvait encore. Les vers à soie. Les vers à soie. C'était son obsession. Et qu'ils fussent détruits par la tempête lui était une idée insupportable.

La foudre avait traversé la toiture dont un pan était dévasté. Maintenant la pluie se mettait de la partie. Mariette retrouva l'Italien dans la pièce du bas, adossé contre le mur.

– Je suis aveugle, fit-il en entendant son pas sur le dallage.

Elle voulut l'aider à se relever, mais l'homme, commotionné, refusait le moindre secours.

– Je suis mort ou quoi ?

Fausto poussa un ricanement nerveux. Ce n'était pas ainsi qu'il avait imaginé son passage dans l'au-delà.

– C'est vous, patronne ?

– Vous ne me voyez pas ?

– C'est de toutes les couleurs, dit-il. Des ronds, des ronds, encore des ronds. Et ça bouge dans tous les sens.

– La vue va revenir, dit-elle.

Elle alla éponger délicatement la sueur sur son visage. Il la fixait d'un air absent. Puis elle se résolut à le prendre sous les aisselles pour l'aider à se redresser.

– Essayez de vous lever, ordonna-t-elle car elle n'y parvenait pas.

Gianno pesait ses quatre-vingts kilos au moins.

– Je ne vois rien. Plus rien.

Le domestique recouvrit la vue deux jours plus tard, grâce aux soins du bon docteur Duraffort. En vérité, le médecin s'était juste contenté de lui administrer un collyre. « La nature fera le reste, avait-il ajouté à Mariette. Votre ouvrier est un homme robuste. Il sera vite remis sur pied. » Jusqu'à sa complète guérison, Mariette avait craint que Fausto ne retrouvât jamais la vue. « Rendez-vous compte, un homme jeune ainsi estropié qui me resterait sur les bras ? » avait-elle dit à Duraffort.

L'innocente réflexion ne faisait que traduire un sentiment profond, le peu de cas, sans doute, qu'elle faisait de Fausto, bien qu'il fût son unique soutien à Fontbelair, maintenant que fils et filles avaient bâti leur vie loin du berceau familial et apparemment sans remords ni regrets.

À l'occasion de cet événement, Gianno comprit que sa maîtresse ne l'aimait pas. Et cette découverte fut un choc pour lui, un désaveu tel qu'il imagina, pour la première fois, quitter Fontbelair et tenter sa chance ailleurs. Mais il ne put contenir sa déception.

– J'aurais pu être foudroyé, se plaignit-il. C'est tout ce que ça vous a fait. Décidément, vous êtes sans cœur. Si j'étais raide à cette heure et bon pour la fosse commune de Chauzit, ça vous ferait ni chaud ni froid. Y a que Théodore qui compte encore pour vous. Ah ! votre mari, il s'est bien moqué de vous. Il vous a rien donné. Et moi, tout ce que je vous ai apporté, vous l'avez bien pris…

Elle ne répondit pas, sachant sans doute qu'il y avait du vrai dans ce que disait Fausto, mais pour rien au monde elle n'eût voulu le réconforter. C'était un serment qu'elle s'était fait, ne rien donner à cet homme, malgré son amour, sa bonté, son courage. Rien. Comme s'il était dit que tous les défauts de Théodore, le domestique devrait les payer. Raisonnement absurde, sans doute, mais Fausto était le seul homme sur qui elle pouvait exercer sa revanche, le seul homme qui fût à portée de main, si faible et dépendant d'elle que c'était un jeu d'enfant que de le rabrouer.

Si l'orage de juillet avait épargné Gianno Fausto, les vers à soie, eux, étaient anéantis, grillés, séchés, et ceux qui avaient échappé à la foudre par miracle moururent dans la semaine.

– Nous sommes ruinés, conclut Mariette. Un élevage détruit, ça représente mille francs de perdus.

L'Italien voulut la consoler par quelques paroles aimables. Mais elle l'arrêta aussitôt.

– Je n'ai pas besoin qu'on se lamente. Et encore moins qu'on me plaigne.

– J'ai compris, répliqua Fausto, ce sera encore une journée à aller se faire voir ailleurs.

– Je ne veux être dépendante de personne.

– Il n'y aura rien à livrer chez Beauchamp cette année, dit-il. J'aurai du temps pour monter à la chèvrerie et m'occuper du troupeau avec le jeune Anselme. En voilà un qui tire sa misère, dit-il.

– Je ne peux pas faire plus pour lui.

– Et comme vous pourrez en faire de moins en moins, reprit Fausto, je dois prendre mes dispositions.

– Encore des lamentations ! s'exclama-t-elle sans mesurer l'accent prophétique que cette parole revêtirait par la suite.

– Ça aide tout de même de se plaindre...

– Ça aide à quoi ? questionna Mariette.

– À supporter la misère, quand on sait à quoi elle tient...

Mme Andromas éclata de rire.

– Il y en a qui prient. C'est une autre manière de se lamenter. Mais ce n'est pas le genre de la maison Fontbelair, bien que j'aie eu une enfance chrétienne. Mais Dieu m'a abandonnée depuis longtemps, et je m'en fiche dans le fond.

L'Italien passa toute la semaine à réparer la toiture et sa maîtresse à nettoyer la magnanerie. Puis quand ils eurent terminé, c'est-à-dire mis le bâtiment au sec, ils s'employèrent à tailler les mûriers. L'orage les avait mutilés au point que la coupe fut sévère. Mariette jugea qu'il faudrait bien deux années avant que les arbres ne retrouvent leurs feuillages.

Puis Gianno Fausto demanda son compte, *ex abrupto*.

Mariette ne comprit guère ce que signifiait au juste cet ultimatum. Par commodité, elle payait son domestique à chaque rentrée d'argent, c'est-à-dire à la vente des cocons et des chevreaux. Cette affaire n'allait pas toute seule ; ni elle ni l'Italien ne savaient négocier avec les Beauchamp. À la filature de Privas, on profitait de leurs faiblesses avec les arguments habituels des patrons de fabrique. Chute des prix sur la soie grège à cause de la concurrence italienne... Mariette n'entendait rien à ces histoires. Sa manière de commercer était restée la même que celle de ses parents et de ses grands-parents.

– Vous voyez bien que je ne peux pas vous payer, là, sur-le-champ ? Ma saison est perdue. Vous le faites exprès ou quoi ?

L'Italien insista. Elle chercha les raisons de ce soudain besoin d'argent.

– Je vais partir, dit-il.

Elle l'observa, incrédule. Cela faisait des années que son employé la menaçait de quitter la magnanerie. Et des années encore qu'il n'en faisait rien. Mariette avait fini par croire que son domestique ne pourrait vivre en dehors de Fontbelair.

Mais ce jour-là, il réitéra sa demande. Et elle alla chercher dans la commode de sa chambre trois cents francs, c'était tout ce qu'elle avait économisé. Elle les lui donna, la mort dans l'âme.

– On est loin du compte.

Fausto avait noté sur un petit calepin ce qu'on lui devait.

– Il en faudrait trois fois plus, dit-il.

– Je sais, reconnut-elle. Mais il vous faudra attendre.

– Je ne peux pas attendre, puisque je pars.

– Mais vous ne savez pas où aller, mon pauvre Gianno. La vie ailleurs ne sera pas meilleure qu'ici.

– Qu'en savez-vous, madame Andromas ?

Et Mariette à cet instant décisif se fit un peu chatte, vint le cajoler, le prit par les sentiments et plus encore, comme si l'histoire en pointillés qu'ils avaient vécue ensemble eût revêtu soudain la plus grande importance.

L'Italien reçut ces faveurs avec une froide indifférence.

– Tout ne se paye pas par des bons sentiments, dit-il. Et puis les récents événements ont démontré que j'occupais ici une place négligeable.

– Qu'attendez-vous au juste ? Que je vous supplie ?

– Trop tard.

Gianno fit son baluchon. Ses affaires en vérité tenaient peu de place. Et au moment de quitter le domaine, de nouveau elle tenta de le retenir. Mais ses atouts étaient maigres et ses arguments défaillants. Mariette n'avait jamais su se plaindre, ni implorer non plus. Sa vie durant, elle avait subi les événements, sans broncher. Ainsi, avait-elle laissé partir Pauline à la ville, sans lever le petit doigt, et de même Silvius après la dispute avec son père. Pourquoi n'avait-elle point résisté ? À ce moment, sans doute, elle eût sauvé Fontbelair.

Depuis que Pauline refusait son lit à Léonet, la guerre s'était amplifiée dans le couple, malgré les tentatives d'apaisement de Mme Sitbon.

– Nous ne pouvons pas nous mêler de ça, tout de même…

La mère avait préféré s'en ouvrir à son fils cadet, Albin, plutôt qu'au concerné lui-même, ce qui eût été plus approprié. Mais désemparée par cette exécrable situation, Baptistine ne savait plus à quel saint se vouer. Quant à avoir une conversation franche avec Léonet, c'était perdu d'avance. La colère, les ressentiments, l'acrimonie l'emportaient sur la raison. Restaient les prières, les vœux pieux, les suppliques à Dieu ou à la Vierge. Si le curé de Merle accompagnait la détresse de sa paroissienne, ses conseils s'avéraient trop belliqueux.

Fille de protestante, Pauline était affublée de tous les défauts chez les Sitbon. L'affaire s'était emballée après la mort de Barthélémy et le curé, qui suivait chaque épisode avec une vigilance malsaine, l'avait envenimée. Malgré tout, ses lumières d'ecclésiastique et ses prières de confesseur eussent pu apporter un peu de paix, mais pour ce faire encore eût-il fallu que la parole distillée cessât de toujours mettre en accusation la pauvre Pauline. Surtout que cette dernière tenait à son baptême protestant, elle y tenait d'autant plus qu'on aurait voulu la convertir au catholiscime. Sans la pression du curé de Merle, Pauline se fût tenue loin de tout cela auquel elle n'entendait rien.

– Une bonne chrétienne doit accompagner son mari, partager sa couche et lui faire des enfants. Comment pourrions-nous les faire, ces marmots, si j'puis pas t'toucher, se plaignait Léonet.

– Mais nous avons Armand. Que te faut-il de plus ?

– J'en veux un autre, et après une fille. Ça, s'rait bien, n's'pas m'man ?

– Oui, Léonet, tu as bien raison. Mais il faut être doux et gentil avec ta femme, si tu veux qu'elle te donne ce que tu lui demandes… Tu comprends ça ?

– Je comprends qu'elle m'supporte plus dans ses jambes.

Cette conversation occupait les repas, toujours la même, lancinante. Et dans un coin, Pauline se faisait toute petite, comme au temps où elle travaillait sous les ordres de Trumois. On ne l'entendait guère. Elle se cachait. Et pour un peu elle se fût rêvée transparente.

Il n'était qu'Albin pour la voir telle qu'elle était, sensible et délicate. Depuis longtemps, le cadet avait fait le tour de la question. Le mariage de son frère était un fiasco, mais peut-être eût-il été pire encore avec n'importe quelle autre femme du voisinage. Car Pauline en supportait plus que de raison, des caprices, des foucades et des colères.

Pourtant, Baptistine reconnaissait que sa bru faisait des efforts pour aider à la ferme, lorsqu'on ne lui demandait pas d'accomplir des travaux d'homme dans les vignes du Maillazet. Elle s'était fait une spécialité sur le marché d'Aubenas, la vente des volailles. Elle se débrouillait assez bien : deux francs cinquante la paire de poulets, cinq francs la paire de canards et de pintades, un franc vingt-cinq la pièce de lapin et un franc quarante la douzaine d'œufs.

Elle ramenait aisément ses quinze ou vingt francs du marché, somme qu'elle remettait à Léonet parce qu'elle n'avait pas le droit de conserver de l'argent par-devers lui, le maître de maison incontesté.

Un jour qu'elle avait prélevé quatre francs sur la recette pour s'offrir un corsage en coton, avec un plastron de dentelle et un double faux col droit, assez chic avec ses boutons de nacre, son mari l'avait odieusement chapitrée.

– Pourquoi cet achat ? Pour faire la traînée. Ça ne te passera donc jamais…

Pauline avait gardé le silence, comme d'habitude, la tête haute, le regard lointain. Dans ces moments, hélas, elle en arrivait à regretter le temps où elle gagnait dix francs par jour dans sa chambre de bonne en vendant ses charmes. Un rien eût pu lui faire prendre la fuite, mais elle voulait garder sa conscience pour elle, pour qu'on ne la jugeât jamais plus. Mais la faute d'hier ne cessait de la poursuivre, comme si elle en portait sur la peau la marque infamante. Ainsi désespérait-elle de voir un matin la lumière du jour sans que l'humiliation n'en vînt gâcher la beauté céleste.

Un dimanche, sur les conseils de Baptistine, Albin emmena sa belle-sœur à la fête patronale d'Aubenas. C'était une chaude journée de juillet. Il y avait foule dans les rues pour accompagner le défilé des fanfares. La Lyre albenassienne, la Saint-Hubert d'Annonay et l'Orphéon de Valence faisaient entendre leurs différences. Les cuivres de la Saint-Hubert jouaient des airs de chasse, tandis que la fanfare de Valence se voulait plus martiale. Les marches, les odes, les aubades s'enchaînaient au pied des vieux murs du faubourg de Vernon. Drapeaux et oriflammes tricolores pendaient aux fenêtres et se déployaient sur les mats dressés à cet effet. Les terrasses des cafés débordaient d'un monde endimanché et joyeux.

Pauline déambulait au milieu de cette foule au bras d'Albin, comme si elle craignait de se perdre. Une si longue réclusion au Maillazet l'avait rendue un peu gourde, timide même, pour ne pas dire embarrassée de son corps.

Le jeune homme l'invita à boire de la limonade au café Journoud. Elle hésita quelques secondes puis finit par accepter. Albin fit le généreux en posant son argent sur la table. Cette excentricité la fit sourire, elle qui ne souriait jamais.

– Je suis riche, dit-il. J'ai vendu du champrenart en cachette. Quoi ? Il faut bien s'amuser un peu, tout de même… Sans vaisselle de poche, autant dire qu'on ne lève pas beaucoup de filles par les temps qui courent.

– Tu exagères, Albin. C'est du vol, ça ! Si Léonet venait à l'apprendre…

– Cinquante bouteilles de l'année 1882. J'en ai tiré trois cents francs à Vals, chez Roussez. Ça me paye mes journées passées à la taille et au binage.

Pauline se mit à rougir. C'était inattendu. Et il en fut amusé.

– Mon frère est un âne bâté. Tu aurais mieux fait de

m'épouser, moi, dit-il en effleurant du dos de la main la joue de Pauline.

Machinalement, elle se recula. Cette familiarité la rebutait ; elle avait eu si souvent à s'en défendre dans les estaminets de Privas. « Faites votre petite affaire pour deux francs, répliquait-elle, et sans caresse de chien ! »

Ainsi, cette méfiance, cette crainte restait pour Albin un mystère. À son arrivée au Maillazet, il l'avait durement jugée. Il avait même raillé son frère d'épouser une Andromas qui avait vendu ses charmes autour de la caserne Rampon.

– Tu ne l'as jamais aimé, n'est-ce pas ? questionna-t-il.

Elle ne répondit pas. Il lui prit le menton du bout des doigts et l'obligea à lever le regard vers lui. Pauline tourna la tête de côté. Alors, il n'insista pas. Il comprit qu'elle possédait en elle une force bien supérieure à ce qu'on aurait pu soupçonner jusqu'alors. Pourtant, autant qu'il se souvînt, à l'époque de leurs jeux sur l'Ardèche, Pauline était gaie, enjouée, si bonne camarade qu'on pouvait tout lui demander. Tandis que lui-même, à la vérité, était effacé et timide. Il ne faisait que suivre le mouvement de la petite troupe sans jamais dire un mot.

– Je vois que tu ne me fais pas confiance. Après tout ce temps…

Pauline posa enfin les yeux sur lui, un regard mouillé de tristesse.

– Je suis morte. C'est ce que j'ai dit à ton frère quand il a voulu que je l'épouse. Je lui ai dit, je suis morte, répéta-t-elle, et tu ne seras pas heureux avec moi.

– Comment, morte ?

– Il y a des vies insignifiantes, la mienne a toujours été minuscule, répondit-elle. Le fil s'est rompu à l'usine Beauchamp. Ensuite, j'ai fini par descendre dans les bas-fonds.

C'est là que les vies minuscules s'achèvent, tôt ou tard. Un rien les emporte, sans que personne ne s'en aperçoive.

– Tu aurais préféré ne jamais aller chez Beauchamp ?

– Là ou ailleurs. Père a voulu que je quitte Fontbelair. J'ai obéi. Que pouvais-je faire d'autre ? Sans ressource, sans amour… Mon existence s'est rétrécie d'un coup. Mais peut-être qu'elle l'était déjà et que je ne la voyais pas ainsi. Peut-être me faisais-je des illusions sur moi-même ? Eugénie m'a ouvert les yeux. Et Silvius l'a compris aussi, mais il n'a pas osé me dire que je comptais pour rien dans cette vie. Je suis le déchet des Andromas. Ton frère m'a permis de me relever un peu, mais ce n'était qu'une illusion de plus. Et aujourd'hui, le pauvre homme, il se rend compte que je ne suis rien, qu'il a épousé un déchet. Et ça le dévore de l'intérieur, cette horreur. Mais qu'y puis-je ? Je l'ai prévenu, mais il a voulu jouer le bon Samaritain, sauver la fille de joie, la tirer de sa fange. C'est ainsi chez les catholiques. Mon père qui était un vrai protestant, lui, avait aussi compris que je ne méritais guère mieux que les bassines de Beauchamp, que je finirais par lui poser des problèmes à Fontbelair. Il m'a chassée, ainsi qu'on se débarrasse de chiots superflus. Mais pour eux, on a plus de considération. On les tue à la naissance. Pour moi, cela a demandé plus de temps, mais c'est arrivé à point nommé, dans la petite chambre de la rue des Couvents.

Ils suivirent les fanfares jusqu'au pont d'Aubenas. Sur la terrasse et sous l'ombrage des platanes, on donnait un bal. Les couples avaient l'air heureux. Cette singulière marée d'enchantement, mue par la musique des orphéons, montait et descendait sur la pente de l'esplanade.

Albin se risqua à la faire danser.

– Tu ne diras pas que j'ai volé du champrenart ?

– Non, dit-elle, sans conviction. Ça restera un secret entre nous.

Puis elle renonça aux valses et aux polkas. Elle se sentait trop lasse. Elle n'y prenait aucun plaisir.

– Va donc inviter quelques belles ! conseilla-t-elle. Bourreau des cœurs.

– C'est un reproche ?

Elle hésita à lui répondre. Elle ne se sentait pas le droit de juger la vie des autres, fût-ce celle de son beau-frère. Et pourtant, elle s'y hasarda.

– Tu vises trop bas, mon petit Albin. Laisse donc les filles comme moi et tourne-toi vers de belles princesses bien vivantes, qui ont le bonheur chevillé à l'âme. Sinon, tu finiras comme ton frère, dans l'aigreur et le ressentiment.

D'autorité, il la prit par la taille afin de l'entraîner dans le tourbillon d'une valse. Mais Pauline maintint son refus. Elle avait deviné que l'attachement d'Albin à ce jeu, faire danser la femme triste, n'était dicté que par la compassion, la pitié même. Et cette pensée, si elle ne l'affectait que très passablement, lui paraissait dangereuse ; elle avait définitivement renoncé à croire que son destin se pourrait relever à quelque moment.

De retour au Maillazet, à une heure tardive, Pauline se fit tancer par son mari. Cette scène de ménage déborda rapidement. Des mots blessants, mais fort habituels dans le couple infernal. On passa aux premières gifles et aux coups de poing, de pied. Baptistine tenta de s'interposer mais elle se fit bousculer, elle aussi, sans ménagement.

Albin resta à distance, les bras croisés sur la poitrine, le visage crispé. Il ne comprenait plus quelle sorte de folie s'était emparée de son frère. « Nous avons été trop patients, pensa-t-il. Et notre lâcheté n'a servi à rien, puisque chaque jour qui passe nous rapproche du drame. »

– Un jour, tu finiras par la tuer ! dit-il.

Léonet se tourna vers son frère et lui demanda de se retirer, cette affaire ne le concernait pas. Mais Albin regarda sa mère et vit qu'elle saignait du nez. Était-ce le résultat d'un mauvais coup ou l'effet de l'émotion ? Il ne se posa guère longtemps la question. Il la résolut à sa façon en se ruant sur son frère, et sans hésitation, à bras tendu, il le frappa en plein visage. Surpris par la violence et la soudaineté de l'attaque, Léonet chancela sur ses jambes, et avant qu'il n'eût le temps de réagir, un deuxième coup de poing l'atteignit au menton. Le choc fut si terrible que Léonet tomba à la renverse. Et à ce moment, Albin comprit qu'il était enfin à sa merci. Il lui suffisait juste de le frapper au ventre à coups de pied répétés, comme lui-même l'avait fait avec sa femme, sans vergogne.

Pauline voulut l'arrêter, mais Albin la repoussa vivement. Elle alla alors se réfugier dans les bras de Baptistine qui pleurait sourdement.

Le combat avait mis la cuisine sens dessus dessous. La table et les chaises étaient versées. Les assiettes tombaient les unes après les autres sur le plancher et éclataient en mille morceaux. Albin ne parvenait plus à se contenir, et dans sa fureur, il s'en prenait aussi à tout ce qui lui tombait sous la main. Sans doute craignait-il que son frère parvînt à se relever. Léonet était plus robuste et plus fort que lui. Il l'avait terrassé par surprise. Mais à la revanche, Albin savait déjà qu'il ne pourrait garder le dessus sur lui. Alors, il s'empara d'un hachoir et le brandit en direction de son frère.

– Si tu bouges, je te fends le crâne, menaça-t-il.

Léonet était bien incapable de tenter quoi que ce fût. Le goût du sang dans sa bouche lui arrachait des haut-le-cœur. En se redressant péniblement sur les genoux, il régurgita des filets glaireux. Albin le prit à la tignasse et le tira vers lui avec une force décuplée par la colère. Puis il plaqua sur sa gorge le hachoir. Les femmes hurlaient de terreur. Ces cris ne faisaient qu'amplifier la peur qui les tenaillait l'un et l'autre, comme si, dans cette lutte de gladiateurs, un des deux combattants dût y laisser la vie.

La fureur s'amenuisa d'un coup. Albin s'était affalé dans le fauteuil du père et contemplait son œuvre en reprenant son souffle. Il avait jeté le hachoir au sol, pour ne pas être tenté, quoi qu'il advînt à ce moment, de s'en servir. Léonet était assis sur le parquet et regardait les femmes d'un œil hagard. Il se sentait sans force.

– Tu m'as eu, saligaud ! fit-il.

– Ce sera pour toutes les fois où tu m'as étrillé, répliqua Albin.

– Ça te regardait pas.

– Je ne veux plus que tu la frappes !

– Fous le camp de cette maison.

– Je partirai quand je le déciderai, se rebiffa-t-il.

– Tu partiras de gré ou de force.

Pauline se tenait contre le buffet, à distance des deux hommes. Elle portait sur le visage les traces des coups.

– C'est moi qui partirai, dit-elle. Puisque je suis la cause de tous les drames dans cette maison. D'ailleurs, je ne comprends pas pourquoi. Qu'ai-je fait ?

Léonet bascula la tête de droite à gauche.

– Mon frère te défend. Je sais pourquoi, moi ! P'têt que t'as couché avec lui ? T'es une traînée. C'est comme ça, les traînées, ça couche avec tous les hommes.

– Tu es fou, fou à lier, dit Albin. Plus fou même que je le pensais. Comment peux-tu me soupçonner ?

– J'ai honte pour nous tous, ajouta Baptistine, le visage animé de tremblements. Dieu nous observe et nous juge. Est-ce donc tout ce que vous aurez retenu de notre éducation ? Pourtant, nous avons été bons et justes avec vous, fit-elle d'une petite voix désolée en direction de ses fils.

Elle avait joint les mains et semblait implorer le secours de son dieu, à moins qu'elle conjurât celui de Barthélémy. Sans doute avait-elle oublié qu'à son heure le patriarche du Maillazet avait été l'artisan de cette haine, qu'il l'avait attisée contre sa bru jusque sur son lit de mort. Sur un esprit simple et obtus comme celui de Léonet, ses sermons avaient eu un effet dévastateur dont on payait désormais le prix.

– C'est elle, le mal, repartit Léonet. Elle a semé la discorde dans notre famille. Je m'étais juré de la dresser, cette catin…

– Comment peux-tu parler ainsi de ta femme, saligaud ? s'enflamma Albin.

– Silence ! Silence ! réclama Baptistine.

– Elle t'a ensorcelé aussi. Tu ne vois pas ce qu'elle a fait de nous tous ?

– Je vais partir, prévint Pauline. Mais avec Armand. Je ne le laisserai pas dans cette maison de fous.

– Mon fils ? Jamais. Je préférerais te tuer. Si tu me mets au défi…

– Si elle doit s'en aller, Pauline emmènera son enfant, soutint Albin.

Et il ramassa le hachoir pour montrer à son frère qu'il irait jusqu'au bout.

– J'éprouve de l'affection pour Pauline. Elle est des nôtres. Je la défendrai. Mais rien de ce que tu insinues est vrai, saligaud ! À croire que tu te plais à salir le monde autour de toi.

Et Albin pointa un doigt en direction de sa mère.

– Je ne veux plus voir le curé dans cette maison. Cet homme encourage nos différends au lieu de les apaiser.

Est-ce le rôle d'un prêtre ? Avec son diable, ses démons et ses sornettes...

Le lendemain, de fort bonne heure, avant que le jour ne blanchisse la vallée, Pauline partit après avoir embrassé son fils endormi dans le petit lit voisin du sien. Elle se sauva donc à pas de chatte, sans emporter le moindre bagage. Pour ce voyage, elle s'était choisi la seule robe qu'elle aimait bien et qu'elle réservait pour les grandes occasions, en drap bleuet. C'était le cadeau d'un client de la Cours du Palais, rien qui fût honteux à ses yeux, car elle avait jeté tout le reste, ces sous-vêtements extravagants que les vieux messieurs fortunés l'obligeaient à porter pour leurs plaisirs.

Pauline descendit jusqu'à l'Ardèche par le sentier des Pécheurs. Son pas léger sur le gravier n'apeura même pas les canards sous le couvert de la berge. Puis elle s'enfonça dans la rivière, le regard fixe, la tête haute, comme elle avait toujours vécu.

15

Hiver 1898

Depuis que Silvius avait renoncé à engager le fer contre sa belle-famille et qu'il était passé sous les fourches caudines de Roxane, le climat s'était apaisé, rue Juiverie. Et si le couple faisait désormais lit à part, la petite fille était restée au milieu, dans sa chambre où l'on pouvait accéder par deux portes opposées. Jade était donc le seul lien par lequel le mariage tenait encore debout. Ainsi, les parents se croisaient autour du petit lit sans s'adresser la parole, sans se voir, comme des étrangers, plus indifférents même que des étrangers. Seule Abigaïle déplorait cette anomalie. Dans la famille Colomier, on faisait mine de croire qu'il ne s'était rien passé, que le temps avait ensablé la crise dans ses fosses insondables.

Silvius traversait les salons Colomier avec le sentiment étrange de n'être qu'un résident dans une pension de famille. Toutefois, le maître avait donné le ton ; il fallait désormais ménager le jeune Andromas. Dorénavant, on se forçait à quelque amabilité. On évitait les petites phrases assassines, les sourires méprisants, les gestes inconvenants. La tolérance faisait son œuvre chez des gens qui n'avaient aucune envie de l'exercer, sinon contraints et forcés par les circonstances.

Au lendemain même de la crise et après que M. Colomier eut signifié à son gendre qu'il devrait se satisfaire de la situation au risque de ne plus voir Jade, le patriarche tint un conseil de famille dans lequel il posa les règles futures de la maison de la rue Juiverie. Chacun acquiesça du bout des lèvres, sauf Roxane qui se montra fort vindicative à l'encontre de son mari. Elle eût souhaité qu'il quittât les lieux et même qu'il renonçât à voir sa fille. Tant de haine, après tant d'amour, ne se pouvait concevoir dans la norme habituelle des relations humaines. Adèle crut à un petit grain de folie chez Roxane, tandis que Francisque n'y vit que les conséquences d'une enfance choyée, adulée.

Roxane se plaisait fort à appuyer sur l'accélérateur. Pourquoi faire tant d'histoires pour une rupture, et pire encore s'ingénier à maintenir des liens affectifs, rompus de fait, entre son mari et la famille Colomier ? Elle eût même apprécié que son père ne se contentât pas seulement de chasser l'indésiré de son cœur, mais qu'il lui retirât tous ses avantages : salaire, travail, responsabilités…

Ce climat apaisé dans la maison Colomier étonna Silvius, lui qui avait parié sur une guerre longue et épuisante. « Qu'ai-je donc fait pour mériter ce sursaut d'égards ? »

Il chercha la réponse en écoutant les conversations à travers les cloisons ou en se cachant derrière les rideaux pour surprendre le va-et-vient du cercle familial, quitte même à interroger les domestiques.

Il n'était pour lui rien de plus déprimant que de devoir à tout instant déjouer cette duplicité. Aussi prit-il l'habitude de quitter la table avant la fin des repas et de ne se mêler que fort rarement aux discussions. En revanche, il s'employait à affirmer sa liberté d'aller et venir sans rendre de comptes. Rentrer à des heures indues ou ressortir au milieu de la nuit faisaient partie de ses jeux favoris, sachant sans doute que ceux-ci ne manquaient point d'alimenter des commentaires dans son dos. Mais à la longue, ce chassé-croisé permanent finit par lui faire accroire qu'il n'était rien de plus qu'un figurant dans l'hôtel particulier des Colomier, aussi transparent et invisible qu'un ectoplasme.

Au Comptoir des soies, ses rapports avec Francisque Colomier se limitaient au strict nécessaire. Rompant avec les anciennes habitudes, Silvius faisait ses rapports sur l'état des commandes, la qualité des ouvrages rendus ou le prix des matières d'une voix monocorde. Il répondait à toutes les questions sans se laisser intimider : le titre du fil, la densité de la chaîne et de la trame, le nombre de bobines ou de roquets utilisés, les métrages rendus au poids... Un tel détachement agaçait Colomier et, pour montrer son irritabilité, il l'obligeait à sortir ses livres de comptes, à étaler les bordereaux et à justifier chaque opération. Inspection fastidieuse – autrefois dévolue à Jeandrot – à laquelle Andromas se conformait de bonne grâce. Une fois l'examen terminé, la situation se détendait un peu.

– Vous me ferez penser à vous inviter chez Rivier...

La proposition – un repas chez Marius Gaillard place des Terreaux – avait un côté cocasse. M. Colomier n'avait-il pas chaque jour son gendre à sa table, rue Juiverie, même s'il ne lui adressait jamais la parole ou feignait de ne pas le voir ? À croire que le pouvoir et ses règles ne s'exercent point de la même manière selon que l'on est dans l'espace privé ou l'espace public. C'était une subtilité à laquelle Silvius ne voulait pas se soumettre. Pour lui, tout était un, le Colomier chef de famille et le Colomier chef d'entreprise.

– Bien, monsieur, répondit-il.

D'évidence, Silvius ne relancerait jamais l'invitation, car si elle avait été formulée de bon cœur, comme on pouvait raisonnablement le penser, elle resterait sans suite. À la vérité, le jeune homme n'avait aucune envie de partager un repas en tête à tête avec son patron. La situation dans laquelle il se trouvait, maintenant qu'il était toléré dans le cercle familial à la condition qu'il fît le gros dos et s'accommodât des turpitudes de Roxane, n'était pas de nature à favoriser des moments conviviaux.

Quelquefois, les fils participaient à la cérémonie des inspections, un peu à l'écart. Nul ne serait avisé de contrarier le maître dans ses besognes. Au contraire, Octave profitait de l'occasion pour se faire bien voir de son père. Haro sur les tisseurs et les chefs d'ateliers. Trop de marges, trop de bénéfices dissimulés. Et Cyril ajoutait avec une sorte de triomphe dans la voix : « Vivement le temps où on n'achètera plus la soie qu'à Milan ! Ça fera les pieds à ces filous de la Croix-Rousse ! »

– Qu'en pensez-vous, Andromas ? demanda Colomier père, un matin.

– Moi, monsieur, je n'en pense rien, répliqua Silvius.

Après coup, Jeandrot se montra agacé par la désinvolture de son courtier. Il l'avait connu plus coopératif, voire pertinent sur l'évolution du négoce.

– C'est irresponsable, monsieur Andromas. Vous rendez-vous compte que vous n'êtes plus avec nous ?

Silvius hocha la tête. Rien ne l'obligeait à répondre. Ses difficultés avec Roxane n'avaient pas percé les murs épais de l'hôtel particulier des Colomier. Et que le désamour de son épouse eût déteint sur sa manière d'être et de penser ne se pouvait imaginer rue des Jacobins.

Si son activité présente lui rapportait encore quinze mille francs par an, on ne le gratifiait plus de commissions comme autrefois. On lui serrait la bourse. On s'était habitué à ce que le gendre des Colomier vît ses revenus bloqués, quels que fussent ses efforts et son rendement. Forcément, Roxane n'était plus là pour intercéder en sa faveur.

– Plus aucune ambition, jeune homme. Comme vous avez changé.

La réflexion de Jeandrot le ravit. Il la salua d'un sourire contrit.

– Mes jours sont comptés, dit-il énigmatique.

Le directeur du personnel fronça les sourcils. Il n'avait jamais entendu parler de menace concernant son courtier. Se pourrait-il qu'on tirât dans son dos quelque ficelle ? Il l'interrogea encore.

– Cela vous dépasse, monsieur.

Et Silvius sortit aussitôt en sifflotant.

Début décembre, la neige recouvrit Lyon d'une épaisse couche, et la circulation se compliqua sur les pentes de Fourvière. Ainsi, malgré l'effort des ouvriers pour dégager les rues, surtout celles qui montaient à la Croix-Rousse, l'activité ralentit dans l'odeur de fumée et de suie des cheminées d'usines et d'immeubles.

Profitant de ce que les marchandises n'accédaient plus à la gare de Croix-Paquet, Silvius délaissa la montée Saint-Sébastien et la place Griffon pour rendre visite à Juliana à l'atelier Girardin. C'était un endroit lumineux au cœur de la rue Doyenné où les cousettes confectionnaient à la demande costumes, robes et coiffures. Le jeune homme frappa à la vitre et aussitôt Juliana Martelet enfila une manteline et sortit.

M. Girardin ne supportait point les conversations de ses employées dans l'atelier même. C'était un travail qui exigeait beaucoup de concentration. On ne pouvait prendre le risque de gaspiller du tissu ou de rater une rectification par distraction. Mais le patron était un homme fort compréhensif pour son époque ; il tolérait que ses petites mains s'accordassent quelques récréations. Le travail délicat et précieux ne s'en trouvait que mieux fait, avait-il coutume de dire.

Au bouchon Dieuzade, Silvius commanda deux grogs.

– Forcez la dose, recommanda-t-il au patron.

Ce dernier leur resservit une rasade de rhum blanc.

– Tu ne changeras pas, petit Silvius, comme dirait ma fille. Tu restes égal à toi-même. Cette constance est un signe de solidité dans la vie. Je connais tant de jeunes gens qui s'émeuvent pour un rien. Celui de Florine…

Elle s'arrêta, but une gorgée puis souffla sur le liquide trop chaud.

– L'as-tu vu, au moins, ce Giraud ? demanda-t-elle.

– Entraperçu, dit-il.

– Il veut devenir comédien. C'est un métier de crève-la-faim, dit-elle. Mais ils s'aiment. Et à tout bien réfléchir, je préfère un rêveur à un idéaliste. Je craignais qu'elle finisse par me ramener un de ces illuminés du cercle social. Tu me comprends, Silvius ?

Il se mit à sourire. Il ne voulait pas s'immiscer dans les affaires de sa sœur.

– Je suis sûr qu'ils s'entendront bien. Elle, décoratrice de théâtre, et lui comédien, on ne peut espérer meilleure association.

Andromas l'examina sans qu'elle s'en offusquât. Juliana était restée coquette et fière de son teint brun. « Tout le contraire de ma mère, songea-t-il. Fontbelair a fini par la rendre aussi dure et revêche que les monts du Coiron. »

– Il faudra que tu penses à toi, maintenant, dit-il.

Elle baissa la tête, le rose aux joues. Il s'amusa de sa réaction. Il eût voulu la titiller un peu sur la question des hommes – après tout elle n'avait que quarante-cinq ans –, mais elle coupa court d'une manière qui lui était habituelle, franche et directe, ainsi qu'elle avait toujours conduit son existence.

– J'ai fréquenté deux hommes, mais au dernier moment, chaque fois, je me suis dédite. Pourquoi ? je n'en sais rien.

Ils burent en silence. La chaleur de l'alcool dilué dans l'eau bouillante avait un effet revigorant.

– Pauline aurait mieux fait de se casser une jambe le jour où elle a épousé un Sitbon, tu ne crois pas ?

– Là-bas, répondit Juliana, ce sont des sauvages.

– Je sais pourquoi elle a mis fin à ses jours, reprit-il.

– Elle n'a jamais été heureuse.

– Léonet la traitait comme un animal. Pourquoi l'a-t-il sortie du bourbier ? Je croyais que c'était un acte d'amour, mais non, ce n'était rien d'autre qu'un acte de charité chrétienne. Il voulait ôter le mal en elle. Mais il ne le pouvait pas, le misérable, parce que Pauline n'a jamais été hantée par le mal. C'était une gentille petite sœur, juste et simple.

Silvius essuya les larmes sur ses joues. Juliana pleurait aussi. Elle l'avait élevée du temps où elle travaillait à Fontbelair auprès de sa sœur. Elle lui avait appris à lire et à écrire, à nommer les arbres, les oiseaux et les couleurs du ciel.

– Ma mère n'a pas versé une larme sur son cercueil. Je lui en veux de tant de dureté d'âme.

– Ça ne veut rien dire, défendit Juliana. Parfois, les chagrins sont secs comme le désert.

Du bout des doigts, Juliana caressa le visage de Silvius.

– Toi, tu ne devais pas naître. Un accident de la nature. Ta mère a été forcée parce que Théodore voulait un fils. Et ce jour-là a été le plus beau jour de sa vie. Mon Dieu, que de bêtise ! C'est pourquoi, après ta naissance, Mariette lui a interdit sa couche. Il était devenu fou, ton père, fou de ne plus pouvoir engendrer sa race de protestant supérieure. Alors, il m'a prise, moi. Voilà l'histoire.

– Pourquoi toi ?

– J'étais la seule femme qu'il avait sous la main. Souvent, j'en viens à me dire que j'ai été bien imprudente de monter avec lui à Cujols. À cette époque insouciante, je ne m'imaginais pas qu'un homme puisse prendre de force sa propre belle-sœur. N'est-elle pas dégénérée, cette espèce d'homme ? Et après la naissance de Florine, j'ai compris que je finirais ma vie seule.

La neige s'était remise à tomber à gros flocons. Les rares passants traversaient la rue en se hâtant, cotonnés par les caprices du ciel. Juliana se laissa servir un second grog, bien que le visage rond et austère de M. Girardin s'en retournât souvent à sa fenêtre. Sans doute s'impatientait-il de ne pas voir revenir sa couturière.

– Et Eugénie ? demanda-t-elle.

– De ce côté-ci, elle ressemble à ma mère. Rigide et endurcie.

Juliana éclata de rire.

– Tu ne reviendras jamais à Fontbelair ?

– Peut-être pour y enterrer ma mère ? s'interrogea-t-il. Et puis la boucle sera bouclée.

– Tu ne parles jamais de Roxane ? demanda Juliana d'une petite voix comme si elle craignait par avance sa réponse.

Juliana n'ignorait rien des déboires de son neveu dans la maison Colomier. Florine l'avait amplement renseignée sur le sujet, et en y mettant chaque fois un peu plus de gravité. À ses yeux, les marchands soyeux de la rue Juiverie tenaient de la pire engeance. Ils appartenaient à jamais à son bestiaire commun de la critique sociale. Et lorsqu'elle avait besoin de donner un visage au bourgeois propriétaire et cupide celui de Francisque Colomier lui venait immanquablement en tête.

– Son amour, hélas, ne saura jamais briser l'ordre qui l'a éduquée. Désormais, ici, tout m'est étranger et tout m'est ennemi, dit-il la gorge serrée par l'émotion.

Ils sortirent sous un ciel platine dont la lumière laiteuse accentuait l'ocre des murs. Silvius raccompagna sa tante jusqu'à l'atelier, puis s'en retourna au Comptoir des soies en suivant les quais de Saône. La presqu'île offrait un nouveau visage, teinté de mélancolie et de désolation. Mais le jeune homme se sentait plutôt en paix avec lui-même. Et que le froid, la glace, la neige, les mille tourments de l'hiver fussent le décor de sa solitude ne lui déplaisait en rien. Au contraire, cela s'accordait avec son état d'âme. Quelquefois, il se retournait pour observer ses pas dans la neige, mesurant à l'aune de son expérience que la vie ne permettait point qu'on laisse derrière soi de traces tangibles pour se repérer, celles-ci s'effaçant au fur et à mesure. Ainsi tel ami sûr hier pouvait devenir hostile quelques années plus tard, et de même un amour…

Ainsi il escomptait retrouver les traces de son passé pour bâtir quelque avenir raisonnable. Il songeait souvent à Soarès, entretenant le lien par de courtes lettres amicales. Berto lui répondait tout aussi chaleureusement. « Je t'attends », écrivait-il avec plusieurs points d'exclamation, comme si son ami doutait qu'il pût faire un jour un pas vers lui, un saut dans l'inconnu. L'industriel de la place Bellecour savait mieux que quiconque combien il est difficile de s'échapper d'une prison dorée.

En proie au spleen, il escalada les étages du Comptoir des soies. Bien à l'abri dans son cabinet de travail, Silvius projetait de mettre en ordre les dernières opérations de la Croix-Rousse. En une semaine, il avait traité plus de cinquante mille francs de marchandises. Sans se vanter, Silvius Andromas avait amélioré ses rendements, surtout les derniers mois. Étrange paradoxe, plus le doute sur son avenir l'étreignait et plus il redoublait d'efforts. S'il n'avait plus rien à prouver aux Colomier – du reste, on se fichait bien de ses résultats –, c'était donc à lui-même que s'adressaient ces performances. « Être le meilleur des courtiers sur la place de Lyon, sinon s'en retourner au pays pour y croupir dans les montagnes », se disait-il souvent, comme une sorte de flagellation mentale qu'il s'infligeait pour repartir, chaque matin, à l'assaut de la Croix-Rousse.

De fait, dans les ateliers et fabriques, tout autant que chez les petits tisserands, Silvius avait acquis une certaine renommée. On appréciait sa parole, ses jugements, son honnêteté. Pour un peu, il eût pu faire une belle carrière chez Colomier si le mépris et l'arrogance des fils n'avaient déjà entravé sa course. On lui sacrifiait ses commissions, même basées sur un ou deux pour cent du chiffre ; cela représentait, au terme d'une année, cinq ou six mille francs de bonus.

Assis derrière son bureau anglais, par trop étréci à son goût mais pourvu de tous côtés d'une dizaine de tiroirs superposés à hauteur du regard derrière lesquels le jeune homme se sentait à l'abri, il s'attela à son pensum hardiment, sans se laisser distraire par le spectacle de l'hiver sur la place des Jacobins. Dans le couloir voisin, des éclats de voix lui parvinrent, étouffés par le capiton d'une double porte dont étaient nantis les cabinets de travail de l'étage directorial. Soudain, Jeandrot passa une tête, comme pour vérifier que la place était occupée. Il referma la porte et la rouvrit, embarrassé.

– Pardonnez notre intrusion, mais Cyril Colomier aurait besoin de vous voir.

– Moi ? s'étonna Silvius. Pourquoi moi ? A-t-on besoin de mes avis ? Ne lit-on pas mes rapports ? Ils sont assez explicites. Et, pour le coup, je ne ferais que redire ce que j'ai déjà écrit.

– Je ne fais que transmettre des ordres. Ne me compliquez pas la tâche, monsieur Andromas.

Le jeune homme suivit le chef du personnel jusque dans la salle des lampas – ainsi nommée parce que s'y trouvaient exposés de luxueux échantillons de cette étoffe ancienne et précieuse à effet de trame. L'usage voulait que, dans la bibliothèque des échantillons, la maison Colomier pût aisément montrer à ses visiteurs toute la richesse de son stock. On y avait répertorié moult motifs, aussi anciens que ces tissus illustres, tels que le pékin ou le gourgourand rayés à bandes d'armures, le lampas et la lampassette mêlant les effets de chaîne dans une éclatante harmonie, les droguets tramés en lattées interrompues pour varier les couleurs, les brocatelles, etc…

M. Colomier père, de dos, fixait un lampas broché sur fond de soie cannetillé figurant un décor exotique où la mer, le ciel et la terre semblaient communier la beauté originelle du monde. Le désir d'exotisme le possédait tout entier depuis qu'il fréquentait assidûment les serres de la Tête-d'Or. Était-ce pour les flamboyants ou pour France Lazaret qui l'y rejoignait régulièrement ? Car la jeune femme adorait ces mondes lointains qu'ils projetaient parfois de découvrir en lisant *Paul et Virginie* ou *Le Voyage autour du monde* de Bougainville. Mais leur passion partagée n'était-elle pas déjà, à elle seule, un périple vers un monde inconnu, celui des sens ?

Cyril et Octave se tenaient appuyés contre l'armature d'un vieux métier à la tire du XVIIIe siècle qui trônait au centre de la pièce. Une dizaine de courtiers et de commissionnaires étaient sagement assis sur le côté, le chapeau melon posé sur les genoux. Dans cette profession, un mimétisme vestimentaire s'imposait : le veston et le petit gilet gris, la fine cravate sur un col de celluloïd et rien d'autre. Silvius, lui, arborait volontiers des vêtures plus extravagantes, dont le chapeau canotier, le panama – depuis qu'il en avait apprécié l'élégance sur la tête de M. Pleynet – et le costume de tweed à chevrons... Oh horreur ! ce genre gentleman-farmer *british* faisait encore trop paysan, mais paysan parvenu tout de même, de l'avis d'un Colomier.

– Je voudrais mettre au clair ici une opinion qui tend à se répandre sur la place de Lyon, une opinion malfaisante, dit Cyril, selon laquelle nous serions réfractaires au progrès et prêts à abandonner nos ateliers de la Croix-Rousse pour la soie d'Italie. Ennemis de la mécanisation, même, précisa-t-il. Parce que la force électrique se développe dans notre ville, il nous faudrait étudier la manière de l'employer. Fadaise, bêtise ! s'écria-t-il. Cela fait des siècles que notre négoce avec les tisseurs fonctionne. Ce n'est pas à nous de financer les innovations techniques de nos fabricants. N'est-ce pas leur problème ? Notre rôle, je vous prie, reprit-il avec force gestes car l'homme s'abandonnait vite à l'excès, comme s'il croyait par ses mouvements intempestifs éloigner les opinions parasites, est de vendre des coupons de soie de par le monde. La qualité finie, l'originalité, la novation du motif, tels sont nos atouts. Que nous importe la productivité à outrance d'un tissu galvaudé, ce n'est pas notre affaire. Colomier a gagné ses lettres de noblesse dans le luxe, le faste et la tradition. La mécanisation des ateliers conduira à un abaissement de la qualité. On produira en abondance et plus vite une étoffe médiocre pour les masses. Si nous devions nous aligner sur ces nouveaux usages, nous y perdrions notre âme et notre savoir-faire. Et par là même nos débouchés en Angleterre, en Allemagne, sur le continent américain et que sais-je encore ? se réduiraient comme peau de chagrin.

Bertillon, l'un des petits courtiers ; leva docilement le doigt. Cyril lui donna la parole d'un coup de menton appuyé. À croire que tout cela correspondait à une mise en scène pour confondre le jeune Andromas.

– C'est ce que nous entendons, confirma-t-il. Chavanne lui-même dit que le Comptoir des soies veut sa mort. Andrieux aussi, rue Denfert-Rochereau. Sans oublier Lauret, rue de Crimée. Hélas, notre collègue se fait un malin plaisir à répandre cette rumeur malfaisante. Pourquoi travailler contre son camp ? Je ne comprends pas le but de tout ça…

Octave s'avança vers Silvius, bras croisés, le regard furieux.

– Est-ce vrai ? lui demanda-t-il.

Silvius confirma d'un mouvement de tête.

– Vilaine caricature d'une idée moderne, défendit-il d'une phrase lapidaire.

– Moderne ? Faire de la soie vulgaire pour un public vulgaire, rétorqua Octave, qu'y a-t-il de moderne là-dedans ?

– Notre époque appelle des mœurs nouvelles. Nous nous dirigeons vers une forte consommation de soie ouvragée pour l'habillement et l'ameublement, justifia Silvius. C'est un marché qui va aller croissant. On sera d'autant plus prêt à le satisfaire qu'on y aura préparé le négoce. Je crois savoir que nos ateliers sont disposés à fournir cet effort de modernisation, mais à la condition qu'on leur apporte les moyens de le faire. Sinon, nous les verrons disparaître les uns après les autres, comme à la période de la grande crise[1]. Et si le Comptoir des soies ne prend pas le train en marche, il restera sur le quai. Nous en pâtirons tous. Les

1. Révoltes des canuts, 1831-1834.

fabriques mécanisées fourniront de la soie à un prix plus compétitif que la nôtre.

– Je m'inscris en faux contre cet argument imbécile, fit Cyril en arborant un air goguenard. L'entreprise Colomier a un rang à tenir, une place enviée sur le marché de Lyon. On voudrait nous voir changer notre fusil d'épaule, certes, jusque dans l'Union des marchands ; certains ne manqueraient pas de nous ravir la première place que nous occupons depuis plus de cinquante ans.

Silvius s'effaça. Il lui semblait avoir exprimé ce qu'il avait sur le cœur et il ne voulait pas aller au-delà de sa déclaration. Car il ne disposait d'aucun pouvoir dans la maison pour convaincre ses collègues courtiers et commissionnaires assis en rang d'oignons. La plupart avaient déjà ironisé tout leur soûl sur son statut privilégié de monsieur Gendre et sa disgrâce nouvelle ne faisait qu'ajouter aux sarcasmes et aux moqueries. Nul n'avait envie de se joindre à lui ; on attendait sa chute prochaine. Pour un peu, on eût même fait preuve d'audace pour aider à sa dégringolade.

Francisque Colomier avait suivi cette conversation avec la froide distance qui lui était habituelle, l'esprit tout accaparé par ses rêveries. Après avoir quitté son fauteuil, il se tourna vers ses fils, négligeant même de porter le moindre regard sur Andromas.

– Nous savons maintenant d'où viennent les rumeurs qui cheminent dans les ateliers de la Croix-Rousse.

Un petit sourire ennuyé flotta sur son visage parcheminé.

– Nous y mettrons bon ordre. Au travail, messieurs.

Silvius demanda l'autorisation de se retirer et Jeandrot la lui accorda dans un geste d'agacement. Les fils eussent bien voulu, eux, que le procès se prolongeât encore un peu, mais M. Colomier en avait assez entendu, assez supporté. Il consulta sa montre. À peine cinq heures de l'après-midi. C'était l'heure lazaretienne du Grand Hôtel. Une voiture l'attendait dans la rue Gasparin. Dans un bon quart d'heure, il serait dans la suite Rose, ainsi nommée pour ses draperies vieux rose et son mobilier de palissandre Empire.

Pendant ce temps, Silvius descendit à l'office et demanda à Mlle Lormeau de quoi écrire. Sur un bristol, il inscrivit rageusement :

Monsieur Pleynet,

Mon cher beau-père n'est guère disposé à entrer dans la voie de la modernisation. Il défend au contraire farouchement la tradition pour que rien ne change dans le négoce de la soie. Peut-être ne vous apprendrai-je rien ? Toutefois, je me devais – selon vos souhaits – de vous en tenir informé.

Tous mes respects,

Silvius Andromas

Après avoir cacheté l'enveloppe, il demanda à la secrétaire de la faire acheminer à la prochaine levée.

Après ces événements, le *statu quo* de la rue Juiverie connut une fin subite, deux jours plus tard, au repas dominical. Roxane se tenait en bout de table, face à son père. Silvius était assis à sa gauche, Adèle et ses deux fils de part et d'autre, plus une nouvelle amie d'Octave, Frédérique, un joli brin de fille qu'il avait été cueillir à Caluire et qui était enfin autorisée à entrer dans le cercle familial.

Avant même que le majordome et la cuisinière n'eussent amené le potage, Cyril clama d'une voix triomphante :

– Cher papa, je tiens à vous informer que je me suis

inscrit à la Ligue de la patrie française. C'est un choix salutaire pour des gens de notre rang…

Adèle demanda quelques précisions sur cette fameuse ligue, tandis que son mari faisait mine de n'avoir rien entendu. Mais Octave apporta la précision nécessaire :

– Un parti antidreyfusard, dit-il en ricanant. Depuis que la Cour de cassation a déclaré recevable la révision du procès, les patriotes se réveillent et sonnent le clairon.

– Encore des désordres en perspective, déplora Francisque Colomier.

Cyril tapotait sa cuillère en argent contre la table, bouillant intérieurement de voir que sa décision ne produisait pas plus d'effet. Il n'attendait évidemment aucun soutien de sa mère, puisque le cercle saint-simonien depuis le *J'accuse* de Zola défendait le capitaine. N'était-elle pas une de ses fidèles suffragettes de la section féminine ? Mais son père, tout de même… Suffirait-il de le titiller pour qu'il sortît de son mutisme ? À la vérité, Cyril avait besoin de se sentir conforté. À ses yeux, le choix était juste et, pour cette fois, les Colomier ne pouvaient faire défaut à l'appel patriotique contre les ennemis de la République, comme il disait, y jetant pêle-mêle Picquart, Blum, Jaurès, Octave Mirbeau, Anatole France…

– La révision va conduire à la réhabilitation de Dreyfus, dit Silvius. Cette affaire est cousue de fil blanc. Le bordereau était un faux grossier. Ce n'est pas sans raison que le colonel Henry s'est suicidé. Démasqué, il n'avait d'autre choix pour sauver le peu d'honneur qui lui restait. Quant à Estherhazy que l'autorité militaire a couvert, lui, il a préféré prendre la fuite. Que vous faut-il de plus pour admettre, comme je l'ai toujours fait, que Dreyfus est innocent ? Innocent ! répéta-t-il.

– Devrai-je supporter ces allégations à notre table ? clama Cyril en se levant.

Le patriarche fit signe à son fils de se rasseoir. Mais il refusa catégoriquement.

– Quand Andromas aura quitté la table ! s'écria Cyril.

Roxane affichait une raideur froide, le regard baissé sur son assiette. Silvius l'observa un court instant à la dérobée. Il n'attendait rien d'elle, pas plus que la première fois. Son silence d'alors l'avait tellement intrigué qu'il s'était interrogé, après coup, sur le bien-fondé de son amour.

Mais le maître insista en tapant avec la pointe de son couteau contre le verre en cristal.

– Ce point, dit-il, je vous le concède, Silvius Andromas. Vous avez vu juste. Dreyfus est innocent…

– Qu'est-ce donc qui vous a convaincu, père ? Le brûlot de Zola ? Cet infâme écrivaillon anarchiste est un ennemi de la France. Ses œuvres ne cessent d'exposer les tares d'une société qu'il juge malade. On devrait le guérir, cet homme-là, de la manière forte, en lui plantant un couteau en plein cœur.

M. Colomier se dressa à son tour, jetant vivement sa serviette sur son couvert, prêt à quitter la pièce.

– Dreyfus est innocent, répéta-t-il. Voilà ce que pensent les Colomier. Et je ne veux voir aucune tête qui dépasse. Telle est ma volonté. On se rangera à mon avis ou on cessera d'être un Colomier, menaça-t-il.

Il fit le tour de la table, vint poser sa main sur l'épaule de Silvius.

– Sur l'affaire, vous avez vu juste… Quant à l'avenir de notre maison, je suis navré de vous le dire, mais vous faites fausse route.

Il se retira, précédé par le majordome qui lui ouvrait les portes, les unes après les autres, puis alla s'enfermer dans son bureau à double tour en laissant la consigne de n'être dérangé sous aucun prétexte.

Après cette sortie théâtrale, personne n'osa commencer le repas. Et Abigaïle remballa les couverts en maugréant.

– Décidément, tu deviens encombrant, mon pauvre Silvius, lui glissa Roxane.

Andromas se retint de répondre. Il se sentait désemparé et possédé par l'ennui. Ce dimanche de neige était encore plus triste que tout ce qu'il avait connu à Fontbelair, même dans la pire période de son enfance.

« Mon père était un barbare dans son genre, pensa-t-il, mais au moins, avec lui, les inextricables situations se dénouaient toujours dans un accès de colère et de violence. Ici, les haines et les ressentiments durent et perdurent jusqu'à épuisement, dans le non-dit, l'hypocrisie et la duplicité. »

Adèle s'en vint tourner autour de lui alors qu'il se rendait dans la chambre de Jade.

– Je sais ce que vous ressentez, Silvius. Vous pensez que vous n'avez pas votre place parmi nous. Pourtant, je reste persuadée que vous avez fait entrer dans notre maison une bouffée d'air frais. L'odeur de moisi qui nous submerge devient insupportable. Si bien que je ne comprends pas pourquoi Roxane n'est plus de votre côté. Ce n'est pas ce pauvre gigolo de Prénat qui va la faire grimper au plafond bien longtemps.

Silvius éclata de rire et Adèle y adjoignit sa bonne humeur. Elle se refusait à prendre le moindre événement au tragique. Son haleine flairait le porto. Elle en avait sans doute abusé, ce qui la rendait un brin volubile.

– J'ai eu plusieurs conversations avec ma fille. En avançant en âge, elle devient plus bête que je ne pensais. J'ai voulu l'intéresser aux choses sérieuses de l'existence, mais elle refuse de grandir. Ça se complaît dans les fanfreluches, le tape-à-l'œil, la gaudriole. Oui, la gaudriole même. Moi qui pensais que ces petites aventures sans lendemain lui passeraient, je me suis trompée. À croire qu'elle a le vice dans la peau. Mais ce ne peut être tout à fait le cas, rassurez-moi.

Andromas lui accorda volontiers ce doute.

– Son père me trompe avec sa secrétaire, la Lazarette ! Comme les hommes sont faibles et stupides lorsque leur rapport au monde descend au-dessous de la ceinture.

Adèle se força à rire tandis que Silvius la fixait avec inquiétude. C'était donc ça, la secrétaire dans le lit du maître et l'épouse flouée jouant l'âme bienveillante. « Décidément, pensa Silvius, il faut qu'elle ait bu plus que de raison pour me faire un tel aveu, comme si d'épouse trompée à mari trompé se noue une solidarité effective. » Ces complaisances bourgeoises lui soulevèrent le cœur. En fixant le quai de Saône sous la neige, il se persuada que ce théâtre de vaudeville où se jouent les destins des grands personnages de ce monde n'était point fait pour lui, et que s'il s'était laissé dévorer dans un premier temps, il recouvrerait vite sa liberté de décision.

– Tout ça me fait pitié, murmura-t-il.

– Il ne faut pas, reprit-elle avec son sourire caressant. Ayez confiance en…

Mais il la supplia de ne plus lui servir le discours réchauffé du parc de la Tête-d'Or.

Il monta dans sa chambre, embrassa sa fille, puis se glissa furtivement dans l'alcôve qui lui servait de cabinet de travail depuis que le couple faisait chambre à part. Forcément, l'espace vital s'était réduit de moitié. Il s'enfonça dans son fauteuil, jeta les pieds sur son bureau et s'assoupit.

À l'approche du soir, Abigaïle vint frapper à sa porte.

– Une lettre pour monsieur, dit-elle d'un ton pincé.

Depuis que le couple s'était séparé, la gouvernante avait pris fait et cause pour Roxane. Comment lui en vouloir ?

La pauvre femme ne savait rien de leur histoire, ou juste ce que lui en avaient dit Cyril et Octave, des racontars.

Il déchira vivement l'enveloppe. C'était la réponse de Romain Pleynet. Elle n'avait point tardé. Et il jubila à l'avance de ce qu'il allait découvrir.

Monsieur Andromas,

Votre concours m'est précieux. Je sais enfin ce que pense mon cher associé et le peu de cas qu'il fait des idées novatrices dont nous serons tôt ou tard comptables devant nos employés. Si nous perdons notre position, ce sera pour la nouvelle génération d'entrepreneurs. Ainsi va l'histoire des hommes. Les vieilles énergies corrodées laissent place aux nouvelles qui se lèvent. Je ne doute pas que vous appartenez aux nouvelles.

Recevez mon bon souvenir.

À bientôt, si Dieu le veut,

Romain Pleynet

16

Eugénie Andromas fut appelée le 16 décembre à présenter ses travaux devant les membres de la société d'anthropologie de Lyon. Sa conférence se nommait fort humblement *Notes sur le site préhistorique de La Baume (Ardèche).* Pour la circonstance, Geoffroy Daremberg avait retenu la salle Linné dans le musée des Bénédictines. C'était un lieu assez vaste pour accueillir une cinquantaine de chercheurs rassemblés dans une société savante qui recouvrait des activités aussi distinctes que la démographie, la criminologie, la médecine vétérinaire ou la science naturaliste... Mais il se trouvait surtout dans l'assemblée tout ce que la société lyonnaise comptait de préhistoriens, dont le plus célèbre d'entre eux, Ernest Chantre. C'est à lui, du reste, qu'il revint, en tant que membre fondateur et secrétaire général, de présenter la jeune institutrice.

À la vérité, Daremberg avait dû batailler contre les vieilles barbes pour imposer un chercheur qui n'était autre qu'une femme, car l'auguste assemblée était des plus misogynes. Elle n'avait jamais accepté la présence d'un jupon, et se conformait au modèle des clubs anglais interdits aux femmes.

Le mot « préhistorienne » n'était point encore entré dans la langue française. Aussi négligea-t-elle d'épiloguer sur ses qualités. Eugénie se définit comme une simple institutrice d'une petite école de l'Ardèche. Néanmoins, elle rendit hommage à l'abbé Bessac, inventeur de La Baume et préhistorien amateur.

– Mais une discipline qui n'en est qu'à ses balbutiements n'est qu'une science d'amateurs..., affirma-t-elle du haut de son pupitre, ce qui souleva quelques soupirs et sarcasmes discrets.

Lorsqu'elle entra dans le vif du sujet et qu'elle décrivit ses travaux, le silence s'imposa enfin.

Elle aborda la description des fameuses peintures rupestres avec simplicité. Cela n'était pas dans sa nature d'extrapoler et de bâtir des théories qui ne fussent point vérifiées et corroborées par quelques autres observations dans les sites voisins. Eugénie reconnut volontiers son ignorance, là où l'ignorance était généralement admise.

– Si l'on n'y prête attention, on pourrait aisément passer devant ces peintures sans les voir, ou plutôt n'en distinguer que des traits confus et inorganisés, expliqua-t-elle. Mais à l'aide d'un éclairage rasant, une simple lampe promenée le long de la paroi de droite à gauche et de bas en haut, se révèlent, en creux et en bosses, des formes intelligemment utilisées et interprétées par nos artistes du paléolithique et rendues vivantes par moult traits et couleurs. Une harde de rennes, une frise de bouquetins, un troupeau de mammouths ou d'aurochs... Une faune en mouvement sur la paroi d'une chapelle édifiée par la nature, telle est la figure mythologique de l'homme primitif. S'agit-il d'une offrande à des dieux inconnus ? D'une peur conjurée par sa représentation symbolique ? Ou le balbutiement d'une activité artistique, tel un dessin d'enfant progressant au fil des années ?

Lorsque Mlle Andromas regagna son pupitre, s'inclinant devant son auditoire, le silence s'étira en longueur. Elle n'espérait point d'acclamations ni même d'encouragements. Elle n'espérait rien, sinon se retirer le plus discrètement possible par une porte dérobée. Elle mesurait enfin l'audace qui l'avait portée dans la salle Linné. Et rouge de honte, elle se recula, cherchant un trou de souris pour disparaître. Puis un, puis deux, puis trois applaudissements retentirent, timides au départ, comme de juste, car on n'avait jamais cru que cette petite institutrice pût apporter la moindre opinion nouvelle sur le sujet. Chez ces savants, le bruit avait circulé qu'un curé de campagne avait couvé le secret de La Baume. Un secret qui, divulgué, risquerait d'endommager la foi… Mais ici, on était tous positivistes, si bien que les réticences d'un prêtre, tout aussi respectable qu'il fût, soulevaient plus de raillerie que de déférence. C'était tout à l'honneur de cette jeune institutrice d'avoir trahi le secret de Bessac. Et pour le coup, ça méritait bien quelques bravos.

En quittant le musée des Bénédictines par la petite porte, Daremberg lui jura son admiration. Eugénie ne sut discerner si le professeur se moquait d'elle ou s'il était sincère. Mais peu lui importait au fond. Elle avait réussi son pari, produire une communication devant quelques sommités, elle, la petite institutrice de Largentière, sortie des bas-fonds de l'Ardèche, de la crasse ignorance.

« En voici un qui doit me maudire dans son enfer », pensa-t-elle en donnant le bras à son ami. Et elle éclata d'un rire ininterrompu. Daremberg lui demanda pourquoi elle riait ainsi.

– Tu ne pourrais pas comprendre, mon ami, dit-elle. Je sors d'un monde où les nobles pensées sont des fautes. J'aurais dû obéir au commandeur de Fontbelair et croupir dans la fange, parmi les miens, des bouffeurs de curés, de papistes. Mais, voilà, je suis devenue agnostique par les livres et le savoir. C'est pourquoi j'ai désobéi à Bessac. Entre l'obscurantisme et la lumière, je préfère la lumière quitte à me brûler les ailes, comme Icare.

C'est alors que deux petites larmes s'en vinrent éclore sur le bord de ses paupières. Mais celles-ci étaient si discrètes, comme les vraies douleurs de l'âme, que Daremberg ne les vît pas. Cela lui évita les questions inutiles. Eugénie songeait à Pauline, couchée sous la terre froide. Et comme elle ne croyait pas au bénéfice de la prière, elle lui rendit ce singulier hommage en laissant son chagrin s'épancher dans la raideur obscure de son corps tremblant, presque détaché de la main amie qui le voulait reprendre.

Ils descendirent vers le quartier Saint-Paul par le pont de la Feuillée. Sur l'autre rive de la Saône, Geoffroy Daremberg l'invita à entrer dans un bouchon de la rue Lainerie, à deux pas du Temple. Il commanda un vin chaud parfumé à la cannelle. Au moment de le déguster, ils trinquèrent. Eugénie ne comprenait toujours pas pourquoi elle avait suivi le professeur dans le vieux Lyon, sa chambre d'hôtel se trouvant rue du Plat sur la presqu'île, c'est-à-dire à proximité de Bellecour.

Son exposé l'avait éreintée. L'énergie que celui-ci avait exigée d'elle semblait désormais se diluer dans une apathie réparatrice. L'épreuve franchie, elle pouvait s'abandonner aux forces du hasard qui la portaient et dont son chevalier-servant tirait avantage. Car elle le voyait venir, le professeur, avec son sourire enjôleur. Mais c'était une douceur, comme un nectar, qu'elle avait envie de butiner par petites touches appuyées.

– Le secrétaire général m'a assuré que ta communication serait publiée dans le bulletin de la société. Voici qui te placera au premier plan, ma chère.

– Je n'ai pas ressenti la même chose que toi.

– Tu ne me crois pas ?

Eugénie l'observa avec une attention soutenue. Elle aurait aimé accorder sa confiance à cet homme. Certes, il avait obtenu d'elle ses faveurs, cela ne la garantissait pas pour autant de la perfidie masculine.

– Comment pourrais-tu croire que je me moque de toi ? Tant de défiance me blesse.

L'institutrice s'amusa de ses airs offusqués.

– Entre nous deux, il y a une romance d'un genre sexuel, n'est-ce pas ?

Daremberg saisit la main d'Eugénie pour s'assurer qu'elle ne lui serait pas rétive. Elle se laissa prendre sans résistance, frôler, caresser.

– C'est une curieuse manière de nommer les sentiments, dit-il.

– Pourquoi ? Je ne te manque pas à ce point ? Tes lettres sont rares, tes visites inexistantes. Et ce que nous avons fait après la visite de La Baume m'a laissé augurer quelques perspectives. Mais les hommes…

Elle se mit à sourire, puis préféra couper court sur ce chapitre galvaudé. Après tout, quoi qu'elle voulût laisser paraître, que savait-elle des hommes ? Pour l'heure, elle n'avait connu que Geoffroy Daremberg. Ce sentiment de ridicule la tint sur la réserve.

– Qu'attendons-nous l'un de l'autre ? interrogea-t-il. Pour rien au monde, tu ne quitterais ton poste de Largentière et moi, que deviendrais-je loin de Lyon où se trouvent tous mes amis et toutes mes ambitions ?

– Et une femme sans doute ?

Le professeur garda le silence. Eugénie n'eut pas la bêtise d'insister. Ce qu'elle ne pouvait s'imposer, comment l'obtenir de Daremberg ?

Après le dîner, le couple s'emmitoufla chaudement, Eugénie dans sa robe manteau en laine peignée surmontée d'une pèlerine gris anthracite et Daremberg dans une redingote croisée en velours bleu nuit. La neige avait cessé de tomber et, au pied des collines de Fourvière, où se déployait la vieille ville, le froid était pénétrant la nuit venue. La brume épaisse sentait la crasse charbonneuse des cheminées, une odeur âcre et lourde qui prenait à la gorge. Dans ces moments, Eugénie regrettait Largentière où l'air était pur et sec. Mais le professeur la rassura en lui disant que son appartement était tout proche et qu'elle pourrait y venir. Il eût pu ajouter « pour y passer la nuit », mais s'en dispensa, la sachant plutôt susceptible.

Le professeur habitait rue Saint-Jean dans un des imposants immeubles adossés à la colline. De la fenêtre du salon, on jouissait d'une vue dominante sur la façade arrière du palais de justice, avec ses hauts murs jaunes, griffés du bleu gris des marnes.

– Pourquoi avoir fait l'impasse sur le trésor des huguenots ? demanda Daremberg en lui tendant un verre de cognac. Tu as fort bien parlé des fouilles qui ont mis à jour une monnaie de petit bronze à l'effigie de Constantin. Parfait. Et aussi des os de rennes dont certains ont été fracturés par la main de l'homme pour en extraire la moelle dont les magdaléniens étaient friands, paraît-il… Mais La Baume au moment des guerres de religion, rien, pas un mot.

Eugénie contemplait les ammonites de différentes tailles que le professeur avait disposées sur des présentoirs.

– Où les as-tu trouvées ?

Elle en prit une et l'examina.

– À la Voulte, n'est-ce pas, dans les carrières ?

– Tout à fait, reconnut-il.

– Et sur le plateau des Gras ?

– Bien sûr.

– Et lors de ces fouilles, tu as oublié de venir me voir ?

Daremberg tourna la tête de côté.

– Ne fais pas l'enfant, professeur.
– Je ne fais pas l'enfant, se défendit-il.
– Tu as le visage d'un gamin fautif. C'est drôle, très drôle. Mais ça n'a aucune importance. Après tout, ajouta Eugénie en vidant son verre de cognac, je suis venue ici pour tout autre chose.

Cette réflexion parut libérer en lui une pulsion érotique qu'il contenait jusqu'alors. Brutalement, Daremberg lui prit la taille et l'attira contre lui. Elle se laissa conduire, comme si son corps se trouvait détaché ou séparé de son esprit. Eugénie ne s'aimait guère. Ses fesses, ses hanches, ses seins, son ventre, tout la dégoûtait. Une détestation qui était le résultat de l'éducation puritaine de Théodore. Mais contre toute attente, Eugénie était parvenue à s'affranchir de cette répulsion par une sorte de sublimation de l'acte sexuel que lui avait enseignée le professeur Daremberg. Même si ce n'était pas un foudre de guerre sur le terrain de la volupté, il avait éveillé en elle un champ insoupçonné, si fortement que les réticences de son adolescence se trouvaient reléguées au second plan.

– Ne nous posons pas trop de questions. *Carpe diem*, murmura-t-elle tandis qu'il se débattait avec sa jupe, sa sous-jupe, son panty…

Eugénie ne lui apporta aucune aide. Au contraire, elle prenait plaisir à s'abandonner à ses gestes maladroits. Le déboutonnage du corset n'en finissait plus, tant elle paraissait se complaire à le voir ainsi s'escrimer. « Un corps de femme se doit de résister à l'empressement du désir par une longue séance de déshabillage, pensa-t-elle. La facilité tue le désir, tant l'homme se satisfait promptement d'un corps de femme. »

Cette fois, contrairement à celle de Largentière, Eugénie prit les initiatives. Elle conduisit les gestes de l'amour avec autorité. Daremberg se laissa mener au plaisir comme un petit garçon. Et lorsqu'elle retarda ses élans, il la trouva bien cruelle, un brin perverse même.

– Tu ne crois pas me posséder aussi aisément. J'attends un peu de délicatesse de toi, cher professeur.

Il se mit à rire au moment où elle dirigea ses gestes.

– Il n'y a pas de quoi rire, idiot. Le plaisir, c'est sérieux.

– Ce sont des jeux d'anandrynes que tu me demandes là.

– Encore ? Décidément, c'est une obsession. Je crois me connaître suffisamment pour tenter quelques hardiesses. Un homme, ce n'est pas seulement un vit, non ?

Le professeur acquiesça et obéit aux commandements de la belle institutrice dévergondée.

– Toi, tu me demandes ça ? C'est une spécialité de maison close…

– Hélas, releva-t-elle en feignant de pleurnicher, tu as fait de moi ta putain personnelle, mon cher Geoffroy.

17

Printemps 1899

Romain Pleynet s'était découvert une passion dévorante pour les voitures automobiles. Il avait acquis en premier lieu une Levassor, mais cet achat ne lui avait guère apporté de satisfaction ; il trouvait que la conduite par un pivot de direction était malaisée, alors que d'autres constructeurs comme Daimler et Benz avaient déjà opté pour le volant, autrement plus maniable. Peut-être n'était-ce pas la véritable raison ; il y avait fort à parier que M. Pleynet estimait que, dans la bonne ville de Lyon, il y avait trop de Levassor. Alors, il opta pour la toute première version d'une Daimler Phoenix de quatre cylindres. Autant dire un monstre de puissance et de vitesse. Avec ses hautes roues à rayons et ses pneus caoutchouc, sa calandre imposante et robuste, ses cinq places confortables sur des banquettes de cuir bien rembourrées, la Phoenix était un engin révolutionnaire et possédait toutes les qualités du landau à cheval victorien : souplesse, aisance, grâce… M. Pleynet pouvait enfin se montrer dans sa ville, sans rougir, car posséder la voiture de tout le monde lui était devenu insupportable.

Lorsque l'industriel avait jugé qu'un homme fortuné et de bonne éducation ne se pouvait compromettre à piloter lui-même sa voiture, le plus difficile avait été de transformer son cocher en conducteur. Mais Marcel n'eut guère le choix. « Je vous paye grassement, mon cher, et si vous voulez que votre salaire augmente, il faudra se faire au moteur à explosion. Après tout, vous y gagnerez considération et satisfaction. N'est-il pas flatteur de conduire un bijou comme celui-ci et de ne plus devoir bouchonner la croupe des chevaux ? » Le chauffeur avait vite compris qu'il ne serait pas de bon ton de rechigner au travail, même si cette acclimatation à la vie moderne lui procurait quelques frayeurs.

À peine achetée, Romain Pleynet se fit un point d'honneur de montrer sa Phoenix à son associé. L'événement se produisit Puits-Gaillot devant le siège de l'Union. Sur le coup, Colomier ne reconnut pas, sous sa casquette de cuir et ses grosses lunettes, son collaborateur. Il s'approcha craintivement de l'équipage. Le moteur grondait comme un lion et la mécanique indocile l'effrayait plus encore.

– C'est un engin ridicule, mon cher Romain. Vous verserez au premier virage et il en sera fini de vous. Est-ce donc une idée de votre âge ?

Pleynet ôta ses lunettes et les ajusta sur le haut de sa casquette.

– Je vis avec mon temps. C'est vous qui êtes en retard, Francis.

– Je ne crois pas que ces machines bruyantes, fumantes et pétaradantes occuperont encore longtemps nos rues.

Sur une injonction de son maître, Marcel coupa l'alimentation et le moteur s'arrêta en tressautant. Pleynet descendit sur le marchepied. Il s'y tint en équilibre, dans son ample cache-poussière de toile jaune, savourant son effet. Car on s'attroupait déjà devant la voiture rutilante dont les chromes dorés flambaient à la lumière vive du printemps.

– Pourquoi avez-vous l'esprit ainsi obscurci lorsqu'il s'agit de l'avenir ? demanda Romain Pleynet. Souhaiteriez-vous que rien ne change, vous aussi ? Mais cela ne se peut être. Il faut marcher résolument vers l'avenir, mon cher Francis, même si la tentation est grande de nous retourner incessamment sur notre passé.

M. Colomier se tenait sagement au bord du trottoir, sa secrétaire auprès de lui, dans un tailleur en drap de laine indigo dont le col et les revers étaient agrémentés d'un velours brodé. L'ensemble des découpes était souligné, fort élégamment, de satin noir. À la vérité, M. Pleynet n'avait d'yeux que pour elle. « Il n'est que dans ses mœurs que mon associé est résolument moderne, se dit-il, à l'endroit de ses plaisirs et de ses amusements mondains. Pour le reste… » Pleynet s'approcha pour les saluer. France Lazaret se montra quelque peu distante et même condescendante. Ainsi laissait-elle entrevoir le peu d'estime que son amant vouait d'ordinaire à son associé et, en se croyant obligée d'épouser sa cause, démontrait-elle, hélas, la petitesse de son esprit.

– Vous l'avez bien dressée, celle-là, marmonna Pleynet dans sa barbe.

Mais Francisque feignit de ne pas l'entendre, la surdité étant un des talents de la bonne éducation.

– N'est-ce pas prodigieux ? s'exalta Romain. Sous ce capot (et il en flatta les contours d'une caresse, comme s'il se fût agi de la croupe d'une jument), nous logeons quatre chevaux. Inépuisables ceux-ci. Increvables, insista-t-il avec un sourire amusé.

M. Colomier toucha de la pointe de sa canne les pneus, comme s'il voulait en tester la résistance.

– Et sur de mauvais chemins, comment nous en sortons-nous ? En ville, bien sûr, faire de l'automobile est aisé, mais au col de l'Escrinet ?

Il se mit à rire. C'était un vieux souvenir. Ce lieu le

hantait encore parce que sa fille y avait croisé, pour la première fois et pour le pire, son futur mari.

– Les édiles y pourvoiront, mon cher, en nous offrant de bonnes routes carrossables.

M. Pleynet tapota sur l'épaule de son associé avec une familiarité qui avait l'heur de déplaire à Colomier et dont il usait à dessein.

– Vous devriez être content, dit Francisque, même Marinchard a acquis une voiture. C'est une De Dion-Bouton. Je ne sais si elle vaut la vôtre ou si elle lui est supérieure. Comment savoir du reste ? Il nous faudrait entreprendre une course sur le boulevard du Sud. Voici qui nous ferait un moment de délassement. Ne croyez-vous pas, cher associé ?

France Lazaret se dandina en pouffant de rire. Colomier ne se déplaçait plus sans elle, l'abandonnant toutefois à la porte du directoire. Dans le conseil des marchands de soie, il n'y avait que des hommes. Les secrétaires n'y étaient pas admises et encore moins les maîtresses.

Les membres de l'Union écoutèrent attentivement l'exposé de Marinchard sur l'évolution du marché de la soie. C'était laborieusement détaillé avec force chiffres. En résumé, il fallait retenir que toutes les mesures législatives tendant à subventionner la sériciculture n'avaient pas réussi à relancer la production. Celle-ci s'amenuisait peu à peu, au fil des années. De huit à neuf millions de kilos de soie grège produits en France, on était passé à six ou sept millions. M. William Fouque, représentant le Lyonnais, indiqua que l'État français faisait pourtant un réel effort pour encourager les éducateurs, la Trésorerie générale mettant à disposition des sériciculteurs entre cinq et six millions de francs pour les départements de production. Marinchard expliqua alors, non sans cynisme, que les primes aux éducateurs compensaient les déficits créés en réalité par la baisse des cours sur la soie grège.

– Sans ces primes, reconnut le président de l'Union des marchands de soie, nous serions contraints d'acheter les cocons plus cher. Nous devons nous en féliciter et pousser le ministre des Finances Paul Peytral à augmenter les aides à la sériciculture. Ainsi, nous sera-t-il loisible de fléchir les cours afin que notre négoce demeure concurrentiel avec l'Italie…

Ces quelques mots furent vivement applaudis.

– Qu'importe le sort des magnaneries françaises pourvu que notre négoce demeure florissant, persifla Colomier. N'est-ce pas l'essentiel ?

Il y eut quelques réactions outragées du côté des négociants, ce qui amusa Colomier. Et ce dernier ne put s'empêcher d'ajouter :

– Lucides mais pas cyniques pour un sou, nos chers confrères, ajouta-t-il en forme de boutade.

Le maître du Comptoir des Jacobins était réputé pour ses saillies. Quelquefois, celles-ci étaient appréciées, quelquefois décriées. Le marché était trop nerveux et déprimé pour qu'on s'en félicitât, même si par ailleurs les marchands faisaient des marges lucratives sur ces désordres.

Mais la soie serait-elle naturelle *ad vitam aeternam* ? Depuis les premières expérimentations du comte Hilaire de Chardonnet, on parlait de plus en plus de soies dites artificielles, c'est-à-dire produite à partir de fibre chimique. M. Lamy, un autre marchand, associé à Girard, en vint à reconnaître que l'avenir finirait par donner raison à la soie artificielle et que celle-ci concurrencerait le marché actuel. Marinchard et Bonnet convinrent de dire que cette production n'était pas encore pour demain et que l'industrie lyonnaise aurait le temps de s'y préparer.

À ce moment, Colomier quitta le conseil. Il en avait assez entendu. Chaque fois qu'on parlait de l'avenir, Francisque tirait sa révérence. Il n'était mot plus honni à ses yeux, plus détestable. Peut-être le craignait-il au fond de lui-même. Peut-être soupçonnait-il que le temps des maîtres nouveaux allait arriver avec leurs noms barbares, telle que « rayonne » ou « viscose »… Mais il se rassurait à sa manière en se disant que les esthètes, tous les esthètes, ses frères d'âme et d'esprit, appartenaient à l'ancien monde et qu'il s'en trouverait toujours assez pour acheter sa soie. Peut-être feraient-ils chorus pour l'aider à combattre les contrefacteurs – c'était ainsi qu'il nommait ces futurs imitateurs d'organsin.

Heureusement que Francisque Colomier avait déserté inopinément l'assemblée des marchands du temple lyonnais, cela lui évita d'entendre un long exposé de son associé sur la soie de Madagascar, produite par la fameuse araignée halabé. Car M. Pleynet n'avait point renoncé à entreprendre son exploitation sur l'Île rouge elle-même. La situation nouvelle sur ce lointain continent de l'océan Indien permettait enfin toutes les audaces, depuis qu'il était devenu en 1895 un protectorat français. Mais M. Pleynet parut un brin idéaliste lorsqu'il expliqua qu'il fallait trois mille cinq cents vers pour faire une livre de soie et vingt-deux mille araignées pour produire la même quantité.

Des quolibets parcoururent la salle, des ricanements, des soupirs, et l'industriel se découvrit bien seul. Il quitta lui aussi l'auguste assemblée.

– Bon courage ! s'écria M. Fouque.

– Des primes pour les Malgaches ! fit le vieux député Prénat en tétant son gros cigare.

– Ils en auront besoin, les pauvres diables…, ajouta Bonnet.

– Qu'en pense Lyautey ? demanda Marinchard.

Mais sa solitude lui fut d'un grand réconfort. Dans ces moments, son Montaigne lui venait en aide. « Épouser une opinion, même au prix de sa vie[1] », cita-t-il de mémoire. « Ce qui importe, c'est de poursuivre un rêve. Sans rêve, la mort triomphe. Se pourrait-il que nos amis de l'Union soient déjà morts à force de compter leurs sous, de profiter du désordre des marchés, de discutailler sans fin sur l'unification du numérotage des fils ou sur le titre de la soie grège et ouvrée déterminé par le poids en demi-décigramme d'une longueur de quatre cent cinquante mètres ? Laissons cela aux fonctionnaires, aux comptables, aux épiciers... Et allons vers des terres nouvelles où tout reste à faire... »

En s'installant au café de la Gaule, à sa place attitrée, il s'aperçut aussitôt que Francisque Colomier avait eu la même idée que lui, profiter de cette fin d'après-midi pour prendre un peu de distraction. Il lui fit signe par miroirs interposés. Sur le coup, le négociant des Jacobins parut irrité. En face de lui, France Lazaret roulait des yeux effarés. Mais le perturbateur de cette belle scène d'amoureux n'y fut guère sensible. Au contraire. Il s'en amusa en s'approchant du couple.

– Francis, je voulais justement vous voir.

– Vous me voyez, non ? Nous ne faisons que ça, bon Dieu, nous voir.

– Seul à seul.

– Ne vous ai-je pas dit que je n'avais aucun secret pour France ? Ma secrétaire gère toutes mes affaires, bien mieux que je ne le ferais. Tout ça m'ennuie. À la longue, la routine finit par user son homme. Et vous avouerais-je, mon cher Romain, que mon avenir est derrière moi ?

Il se mit à ricaner sur son bon mot. Mlle Lazaret gardait

1. « Toute opinion est assez forte pour se faire espouser au pris de sa vie. » Michel de Montaigne, *Essais,* I,14.

la tête baissée. Son chapeau à plumes bordait d'une frange d'ombre son regard.

– Alors, si nous ne pouvons nous entretenir ensemble de notre affaire, il faudra que ce soit maître Lamerdieu qui nous convoque...

Colomier sursauta sur son siège.

– Qu'est-ce donc ?

Pleynet ne répondit pas. Mais il profita de ce court silence de stupéfaction pour ôter ses gants et les jeter vigoureusement dans son chapeau haut de forme renversé sur la table.

– Il s'agit de notre association, Francis.

Colomier fronça des sourcils. Il hésitait à congédier sa secrétaire. Elle avait pris tellement d'ascendance sur lui qu'il ne trouvait plus ce courage élémentaire. Comme elle était assurée de son pouvoir sur le malheureux homme d'affaires, qu'elle émoustillait chaque après-midi de cinq à sept, au Grand Hôtel, dans la suite Rose, Lazaret n'imaginait même pas qu'elle pût embarrasser son vieil amant. Il attendit qu'elle s'éloignât, mais France n'en fit rien. Alors Pleynet s'assit à côté d'elle, l'obligeant tout de même à se déplacer quelque peu.

– Que voulez-vous Pleynet ? Qu'avez-vous encore imaginé ? Vieux fou.

Romain resta de marbre. Son regard se tenait un peu haut, ainsi qu'on contemple le monde, parfois, de l'air détaché et hautain des gens supérieurs. À la vérité, il méprisait Colomier depuis que ce dernier avait renoncé à courtiser l'avenir. Il ne voyait plus en lui qu'un rentier comptant ses titres et visitant ses coffres au Lyonnais. « Riche encore, riche toujours. Faisons sauter le champagne ! » Combien de fois avait-il entendu cette stupide réflexion ?

– Notre association a été scellée, il me semble, en 1875. J'ai apporté l'usine du Chariot-d'Or, héritée de mon père

Pierre-Auguste, et sept millions de francs or. La mise de fonds de l'époque représentait au bas mot trois millions et demi. Depuis cette époque, notre affaire a capitalisé plus de vingt millions. Je veux mettre un terme à notre contrat, récupérer ma mise de fonds et la quotité du capital que celui-ci a engendré durant ces années d'activités.

M. Colomier passa une main sur son front pour en ôter les perles de sueur que cette annonce avait occasionnées. Une si vive émotion l'étreignait qu'il resta ainsi de longues minutes, sans voix.

– Avant toute chose, se reprit-il, je voudrais connaître l'avis de William Fouque.

– Je me fiche de Fouque et de ses fouqueries. Maître Lamerdieu a dressé un état de ma participation et celle-ci me paraît incontestable. Sinon, mon cher, il y a toujours les tribunaux, n'est-ce pas ? Le premier idiot venu ne pourrait que constater à la lecture du contrat et des avenants que ma mise fut cinq fois supérieure à la vôtre. Je compte donc partir avec quatorze millions, au moins.

– Vous êtes fou ! Fou à lier, Romain. Mon cher Romain, vous ne pouvez m'assassiner de la sorte.

– Quoi ? Il vous restera près de dix millions, sans compter votre Comptoir des soies. Et si cette belle affaire de la place des Jacobins est florissante, vous le devez à mon usine du Chariot-d'Or et au capital placé qui vous a permis d'obtenir des emprunts garantis.

– Et le conseil d'administration ?

– Il acquiescera à mon départ. Que pourrait-il faire d'autre ?

Lazaret boudait en silence. Elle découvrait que la fortune de son amant n'était pas aussi vaste qu'elle ne l'avait espéré. Fouque l'avait induite en erreur en lui faisant croire que l'associé était quantité négligeable dans l'affaire.

Devant la mine déconfite de Francisque Colomier, elle se risqua enfin à ajouter que la rupture de contrat intervenait au plus mauvais moment.

– Nous avons emprunté, ces derniers temps, pour entrer sur le marché américain, dit-elle. Ce déploiement est vital. Et il n'apportera ses fruits que dans trois ou quatre ans… On ne peut étouffer dans l'œuf une si belle aventure, vous ne croyez pas, monsieur Pleynet ? Cela vous amuse-t-il donc tellement de nous porter ainsi un coup d'épée au flanc ?

Romain ne tourna même pas le regard vers elle. Il fixait toujours Colomier avec gravité.

– Je ne me donnerai pas la peine de relever cet affront ! dit-il.

– Quel affront ? insista-t-elle.

– Je vous en prie, Francis, faites taire votre péronnelle. Ordonnez-lui d'aller jouer ailleurs. Depuis quand sont-ce les maîtresses qui font tourner les boutiques ? Pauvre Francis, vous me faites pitié.

Mais Colomier demeurait hébété. À la vérité, il se reprochait de n'avoir su écarter Lazaret à temps. Son entrée intempestive n'avait fait qu'empêcher une franche explication entre les deux hommes. Désormais, celle-ci aurait lieu dans l'étude d'un notaire, ce qui ne serait pas le meilleur endroit pour négocier une séparation à l'amiable.

M. Pleynet sortit aussitôt, l'air furieux, bougonnant sa colère. Mais une fois qu'il fut dans sa voiture et que son chauffeur eut démarré la Phoenix de deux coups de manivelle, il fut pris d'un fou rire, si intense que celui-ci dura, dura, jusqu'à la place Bellecour où il ordonna à Marcel d'arrêter la Daimler. Il avait envie de marcher un peu, de respirer à pleins poumons. Il se mit à agiter les bras, faisant des tourniquets pour leur redonner quelque souplesse.

Marcel était au pied de la voiture avec sa peau de chamois.

C'était la consigne, faire briller les cuivres, le vernis de la carrosserie. Il s'exécutait en guettant du coin de l'œil son maître qui allait et venait sous les tilleuls.

« Voici que j'entre enfin dans ma seconde vie, se disait Pleynet, fort enjoué et excité par cette perspective nouvelle. Pourquoi ai-je tant attendu ? Par distraction, dix ans de ma vie se sont envolés. N'ai-je pas toujours été ainsi, peu regardant sur le temps qui passe ? Mais ai-je perdu mon temps sans que je puisse m'en repentir ? Ce serait suffisance que de croire que mon existence puisse être précieuse au point que les grandes choses que je projette de réaliser un jour ou l'autre soient écrites dans le ciel. Si je ne les ai devancées, c'est bien qu'elles ne sont pas si urgentes. Négligées et perdues, se reprocha-t-il en rajustant son haut-de-forme. Alors, il faut partir, prendre le chemin qui m'attend, sans me retourner », se convainquit-il en marchant d'un bon pas.

L'invitation se voulait insistante, aussi impérieuse qu'un ukase. De toute façon, elle avait touché profondément son destinataire. M. Romain Pleynet convoquait à sa table Silvius Andromas et pas à n'importe quelle table, comme chez La mère Guy à la Mulâtière où l'industriel avait l'habitude de déjeuner quelquefois, ou encore au restaurant Morateur, rue Gentil, non au saint des saints, à la Montée des Anges, Villa des térébinthes !

Auscultant sa garde-robe, Andromas ne dénicha rien qui pût lui convenir. Depuis sa rupture avec Roxane, il n'avait acheté aucun nouveau costume. Ceux que sa femme lui avait offerts au temps de leur amour triomphant étaient déjà passablement usés, voire même démodés ; parfaits pour un petit courtier ou un modeste commissionnaire du Comptoir des soies dans ses activités ordinaires, mais ridicules pour un dimanche chez Pleynet.

« Cela fait négligé et passablement nécessiteux pour un employé à quinze mille francs annuels, se dit-il en jetant un à un les complets sur son lit. Et si je dois me montrer dans cet accoutrement, autant rester chez moi. Mais je dispose de fonds suffisants pour me payer une tenue élégante et à la dernière mode… Au diable ce complexe qui paralyse tous mes élans, quand il s'agit de rompre avec la monotonie de l'existence. Une chance ne se néglige pas. On la saisit résolument et on ne l'abandonne plus. »

Au moment de quitter son appartement de la rue Juiverie par la sortie des domestiques, il se reprocha ses vilaines pensées contre ses misérables origines, au temps où il n'avait de quoi se vêtir. Et tout lui revint à la suite, les ombres maléfiques et les blessures d'orgueil : Pauline dont il n'avait pas assez pleuré le départ, Eugénie qu'il ne voulait ni voir ni entendre, et sa pauvre mère à laquelle il reprochait toujours de ne l'avoir pas assez aimé… « Faut-il honnir famille et passé pour s'en affranchir ? » se demanda-t-il, le visage appuyé contre la porte. Et de rage, Silvius se mit à marteler le bois jusqu'à ce que ses poings en fussent meurtris.

Puis il descendit au bord du fleuve. Une odeur de vase flottait sur les eaux basses et attiédies par les premières chaleurs printanières. Les doucereux relents de poiscaille lui rappelèrent sa rivière d'enfance où, allongé sur le fond d'une barque, il humait les odeurs qui avaient imbibé le bois. Mais la Saône était aussi le réceptacle des miasmes domestiques. Il y flottait des cordons de rats aux débouchés des égouts, et le remugle des eaux usées excitait des essaims d'insectes.

Dans le quartier des commerces, vers la rue de la

République, il trouva de quoi refaire sa garde-robe pour trois mille francs. C'était une coquette somme, mais l'événement méritait qu'on déboursât un peu. Il s'offrit deux redingotes à larges revers en drap de laine, l'une bleue et l'autre grise, deux gilets de soie assortis avec un col châle à la mode fin de siècle. Les pantalons, assez étroits, affinaient sa silhouette et, comme Silvius était de haute taille, la coupe lui parut convenir au premier regard sur la psyché. Mais il fut plus exigeant pour sa tenue de soirée. Après moult essayages, son dévolu tomba sur un habit de ville trois pièces en drap côtelé noir dont la veste était croisée. Il y adjoignit une chemise blanche en soie avec plastron amidonné, col cassé, nœud papillon. Dans une boutique voisine, il s'acheta des bottines boutonnées de cuir verni et de daim. Il acquit également chez Plassard un chapeau haut de forme en finition poils de castor. C'était un style nouveau pour lui, car il n'avait osé jusqu'alors se montrer aussi chiquement couvert bien qu'il en eût eu souvent le désir.

« Me voilà enfin déguisé en bourgeois, se dit-il en ajustant le chapeau sans parvenir à se trouver une tête intéressante. Le paysan ressortira toujours sous la soie, le feutre ou la lustrine… » N'était-ce pas son père qui lui serinait à ses heures que le destin d'un homme est irrémédiablement entaché par sa naissance ? Se pourrait-il qu'un jour, par miracle, elle se montrât oublieuse ? se demanda-t-il en revenant au bercail.

Au moment de paraître à la table des Colomier, Silvius réalisa enfin que, pour la première fois, il avait osé faire ses achats sans ne rien demander à personne. Cet accès d'indépendance lui fit toucher du doigt qu'il avait accompli un pas de plus dans son éloignement avec Roxane.

– Enfin une image de ma personne qui ne lui devra rien, marmonna-t-il.

Et sans parvenir à comprendre sa réaction, il se sentit triste, si triste, qu'il dut quitter la table.

Jade, qui approchait de ses quatre ans, vint se blottir dans les bras de son père. Elle parlait comme un livre, déjà. C'était une petite fille trop sage à ses yeux, un peu mélancolique, chagrinée sans doute par les disputes, ou pire encore les longs silences de ses parents. Ce soir-là, Jade lui reprocha de n'être pas assez souvent auprès d'elle. Il ne sut que lui répondre, n'étant lui-même guère rassuré sur son devenir. Et cette fois encore, il comprit l'ascendance que sa mère avait prise sur Jade, car Roxane disposait de tout le temps nécessaire pour veiller sur elle, partager ses jeux et la conduire, chaque jour, en promenade vers le cours du Midi. Lui, il restait l'éternel absent, tant le travail l'accaparait au Comptoir. À la vérité, la discorde le poussait à rentrer dans l'appartement de la rue Juiverie le plus tard possible et à n'y séjourner que pour de brefs moments.

– Papa-fantôme, disait-elle. Tu es mon papa-fantôme. Je te préférerais en papa-magicien.

– Plus tard, tu comprendras, ma petite Jade, disait-il d'un air rêveur.

Forcément, la réponse n'était pas de nature à l'apaiser. Elle ne faisait que renforcer son incompréhension du monde adulte. Du reste, Jade jugeait que sa petite maman en était encore préservée, puisqu'elle, assurément, était sa vraie magicienne. Elle l'amenait chaque samedi au théâtre de Guignol des frères Neichthauser, quai Saint-Antoine.

18

Jusqu'au jour béni, Andromas se garda bien d'annoncer la nouvelle à quiconque, même à son ombre dont il n'était plus très sûr, bien qu'il se sentît bouffi de fierté à l'idée de gravir les marches de Fourvière et d'atteindre le temple dont les visiteurs étaient triés sur le volet.

On ne pourrait comprendre l'enthousiasme de Silvius sans évoquer l'importance de Romain Pleynet. L'industriel était l'une des figures marquantes de la ville, qui n'en comptait guère plus de quatre ou cinq. D'un certain point de vue, Colomier n'était point parvenu à se hisser à son niveau de notoriété. Celle-ci est souvent dictée par des facteurs moraux, voire humanistes. Il ne suffit pas d'étaler sa richesse pour gagner l'estime de ses pairs, parfois en perdre une partie pour une noble cause fait plus encore.

En reprenant l'affaire de son père, Romain Pleynet avait travaillé à la concorde sociale dans ses ateliers. Lui aussi avait été traumatisé par la lutte des canuts, par la guerre civile qui s'était déchaînée à la Croix-Rousse. Le sang des ouvriers et le déchirement des familles avaient enseigné au jeune homme d'alors que l'ouvrier devait bénéficier d'une part de la richesse si l'on voulait éviter à l'avenir que l'histoire ne se répète indéfiniment. Le jeune industriel soyeux œuvra dans ce sens. Chacune de ses interventions, de ses décisions, se trouva ainsi frappée de ce sceau. Tant d'engagement contre les idées reçues lui valut la disgrâce des siens. Mais il se montra opiniâtre dans la défense de cette thèse selon laquelle la mission et l'honneur d'un patron se résument à donner du travail et à payer ses ouvriers. Le reste, les crises successives, les concurrences sauvages, les récriminations des conseils d'administration et des banques, ne serait que l'affaire et l'unique affaire des entrepreneurs. « À se plaindre, on se dévalorise et on tue le marché, disait-il souvent. Il n'y a aucun avantage à justifier ses faiblesses sur le dos des autres. La faute aux éducateurs de vers à soie, la faute aux tisseurs, la faute aux marchands... C'est tout ce que j'ai entendu dans ma longue vie. Mais moi, savez-vous, ces *lamentis*, je leur réserve le plus grand mépris. »

Une telle réflexion illustrait bien la nature de M. Pleynet, un homme riche qui ne se laissa jamais tenter par la politique. C'était une de ses fiertés, cette froide posture du sage qui ne se voudrait être en aucun cas juge et partie dans la querelle sociale. Il se tenait donc à son poste, attentif aux innovations et, hélas, souvent désespéré par la lenteur des mutations techniques dans les ateliers et les usines. Il avait compris que l'origine des crises était dans ces mutations. Seraient-elles bénéfiques à l'ouvrier tout autant qu'au patron ? Ou finiraient-elles par les dresser, encore une fois, l'un contre l'autre ?

Avant de monter à Fourvière, Silvius hésita longuement. Mettrait-il sa tenue de ville et son chapeau haut de forme ou se contenterait-il d'une redingote bleue et d'une coiffe passe-partout ? Un canotier par exemple ? Il opta finalement pour une vêture simple, craignant de paraître plus parvenu qu'il n'était. Son esprit le tenait à l'écart de ces tentations. Sans doute l'éducation protestante de son père.

Il loua un cabriolet vers les cinq heures de l'après-midi et ordonna au cocher de le conduire à la Montée des Anges.

C'était une chaude soirée de printemps, où les belles de la place Bellecour paressaient dans les allées au bras de leurs maris. Il y avait un air de nonchalance sur les visages. Et pour un peu, Silvius se fût pris aussi à ce jeu, s'il n'avait eu en poche l'ukase qui le ramenait à ses obligations.

Après la gare Saint-Paul, la montée était rude. Andromas avait laissé négligemment pendre un bras hors de la portière. À mesure qu'on s'élevait vers Fourvière, au pas cadencé du cheval, la végétation enserrait les bords de la chaussée et venait parfois frôler le landau. Il lui suffisait de tendre la main pour grappiller quelques feuilles de noisetier ou de saule. À mi-parcours, le cocher dut s'arrêter pour laisser passer un cab décapoté. Puis l'allure reprit sur le pavage bombé de la route.

Silvius se retourna pour observer le panorama. On pouvait ainsi embrasser la cité, de la Tête-d'Or à la Guillotière, suivre les cours du Rhône et de la Saône se côtoyant sans se connaître encore. Cette vue lui était coutumière ; il en profitait chaque fois qu'il montait à la Croix-Rousse, près du gros caillou où les familles aimaient à se faire photographier.

Il avança dans l'allée ombreuse. La végétation dévorait le ciel et des odeurs d'herbes sauvages flottaient dans l'air. Il ne pouvait se perdre bien qu'il ne fût jamais venu en cet endroit près des Carmes-Déchaussées et du passage Gay. Le paysage avait été chamboulé au moment de l'édification de la basilique et de la tour métallique. Mais sur cette crête, dans son écrin de verdure, la villa se cachait sous des cèdres bleus, des pins noirs, des cyprès affûtés, des hêtres centenaires, des marronniers et des ormes exubérants, dont le couvert végétal se mêlait continûment ; seule l'allée en bon pavage, qui rassurait sur l'état du lieu bien ancré dans la civilisation citadine, mais à l'écart du monde tout de même, contredisait cette impression de forêt profonde et impénétrable, profitant de sa liberté sur ce balcon luxuriant où la ville assurément ne viendrait jamais.

Au détour du passage, une pelouse avait été ménagée. On y avait installé des massifs d'hortensias, de camélias et de rhododendrons, à l'abri des ombrages, et plus loin, là où la lumière faisait son office, une roseraie soumise par des arcs métalliques.

Enfin, Silvius repéra ce qu'il cherchait, la demeure des Pleynet, ou du moins ce qu'il en devinait derrière son écran de verdure. D'évidence, ici, la nature avait été affranchie volontairement. Sans doute, les Pleynet éprouvaient-ils un saint respect des arbres, au point de n'en élaguer les débordements. Cela courait dans tous les sens et proliférait à l'envi. Silvius songea que ce désordre de la nature ne correspondait pas au style de vie du propriétaire. Et une seconde, il fut pris d'un doute. Se pourrait-il qu'il se fût trompé de lieu ? Mais il avait bien lu sur la plaque en porcelaine du portail, près du chemin, *Villa des térébinthes*. Il avait su par quelques indiscrétions que le lieu devait son nom à la prolifération au bord de la falaise de Fourvière de vieux pistachiers térébinthes, empourprés et odorants à la belle saison.

La demeure était de facture 1830, d'une architecture inégale et relâchée, comme si l'on avait privilégié la commodité à la joliesse, sachant qu'elle ne serait pas destinée au seul plaisir de la vue. Il y avait une partie haute avec une tour carrée, dans le style des magnaneries cévenoles. Cela même qui eût pu passer pour une faute de goût ne revêtait ici guère d'importance, l'architecture se jouant du contraste et de la déclivité du terrain qui l'enveloppait et des masses végétales qui l'encadraient. Les fenêtres d'imitation Renaissance et les corniches de style Empire offraient un ensemble baroque. Il y avait de la beauté dans ces fantaisies, dans les murs en pierre jaune et ocre veinée de bleu. C'était la pierre du vieux Lyon, celle qui avait servi à bâtir les immeubles de la rue Saint-Paul.

À peine Silvius eut-il abordé les premières marches de la terrasse que Romain Pleynet sortit pour l'accueillir en costume de flanelle. Sa chemise ouverte sur la poitrine laissait paraître un débraillé naturel qu'il adoptait volontiers dans sa villa de Fourvière. À cette seconde, Silvius reconnut qu'il avait été bien inspiré de se vêtir sans excès.

– Venez que je vous présente à ma chère Eudeline, mon jeune ami ! s'écria l'industriel d'un geste enveloppant.

Puis il le conduisit dans son salon, au bout d'un long couloir orné de peintures anglaises dans le style Gainsborough avec des portraits de comtesses en chapeaux extravagants, des scènes champêtres en habits de fête, des paysages chahutés par une bourrasque ou un violent orage… Comme son visiteur prenait le temps d'observer ces toiles, Pleynet se retourna et dit d'une voix enjouée :

– Tout ça est dans le goût de ma sœur. Elle a vécu un grand amour dans le Suffolk. Un homme bien plus âgé qu'elle…

Il parlait à voix basse pour que la dame en question ne pût l'entendre. Ces indiscrétions embarrassaient Silvius, tandis que son hôte semblait y prendre un malin plaisir.

– Et qu'est-il advenu ? demanda Andromas.

– Après sa disparition, Eudeline est rentrée en France. C'est elle qui a fait bâtir la Villa des térébinthes, selon ses goûts. Ça ne vous a pas surpris, ce style cottage au milieu d'un jardin anglais ? Nostalgie ! Nostalgie ! s'exclama Romain.

Dans le salon orné de bois et de dorures, les ouvertures étaient agrémentées de draperies gazon gothique, fines, délicates et flamboyantes dans leurs couleurs printanières.

Silvius se laissa prendre au charme excentrique du décor. Peut-être les meubles n'étaient-ils pas très originaux, plutôt hétéroclites, contrairement à la rue Juiverie où les styles s'accordaient d'une pièce à l'autre dans un souci d'ordre et de cohérence, mais la fantaisie des Pleynet rendait l'atmosphère plus chaleureuse. On sentait que les habitants de ce cottage lyonnais prenaient plaisir à vivre dans un tel lieu et qu'il avait été aménagé de la sorte pour satisfaire des goûts sophistiqués.

Eudeline-Mildred Pickock ressemblait à l'un des portraits du couloir : une comtesse blonde à anglaises dans une robe à volants et rubans de dentelles. La quarantaine passée, elle offrait un visage ingrat avec un nez trop prononcé pour une femme, les joues passablement couperosées.

Les présentations furent vite expédiées tant Eudeline-Mildred Pickock paraissait désagréable de prime abord. Elle possédait, semblait-il, un caractère exécrable qui s'exprimait dans sa manière hautaine d'observer ses visiteurs. Silvius n'échappa pas à la règle ; tout nouvel arrivant à la Villa des térébinthes devait subir son examen de passage.

Bien que Romain Pleynet fît des éloges sur son invité, elle resta sur la défensive. Elle condescendait parfois à poser un regard sur lui, le trouvant sans doute bien jeune pour intéresser son frère. Mais aux premiers mots prononcés par Silvius, elle comprit pourquoi Romain s'était attaché à lui.

– J'aurais tant aimé me faire accompagner de mon épouse, mais nous sommes en froid en ce moment…

– Ah ! vous êtes en froid, reprit Eudeline en appuyant sur le mot « froid », comme s'il contenait à lui seul la réponse à la question qu'elle se posait : l'histoire des couples était-elle éternellement la même, une affaire de chaud et de froid ?

Eudeline songea alors que ce jeune homme si triste et

désemparé ressemblait à s'y méprendre au Romain d'autrefois, lorsque sa première femme l'avait abandonné et qu'il s'était retiré du monde pour cacher son chagrin. « Les hommes ne sont jamais ce que l'on croit, songea-t-elle. On les imagine armés contre les passions humaines, alors qu'un chagrin les abat pour la vie et que cette vilaine souffrance n'en finit jamais d'expirer dans leurs âmes tourmentées. »

– Vous vous souvenez de Roxane Colomier, n'est-ce pas Mildred ? (Il avait coutume de la nommer par son deuxième prénom anglais que son mari lui avait donné à son installation dans le Suffolk.) Une enfant gâtée, capricieuse, et un brin immature, à ce qu'il me semble.

Il se tourna vers son invité.

– Ne m'en veuillez pas de la décrire aussi sévèrement, mais il est parfois des vérités bonnes à entendre.

Silvius lui répondit par un sourire de connivence. Même s'il l'aimait encore, à la folie, rien d'elle ne lui était étranger.

– Il ne faut jamais se marier trop vite, dit Mme Pickock. La passion amoureuse est un mirage. Chacun y voit ce qu'il a envie d'y voir. Et lorsque l'illusion tombe, nous sommes à nu, mortifiés. Vous aussi, vous en savez quelque chose, Romain.

M. Pleynet détourna la tête. Il n'aimait pas qu'on parlât de lui, et à la vue de ce mouvement d'impatience, sa sœur le comprit promptement.

– Notre ami a fait un bon mariage qui lui a apporté quelques satisfactions, dit Pleynet. Ensuite, les choses se sont gâtées. Trop vite, cependant, et sans raison apparente. À croire que les sentiments de la jeune Roxane n'étaient guère affirmés. Serait-ce le genre de la maison ?

Il s'éclaircit la voix. Celle-ci avait la fâcheuse tendance à s'éteindre lorsqu'il ne la tenait pas assez haute. M. Pleynet avait l'habitude de parler bas, sans inflexion. C'était le signe de son autorité dans la société où il n'avait nul besoin de s'égosiller pour se faire respecter.

Puis Romain évoqua avec mille précautions le destin de son invité, ses origines, son ascension sociale. À ce moment, Eudeline invita Andromas et son frère à s'asseoir sur la terrasse pour profiter du soleil. Ils tirèrent chacun contre le mur de la maison un fauteuil en rotin et s'y laissèrent glisser mollement. Entre-temps, Mildred avait commandé à ses domestiques, une cuisinière et un serviteur, du thé et du café et une carafe de cognac et de chartreuse.

– Peut-être espérez-vous, jeune homme, la reconquérir ? questionna-t-elle.

– En effet, dit-il.

– Qu'est-ce donc qui pourrait la ramener à vous ? C'est un des plus beaux sujets romanesques que je connaisse. D'ordinaire, les hommes se lassent, parce qu'ils font passer l'orgueil avant la passion. Mais il n'est que la passion qui importe dans une vie. Au fil du temps, ce sont les seuls regrets qui demeurent en nous, n'avoir su préserver ses passions.

Silvius écoutait Mme Pickock, les larmes au bord des yeux. Elle l'observait toujours d'un peu haut, comme si ses paupières dédaigneuses s'en retombaient à mi-regard. Mais c'était sa façon de voir le monde avec une curiosité hautaine.

– Mais madame, je ne saurais la reconquérir. C'est une étrange impression que la mienne. À ce moment de ma vie, je me trouve au pied d'un obstacle insurmontable. Chez les Colomier, on me rejette. Je n'ai rien fait pour mériter cette disgrâce. Je ne sais même pas, en vérité, si dans cette affaire Roxane a conservé son libre-arbitre. Il se peut qu'on l'entraîne dans ce jeu méprisable.

M. Pleynet, les yeux clos, s'abandonnait aux rayons du soleil. Dans une heure, le rideau d'arbres en masquerait la douceur et l'ombre s'étirerait jusqu'à eux, dans l'apprêt d'une fin de jour avec ses couleurs rose et mauve. Alors, comme chaque fois qu'il séjournait aux Térébinthes, Romain traverserait son décor végétal pour se porter à l'avant-scène de son théâtre personnel, jusqu'au bord de la colline, là où l'on jouissait d'une vue large et sublime sur la ville.

Mildred s'était levée au moment où le majordome avait déposé son plateau sur la table ronde. Elle servit elle-même café et thé. Et l'homme en habit noir se retira aussitôt, une serviette posée sur son avant-bras. Il y avait chez ce majordome du style et de la classe, mais rien qui fût obséquieux, comme dans l'hôtel particulier de la rue Juiverie où la domesticité était contrainte à des singeries de bourgeois parvenus.

– Si vous le permettez, cher monsieur, reprit Mildred, je vous donnerai un conseil. Quittez cette maison. Faites-vous oublier. Ce n'est que par l'absence, quoi qu'il vous en coûte, que la passion de votre épouse se réveillera.

– À la condition qu'elle existe encore.

– Il faut une action décisive, un choc émotif… Sans quoi, elle ne vous entendra plus, elle ne vous verra plus, puisque vous n'êtes qu'un meuble dans le décor, un figurant docile…

Après qu'ils eurent dégusté leur verre de cognac et que Mildred se fut resservie deux fois de sa liqueur préférée, on décida de visiter le parc, en passant par le sentier étroit bordant la colline.

– J'ai la ville à mes pieds, confessa Romain Pleynet avec un air de satisfaction. Contrairement à ce que vous pensez, je suis un homme d'affaires féroce, intraitable.

– M. Colomier dit de vous des choses assez désagréables, avoua Silvius. Que vous êtes un vieux fou. Et Roxane m'a même déconseillé d'entretenir la moindre relation avec vous.

Pleynet se mit à rire. C'était un ravissement que d'entendre ces horreurs sur sa personne.

– Un vieux fou parce que je projette de m'installer à Madagascar ?

– La soie d'araignées.

– Parfaitement, il y a une aventure extraordinaire à tenter dans ce lointain pays. Ce Lyon m'exaspère. Pourquoi, me direz-vous ?

– Je ne sais pas.

– Parce que la ville ne peut plus rien m'apporter, que lassitude et ennui. Que me reste-t-il alors ? Une aventure dans un pays neuf ou la mort. J'ai une tombe qui m'attend à Loyasse, mais je ne suis pas pressé de m'y rendre. Et tout compte fait, si je dois mourir bientôt, que ce soit à l'autre bout de la terre après avoir conquis mon royaume. J'ai trop attendu. Les années me sont comptées.

À la montée du soir, M. Pleynet et son invité s'en retournèrent dans le salon où Mildred les attendait près d'une lampe. Elle lisait un roman de Jane Austen, un verre de chartreuse posé à côté d'elle sur le tapis.

– Ah ! mon cher Romain, vous ne pouvez vous en passer ?

– De quoi donc, Mildred ?

– De votre Lyon, de votre primatiale et de votre Croix-Rousse, c'est une maladie. Moi, je n'y vais plus, là-bas, au bord de la colline. Je ne veux plus la voir. J'ai la nostalgie des chevaux sauvages d'Ipswich.

Un instant, elle demeura immobile, à ausculter le jeu des ombres autour d'elle et le halo des lampes que les domestiques avaient allumées. C'était un moment où ses souvenirs s'en revenaient, chargés d'images qui lui procuraient de vives émotions.

– Mais ici, poursuivit-elle, le paysage a changé en mal, vous dirais-je, Romain, sans que vous puissiez me contredire. Nous ne savons plus bâtir des églises sans faire des monstruosités, comme cette basilique à côté de chez nous. De quoi perdre la foi, si on la possède déjà, ce qui n'est pas mon cas. Croyez-vous que l'Esprit saint puisse habiter un tel sanctuaire ? Qui sont ces dompteurs de pierre ? Des médiocres ne sachant que gâcher du marbre ! C'est lisse et froid comme le matérialisme dialectique, sans âme, sans noblesse. Quand je veux m'imprégner de l'esprit des anciens bâtisseurs, admirer le bel ouvrage, je descends à la primatiale Saint-Jean. On s'y sent porté par le souffle de l'histoire qui, forcément, nous renvoie à notre petitesse. Mais ici, Notre-Dame de Fourvière, c'est l'orgueil et la vanité personnifiés.

Romain se distrayait de ses colères ; il ne comprenait pas d'où Mildred tirait encore autant d'énergie, alors que cette histoire ne méritait guère qu'on s'y attardât.

– Vous verrez, dit-il, les Lyonnais finiront par aimer cette pâtisserie blanche et rose dressée au-dessus de leur ville.

Le serviteur vint annoncer que le dîner était servi. Mildred prit Silvius par le bras et le conduisit dans la salle à manger. Andromas fut impressionné par les tapisseries en points d'Écosse blue-paper. Seule la partie encadrant la haute cheminée en marbre noir était d'une facture différente : un décor lierre et rosiers lianes sur fond de ciel avec, en son milieu, une statue d'éphèbe bucolique, lui-même paré de cordons d'herbe de Saint-Jean. Romain parut s'amuser du regard intrigué de son invité.

– Une idée de ma sœur. Cette tapisserie représente le jardin d'Armide… Une belle magicienne musulmane qui tomba amoureuse d'un croisé de l'Occident chrétien, ajouta Pleynet.

– Il n'est que les passions amoureuses pour nous délivrer de l'ennui, ne trouvez-vous pas ? Renaud et Armide, Tristan et Isolde, Héloïse et Abélard, Orphée et Eurydice…

sans ces amours interdites et ces passions contrariées, que nous seraient la musique, la poésie, la littérature ? Point de chants désespérés, de lamentations, de déplorations. Rien que la banalité des jours…

Durant le dîner, Mildred s'épancha au point d'occuper toute la conversation. Face à elle, Romain n'était plus qu'un petit garçon. Il n'osait ni la contrarier ni l'interrompre. Il la laissait courir sur ses grands chemins romantiques où elle avait toujours aimé batifoler, que ce fût dans les Highlands d'Écosse ou sur les fjords de Norvège. « Ma très chère sœur rêveuse », soupirait-il quelquefois, histoire d'absoudre sa propension à palabrer. Mais Silvius l'écoutait toujours, sans un cillement, avec une attention polie. Cela amusait Pleynet qu'il fût si obéissant devant cette sœur accapareuse.

– Emmenez donc de force votre Roxane à Applecross, là où les dieux celtes faisaient retraite quand ils étaient fatigués des hommes trop dociles et si rarement imprévisibles, ainsi se noient les peuples car l'audace et la fantaisie ne nous ressemblent pas, à nous les humains. De force, vous dis-je, et elle ne vous en aimera que mieux devant cette magie du monde.

M. Pleynet ne savait achever un dîner sans cigare ni alcool fin. Il distribua les cigares après avoir repoussé ses friandises du soir, de petits choux à la crème et des macarons au chocolat. Il alluma celui de son invité après en avoir humecté la cape de cognac. Il fit de même avec le sien, délicatement, s'ingéniant même à la chauffer sous la flamme du chandelier. Il voulait réveiller quelques arômes par ce jeu délicat. Sans doute jugeait-il son voisin incapable de comprendre toute la complexité des infinis plaisirs de la table.

– Colomier fume-t-il toujours ses vilains Juan Lopez ?

– Je crois, monsieur.

Romain laissa échapper de ses lèvres une lente volute, puis s'attarda à la contempler dans la lumière jaune des trois chandeliers posés au centre de la table.

– Il nous tint un jour un fort beau discours contre la cuisine lyonnaise, trop riche à ses yeux et vulgairement goûteuse, si bien que nous n'osions plus manger, tandis qu'Abigaïle pleurait dans son coin.

– Un pervers ! s'écria Pleynet. Un tyran domestique. Le gras est l'ennemi du bourgeois pingre. Mais il est d'autres plaisirs dans sa vie dissolue bien plus coûteux que les fricots de bouchons. Croyez-vous que la langouste à la mayonnaise, le châteaubriant sauce Colbert ou les œufs brouillés aux truffes soient comptés à Mlle Lazaret ? Rien n'est assez riche, fin et délicat pour cette péronnelle. Il la couvre d'or. Voici le vice de cet homme. Mais à la rue Juiverie, on mesure le consommé au tapioca et la purée de pois verts, n'est-ce pas ? Dites-moi que j'ai raison, monsieur Gendre, comme dirait Cyril. Celui-ci est grandiloquent de bêtise et de suffisance. Que ne ferait-il pas pour gagner la considération de son père ? À la vérité, il ne conquerra jamais la moindre estime chez cet avaricieux du sentiment. M. Colomier ne saurait reconnaître la moindre qualité à quiconque, sauf à lui-même. Fuyez, mon cher, fuyez ! Avec Roxane, si elle veut bien vous suivre dans les Highlands ou en Patagonie.

Il déposa la première cendre avec précaution et réveilla la braise de son cigare, sans craindre de l'échauffer. Sa colère ne pouvait gâter son plaisir. Il était maître de ses mots, tout agité qu'il parût, car rien n'eût pu le distraire de la délicate attention qu'il vouait à son cigare. Et Silvius comprit que son jeu était celui d'un comédien affûté, usant des nuances pour réjouir son invité. N'était-ce point tout ce qu'il avait envie d'entendre, le jeune Silvius, cette descente aux enfers d'un homme qu'il avait espéré autrefois imiter ?

Comme Andromas avait laissé son cigare s'éteindre, M. Pleynet lui reprocha cette inconséquence et il prit lui-même soin de le rallumer après en avoir guillotiné le bout amolli de salive.

Mildred avait compris que son heure était passée et qu'on ne lui permettrait plus de divaguer comme elle l'avait fait sans que son frère s'en mêlât. Alors, elle s'effaça sur la pointe des pieds, et se retira dans son salon de lecture. Ce soudain départ parut rasséréner le jeune homme. Mildred avait ce défaut de s'immiscer dans les conversations quand elles étaient décisives.

– Hélas, déplora Silvius, ma condition ne me permet pas d'échapper au clan des Colomier. Je suis rivé au Comptoir des soies comme un forcené. Je ne me plains pas, je gagne quinze mille francs l'an. Et dire que j'ai commencé à travailler chez vous, au Chariot-d'Or, pour un franc cinquante par jour.

M. Pleynet l'observa d'un air grave. C'était tout ce que son chef d'ateliers accordait aux apprentis, une misère. On mettait ainsi les garçons à l'épreuve. « S'il reste, c'est qu'il a la hargne au cœur », disait-on.

– Croyez-vous, monsieur Andromas, que je vous ai invité à la Villa des térébinthes pour évoquer le passé ? Tournez la page de vos rancœurs et de vos amours. Faites place à l'ambition. Un jeune homme comme vous, je suis prêt à le faire entrer dans la carrière.

Silvius l'observa, abasourdi.

– Moi ? Quitter le Comptoir ? Pour gagner quoi ?

Romain éclata de rire.

– Pas un franc cinquante de l'heure...

Mais la réflexion n'eut point l'heur de plaire au jeune coq ardéchois susceptible en diable.

– Deux fois, voire trois fois ce que vous gagnez chez Colomier.

– Vous plaisantez, monsieur ! Ce n'est pas très charitable de se moquer des commissionnaires. Ils n'ont rien, eux. Que leurs boniments pour acheter et vendre de la soie. Les maîtres possèdent les ateliers, les métiers. Les tisseurs sont à leurs bottes. Ils arrêtent les prix, ils imposent les salaires. Ils jettent à la rue qui se rebelle. Car la misère gagne la colline de la Croix-Rousse. Vos exigences font trembler les petits.

M. Pleynet quitta sa table et fit signe à son invité de le suivre. Ils marchèrent sur la terrasse où le serviteur avait allumé les lampes de façade. On distinguait encore les dernières traces du jour, des serpents de soie rouges sur le ciel d'encre.

– J'ai décidé de mettre un terme à notre association. Pleynet se sépare de Colomier. Pleynet récupère ses biens. Et Colomier fera cavalier seul. J'ai décidé de m'installer à Madagascar pour créer une fabrique de soie. Les araignées me rendront heureux. Car je veux prouver à tous ces imbéciles de l'Union que j'ai raison.

– Et votre usine du Chariot-d'Or ? Et tous ces ateliers que vous faites vivre, que vont-ils devenir ?

– Mais, mon cher Andromas, c'est vous qui les dirigerez. Vous serez mon associé à la place de Colomier. N'est-ce pas une belle idée ? Une grande idée ?

La surprise fit place à l'incrédulité. Silvius Andromas ne pouvait s'empêcher de suspecter, derrière cette offre inattendue, un piège, une manœuvre, une stratégie. Comment lui en faire grief, alors qu'il n'avait connu d'autres patrons que les frères Beauchamp, rusés et matois en diable, et Colomier, méprisant et hautain ? Étaient-ils tous issus du même monde, comme le prétendaient les orateurs du cercle social, corrompus par l'instinct de propriété et vermoulus de vieilles idées sur l'inégalité de l'ordre humain ? Longtemps, Silvius avait cru que pour s'élever dans la société, il lui faudrait se fondre dans le moule des conquérants, y puiser leur énergie inébranlable et leur foi aveugle et *a fortiori* imiter ses maîtres et protecteurs, mieux encore, devenir plus cynique et manipulateur qu'eux. Avec de telles préventions, Silvius avait fini par se persuader que sa place au Comptoir des soies exigerait de lui qu'il vouât son âme au diable.

Mais au moment où le jeune homme s'apprêtait à courir sur les brisées de son mentor, Francisque Colomier, Roxane stoppa net son élan. Dans cette solitude intime, il comprit que ses rêves de puissance ne seraient jamais comblés et que son ambition n'était qu'une chimère. Peut-être lui fallait-il louer sa chère Roxane de lui avoir ouvert les yeux ? Mais y aurait-il quelque avantage à devenir lucide ? Car si la lucidité nous éclaire sur nous-mêmes, elle n'est jamais une consolation. Pire, elle s'acharne à nous affaiblir, au point de nous faire regretter le temps où la force aveugle présidait nos actes.

L'entrée en scène de Romain Pleynet effaça d'un coup toutes les rancœurs du jeune homme. En trois mots, l'industriel de la Croix-Rousse avait fait de lui un homme nouveau, prêt à rebondir dans la société lyonnaise. Et si Andromas tempéra son enthousiasme, c'était pour ne pas paraître trop ambitieux aux yeux de son sauveur.

– Tiendrez-vous parole ? demanda-t-il.

– Vous ai-je déjà abusé ?

À ce moment, M. Pleynet sortit le calepin qui lui servait de pense-bête et d'éphéméride. Il donna les dates de ses prochains rendez-vous, rue du Chariot-d'Or. Là, Silvius prendrait possession de son bureau et ensuite se présenterait aux cadres et aux ouvriers.

– Vous connaissez les lieux ?

– En effet.

Silvius songea à Odilon Chavanne avec une petite larme à l'œil. Était-ce sur le sort du vieux canut qu'il pleurait ou sur le sien ? Les deux de toute évidence, ou plutôt l'association des deux, puisque désormais, il était devenu son maître, ainsi, d'une chiquenaude. Telle se dessinait sa nouvelle puissance, par ces signes grâce auxquels les humiliations du passé se dissolvaient d'un coup.

– Ça n'a guère changé au Chariot-d'Or, déplora Pleynet.

– Il faudra y songer au plus vite, assura Andromas.

Le vieil industriel fut touché par cette sorte de fougue qu'il sentit, soudain, sourdre dans la réaction de son futur associé.

– Quant aux conditions de notre association, mon notaire y pourvoira. Vous n'aurez pas à vous plaindre. Même si cette décision me coûte cher, elle me dédommagera de mes servitudes passées. J'étais moi aussi, mon cher Andromas, le souffre-douleur de Colomier. Je faisais le modeste tandis qu'il se haussait du col. J'étais le créatif et lui le productif. (Il se mit à rire.) Dans ce pays, les banquiers et les fins esprits n'ont jamais fait bon ménage. Il suffit de faire irruption avec une idée nouvelle pour que le gardien des coffres vous jette à la rue. Et pourtant, toutes les fortunes ont prospéré sur l'invention des hommes.

Au moment de quitter la Villa des térébinthes, après avoir salué Eudeline-Mildred Pickock, Silvius se souvint de sa promesse. Il tendit à M. Pleynet la lettre que lui avait remise Paule Cervelli au Grand Théâtre.

Sur le coup, Romain fut intrigué par cette enveloppe cachetée. Mais il se retint de l'ouvrir.

– De quoi s'agit-il ?

En deux mots, Silvius raconta les circonstances qui l'avaient placé dans l'obligation de jouer les messagers.

– Je regrette de ne l'avoir fait plus tôt, mais…

– Je comprends, dit Pleynet pour couper court à la conversation.

Plus tard, dans son bureau, Romain trancha le rabat avec un coupe-papier. Il en sortit une feuille manuscrite qu'il lut attentivement.

– Mon Dieu, comment est-ce possible ? murmura-t-il.

Et il la rangea dans le tiroir de son bureau, qu'il ferma de deux tours de clé.

19

Hiver 1900

Était-ce une mauvaise idée que cette visite au maire de Chauzit ? Un propriétaire qui n'avait jamais été du côté des Andromas, plutôt un adversaire… Mariette avait longtemps hésité. « La faim fait sortir la louve du bois, se disait-elle. Heureusement, je n'ai plus de petits à nourrir. Et ce qu'il adviendra de moi, de Fontbelair et de la magnanerie est désormais à la grâce de Dieu. »

Arsène Chautard l'avait fait attendre, « la parpaillote » comme il l'appelait, près du mirus. Dehors, il gelait à pierre fendre. C'était une consolation. Pouvoir se réchauffer un peu.

– Tu dis que t'as plus de bois ?

Mariette hocha la tête de droite à gauche. Ça lui écorchait l'âme de devoir répondre. Ça l'humiliait d'avouer que Fontbelair était au bout du rouleau, que la misère chantait sur la colline l'éternel refrain.

– Non, je n'ai pas l'habitude de prier, fit-elle. Ça n'apporte rien de lever les yeux vers le ciel.

– Qui t'a demandé de prier ?

– Je viens voir si on peut m'aider. C'est tout.

– Mendier ? questionna Chautard. C'est pas dans les habitudes des gens de chez vous.

– De quoi tu parles, Chautard ?

– Dans ta religion, on souffre en silence.

– Et dans la tienne, on ne prend pas en pitié son prochain ?

– Dans la mienne…

Il s'arrêta, à court d'idée. Il n'était pas curé. Il ne savait pas.

– J'peux rien.

– Ma prime ?

– Quelle prime ?

– La prime à la sériciculture, tu me la dois !

Chautard farfouilla dans ses papiers, histoire de se donner une contenance. Il réfléchissait à ce qu'il allait répondre. Ce n'était pas dans les usages de bousculer un maire comme ça, jusque dans la salle de sa mairie. Car une Andromas, ça ne s'était pas encore vu qu'elle vienne mendier un peu d'argent pour manger. Mais dans le fond, il se réjouissait de la voir à ses pieds, la veuve de Théodore, l'homme qu'il avait le plus haï au monde. Mais elle, pourtant, la Martelet, il n'avait rien contre elle, sinon qu'elle avait été du clan d'en face. C'était suffisant pour ne rien donner.

– C'est un fait que t'as rien déclaré. Maintenant, c'est trop tard.

– J'ai vendu cinquante kilos de cocons. Ça me fait dans les cent francs de prime.

Arsène Chautard éclata de rire.

– Cinquante kilos ! C'est une misère. Mieux vaut arrêter, pas vrai ?

Mariette baissa la tête.

– Pour combien de graines ? insista le maire.

– Cinquante grammes, dit-elle d'une petite voix éperdue.

Chautard leva les bras au ciel.

– Cocuron a fait quatre-vingt-dix kilos pour trente-cinq

grammes de graines. Et c'est moyen déjà. Une petite chambrée de rien du tout. Mais le champion, écoute ça, Mariette Andromas, c'est Salvatier au Cellas : quatre cents kilos de cocons pour cent grammes de graines. Lui, il a eu droit à une prime exceptionnelle de cent quatre-vingt-dix-huit francs.

– C'est surtout un des tiens, Chautard, répliqua Mariette. Deux poids, deux mesures.

Le maire se leva de son siège. Il en avait assez entendu. Ce n'était pas le genre à supporter les remontrances. Mais la veuve Andromas resta chevillée à sa chaise. Elle croyait sans doute que sa détermination finirait par faire plier le bonhomme, tout opiniâtre et partisan qu'il fût.

– Je veux mon dû. C'est tout, dit-elle. Mes cent francs.

– Il y a plus rien. On a tout distribué, dit-il. Les primes, ça se donne en septembre et non au mois de janvier. Même que je pourrais faire un petit geste, ajouta-t-il malicieusement. Un bon pour le percepteur, de quoi voir venir… Mais je le ferai pas. Parce que tu le mérites point. T'entends, Mariette Andromas ?

Le bonhomme ricana dans sa moustache. C'était une leçon qu'il avait apprise du sénateur Pradal lui-même : porter le fer directement pour décourager l'importun.

– Mais pourquoi je ne le mérite pas ? Ne suis-je pas une citoyenne comme les autres ? Mon pauvre Théodore a toujours fait ses corvées. As-tu eu à te plaindre de lui ? Qui est-ce qui a entretenu le chemin de Valgrande ? Avec des pierres que nous avons fournies !

Chautard faisait les cent pas. Il se sentait sur des charbons ardents. Soudain, il se décida :

– C'est rapport à Théodore. On était pas du même bord.

– Et alors ? La justice c'est la justice.

Il se tint, bras croisés, devant elle, la toisant avec insistance.

– Tu as mauvaise réputation. À cause de l'autre, l'Italien !

– Fausto ? Mais il est parti de chez moi depuis belle lurette. Maintenant, il travaille aux carrières de Banne.

– Ça a fait jaser dans le pays, votre petit commerce.

– Quel commerce ?

– Tu pouvais aller la fleurir, la tombe de Théodore…

Mariette quitta aussitôt la mairie. Elle n'avait plus de chagrin pour personne, encore moins pour elle-même.

– Heureusement que tu ne t'aimes pas, ma pauvre fille, marmonna-t-elle en remontant la rue de Chauzit.

Pendant ce temps, Chautard se frottait les mains. Il était fier de son coup, fier d'avoir chassé la parpaillote de l'antre républicain. Il n'avait plus qu'à aller colporter la nouvelle au café Charmille. C'était une sacrée affaire que la chute de Fontbelair. On en avait vu venir les prémices, du côté des agents d'affaires d'Aubenas. On ne tarderait pas à vendre pour payer les créanciers. Et déjà il se trouvait quelques acquéreurs sur les rangs, prêts à débourser pour s'offrir la magnanerie. Il y avait de quoi refaire de belles chambrées, bien exposées. De plus, la plantation de mûriers était en bon état, sans compter celle de châtaigniers à Valgrande qu'on avait laissée à l'abandon après le départ de Gianno Fausto.

Pendant ce temps, arc-boutée sous le vent glacé descendant du Coiron, Mariette grimpait la côte à petits pas. Quand elle fut devant le calvaire, elle s'arrêta pour reprendre sa respiration. Ces derniers temps, le souffle lui manquait. En vérité, elle se sentait faible. Son dernier repas remontait à mercredi dernier, c'est-à-dire trois jours. Elle avait appris à dompter sa faim et les éblouissements de fatigue.

« Mon Théodore avait bien raison de s'en venir pisser ici, sur la croix, se dit-elle. C'est Dieu tout de même qui a voulu que notre maison tombe dans la misère. Même que je l'ai prié, tout mon soûl, pour rien. Même que j'ai prié la Sainte Vierge… Et rien n'est venu. Est-ce que ça existe, tout ça ? » Puis elle cracha sur le calvaire, deux fois, trois fois, rageusement. Et elle repartit vers le chemin creux. Ici neige et glace s'étaient incrustées dans les cailloux et les galets. Ça faisait une jolie patinoire. Elle avançait prudemment. « Manquerait plus que je me casse une patte, bon Dieu ! » Elle se mit à rire en pensant à Chautard. « Dieu le punira ! » Puis elle se ravisa en mesurant la stupidité de sa pensée. « Puisque ça n'existe pas un ciel miséricordieux pour nous, les pauvres ! »

En vue de sa magnanerie, elle s'arrêta le souffle coupé. De sa poche elle sortit un couteau et taillada une branche de genévrier. Elle ôta l'écorce et suça le bois vert. Ainsi calmait-elle sa faim par de petites trouvailles de cette sorte.

« Me reste plus qu'à frapper aux portes pour demander un peu de pain et de lait. » Sur le coup, elle éprouva de la honte à s'être laissé prendre par une telle idée. Mariette venait d'oublier – sa mémoire lui faisait défaut ces derniers temps – qu'elle avait déjà quémandé de quoi manger chez Charassol, chez Perdurier, chez Devidal… Au début, on avait répondu à sa demande par trois fois rien. Mais chaque semaine, c'était trop. « Et ta fille, l'institutrice de Largentière, elle peut pas t'aider, bon Dieu… Comme si nous étions riches. Le froid et la misère, c'est pour tout le monde… » Il se trouva même Pélegrin – un vieil ami de Théodore celui-là, un compagnon de beuverie – pour lui lâcher les chiens.

À Fontbelair, elle tenta de ranimer le feu de l'âtre, mais il ne restait plus que trois bouts de braise sous la cendre. Elle devait courir sur ses terres pour trouver du bois mort. Mais cela faisait des semaines et des semaines qu'elle glanait dans le maquis de quoi faire un feu. Aussi lui fallait-il élargir son territoire de recherche pour en dénicher. Et transporter sur son dos cette charge, la plupart du temps gorgée d'humidité, brisait ses dernières forces. Elle s'arrêtait cent fois, et repartait à pas chancelants. Ses chenets garnis, la flamme haute et la braise en abondance, elle avait droit enfin à un peu de repos. Elle s'enroulait dans une couverture près de l'âtre et cherchait le sommeil. C'était le seul moment où ses douleurs s'atténuaient, celles du corps et celles de l'âme.

Cet après-midi-là, Mariette repartit vers les hauts de Cujols, dans la garrigue. Elle visita ses collets près des falaises, mais les lapins étaient plus malins qu'elle, mieux nourris et plus vifs. Peut-être ne savait-elle point poser les lacets. À moins que le sort s'acharnât encore sur elle. « Quand Dieu vous ignore, répétait-elle, inutile de lutter. » Combien de fois, ainsi, désespérée et sans force, elle avait songé s'allonger sous un vieux pin pour la dernière fois. « Peut-être qu'il me viendra en aide ? Ou qu'il fera comme pour ma pauvre Pauline, qu'il a laissée plonger dans la rivière… »

Chaque fois que Mariette songeait à Dieu, elle crachait en l'air. Mais le crachat lui retombait sur la tête. Et ça la faisait rire encore, cette idée saugrenue, que Dieu était indifférent à sa petite rébellion de gueuse. Le curé de Merle, qu'elle avait vu une semaine plus tôt, lui aussi, était resté de marbre devant sa détresse. « Je veux bien vous confesser, dame Andromas, mais que de péchés à absoudre… Vous rendez-vous compte ? » Il lui avait parlé de Théodore et de Pauline. Souvent dans ses prières, paraît-il, il recommandait leurs âmes au Seigneur. « Et vous, priez-vous pour eux ? » Elle n'avait pas répondu. « Quant à Eugénie, elle vous a fuie, et votre fils aussi. Ce ne sont pas de bons enfants, ça. L'on dit en Ardèche : *Coumo lous pouns, vun gasto l'aoutré*[1]… »

1. Ils sont comme les fruits, l'un gâte l'autre.

De sa gibecière, elle sortit une serpe et trancha quelques pieds de genêt. Chaque coup lui arrachait des geignements rauques. Mariette forma ainsi, patiemment, en économisant ses forces, un fagot. Elle le lia et le chargea sur son dos. Mais c'était une charge encore trop lourde pour elle, si bien qu'elle versa sur le côté. Le visage contre terre, elle chercha son souffle qui ne s'en revenait pas. Mais qu'importe, Mariette avait l'habitude de ces longs passages à vide où son corps ne lui obéissait plus. C'était une affaire de patience.

Sur la garrigue, le vent du nord agitait les cades, les buis et les cistes, brossait le *baouco* sur la pierraille blanche. Le ciel était blanc et cotonneux avec des vagues de gris. « Peut-être la neige, bientôt », pensa-t-elle. Et elle se souvint des hivers à Saint-Agrève avec ses chemins et ses routes coupées par les congères. Il y avait du bonheur à se laisser dorloter près de la cheminée, à tisonner le feu et à écouter le chuintement du bois sous la flamme ardente. C'était la respiration des longs hivers avec ses leçons de patience. « Même que ce sera mon dernier, se dit-elle. Pourquoi lui résister ? Les beaux jours me sont interdits, puisque je n'ai plus de rameaux pour faire monter les vers. »

Elle fut prise par des quintes de toux, l'une suivant l'autre, plus forte et tenace. Ainsi, dans ces moments de faiblesse, retrouvait-elle la barre douloureuse qui l'étreignait sous la poitrine. Pourtant, Mariette eut la force de se redresser. Elle s'assit sur une pierre plate, cherchant l'équilibre qui lui faisait défaut. « La faim sans doute », se dit-elle. Et elle porta à ses lèvres un brin de thym qu'elle se mit à mâcher. Il y avait de quoi brouter sur cette garrigue, du serpolet, du romarin… La pitance des chèvres. Elle passa la main sur son visage. La burle montait par degrés, coup de chien après coup de chien. C'était un temps de Saint-Agrève et il fallait se hâter de rejoindre un abri. Elle prit alors cette résolution de s'en redescendre à Fontbelair par la pente raide, même s'il lui faudrait enjamber quelques murs. Elle chargea le fagot et repartit, chancelante. Mariette se parlait d'une voix entrecoupée, se parlait de Théodore qui avait dit, lui, qu'il ne verrait pas le nouveau siècle. Et en vérité, il avait vu juste, le misérable, puisqu'il s'était suicidé en 1894. « Et moi, je l'ai vu se lever ce nouveau siècle, la belle affaire ! On s'en souviendra de l'année 1900. » Elle traversa la châtaigneraie alors que la brume montait des fonds. Son pas l'emportait toujours plus vite qu'elle ne voulait, surtout avec le fagot sur les épaules. Puis elle atteignit ses premiers mûriers aux couronnes de bois arachnéennes tendues vers le ciel.

Mariette s'arrêta net. Elle comprit que sa maison était trop loin pour aujourd'hui. Elle contempla le ciel, écouta le vent, caressa les vallons embrumés de ses mains tendues. Ce serait une distraction dans sa solitude que d'attendre la nuit. Sa voix résonnait encore dans sa poitrine. C'était une compagnie bien utile contre le silence, le fameux silence qui, hélas, finit toujours par triompher.

Juliana Martelet et sa fille Florine avaient fait le voyage en train jusqu'à Aubenas, puis elles avaient loué une voiture au bureau des Messageries pour se rendre à Fontbelair. Eugénie et Silvius les attendaient dans la magnanerie où l'on avait fait un feu d'enfer pour chasser l'humidité ambiante. Heureusement, le froid était revenu au sec après trois jours de neige. Il en restait encore quelques traces sur les flancs de montagne tournés au nord, des coulées blanches enchâssées dans les creux et replis du relief.

Silvius entendit le premier les roues de la patache crisser sur la pierraille de la cour. Il sortit aussitôt, enveloppé dans un long manteau chiné au col de fourrure et coiffé d'une casquette en tweed d'un modèle anglais dont Eugénie s'était moquée la veille. La portière de la voiture s'ouvrit et Florine en descendit, puis sa mère. Silvius les prit dans ses bras tour à tour. Juliana avait tant pleuré que ses yeux étaient rouges. Seule Florine paraissait peu affectée par la nouvelle. Elle avait simplement décidé de soutenir sa mère et de l'accompagner en terre ardéchoise, comme si ce fût pire que la Patagonie, ce long voyage d'hiver.

– Où est-ce arrivé ? demanda Juliana en entrant dans la magnanerie.

Eugénie avait jeté un châle sur ses épaules. Elle se tenait droite près de la chaudière qui ronflait son aise, dispensant une bonne chaleur réparatrice.

– Là-haut, dit-elle en pointant le doigt en l'air.

– À l'étage ?

– Mais non, dans les mûriers. À cent pas de la maison.

Elle parut agacée par ces questions. Cette affaire lui rappelait la mort de son père et toutes les explications et justifications qu'il avait fallu apporter à ce moment-là. Cette fois, au moins, il n'y avait pas de quoi en faire des gorges chaudes. La mort était naturelle, aussi naturelle et banale que la levée du jour ou la montée du soir. Sur le coup, tant de distance effraya Juliana.

– Qui l'a trouvée ?

Juliana insistait. Elle voulait savoir, par le détail, les circonstances de cette disparition qui l'affectait et dont ici, en vérité, toute la famille se fichait. Même Silvius paraissait indifférent. Mais n'était-ce point lui qui, jadis, avait promis de ne jamais revenir à Fontbelair sinon pour enterrer sa mère. L'affaire était engagée, l'ultime acte d'une longue histoire familiale. Celle-ci ressemblait trait pour trait à ce qu'il avait imaginé : un corps qu'on veille sans prière et qu'on mène en terre, sans fleurs, sans larmes, sans regret ni remords. Il n'y avait rien à dire. Le vent soufflait au-dehors, cette fois du sud, un flux d'air colérique par instants, entêtant.

– C'est Lebégut, dit-il, un chasseur de grives. Tout à fait par hasard. Elle était recouverte de neige.

– Il n'y avait plus de bois pour se chauffer. Elle avait brûlé tous les râteliers de la magnanerie, les rameaux de bruyère, les placards, les étagères, les châssis de porte… Et dans sa cuisine, aucune nourriture. Il semblait qu'elle ne se nourrissait plus.

– Oh mon Dieu ! s'écria Juliana. Nous l'avons laissée dans le froid et la faim, sans lui venir en aide. Pourquoi n'a-t-elle pas appelé ? Toi, Eugénie, tu n'étais pas si loin ? Tu ne passais donc jamais voir si elle avait besoin de quelque chose ?

L'institutrice accueillit le reproche avec une moue de lassitude.

– On ne se parlait plus.

– Ce n'est pas une raison.

– Tout a commencé après le départ de Fausto, avança Silvius. Elle s'est retrouvée seule, sans aide, sans soutien. Pour tout arranger, il y a eu des dégâts incroyables dans les chambrées, au point qu'elle a livré trois fois rien de cocons. Puis la maladie a dévasté le troupeau de Cujols.

En procession, la famille monta à la maison. Le vent asséchait les garrigues dans une lumière blanche qui annonçait les gelées de la nuit.

– Le cercueil est fermé, prévint Silvius.

Juliana n'osa dire qu'elle aurait voulu la voir une dernière fois.

– Le maire est venu ici, expliqua Eugénie, avec le paysan. Ils ont emmené le corps à Chauzit. Le curé lui a refusé une chapelle ardente parce qu'elle était huguenote. Si notre mère a épousé un protestant, ça ne fait pas d'elle une réformée, n'est-ce pas ? Que de bêtises et de stupidité dans ce bas monde ! s'exclama-t-elle. Tout ça pour dire que rien n'existe, ni dieu ni diable, et que les pauvres gens se querellent pour des chimères.

Juliana prit la main de sa nièce et l'attira vers elle.

– Je regrette ce que je t'ai dit, murmura-t-elle à l'oreille d'Eugénie.

– C'est moi qui ai décidé de l'installer dans sa chambre, en attendant de la porter en terre.

– Tu as bien agi, dit Juliana.

Silvius acquiesça d'un hochement de tête.

L'enterrement fut célébré le lendemain aux aurores, à la sauvette. Juliana insista pour lire un bref verset de la Bible : « Mais les âmes des justes sont dans la main de Dieu, et le tourment de la mort ne les touchera en rien… »

À ce moment, il y eut de la tristesse sur tous les visages, chacun semblant toucher le silence froid de la mort. On remonta vers Fontbelair sans se dire un mot, comme s'il s'était installé une méfiance entre tous, à laquelle s'ajoutait celle des villageois, cachés derrière les vitres de leur maison, observant sans se montrer. Maintenant, de ce côté-ci, on pourrait s'abandonner à la pitié, à l'attendrissement, puisqu'il n'y aurait plus un seul Andromas au pays sur lequel médire. Pourtant, l'espèce avait tenu le haut de Chauzit et de Valgrande durant cent cinquante ou deux cents ans. Peut-être plus longtemps encore. Il était des noms solidement établis dans la montagne ardéchoise à trois lieues à la ronde, des filiations fermement arrimées à la terre, qui s'en étaient allés au cimetière sans descendance et dont les tombes n'étaient plus fleuries ni entretenues. On finissait par les effacer pour faire de la place, des concessions perpétuelles que le temps avait rendues périssables.

Les derniers Andromas et Martelet montèrent au premier étage de la magnanerie, là où Mariette faisait naître ses vers à soie. Ils prirent place autour d'une table de cuisine, près de la fenêtre donnant sur la vallée. Instinctivement, Juliana avait choisi de s'asseoir en face d'elle pour conserver dans sa mémoire le souvenir de ce moment, avec le bleu du ciel et la lumière dorée faisant scintiller la poussière dans le contre-jour. Eugénie était assise à côté d'elle, Silvius en face et Florine s'était mise en retrait, comme si elle ne se sentait guère concernée par cette réunion de famille.

Eugénie rajusta son châle noir sur ses épaules. Elle avait la mine des jours funestes, le visage grave, la peau blanche et des cernes bleus sous les yeux.

– Qu'allons-nous décider, maintenant ? interrogea-t-elle.

Silvius se tourna légèrement de côté pour observer sa demi-sœur qui fouillait dans son sac de voyage. Elle ne pouvait perdre une minute. Des crayons gras, des fusains, un carnet de croquis et elle était aux anges. Florine dessinait quelque décor ou quelque détail de costume. Il lui fit un sourire qu'elle ne vit pas, absorbée déjà par ses esquisses. Se pourrait-il qu'elle sût un jour que Roxane l'avait chassé de sa chambre à cause d'elle. Terrible méprise dont il souriait aujourd'hui. La tragédie amoureuse s'était muée en comédie de boulevard depuis qu'il avait appris que Maxime Prénat avait une nouvelle maîtresse. Silvius en avait écrit le nom dans son aide-mémoire par crainte de l'oublier : Hélène Alzas de Victorine.

L'institutrice reposa sa question d'une voix ferme. Elle ausculta chacun des visages.

– L'avenir de Fontbelair ne me regarde pas, dit Juliana. En un mot, ma chère Eugénie, tu règles cette question avec ton frère.

– Je n'imaginais pas que ce serait aussi facile, dit Eugénie. Je croyais conserver quelque attachement, mais en vérité, je m'en fiche. Mon enfance ici aura été douloureuse.

Elle baissa la tête. Silvius la regarda en fronçant les sourcils. Que de fois n'avait-il pas entendu ses lamentations : la faute du père, le désamour de la mère, la pitié pour Pauline et la sublimation paternelle pour le fils prodige…

– Peut-être sera-ce mieux ainsi. Pas de nostalgie, pas de regrets, pas de larmoiements. Et qu'on ne vienne plus me parler de Fontbelair, de Chauzit, du pont de Rochemare, de Cujols et de Valgrande… Ce sont des noms à jamais bannis de ma mémoire. Tout comme la tombe de nos parents…

Eugénie leva les yeux vers le haut plafond. Elle chercha ses mots pour ne pas paraître trop cruelle et ingrate, mais sur ce point, déjà, la cause était entendue.

– Je ne viendrai pas la fleurir. Qu'on ne compte pas sur moi. Ma mère passe encore. Mais mon père, je ne puis supporter cette idée. On ne sait jamais… Si par malheur il y avait un au-delà duquel les morts pussent nous voir et nous entendre et donc juger nos actes, je ne voudrais pas qu'il crût à mon pardon en me voyant agenouillée sur sa tombe. Diable non. Je ne lui ai rien pardonné, dans la vie, dans la mort et dans l'éternité. Ma détestation viscérale l'accompagnera à jamais.

Elle serra les poings, vigoureusement. Les traits de son visage se figèrent, soudain, puis comme une crise qui passe, se détendirent.

– Mais, ma pauvre Eugénie, tu es folle ! Qu'est-ce donc qui t'a rendue aussi haineuse ?

– Tu me demandes cela ? s'étonna-t-elle. Ne me dis pas que tu lui as pardonné ?

Quittant son ouvrage, Florine observa sa mère avec inquiétude.

– Non, bien sûr.

Silvius se délesta de sa pelisse qu'il avait gardée malgré la chaleur qui s'était répandue dans la magnanerie. Du reste, c'était une des premières décisions qu'il avait prises en arrivant à Fontbelair, faire livrer une brassée de bois par Chassol. Depuis, on ne cessait d'emplir la chaudière. Une douzaine d'heures avait suffi pour venir à bout de l'humidité. C'était le signe que la bâtisse était saine, bien plus saine que la maison. « Si je devais choisir de vivre ici, ce serait dans la magnanerie que j'aménagerais un confortable appartement. » Il y avait de quoi faire cinq ou six pièces sur les deux étages. « Quand ce sera la fin de la culture de la soie en Ardèche, toutes ces vieilles magnaneries deviendront des villégiatures, pensa-t-il. De combien d'années disposons-nous ? se demanda-t-il. Vingt ans peut-être. Mais guère plus. À ce moment-là, la demande en soie naturelle aura chuté, supplantée par la chardonnet. »

– Combien pourrions-nous en tirer ? questionna Eugénie.

Juliana posa sa main sur celle de Silvius, comme si elle voulait prévenir par avance sa réaction. L'institutrice avait déjà fait ses calculs, tant l'hectare, tant la châtaigneraie, tant les mûriers, tant la chèvrerie… Cela faisait au bout du compte une coquette somme : cinq mille francs.

Le garçon se leva brusquement.

– Parfois, dit-il d'une voix blanche, j'ai le sentiment que tu n'as vécu, Eugénie, que pour ce moment ultime, le dépeçage de Fontbelair.

– Ce ne fut pas ma maison, répliqua-t-elle.

– Elle le fut cependant, que tu le veuilles ou non. C'est une chose que nous ne choisissons pas le lieu où l'on naît, où l'on grandit, pas plus que le nom de notre père et de notre mère. Quels que fussent leurs défauts, ils resteront une part de notre sang.

– Alors nous devrions supporter l'entretien de ce domaine familial sous prétexte qu'il a abrité notre enfance ?

Silvius s'était assis à côté de Florine, à même le parquet, dos au mur.

– Eugénie a raison, murmura Florine. Il n'y a plus de vie ici. Une fois partis, nous fermerons les portes et les volets et le temps fera son œuvre sur les murs, sur les toitures. La garrigue reprendra ses droits.

Mais le jeune homme resta insensible à ces arguments. « Que peut comprendre ma petite sœur à Fontbelair, elle qui n'a jamais vécu ici, qui n'a jamais connu l'histoire de notre famille, de ces générations d'hommes et de femmes qui ont bâti des murs pour soutenir la terre, et qui, étage après étage, sont montés à l'assaut de la montagne pour la domestiquer. »

Silvius retourna à la table, se saisit des notes que sa sœur avait prises sur une feuille quadrillée.

– Si tu estimes Fontbelair à cinq mille francs, alors je te l'achète.

Il sortit son bloc-chèques du Lyonnais et le jeta vivement sur la table. Eugénie fut piquée au vif.

– Ce n'est pas d'argent dont j'ai besoin. L'argent, reprit-elle, j'en ai plus que de raison.

Silvius se mit à ricaner. Il hésita à lui demander combien gagnait une institutrice dans l'éducation laïque, mais il se retint.

– Je te fais grâce de ma part, ma chère, ajouta-t-il. Estimer Fontbelair à une somme aussi ridicule déshonore nos ancêtres.

Il rédigea le chèque au porteur et le lui tendit. Mais elle ne prit pas la peine de le récupérer. Elle se disait que le trésor de La Baume, estimé par Daremberg à sept mille francs, eût suffi à maintenir Fontbelair dans le giron des

Andromas. Mais s'agissant d'un bien appartenant aux huguenots, elle ne se résignerait jamais à en distraire la somme. En vérité, hormis ce trésor sacré, Eugénie n'avait pas mille francs devant elle.

– Tu as gagné autant d'argent, Silvius ? s'inquiéta Eugénie. Est-ce bien vrai ?

Il baissa la tête. Il se sentait honteux de devoir fournir quelque explication.

– J'emprunterai s'il le faut, fronda-t-il.

– Ne t'endette pas pour cette magnanerie, mon pauvre Silvius, ça n'en vaut pas la peine, conseilla l'institutrice.

– Je veux la conserver, envers et contre tout, insista-t-il. Pas un arpent n'en sera soustrait. Et si tu me demandes ce que je veux en faire, je n'en sais foutre rien. Pour moi, c'est une question d'honneur.

C'est alors que Florine se dirigea vers la table où elle prit place à son tour. Jusqu'alors, elle avait préféré se tenir à l'écart, jugeant sans doute que l'histoire des Andromas n'était pas la sienne.

– Petit Silvius a de quoi payer, dit-elle. M. Pleynet l'a nommé à la tête du Chariot-d'Or. Vous ne le saviez pas ? C'est qu'il a fait son chemin, notre petit Silvius, mine de rien…

20

Depuis que M. Colomier avait perdu son associé, il broyait du noir. Était-il pire injustice que celle qu'on lui faisait en le laissant affronter seul le devenir d'une des premières entreprises de négoce sur la place de Lyon ? Si cette rupture le rendait plus vulnérable du côté des banques, il y avait pire encore : la manière dont la séparation s'était opérée, par surprise, lâchement, sans un signe avant-coureur, ainsi qu'un coup de poignard dans le dos, au café de la Gaule, haut lieu des négociants soyeux, en présence de France Lazaret, la personne qui lui était à ce moment de son existence la plus chère au monde. L'humiliation avait percé la cuirasse du commandeur. Et la première qui avait vu Colomier désemparé, c'était précisément France, elle qui l'avait cru si fort, si dominateur, si maître de toutes les situations. Si elle l'aimait, lui offrait sa jeunesse et la sacrifiait pour lui, tout de même, c'était pour cela, rien que cela, au juste, être la maîtresse d'un homme exceptionnel.

– Comment avez-vous pu accepter, Francis, d'être traité de la sorte ? Oh oui, mon cher, vous me décevez.

Cette nuit-là, Colomier se tenait au milieu du lit, dans la suite Rose. Elle était en face de lui, assise sur un fauteuil en petite tenue. Ses longues jambes nues étaient animées d'un gracieux balancement. Il la dévorait du regard comme une sucrerie. Il suffisait qu'il tendît la main pour qu'elle vînt se lover contre lui. Mais là, M. Colomier boudait un peu, car ce qu'il venait d'entendre lui rappelait sa femme et l'une de ses innombrables sentences dont elle l'accablait journellement.

Dans sa vie conjugale, il les collectionnait plus souvent qu'à son tour, les remontrances. Adèle le tenait pour responsable de tous les maux : l'idiotie de ses fils, la légèreté de Roxane, la goujaterie de ses conseillers. Voici désormais que sa maîtresse se mettait de la partie. « Est-ce donc dans la nature des femmes que de brocarder les hommes ? » se demanda-t-il en l'observant. Il y avait en lui un mélange de désir pour ce corps juvénile dont il tirait tous ses plaisirs et de détestation pour l'ascendance qu'elle prenait sur lui.

– Ce sont mes affaires, dit-il.

– N'y suis-je pas partie prenante ?

Il ne répondit pas. Sur ce point, il ne pouvait s'en prendre qu'à lui-même, puisqu'il lui avait accordé quelques libertés, n'ignorant point que celles-ci ne se reprennent qu'au prix de larmes et de cris. Et pourquoi avait-il fait de France Lazaret sa complice ? N'eût-il pas été plus judicieux de ne lui réserver qu'une place dans son lit et rien d'autre ? À la vérité, Lazaret était entrée dans sa vie au moment où Francisque Colomier désespérait de trouver chez un de ses fils un appui sûr et où Adèle s'éloignait de lui, refusant de jeter un œil à ses livres de comptes ou de discuter le moindre des rapports de son conseil d'administration. Il se découvrit si seul, si désemparé, malgré la force et l'assurance qu'il aimait afficher. Il s'ingénia à penser que Mlle Lazaret était sa Galatée, unissant à la fois la beauté et l'intelligence, une sorte d'idéal féminin grâce auquel on joindrait prosaïquement l'utile et l'agréable.

À ce moment, dans la suite du Grand Hôtel, Francisque reconnut que sa chère maîtresse était sa meilleure confidente et une zélée conseillère. Il n'était compliment plus flatteur, qu'elle prit, comme chaque fois, au pied de la lettre.

– Alors, Francis, il faut que vous lui fassiez un procès, à votre Pleynet. Qu'il ne vous prenne point tout cet argent. Je ne doute pas que Fouque saura trouver la faille dans le système. Il y a toujours une faille quelque part…

Colomier leva les yeux au plafond. En entendant ce genre de tautologie stupide, il regrettait que son bas-ventre le commandât plus souvent qu'à son tour. Une fois son désir épanché, il retrouvait un brin de lucidité.

– Même au terme d'un procès, que je perdrai du reste, je serai obligé de lui verser la somme qu'il me réclame. Et un contentieux de cette sorte ne fera que diminuer mon influence dans l'Union. Marinchard me désapprouvera et, au bout du compte, mes amis seront devenus mes juges. Est-ce ce que vous voulez de moi ?

Elle parut réfléchir en caressant ses longues jambes, car elle aimait d'un amour fétichiste le grain de sa peau, la finesse de ses muscles, l'élancement de ses cuisses, la rondeur de ses fesses et la délicate toison de son sexe. Elle adorait tellement son corps qu'elle avait décidé de ne jamais enfanter, afin d'en conserver l'harmonie le plus longtemps possible.

– N'en serez-vous point lésé dans la suite de vos affaires, Francis ?

– Pleynet est un idéaliste, jugea Colomier. Il croit faire œuvre de création en allant à Madagascar domestiquer les araignées à soie. C'est une belle idée, certes, mais je doute qu'il en voit les bénéfices.

– Mais alors, c'est une folie. Un si long voyage dans un pays de sauvages. Et des araignées, s'exclama-t-elle, mon Dieu, quelle horreur !

L'homme sortit de son lit en rejetant rageusement les draps pour la rejoindre. Il baisa l'intérieur de ses cuisses, là où la peau est douce comme du papier de soie. France dandinait du fessier tant les chatouillis l'excitaient. Il frotta ses joues à sa pilosité râpeuse.

– Me jurerez-vous encore de n'avoir aucun amant, n'est-ce pas ?

– Vous êtes un enfant, Francis.

– Même pas Hubelle ?

– Vous voudriez que je vous dise le contraire, afin de vous émoustiller un peu ? Mais nous ne pouvons pas faire que cela, mon Dieu.

Et elle l'éloigna d'elle en resserrant ses cuisses. Si Hubelle, comme le suspectait M. Colomier, était toujours son amant, ils devaient désormais se cacher de lui, le maître jaloux et adultère de surcroît. C'était un comble.

L'homme se rhabilla dans la salle de bains. Il fit couler de l'eau dans la baignoire et l'agita d'une main pour faire croire qu'il se lavait. Il détestait se défaire aussi vite de l'odeur de sa maîtresse. Il la gardait sur lui le plus longtemps possible, comme si celle-ci maintenait, par-delà l'absence et l'éloignement, un lien avec France Lazaret.

– Moi aussi, fit-il en rajustant sa cravate, j'ai rêvé de partir, mais il est un âge pour tout et le mien est passé depuis longtemps.

France se souvint de leurs projets communs où il était question de croisière sur un transatlantique, mais l'évocation resta en l'état. Il ne ferait jamais avec elle le grand saut qui les eût embarqués pour un tour du monde. M. Colomier avait ainsi séduit Lazaret qui s'en était laissé conter avant de comprendre qu'il ne quitterait jamais la place des Jacobins. En voulait-il à son ancien associé de réaliser ce qu'il n'avait osé mener à son terme ?

Lazaret se prit la tête dans les mains. Elle se faisait violence pour ne pas déverser sa rancœur sur lui.

– Croyez-vous, Francis, que nous resterons longtemps amants ?

– Pourquoi cette question ?

Il pensa qu'elle allait lui demander une augmentation et il se préparait déjà à répondre que le moment était mal choisi.

Sur la fin de l'association Colomier & Pleynet, Francisque garda le secret dans son cercle familial. Mais au bout d'une semaine, l'affaire s'ébruita. Rumeurs et bruits de couloirs étaient le lot quotidien dans le petit milieu des marchands de soie lyonnais. Pourquoi les habitudes et les rituels s'en trouveraient-ils bousculés s'agissant des propriétaires de la rue Juiverie ?

Tournant sans cesse dans les jambes paternelles, les fils cherchaient à savoir. À eux deux, ils possédaient toutefois assez d'intelligence pour comprendre qu'un événement grave s'était produit dans leur dos et dont les ressorts secrets leur restaient étrangers.

Cyril interrogea Fouque et le silence embarrassé du banquier fit plus pour la vérité que mille discours. Dès lors, les fils se liguèrent contre le père. Le Comptoir des soies devint le théâtre d'une empoignade où l'on espérait enfin assassiner le patriarche. Il se trouva, dans ce marigot des ambitions, des partisans du vieux patron et des frondeurs ralliés à la cause des fils. C'était une passion cornélienne où Roxane elle-même, pourtant peu armée à prendre quelque décision que ce soit, fut enrôlée.

Bien malgré lui, Silvius fut mêlé à la tempête, comme l'ensemble des commissionnaires et courtiers de la maison. Il s'était décidé à ne pas prendre parti. Après tout, cette affaire restait celle du conseil d'administration duquel on l'avait depuis toujours tenu éloigné. Monsieur Gendre n'avait été qu'un figurant et un figurant n'a point de rôle. Ce fut sa réponse. Octave lui proposa même une place dans le fameux conseil pourvu qu'il votât pour eux. Il refusa, à la grande surprise d'Adèle et de sa fille. À ce moment, personne ne comprit qu'il était habité par une autre ambition.

Comme il le faisait régulièrement, Andromas adressa une note à Romain Pleynet. « Les couteaux s'aiguisent et le sang va couler… » Le bon mot fit écrouler de rire l'industriel du Chariot-d'Or. Mais au-delà de l'aspect distrayant, il devina que cette histoire ferait long feu. Le patron du Comptoir des soies finirait bien par reprendre son affaire en main. C'eût été lui faire injure que de croire qu'un duo de rejetons ratés et indécis pût gagner la partie.

Pourtant, au conseil d'administration, Cyril fit sensation en entamant son petit discours en ces termes :

– Ce qui nous a élevés, grandis et fortifiés, nous assèche et nous diminue, présentement…

Francisque Colomier resta de marbre. Nul ne pouvait lui reprocher, en vérité, d'avoir honoré ses engagements envers Pleynet.

– Jadis nous étions associés, dit-il d'un ton froid. Désormais nous ne le sommes plus. L'aventure continue. Je dispose d'assez de fonds et de la confiance du Lyonnais pour poursuivre nos activités. Au contraire, je crois que ma présence est plus que jamais requise. Quant à vous, mes chers fils, épousez ma cause ou disparaissez.

Les membres du conseil votèrent largement la confiance au patriarche et la cause fut entendue. Le pronostic de Pleynet se révéla pertinent.

En retrouvant Roxane, après cette crise qui avait failli détruire les marchands de la place des Jacobins, Silvius eut le triomphe modeste.

– Tes frères sont des imbéciles, dit-il. Et dire que tu as pensé les suivre. Que croyais-tu obtenir ? La destitution de ton père ? Cet homme que je n'aime pas, pour la raison naturelle qu'il ne me porte pas dans son cœur depuis le premier jour, est un prince en son domaine. Tu devrais revenir dans ses bonnes grâces. Faire allégeance. Réclamer sa pitié et son pardon.

– Et toi ? Quel rôle joues-tu ?

– Aucun. Je suis l'employé de service. Candide, peut-être. Mais Candide est un irrémédiable optimiste, faute d'ambition. Mais à quoi lui servirait son ambition si personne n'en veut disposer ?

La scène se déroulait dans l'appartement de Roxane, dans un lieu où théoriquement Silvius n'entrait plus depuis leur séparation. C'était pourtant elle qui l'avait invité à s'y rendre en le tirant par la manche pour lui demander quelques explications sur la tournure des événements.

Dans un déshabillé d'intérieur en batiste rainurée et garnie de dentelle, Roxane était tout à son avantage. Elle n'était plus la petite fille dévergondée et mutine de son mariage, tant les années – vingt-sept ans – avaient affermi son caractère, mais aussi son corps. Elle ne faisait guère plus de sport. Courir au bois, pédaler sur des bicyclettes le long des quais ou monter à cheval à la Tête-d'Or n'étaient plus dans ses habitudes. Elle s'adonnait plutôt à la vie mondaine, dans des cercles où l'on buvait beaucoup et passait son temps à critiquer son voisin. Elle avait fini par se persuader qu'elle était faite pour cette vie superficielle et frivole. Elle se sentait parfois horrifiée à l'idée qu'elle eût pu passer à côté de son véritable petit destin de femme du monde. En fait, Roxane n'avait rien décidé, rien choisi, c'était Maxime Prénat qui l'avait conduite sur ces chemins futiles. Ça ne la menait nulle part, certes, mais elle s'y trouvait bien, peut-être parce que l'idée que cette vie était insignifiante la rassurait sur elle-même.

« Vous êtes faite pour l'amour, la légèreté et le stupre, ma belle, et rien d'autre, lui dit-il un jour alors qu'elle doutait d'elle-même. C'est ainsi. Nous avons trouvé notre voie ensemble. Et votre cher père a bien raison de vous tenir éloignée des affaires, de vous faire épouser un jocrisse. Vous ne méritiez pas un autre sort. Du reste, le sérieux de la vie, c'est-à-dire les négociations, les compromis, les accommodements, ce n'est point fait pour vous, Roxane. Vous vous ennuieriez à ce jeu des allégeances et des trahisons. Et votre santé en pâtirait. Tandis que nous jouissons de la vie, le temps s'écoule sans histoire, loin des embûches et des horreurs du vieux monde. Il y a assez de nobles caractères pour veiller sur nos privilèges, d'intrépides chiens de garde prêts à se sacrifier pour les défendre. Nous pouvons nous endormir tranquillement en espérant que surtout rien ne change. Je vois ainsi l'arrivée du siècle nouveau, tout dévoué à l'argent, aux plaisirs et à l'insouciance… »

Tel avait été le talent de Maxime, offrir à sa maîtresse ce sentiment de liberté. Elle pouvait se donner à ses plaisirs, suivre ses penchants sans rougir, sans risquer d'entendre quelque leçon de morale. Elle avait eu besoin de cet instituteur immoral, comme on eût dit au XVIIe siècle, pour se laisser conduire dans le monde adulte et pour y apprendre les plaisirs du boudoir.

– Comment se porte ton amant ?

Roxane accusa la surprise en baissant la tête. Silvius fut troublé par sa réaction. Il s'attendait plutôt à quelque mouvement d'irritation. Son jeu s'en trouva dès lors encouragé. Il voulait vérifier jusqu'où un mari bafoué pouvait pousser le bouchon.

– Tu t'inquiètes de cela ? Toi qui as tant souffert…

– J'ai souffert en effet. Mais la raison l'a emporté. Tel est Candide à ses heures, philosophe et lucide, préférant cultiver son jardin plutôt que de pleurer à la porte d'un paradis qui se refuse à lui.

Elle alla s'asseoir sur son sofa, laissant couler sur ses épaules sa longue chevelure qu'elle avait retenue par un ruban rouge. Il s'approcha et s'assit en face d'elle sur un pouf. Cela lui donnait toute liberté de l'observer dans la lumière électrique, un peu blanche.

– Je ne sais pas si tu pourras me comprendre un jour, dit Roxane.

Elle prit un fume-cigarette et l'arma d'une Capstan's blonde, prit tout son temps pour l'allumer et laissa couler de ses lèvres fardées, carminées, un long filet bleu. Le coude en appui sur ses genoux croisés, elle prit une pause lascive, une manière qui lui était familière dans les cercles et les clubs qu'elle fréquentait assidûment.

– Je ne te juge pas. Peut-être n'ai-je pas su te donner ce que tu attendais de moi. Peut-être nous sommes-nous mariés trop vite.

– Peut-être et peut-être pas, fit-elle d'un sourire contrit.

– Si tu es heureuse dans cette vie, alors tout est parfait, fit-il en y adjoignant un geste de lassitude, comme s'il voulait lui faire comprendre, en somme, que son état d'esprit présent ne l'incitait guère à lutter pour la reconquérir.

– Non, je ne suis pas heureuse. Mais je m'étourdis dans des soirées interminables. Je butine des fleurs suaves, je goûte à tous les nectars… Et puis, je me désespère.

– De quoi donc ?

– Je me croyais plus forte que je ne le suis. Peut-être dois-je louer Maxime de m'avoir ouvert les yeux sur moi-même ?

Il lui tendit la main pour qu'elle abandonnât la sienne.

Jadis son amour pour elle avait commencé ainsi, par ce geste de timide approche. Elle y avait consenti alors sans penser qu'il fût engageant. Aujourd'hui, c'était différent. Elle ne s'y rendit pas. Elle attendit. Ou plutôt elle s'enferma dans la neutre contemplation, le dernier refuge de pudeur qu'elle possédait encore. « Plutôt faire l'amour avec dix inconnus. Mais avec lui, ce serait renouer avec une passion achevée… Ne serais-je alors rien de plus qu'une épouse adultère qui cherche la rédemption ? Assume ton désordre jusqu'au bout », se rassura-t-elle.

Silvius recouvra promptement la tranquille assurance qu'il avait affichée au début de la conversation. Puis un souffle de désir, une trouble atmosphère, s'était insinué entre eux. Une seconde, le jeune homme avait espéré que le temps leur eût concédé une timide ouverture, ainsi qu'un ciel qui se dégage après l'orage. Désormais, Silvius n'était pas loin de croire qu'il avait été le jouet d'une cruelle illusion. Car sa main n'avait rencontré que le vide et l'insupportable béance de ce déshabillé sur son corps nu, dans lequel elle paraissait enveloppée comme dans le voile impudique d'une déesse d'Athènes. Roxane avait compris que son geste, une fois encouragé, ne s'arrêterait point là, à sa main jointe, mais qu'il la pousserait sur une pente vertigineuse.

– Je vais quitter notre maison, dit-il d'une voix blanche. Je passerai de temps à autre pour voir Jade…

Roxane l'observa dans la fumée bleue de sa cigarette. Elle les allumait les unes après les autres, fébrilement, avec des gestes tremblotants, ce qu'il ne lui avait jamais connu auparavant. Était-ce l'effet d'une nervosité exacerbée par ses nuits d'égarement ou lui qui lui faisait cet effet ? « Gardons-nous de tirer des conclusions. Fuyons plutôt ! » se dit-il en quittant son siège.

– Mais es-tu assurée de l'honnêteté de Maxime Prénat à ton égard ?

Elle le fixa d'un regard vide. Il attendit sa réponse, mais elle tirait sur sa Capstan's, bouffée après bouffée, comme si elle voulait obscurcir l'espace autour d'elle afin de se perdre dans ce brouillard artificiel et échapper ainsi aux regards, aux questions, aux sous-entendus, mille incitations à se justifier qu'elle abhorrait en vérité.

– Sais-tu qu'il a une maîtresse ?

Roxane éclata de rire.

– C'est un homme couvert de femmes.

– Je ne voudrais pas que tu deviennes son jouet.

– Ne le suis-je pas ? Autrefois, j'étais le jouet de mon père, ensuite de toi, et maintenant de Prénat. Peut-être n'ai-je pas assez de personnalité ?

Silvius se rebella contre cette opinion, mais il n'eut pas d'exemples à lui fournir et son jugement tomba aussitôt :

– Tu prends toute chose avec légèreté, dit Silvius. Est-ce donc si difficile de grandir ?

Elle hocha la tête. Elle ne se sentait guère embarrassée de lui donner raison, pour cette fois, comme une ou deux heures plus tard, dans les bras de Maxime, elle donnerait raison à son amant.

– Je me dois tout de même de la nommer, cette rivale.

Le jeune homme attendit qu'elle l'approuvât ou non ; il n'entendait point forcer sa raison. Elle parut alors l'interroger du regard. Il hésita encore. Une larme eût pu la sauver de la vérité, mais il comprit ce qu'il avait toujours refusé de voir jusqu'à ce jour, que pour Roxane l'existence n'était qu'un jeu et que la règle de celui-ci lui importait peu.

– Si cela te chante, mon pauvre Silvius.

Il se recula jusqu'à la porte de l'appartement. La lumière blanche des lampes électriques soulignait sa beauté, l'éclat de son regard, le fin duvet blond sur le bord supérieur de la lèvre, le rose de ses joues et cette singulière tristesse qui modelait le tout. Et il fut troublé à l'idée qu'il pourrait un jour retrouver ce corps, le posséder, le reconquérir, mais peut-être lui faudrait-il cultiver une longue absence.

Finalement, Andromas s'effaça sans prononcer le nom, comme s'il avait craint que sa parole ruinât à jamais ses desseins. À la vérité, le jeune homme aimait encore Roxane mais, se refusant à l'admettre, il préférait ne distinguer dans ses manigances qu'une souterraine revanche.

21

Été 1900

Mme Sitbon avait accueilli la nouvelle sans déplaisir. Si la mort de Mariette Andromas avait annoncé la fin de Fontbelair, le domaine du Maillazet ne se portait guère mieux. Désormais, elle ne vivait plus que pour son aîné Léonet qui lui occasionnait les plus vives craintes. Taciturne, renfermé, ténébreux, il n'était pas de mots assez forts pour le décrire dans sa vie quotidienne. Parfois, il se passait une semaine sans qu'il ne lui adressât la parole. Au moins, du temps de Pauline, il y avait des cris, des larmes, des coups de folie ; ça ressemblait à la vie. Alors, le petit Armand, bien sûr, c'était sa consolation, ce petit être qui avait réclamé sa maman si longtemps, jusqu'au jour où elle s'était armée de courage pour lui expliquer que les anges du ciel l'avaient emmenée.

Le jeune garçon avait cinq ans et il présentait déjà des dispositions pour les travaux de la ferme. Il accompagnait son père dans les vignes. Et ça binait et ça sarclait avec de petits outils que Baptistine lui avait achetés au bazar d'Aubenas. L'enfant se faufilait entre les ceps pour cueillir les gourmands et arracher l'herbe de ses menues mains. Son père l'encourageait, le dressait comme il disait, tandis que la grand-mère se faisait son avocate en toute occasion.

– Bientôt l'école, prévenait-elle.

Et il lui fallait insister sur cette question, tellement le père était insouciant et indifférent devant l'avenir.

– Décidément, notre Armand sera plus courageux que sa mère, dit un jour Léonet.

– Tais-toi donc, répliqua Baptistine. Tu n'as pas honte de parler d'elle comme ça devant lui !

Mais l'enfant avait déjà compris que sa maman était partie parce qu'on n'avait pas voulu d'elle. Mais partie où ? Dans quel pays ? Sous quel ciel ? Et reviendrait-elle un jour ?

Pourtant, la ferme du Maillazet ne se portait pas si mal. On y œuvrait dur. Léonet était un bourreau de travail. Baptistine avait coutume de dire que c'était la seule qualité qu'on pouvait reconnaître à son fils.

Deux années durant, la vendange avait été chargée en sucre et abondante. Ça avait permis de remplir les barriques et de refaire les stocks. Mais Léonet n'avait pas le savoir-faire de son père, ni une connaissance suffisante de la vinification. On besognait dans l'à-peu-près, on jouait d'improvisation sur le dosage des sucres, sur le collage et le sulfitage. Le vin était moyen, pour ne pas dire médiocre. Quant au champrenart, il ne retrouva jamais le brio du temps de Barthélémy. Hélas, une réputation exige des années pour s'imposer tandis qu'elle se perd en une saison. Mais qui donc eût pu convaincre l'aîné des Sitbon de cette évidence ? Il n'était plus aucun pilote dans la maison et les voisins – d'autres vignerons des coteaux proches du Maillazet, Janin ou Lacroix qui donnaient aussi dans le syrah noir, le marsanne ou le viognier – ne venaient plus à la ferme. Par son caractère taciturne et querelleur, Léonet s'était isolé alors qu'il aurait eu besoin de tant de conseils.

Sa mère était étonnée que son aîné n'eût rien retenu des années d'apprentissage avec Barthélémy. Pourtant, il avait participé à chacune des campagnes durant plus de quinze ans. « Tu ne te souviens pas de ce que faisait ton père ? » répétait Baptistine. Elle avait beau lui mettre des ouvrages sous le nez, les cahiers du pauvre Barthélémy dans lesquels il avait noté ses observations sur la tenue des pressages au moment de la fermentation, Léonet les repoussait en se disant que tout ça ne méritait pas qu'on se prenne la tête. Baptistine comprenait enfin ce qu'avait voulu dire son mari, jadis, sur leur fils aîné ; il était dépourvu d'intelligence et la bonne volonté seule ne pourrait rien pour son devenir.

En définitive, il n'était que le cadet pour reprendre le domaine, mais Albin était parti après la mort de Pauline en se jurant bien de ne jamais remettre les pieds au Maillazet. Ce départ l'avait mise à bas. À ce moment, elle avait compris que la chute de la maison Sitbon était inéluctable.

Au domaine, si le mauvais vin crut en abondance, il ne trouva preneur qu'à des tarifs déclassés. Par chance, c'était une période où l'on consommait beaucoup de picrates. Dans les houillères de Lalevade, les cimenteries de Viviers ou de Meysse, les tanneries et les mégisseries d'Annonay, les fonderies de Pouzin, les ouvriers avaient besoin de vin à bas prix. En ce temps-là, on lui reconnaissait bien des vertus quand il fallait tenir dix heures par jour à la tâche. Et Pasteur, le grand Pasteur, n'avait-il pas écrit que, de toutes les boissons, le vin était la plus hygiénique ?

Depuis qu'Albin Sitbon avait été embauché à la cave Roussez de Vals, le champrenart était rayé de la carte. Il était loin le temps où Brutus montait une fois par an au Maillazet et achetait les deux tiers de la cave de Barthélémy. Le marchand de vins et spiritueux de l'avenue Farincourt n'hésitait pas à mettre trois ou quatre francs par bouteille, ce qui représentait, pour l'époque, un tiers du salaire mensuel d'un ouvrier. Qui pouvait se payer du champrenart 74 ou 82 à six francs le litre ? Les curistes fortunés, les visiteurs de Paris, de Lyon ou de Marseille. On lui reconnaissait les mêmes qualités qu'un crozes-hermitage ou qu'un saint-joseph. À vrai dire, Brutus Roussez avait beaucoup œuvré pour la notoriété des crus Sitbon.

Les dernières réserves de Barthélémy avaient été vendues en catimini par Albin, juste avant son départ du Maillazet. En revanche, il avait laissé le tout-venant. Et comme Léonet, par la suite, ne sut perpétuer le champrenart, Roussez cessa tout commerce avec le domaine, annulant contrats et exclusivité sur les bouteilles numérotées.

– Mon frère est un jean-foutre, disait le cadet des Sitbon. Il mérite son sort. Et dire qu'il avait épousé la plus gentille fille d'Ardèche. Pourquoi n'a-t-il su la garder ?

Brutus Roussez ne pouvait qu'approuver son courtier. Il y avait, sur Saint-Paray, Cornas ou Tain-l'Hermitage, assez de viticulteurs talentueux pour emplir son magasin de crus prestigieux. La clientèle fortunée était toujours plus exigeante, surtout celle qui prenait les eaux. Tant de sevrage imposé par les médecins ne se pouvait conclure que par des fringales de bons vins bouchés.

– Je puis vous garantir, mon cher Albin, répétait Brutus, qu'il n'est meilleur endroit pour ouvrir une cave que dans une ville d'eaux. Après la cure, un remontant, tel est le bon art de vivre.

En quelques mois, Albin Sitbon fit son trou dans l'affaire de Vals, au point que Brutus lui accorda de plus en plus de responsabilités. Il séduisit la nièce du patron, une jolie fille nommée Adrienne, ce qui lui assura quelques longueurs d'avance dans la maison sur les autres employés. M. Roussez le nomma sous-directeur, ce qui n'avait guère de signification, mais chaque fois qu'il se trouvait une affaire scabreuse à régler, il disait : « Allez donc voir mon adjoint ». La nature généreuse et bon enfant, pour ne pas dire paresseuse, du caviste trouva en Albin Sitbon une aide précieuse.

Le déclassement du champrenart désespéra Baptistine. Un jour d'août, elle descendit à Vals par le petit train d'Aubenas. Elle trouva son fils occupé à réceptionner des caisses de tavel.

L'été, ce délicieux rosé fait de grenache était fort apprécié de la clientèle. On en buvait matin, midi et soir, à la terrasse des cafés, dans les hôtels de luxe et jusque dans les chambres où la chaleur poursuivait les visiteurs. Désaltérant, le tavel était une boisson bénie des dieux à Vals-les-Bains, grâce à la cave Roussez, à ce bienfaiteur du bien-vivre dont chaque curiste un peu fortuné vantait les mérites en cachette.

Albin embrassa sa mère sans émotion apparente. Comme Baptistine pleurait sur son sort, il l'arrêta tout net.

– Ma chère maman, j'ai fait une croix sur le Maillazet. Tes larmes sont bien tardives. Que ne les as-tu versées plus tôt, lorsqu'elles eussent pu encore servir à quelque chose ?

La mère montra quelque hypocrisie alors que les reproches fusaient. C'était ainsi qu'elle avait toujours vécu, la tête sous le sable. Son tempérament de bonne chrétienne n'avait fait que fortifier sa soumission même dans les instants de la vie où il faut quelque rudesse.

– Tu n'as jamais été à la hauteur, lui reprocha-t-il. Lorsque père s'est montré injuste contre moi, tu l'as encouragé. Et de même avec Pauline. Celle-ci a été honteusement sacrifiée, massacrée. J'en ai souffert pour elle. Mon frère aurait mérité mille coups de fouet, mais non, on lui a pardonné ses coups de folie. Et quand je me suis élevé enfin contre cette situation, on m'a fait comprendre qu'il était l'aîné des Sitbon et que tout aîné est privilégié par nature. Alors je suis parti. La mort de père m'a laissé indifférent, tandis que celle de Pauline, cette catin à vos yeux, cette prostituée sans âme, m'a déchiré le cœur. Je ne vois rien de chrétien dans cela, rien de charitable, rien de miséricordieux. Je vois l'épée d'un Dieu sans indulgence. Il nous a frappés, Pauline et moi. Il nous a transpercés. Pauline était bien meilleure que nous tous. Mais c'était une Andromas... Comment eût-elle pu mériter le moindre égard ? Même si un temps, il est vrai, elle s'était perdue, n'aurions-nous pas dû l'aider à renaître plutôt que la pousser dans la fosse ? Ô maman, combien je vous ai haïs tous, et combien cette haine m'a dévoré. Si je suis parti, c'est pour échapper à la peste morale qui a dévasté notre maison.

Elle demeura prostrée dans l'angle du bureau, sous la lumière crue d'une verrière. Il maintint longtemps son regard sur elle, en silence. Les larmes composaient un sourd murmure, fait de soupirs et de geignements. Albin se sentait fort, il avait trouvé les mots et ceux-ci, à ses yeux, honoraient pour la première fois la mémoire de Pauline. « Elle a sauté dans la rivière et s'est abandonnée à l'onde, comme on traverse un miroir derrière lequel gîte peut-être un monde meilleur », pensa-t-il.

Quand Baptistine eut recouvré son calme, elle fit ce qu'elle avait toujours fait : absoudre. En vérité, elle ne se sentait guère coupable. Contrairement à ce que prétendait son fils, elle n'entrevoyait guère où elle avait péché ; la faute des autres ou des siens ne pouvait lui être imputée. Tout juste reconnaissait-elle avoir péché par pusillanimité. Mais devant un prêtre elle avait toujours estimé être en règle avec sa conscience.

Il l'écouta avec indifférence, maintenant qu'il avait exprimé le fond de son cœur, rien ne lui importait plus.

– Ma pauvre maman, s'exclama-t-il sur un ton résigné, tu souhaiterais que j'achète les productions champrenart 98 et 99, mais ce vin ne vaut rien. C'est une infâme mixture. Et bien sûr, tu resteras envers et contre tout persuadée que le ressentiment guide ma décision…

– Pourras-tu un jour pardonner à ton frère ?

Elle n'obtint aucune réponse. À ses yeux ce qui faisait du champrenart un mauvais vin, c'était l'aigreur et la rancœur de ces deux-là. Baptistine eut beau plaider qu'il fallait aider Léonet pour sauver le Maillazet, sa doléance resta lettre morte. Pour la première fois, elle pensa que son cadet lui témoignait une ingratitude suprême, elle qui l'avait choyé et protégé durant toute son enfance. Elle ne trouva point la force de se rebeller. Et elle quitta la cave Roussez, comme elle était venue, le plus discrètement possible. Son fils l'accompagna du regard avec agacement. « Lorsqu'on a tourné la page, on n'aime pas revenir en arrière », marmonna-t-il.

Pour la fermeture des classes en ce 17 août, jour de grandes vacances, Eugénie Andromas avait tenu à faire un petit discours à ses élèves, garçons et filles. L'institutrice était si autoritaire qu'elle n'avait pas besoin d'élever la voix pour obtenir le silence. Aussi se mirent-ils en rang d'oignons devant leur maîtresse, juchée sur son estrade. C'était le seul endroit d'où elle prenait la parole. Et rarement, en vérité, elle en descendait ; lorsqu'elle avait à demander quelque chose à ses enfants, ils s'approchaient d'elle, craintivement, et se tenaient au pied de l'estrade, placés dans une situation d'infériorité par laquelle s'exerçait toute domination dans son magistère.

– Retenez bien cette date et ne l'oubliez pas. Il vous

en cuirait. Rentrée le lundi 1er octobre… Il est interdit de manquer la classe sans motif, même si vos familles vous y incitent. Je sais que le travail à la ferme réclame votre participation. Mais il vous faut convaincre vos parents de l'utilité de l'instruction publique. Les plus réticents d'entre eux, je vous aiderai à les persuader. Croyez en mon ferme soutien. Rien ne justifie que vous ratiez la leçon. Votre travail ici, devant le tableau noir, est plus important que derrière la charrue…

Eugénie tapa dans ses mains et les rangs se disloquèrent instantanément. La classe désertée, l'institutrice se mit à ranger méticuleusement les livres et les cahiers, à rouler cartes et gravures pour les remiser dans son placard. Ainsi, lors des longues vacances d'été, il était d'usage que tout fut déménagé, car l'école de Largentière servait à d'autres emplois : les répétitions de la fanfare municipale, les réunions du comité des fêtes ou les assises du conseil de révision.

Dans le petit couloir, Joseph Abillot, le maire de Largentière, avait entendu avec une certaine satisfaction les propos de son institutrice. Il n'en attendait pas moins des maîtres d'école, qu'ils fussent capables de retenir, au moins trois mois de l'année, un effectif convenable. Il s'était amusé à faire un rapide pointage. La classe d'Eugénie était une des plus fréquentées.

– Je n'ai pas de mal, puisque je prépare l'année du certificat d'études. On se fait un point d'honneur à quitter l'école avec ce petit diplôme si convoité. Quant à les conduire vers les classes supérieures… J'avoue qu'il n'en est que deux ou trois pour cent qui franchissent le pas.

– Est-on plus bête ici qu'ailleurs ? s'interrogea le maire.

Et avant qu'Eugénie eût répondu, il s'empressa de développer l'un de ses arguments favoris, la consanguinité de l'arrière-pays, maladie sociale et morale des communautés arriérées.

– Ça se marie entre cousins et ça nous donne des rejetons attardés, vous n'êtes pas d'accord ? Je parie que vous ne m'approuvez pas, et pourtant, ma chère Eugénie, réfléchissez un peu.

Il cita dix noms de familles qui formaient le cœur de la communauté rurale dans quelques hameaux voisins. Et pire encore, il énuméra les enfants atteints à ses yeux de tares héréditaires.

Mlle Andromas se sentit trop lasse pour entreprendre sur ce sujet une conversation. Pourtant, elle eût pu aisément démontrer, comme elle l'avait fait dans un récent article de la revue lyonnaise d'ethnologie, qu'à l'époque préhistorique les sociétés fonctionnaient sur le mode tribal, lequel favorisait une reproduction endogamique ; celles-ci en furent protégées par la sélection naturelle sans laquelle l'homo sapiens n'aurait pu évoluer.

– Oh, monsieur le maire, fit-elle, soyez prudent sur cette question. Le tabou de l'inceste de notre civilisation judéochrétienne n'existait point dans les sociétés primitives. Je doute que les premiers hommes qui hantèrent la grotte de La Baume et qui vécurent sur nos terres ardéchoises n'eurent point de relation avec leurs mères ou leurs filles. C'étaient nos lointains ancêtres. Et ils transportèrent jusqu'à nous leurs peurs et leurs angoisses.

Le maire se prit la tête dans les mains.

– Je ne vous suis pas toujours, ma chère Eugénie. Pour moi, vous restez et resterez un esprit énigmatique.

– Comment dois-je le prendre ?

Abillot hocha la tête, un petit sourire coincé sur les lèvres. Il avait entendu parler des relations que Mlle Andromas entretenait avec le professeur Daremberg. Cette liaison engendrait rumeurs et conversations malsaines à Largentière. On ne comprenait point qu'elle menât cette vie, hors les liens sacrés du mariage. D'autant qu'on la soupçonnait aussi de courtiser quelques hommes mariés, parce que certains, par bêtise, s'en étaient vantés dans le pays. À la vérité, Eugénie était si hautaine et fière dans son habit sombre et strict de hussarde de l'éducation qu'elle suscitait jalousies et médisances. On se défiait de sa manière de vivre : longues promenades sur le plateau des Gras et nuits passées à la belle étoile… Ô scandale ! Une femme convenable se doit d'être auprès d'un mari et de se conformer aux règles conjugales.

Ce soir-là, Eugénie coupa court. Elle tenait Abillot pour un homme sans instruction, incapable de soutenir une conversation sérieuse sur les sociétés primitives.

– Depuis que nous avons mis en pratique la politique de laïcisation dans nos écoles, les curés bataillent pour ramener nos enfants au pied de la croix. Et dans ce combat, vous êtes une de nos alliées fidèles.

– Je fais mon métier du mieux possible. Et j'enseigne à mes élèves qu'Adam et Ève ne sont pas les premiers habitants de notre terre.

– Sont-ce ces hommes qui ont peint les gravures de La Baume ?

– Du moins sont-ils antérieurs à l'épopée biblique. Adam et Ève et le septième jour de la création du monde lyrique sont nés dans l'esprit des hommes, bien après les peintures rupestres et les écritures cabalistiques qui les encadrent.

Malgré la présence du maire, Eugénie poursuivit son rangement. Elle ne voulait pas gâcher la moindre petite minute. Elle espérait rentrer chez elle au plus tôt, faire une bonne nuit et, dès demain, comme elle l'avait projeté, monter au cirque de Gens en tenue d'anandryne, comme eût dit Daremberg.

M. Abillot l'aida à redresser une pile du *Journal des instituteurs* qui avait glissé à ses pieds. C'était une fâcheuse manie de faire collection de tout, d'emplir des placards et des étagères, en ignorant même si elle en aurait un jour l'usage.

– Demandez à votre cantonnier d'emporter tout ça et d'en faire un feu de joie, ordonna-t-elle.

Le maire l'accompagna jusqu'à l'avenue des Marronniers. Elle ne comprenait pas les raisons de cette sollicitude. Mais à l'instant de monter à son appartement, elle lui serra la main sèchement. Abillot la salua d'un coup de chapeau.

– Savez-vous que je vous admire, dans le fond ?

– Pourquoi « dans le fond » ?

– Vos collègues souhaiteraient votre mutation. Mais je vous ai défendue à la commission scolaire. L'inspecteur d'académie n'est pas de vos amis.

Eugénie ne montra aucune surprise. C'était dans sa nature, d'opposer à l'adversité une rudesse sans borne.

– M. Cheylard est un homme torturé. Lorsqu'il ne trouve occasion à blâmer, sa suffisance rapetisse. Quant à mes collègues…

Elle parut réfléchir, réaction toute théâtrale car elle connaissait ses ennemis dans Largentière.

– Je ne vous donnerai pas de noms, ce serait indélicat de ma part.

– Vous avez raison. Ne torturez pas votre conscience inutilement.

Elle énuméra trois ou quatre noms et, chaque fois, le maire baissait les yeux en signe d'acquiescement.

– La raison est simple. On jalouse mes interventions au musée des Bénédictines. Eh oui, mon cher Abillot, je suis une préhistorienne fort appréciée.

– Diras-tu enfin où tu as caché le trésor ?

– Allons, Pelegrione, depuis le jour où tu m'as foutu à l'eau, je n'existe plus.

Le Prussien éclata de rire.

– À moins que j'aie ressuscité… Mais un homme ressuscité n'est plus tout à fait un vivant. Ce serait plutôt un revenant, vois-tu, un fantôme qui reviendrait demander justice.

– Tu parles comme un livre. Tu ne nous as pas habitués à ça, Fritz, n'est-ce pas les gars ? Il parle aussi facilement qu'il respire. Alors qu'avant, avant le… enfin, vous voyez ce que je veux dire, les gars, il trébuchait sur chaque mot.

– Le trésor ! Le trésor ! faisait Selme en battant des mains.

Julot le regardait les bras croisés, comme le jour où Théo l'avait fichu à l'eau. Personne n'avait voulu que ça finisse aussi brutalement. Mais comment savoir que Fritz Kolher ne savait pas nager ? Il avait appelé au secours mais personne ne lui était venu en aide.

La petite fille s'était cachée derrière le mur de la maison, dans le fouillis des lilas. Il n'y avait que des merles et des grives dans cette végétation exubérante. Et la petite fille elle-même, si discrète, ne réussit pas à les déranger. Elle se demanda si elle était bien vivante, tout de même. Cette sensation l'incita à faire ce qu'on ne fait jamais dans un pareil moment, sortir de sa cachette et se montrer aux sauvages.

En effet, la petite fille fit le tour de la cabane du Prussien, passa entre Théo et Selme sans attirer leur attention. « Je suis aussi invisible que le chat du Cheshire[1] », pensa-t-elle, et cette impression lui fut d'un grand réconfort. Elle

1. *Alice au pays des merveilles,* Lewis Carroll.

se mit à courir à cloche-pied, à chantonner, à virevolter comme un papillon.

– Qu'est-ce donc qui m'a rendue invisible ? Qui peut me répondre ? demanda-t-elle à Pelegrione.

– Tu l'as vu ? insista-t-il.

– Oui, je l'ai vu, bien vu même.

Théo sortit son couteau et l'ouvrit d'un geste distingué, puis le posa sur la gorge de Fritz.

– Tu peux frapper, imbécile, tu ne me tireras pas une goutte de sang.

– Fais-le donc, mais juste un peu pour voir. Une petite écorchure dans le gras du cou, conseilla Selme.

Théo s'exécuta. C'était un rustre, cet homme-là. On pouvait tout lui demander. Il s'exécutait. À croire que les basses œuvres l'enchantaient.

– Si c'est comme ça, on peut l'écorcher vif, déplora Julot, il nous dira rien. Autant dire qu'on va le refoutre à l'eau.

– Et il s'en sortira encore, comme la première fois ! dit Théo. À croire qu'il peut vivre dans les basses eaux, tapi dans la vase comme une anguille.

– Oh oui, je trouve qu'il a une tête d'anguille, le fameux Fritz. À force de pêcher la poiscaille, il est devenu poiscaille. Ça se comprend.

– Et nous les écorcheurs, les écornifleurs, les surineurs, on deviendra des corbeaux freux, dit Julot.

Un rictus de dégoût s'éternisa sur son visage halé de misérable petit paysan.

Fritz s'était reculé près de la petite fille. Il lui prit la main. Pour lui, elle n'était pas invisible.

– Tu as mis mon aigle prussien des grenadiers de ligne dans son cercueil, dit-il en montrant Théo. Tu l'as ensorcelé jusque dans la géhenne. Bravo ma petite. C'est un noble et délicat petit geste que je te revaudrai.

– Je ne savais pas que vous reviendriez, monsieur Kolher.

– Mais je ne suis jamais parti.

– En effet. Et moi, je ne l'ai pas encore fait, ce que vous me dites, cette histoire d'aigle.

– Ce qui sera fait est fait pour toute éternité, dit Fritz d'un air inspiré.

La petite fille le trouva décidément fort drôle et plein d'esprit, ce Prussien, pourtant on lui en avait dit tant de mal.

– Qui donc « on » ? demanda-t-il.

– Quoi ? sursauta la petite fille. Vous lisez dans mes pensées ? Tout ce que je pense, vous l'entendez ?

– Bien sûr. Et même, je vais leur jouer un sacré tour, au quadrille infernal.

– Quel tour ?

– Leur dire où est caché le trésor.

– Mais ils vont le voler !

– Certes. On pourrait penser que l'histoire va s'écrire ainsi, mais le destin est plus facétieux.

Soudain, les écornifleurs se mirent en tête de le torturer, le malheureux Fritz. La petite fille voulut lui venir en aide en décochant des coups de pieds dans les jambes des écorcheurs. Mais ça ne leur faisait pas plus d'effet qu'une caresse de plume sur la peau.

– Bon, dit-il, je vais vous le montrer le trésor. C'est là-haut, bien haut, dans les trous d'ours. L'or des huguenots, prononça-t-il d'un ton docte. Une maudite fortune cachée par les réformés de Mirabel.

Selme se gratta la tête.

– Ils seraient des nôtres, alors ? Des parpaillots ?

– Et alors, releva Julot. L'or des justes ou des papistes, que m'importe. On pourra se le partager et vivre comme des princes.

Théo se mit à danser sur place.

– Et dire que nous avons voulu tuer Fritz parce qu'il nous volait le poisson de l'Ardèche. C'est bien que tu te sois sauvé de la noyade.

– Nous avons notre conscience pour nous, ajouta Pelegrione. Voilà un crime qui nous aura rendus riches.

– Tais-toi donc ! s'écria Julot. On avait promis de ne jamais prononcer ce mot-là.

– Secret de polichinelle, rit Théo.

D'un pas assuré, Fritz conduisit les corbeaux freux jusqu'à La Baume. Une fois devant l'antre, ils se regardèrent avec méfiance.

– Et si c'était un piège ? soupçonna Selme.

– Je ne vous y conduirai pas, dit Fritz en croisant les bras sur sa poitrine. Il faut un peu de courage pour conquérir un trésor. Sinon, autant dire, que ce serait une affaire minable.

Théo pointa son couteau sur les côtes du Prussien et voulut le faire avancer dans le trou. Mais la lame eût pu s'enfoncer jusqu'à la garde qu'il n'aurait pas avancé d'un pas.

– J'ai promis aux chevaliers de Mirabel et à leurs compagnons de Villeneuve-de-Berg que je n'y entrerais plus jamais. Mais c'est simple, si simple : un sac de pièces d'or tout au fond, caché sous un tas de pierres.

La petite fille observa Fritz avec tristesse.

– Ils ne le méritent pas. Et à votre place…

Le Prussien prit la petite fille contre lui et la serra fortement.

– Ça finira sous le pont de Rochemare, murmura-t-il.

Théo hésitait encore à pénétrer dans la grotte. Il ne voulait pas y aller seul, mais ses compagnons étaient saisis par la peur. Il pensa que l'or serait plus fort que toutes les craintes du monde.

– Qui étaient ces chevaliers dont tu parles, Fritz ?

Le Prussien se mit à marcher de long en large sur l'étroit sentier qui bordait l'entrée de la caverne.

– Des chefs protestants en guerre contre les seigneurs catholiques d'Arlempdes et de la Roche-des-Astars sont venus mettre l'or ici en attendant des jours meilleurs. Puis ils sont partis au pays vaudois par la vallée d'Auzon. En ce temps-là de grand massacre, on évitait le col de l'Escrinet tenu par les papistes.

– Ils sont peut-être revenus le chercher, ce trésor ? suggéra Julot. Et nous ferons chou blanc, Fritz.

– Si tu nous as menti, prévint Théo, on te jettera de la falaise.

– Sans doute le ferez-vous quand même, ironisa le Prussien.

La petite fille prit la main de Fritz et la serra bien fort.

– Crois-tu que je serai toujours invisible ? Ou alors, peut-être, ne le serais-je que de temps en temps, comme le chat d'Alice ?

Fritz s'assit sur le bord de la terrasse qui dominait la rivière verte et bleue sur son lit de roche blanche.

– C'est la conscience qui nous rend visibles, dit-il en la serrant contre lui.

Il y eut dans le ciel un silence d'environ une demi-heure, puis Selme et Julot sortirent de la caverne en poussant des cris de rage. Théo les suivait, la mine défaite, tenant dans les mains la sacoche de cuir vide.

Un fort vent de l'ouest chargé de nuages balaya le plateau. Et l'orage gronda. Dans la bourrasque, on vit passer sur la crête de La Baume quatre cavaliers. Puis ils s'évanouirent dans les diaprures de pluie et de feu.

Eugénie se réveilla soudain. Le soir s'était insinué sur sa terrasse où elle avait l'habitude de paresser sur une chaise longue, face à la vallée. Un vent frais et caressant faisait frissonner les figuiers. Les feuilles se frôlaient dans un murmure de soie.

– Quelle drôle d'histoire, murmura-t-elle en posant les pieds sur le pavage de sa terrasse.

Puis elle alla chercher un cahier à gros carreaux dans son bureau, un crayon à papier. Comme la pointe était cassée, elle se mit à le tailler soigneusement avec son laguiole. Elle retenait le fil de la lame pour qu'il n'entamât pas la mine de graphite. Tant de nervosité pourtant la possédait en cet instant ; elle avait hâte de noter les éléments constitutifs de son cauchemar. Il n'est rien de plus évanescent que les séquences d'un rêve, comme une idée qui s'envole sans qu'on ait pris le temps de la formuler. Même s'il se trouve quelques mots clés pour la mémoriser, passé le temps de la réflexion, ceux-ci ne s'ordonnent point comme on le voudrait. « À chaud, pensa-t-elle, comme il convient à ce genre d'exercice. »

Enfin elle s'activa, griffonnant au jugé, à cause de la pénombre qui avait envahi la terrasse. Au moment de noter la dernière image de son rêve, celle qui l'en avait tirée du reste, elle fut prise d'un doute.

« Non, non et non, moi une cartésienne, comment pourrais-je croire à la prémonition ? On ne fait que rêver ce qui embarrasse la conscience. Comme un trop-plein ainsi évacué. Mais sur le sens lui-même ? S'agirait-il d'un désir inconscient ou d'une crainte tout aussi inconsciente ? Le désir de récupérer ces écus ou la crainte d'en faire un mauvais usage, et par là même de trahir le souhait du curé Bessac ? »

Cette question occupa sa soirée. Pour s'en défaire, elle prit un roman d'Octave Mirbeau récemment paru, *Le Jardin des supplices*, que Daremberg lui avait conseillé de lire. Mais le sujet ne fit qu'exciter son anxiété. Finalement, Eugénie ne parvint à s'endormir qu'au petit matin.

À peine remise de sa nuit, l'institutrice décida de monter à La Baume. Elle se défendit de croire que son rêve de la veille l'y incitait. Elle se jugeait assez libre et détachée de toutes superstitions pour mépriser la divination prémonitoire. « Au fond, je ne fais qu'accomplir un pèlerinage à mon sanctuaire. » À ce moment-là, on pouvait compter sur les doigts de la main les personnes qui avaient visité la grotte et ses peintures pariétales.

Aux alentours de midi, elle fut à pied d'œuvre, face à l'entrée, assise sur le belvédère qui dominait le défilé de l'Ardèche. C'était un des lieux les plus secrets, les plus pittoresques et les plus sauvages entre Vallon et Saint-Martin. Et si l'on avait choisi cette cavité, c'était sans doute pour toutes ces raisons. Les hommes du néolithique avaient jugé que leurs œuvres demeureraient cachées et inconnaissables tels les tombeaux des Pharaons. Ce qu'ils avaient apporté en offrande à leurs dieux ou aux esprits qu'ils vénéraient ne devait jamais être vu par un œil humain, sinon à perdre tout pouvoir magique. Ainsi, l'ouvrage terminé, la grotte s'était refermée derrière eux dans le silence de la terre et la nuit des profondeurs.

Après avoir pris une rapide collation, des fruits séchés et un quart de thé, elle alluma sa petite lampe-tempête et entra dans la caverne. Près de l'entrée, il y avait une colonie de pipistrelles qu'un rien apeurait. Eugénie se fit discrète, comme elle en avait acquis l'habitude. Elle observa les peintures, sans trop s'y attarder. Il n'était plus aucune surprise à attendre de ce côté-ci. Chaque centimètre de paroi avait été étudié. La Baume n'avait plus rien à révéler, sinon les fameuses écritures dont personne ne savait encore ce qu'elles signifiaient. Au contraire, elle aimait à penser que les premiers artistes de l'humanité étaient aussi proches d'elle par l'esprit que les philosophes grecs.

Comme elle s'apprêtait à ressortir de La Baume, non

sans avoir goûté à l'extraordinaire silence du ventre de la terre, Eugénie se décida pour la seconde salle, celle qu'on ne pouvait atteindre qu'en rampant quelques mètres. Elle y fut enfin. Délicatement, elle ôta les pierres une à une, jusqu'à découvrir le sac de cuir qui contenait les écus d'or. Elle glissa une main à l'intérieur. Puis elle le fouilla fébrilement. Il était vide.

De retour, Eugénie adressa une lettre à Daremberg. Sans détour, elle lui demandait s'il avait mis la main sur les écus de La Baume. Ce ne pouvait être que lui, puisqu'il n'y avait que trois personnes qui connaissaient l'existence de ce trésor : Bessac, mais il était au paradis, elle, mais elle n'était pas somnambule, et lui, qui n'était ni mort ni somnambule. Un instant, avant de cacheter la lettre d'un coup de langue, elle se demanda si quelqu'un avait pu le découvrir par hasard, dont les deux ou trois préhistoriens qui avaient visité la grotte deux ans plus tôt.

La question d'Eugénie à Daremberg demeura sans réponse ; elle en conclut que le professeur n'avait pas fait que chercher des ammonites sur le plateau de l'Ardèche.

L'institutrice se rendit à Lyon, huit jours après son rêve prémonitoire, dans le but de rencontrer Daremberg. Les employés du musée des Bénédictines ne surent lui donner la moindre information utile. À force d'insister, on lui laissa rencontrer l'assistant de Lortet. Ce dernier lui apprit que Daremberg avait quitté la ville avec son épouse Alicia et ses deux fils pour s'installer en Italie où il espérait obtenir un poste à Palerme.

Prise d'un fou rire, Eugénie Andromas quitta précipitamment le bureau de Lortet.

22

Automne 1900

« Colomiel », c'était ainsi qu'on le prénommait dans les couloirs de l'Union, surtout depuis qu'il s'affichait journellement avec sa dulcinée. On avait peine à croire qu'un homme si vindicatif et autoritaire dans ses rapports avec la bonne société lyonnaise eût pu tomber si bas. Par on ne sait quel philtre malfaisant, l'homme s'était métamorphosé au point de n'être plus que l'ombre de lui-même.

Sentant que les difficultés s'amoncelaient sur la tête du marchand de la place des Jacobins, France Lazaret le serrait de près, conseillant, jugeant, pronostiquant et faisant des affaires de tout, sur tout et à propos de tout. Bref, M. Colomier était cerné, assiégé, piégé, victime sans honneur de ses pulsions charnelles. Marinchard ne prisait guère la situation. Ce n'était certes pas un saint, mais les femmes, au moins, ne lui tenaient pas la dragée haute. Il avait l'art de les séduire et l'art de s'en débarrasser. Un jour, il eut même un petit mot amical pour Francisque : « La difficulté avec les femmes n'est pas de les faire entrer dans un lit, mais bien de les en faire sortir… » Ce n'était point le genre d'argument que Colomier avait envie d'entendre, car lui, il craignait le moment où sa Lazaret ne le rejoindrait plus dans la chambre Rose du Grand Hôtel. Cet écueil dépendait prosaïquement du pouvoir qu'il lui accordait et de l'argent qu'il lui faisait entrevoir.

Les derniers événements avaient largement contribué à changer la personnalité de France Lazaret. Celle-ci s'était affermie en refusant les rendez-vous d'Hubelle et en se consacrant exclusivement à Colomier. Loin d'y trouver satisfaction, elle se forçait à l'amour et à la passion comme une méduse. En société, elle affichait une nette rigueur dans le geste, le propos, l'habillement. Si froide en somme que l'on se demandait, dans l'entourage du négociant soyeux, ce qui pouvait bien l'attirer chez elle. On disait : « Elle est fort jolie, certes, mais elle a le cœur insensible… » En général, on accompagnait ces réflexions plutôt déplaisantes par des raclements de gorge, des sourires pleins de sous-entendus, des clins d'œil de connivence. Mais il n'était qu'Hubelle pour savoir ce que cachait ce vernis de plante vénéneuse. Lui, il en avait fait l'apprentissage jusqu'à plus soif et souffert le martyre. Aux jeux de l'amour, elle se livrait sans compter, avec des circonvolutions savantes : se faire désirer et user de l'attente, sublimer les soupirs et les paroles, flatter le mâle là où bâille la cuirasse. Dans l'intimité, la Lazaret aimait se vêtir d'un simple voilage, d'une fine peau pellucide. Ainsi se pouvait-elle caresser ou s'offrir sans que la nudité n'étouffât le désir puisque ce qui est conquis hâtivement est perdu dans la passion amoureuse. Cet été, elle avait même pris le risque de se baigner dans une piscine ainsi vêtue. Elle en était ressortie plus nue encore qu'elle n'y était entrée, le fin voile imbibé d'eau insolemment plaqué au corps.

Rue Juiverie, M. Colomier passait dans ses appartements comme une ombre. Il distribuait des ordres aux domestiques, sans même y ajouter quelque remontrance, ce qui était contraire aux bonnes vieilles habitudes. Quant à Adèle, il la snobait avec perfidie, sans le moindre état d'âme, en prétextant que son travail au Comptoir le mobilisait jour et nuit, alors qu'il n'y faisait que des stations assez courtes, si courtes du reste que ses fils ne parvenaient plus à le joindre. Ce n'était point par hasard si Cyril et Octave avaient fomenté un coup de force au conseil d'administration. N'avait-il pas laissé accroire à son entourage qu'il n'était plus l'homme autoritaire et brillant qu'on avait connu ?

La suite Rose était devenue sa seconde villégiature. Entre lit et baignoire, il se vautrait dans le stupre sans parvenir à épuiser ses ressources de plaisir. Chaque jour, la Lazaret inventait des jeux nouveaux. Il avait connu la domination, il découvrait désormais la soumission. Pour lui, cette aventure était comme un long voyage et l'explorateur de terres inconnues qu'il était ne parvenait pas à se rassasier des paysages. Comme Alexandre, possédé par le pouvoir, la puissance et la gloire, perdu aux confins d'un royaume dont il ne connaîtra jamais les limites, Colomier était gagné par une ivresse mortifère.

Chaque plaisir nouveau avait ses habillages ; France était passée par toutes les parures, de celles des duchesses de l'Ancien Régime à celles des soubrettes des respectueuses maisons bourgeoises. Habillage, déshabillage... Le corps de la Lazaret portait, selon les heures et à la discrétion du maître, toutes les fantaisies possibles. On se faisait livrer les costumes au Grand Hôtel : dessous affriolants, voilages de vestales ou kimonos de geishas... C'était une cavalcade sans fin de jeux subtils. Mlle France, parfois, se métamorphosait en petite maîtresse d'école pour lui lire quelques textes licencieux qui avaient l'art de le remettre sur pied. Tout y avait passé, pêle-mêle, au gré des fantaisies du moment : Fougeret de Montbron, Bussy-Rabutin,

Andréa de Nerciat, L'Arétin ou Rétif de La Bretonne… Quand la littérature infernale ne suffisait pas à combler sa curiosité, mademoiselle faisait sa Shéhérazade de boudoir pour combler son prince.

Lorsque, dans cette réclusion des sens où la raison vacille, la soumission du maître atteignit son paroxysme, la Lazaret prit peur.

– Comment le faire redescendre sur terre ? demanda-t-elle à Pierre Hubelle.

Mais l'avocat se refusa à lui répondre sans obtenir au préalable des explications sur cette singulière relation. À contrecœur, France Lazaret lui raconta tout ce qu'il voulait savoir.

– Je ne saurais mieux vous conseiller en vous suggérant de prendre la fuite, sans laisser d'adresse, dit Hubelle.

– Qui donc me dédommagera de tous mes efforts ?

– Ma chère, vous avez joué à la courtisane en en méconnaissant les risques. Que puis-je vous dire de plus ?

– Peut-être devrions-nous nous montrer ensemble en société. Ainsi croira-t-il avoir un rival et la jalousie crèvera l'abcès de la manière forte.

– L'érotomanie est une affection de l'âme. Et notre cher Colomier en est atteint jusqu'à l'os. C'est à vous qu'il doit ce prodige. Et je gage qu'il ne recouvrera la lucidité que par un profond chagrin. Saurez-vous vous montrer à la hauteur ? De fait, votre beauté est maléfique. J'en ai souffert, jadis. Pourquoi replongerais-je dans la fournaise ?

L'avocat tenta une timide approche – il avait quelques comptes à solder avec son ancienne maîtresse –, mais elle le repoussa vivement.

– Voyez ? La preuve est là. Vous ne m'aimez plus. Pourtant, vous m'appelez à votre secours.

– Vous êtes un ami, répliqua France.

– Lorsqu'on ne vous plaît plus, ma chère, on devient un ami. Mais votre corps m'obsède.

Elle éclata de rire.

– Me diriez-vous enfin ce qui vous attire en moi ?

– Ce singulier mélange de fille et d'adolescent. Gomorrhe et Sodome réunis. Sappho et Alcibiade.

– Je n'aime pas les femmes, se défendit France.

Il n'en fallait pas plus pour qu'elle se sentît outrée.

– Qu'en savez-vous ?

Mlle Lazaret quitta les lieux, furieuse. Elle s'accorda un jour de réflexion et adressa une lapidaire lettre de rupture à son amant. S'il n'en fallait retenir qu'une phrase, c'était celle-ci : « Francis, nous avons été trop loin… »

Depuis l'éclatement de l'association Colomier-Pleynet, Pierre Hubelle avait pris le parti de Cyril et d'Octave, autant dire celui des maladresses de la jeunesse contre les roueries de la vieillesse. Désormais, l'avocat fourbissait des armes aux comploteurs du Comptoir des soies, aiguisait leurs arguments juridiques pour sauver quelques millions de francs dans le compromis de rupture. C'était une rude tâche, sans grande espérance. Pleynet jouissait d'une position forte au sein de l'Union et dans la confrérie. Aussi, il ne se trouverait plus un seul négociant pour produire un témoignage favorable à Colomier. Mais tout n'était pas perdu pour autant, puisque Hubelle avait réussi à détacher Lazaret de Colomier et de fait affaibli sa situation. « Tandis que notre homme soignera son chagrin, les fils auront toute latitude pour agir, pensa-t-il en se frottant les mains. »

Par la fenêtre de son cabinet, l'avocat observait le soir sur le fleuve avec sa marqueterie d'ombre et de lumière. Hubelle n'était pas d'une nature romantique, c'était même l'inverse, un homme qu'aucun état d'âme ne pouvait affecter durablement. Cependant, il sentit à ce moment crépusculaire un petit pincement au cœur. « Si j'ai un regret, se dit-il, c'est de ne pas avoir couché une dernière fois avec cette mante religieuse. »

En quittant le domicile conjugal de la rue Juiverie, Silvius alla s'installer à la Croix-Rousse, place Tabareau, dans un immeuble commun. Son appartement était modeste, trois pièces contiguës situées au-dessus d'une imprimerie. Peu lui importait puisqu'il ne comptait y passer que peu de temps. L'avantage résidait dans sa proximité avec l'atelier Pleynet où il venait de prendre ses fonctions de directeur.

À son arrivée rue du Chariot-d'Or, le personnel lui avait réservé un accueil glacial. Andromas n'en fut guère étonné. Il connaissait sur le bout des doigts la mentalité des canuts. Ils les avaient défendus, il les avait affrontés. Maintenant, il devait faire ses preuves. À la vérité, Silvius ne savait pas grand-chose des métiers à tisser et des méthodes de fabrication. C'était un handicap qui se devait surmonter par une lecture des documents techniques et pratiques. Si le jeune homme possédait une riche expérience des valeurs de la soie et de sa commercialisation, c'était un avantage qui ne pouvait lui servir pour commander ses ouvriers. D'autant que M. Odilon Chavanne, le chef d'ateliers, n'était guère bien disposé à son endroit.

La première rencontre dans le bureau vitré de la fabrique fut orageuse.

– Dois-je vous tutoyer encore ?

– Assurément non, répondit Silvius.

– Auriez-vous oublié vos origines ? Et la première fois que vous vous êtes présenté devant moi pour me réclamer du travail ?

– Je n'ai rien oublié.

– Vous ne faisiez pas le fier, avança Chavanne. Du reste, le peu que vous savez, je vous l'ai appris. Autant dire rien. À mon humble avis, c'est pas votre passage au Comptoir des Jacobins qui vous a permis d'acquérir le savoir-faire...

Silvius avait gardé son chapeau et l'examinait d'un regard froid et détaché. Odilon Chavanne ne lui faisait pas peur. À son propos, Romain Pleynet lui avait dit : « S'il vous embarrasse, jetez-le dehors sans ménagement. » Mais les Andromas disposaient d'une patience d'ange. Il se disait : « Le mieux sera toujours de le gagner à ma cause, sinon il dressera les tisseurs contre moi. »

Sur ce point encore, Pleynet s'était montré critique sur l'avenir de la fabrique : « Pour la changer, il vous faudra changer les hommes d'abord et les machines ensuite. Les former à un rythme de production industrielle prendra trop de temps. Le temps, c'est de l'argent qui s'envole. Vous m'avez compris ? Soyez sans pitié. Ne voyez que l'intérêt de l'usine et rien d'autre. »

D'entrée de jeu, Andromas comprit combien Chavanne tenait ses hommes. Le vieux canut était passé maître dans l'exercice de la solidarité ouvrière et cette ascendance s'était construite au fil du temps par l'entraide et le syndicalisme. Pris en étau entre les bas prix des négociants et les revendications du personnel, il avait appris à ménager les uns et les autres. C'était une rude expérience face à laquelle un Andromas faisait, en vérité, pâle figure.

Durant une quinzaine de jours, le nouveau promu au poste de directeur ne fit qu'observer la manière dont la fabrique fonctionnait. Il avait l'œil sur toute chose et ne formulait aucune remarque. Mais, peu à peu, se formait dans son esprit l'agencement futur de l'usine moderne qu'il avait entrepris de mettre en place et pour lequel Pleynet l'avait engagé.

En le voyant agir, Chavanne reprenait espoir, jugeant sans doute que son ancien arpète se perdrait dans le labyrinthe.

À l'occasion, le chef d'ateliers poursuivait ses persiflages et ses insolences.

– Vous avez épousé la fille de l'associé, ça ne fait pas de vous un patron. C'est devant le métier qu'on voit le maître.

Silvius hocha la tête. Il paraissait l'approuver, comme si, déjà, il allait jeter l'éponge. Mais il ajouta d'un ton cassant :

– Mon projet, monsieur Chavanne, ce n'est pas de devenir le meilleur tisseur de Lyon, mais de faire de cette fabrique l'entreprise la plus performante de Lyon. Vous voyez la différence ?

– Je crois que M. Pleynet vous a placé ici pour être agréable à Colomier, non ?

– Vous n'y êtes pas.

Silvius eut un geste de lassitude et demanda à voir les dernières mises en carte sur lesquelles étaient dessinés les coups de trame et les fils de chaîne. Il fit venir quelques ouvriers tisseurs dans le bureau du chef d'ateliers et, pour la première fois, distribua le travail. Cette décision était jusqu'alors dévolue à Chavanne. Les hommes hésitèrent à obéir à Andromas. Ils attendaient l'accord du « vieux », comme ils disaient dans leurs barbes.

– Vous avez choisi Balin pour cette louisine, observa Chavanne, ce n'est pas l'ouvrage qu'il maîtrise le mieux. Formigier serait mieux adapté. Et encore…

Il se mit à ricaner en cherchant l'acquiescement des hommes en rang d'oignons.

– Quoi donc ? questionna Silvius.

– Pour ce natté croisé par deux fils et deux coups dans le pas, on verrait mieux Balin, n'est-ce pas, les gars ?

– Un tisseur doit être aussi à l'aise dans la louisine, le

Gros de Tours ou le cannelé des Indes. Après tout, ce n'est que de la guimperie. Si depuis le temps nos tisseurs ne sont pas aguerris à ces techniques, c'est qu'il y a problème dans la fabrique. Je veux voir les résultats.

Il alla chercher quelques échantillons et en désigna les défauts, les lardures, les empanissures ou les vrillages.

– Voici qui casse les prix. J'en sais quelque chose, messieurs. C'est tout le travail qui est remis en cause pour quelques malfaçons et la perte des recettes est décomptée des salaires et des bénéfices de l'entreprise. Mais ce n'est pas votre souci, monsieur Chavanne.

– Ce n'est pas un jeune crétin qui va m'apprendre mon métier…

Une heure plus tard, Chavanne était remercié et la fabrique en grève. Tant de brutalité, pour ne pas dire un véritable coup de force, avait scandalisé les ouvriers.

Silvius monta à la Villa des térébinthes où il trouva Romain Pleynet prenant le soleil sur sa terrasse.

– Attendez trois jours. Et au terme de ce temps, faites défiler chacun de nos ouvriers dans votre bureau. Vous les sommez de reprendre le travail ou c'est la porte, indiqua Pleynet en tirant sur son cigare.

– N'est-ce pas aller un peu vite en besogne ?

– Quoi ? s'éleva Romain Pleynet. Que désirons-nous ? Renouveler notre personnel. C'est le moment. Cependant, gardez Fromentin, Janglard, Lecoq, Formet, Declin et le petit Mallet… S'il le faut, augmentez leurs salaires.

– Pourquoi ?

– Ce sont les meilleurs, mon jeune ami. Et cette gratification brisera leur belle entente. J'ai toujours agi ainsi. Il n'est pire injustice pour un ouvrier que de faire une grève qui ne profite qu'à quelques-uns. C'est une méthode imparable. Pour engager de nouveaux tisseurs, faites-vous conseiller par

Saint-Cloup. Il s'agit de l'adjoint de Marinchard. Il dispose d'une liste de jeunes fort talentueux sortant de l'école de la place Belfort. Ceux-ci ne demandent qu'à travailler.

Il ne fallut guère plus de dix jours pour remettre la fabrique en marche. M. Pleynet descendit rue du Chariot-d'Or et vint constater les résultats. Il parut rassuré par la tournure des événements mais réserva ses compliments. À la vérité, le renouvellement du personnel n'avait pas été assez loin, selon ses vœux ; il eût préféré une saignée radicale. Mais Pleynet jugea que celle-ci s'opérerait naturellement lorsque Andromas installerait les nouvelles machines électriques. Il s'en ouvrit en termes lapidaires à Silvius :

– Ceux qui ne suivront pas la cadence resteront au bord du chemin.

Cette lutte féroce avait épuisé Silvius, et pire encore, elle avait instillé le doute dans son esprit. « Suis-je assez fort pour cette partie de bras de fer ? Assez audacieux ? Persévérant ? » Dans cet examen de conscience, il mesura la solitude qui l'entourait. Dans la fabrique, on l'observait avec crainte. On le fuyait souvent. Et les deux secrétaires de direction, chargées des ordres de placements et des commandes de matières premières nécessaires à l'exécution de ces ordres, ne sortaient jamais de leur rôle. Pas un sourire, pas une attention. Et de même dans le bureau où se scellaient les contrats et les confirmations de vente.

« Suis-je donc devenu un monstre, se demanda Silvius, au point d'être infréquentable pour les autres et pour moi-même ? »

Un samedi, Andromas retrouva Florine à la brasserie du Dragon, 17 rue Neuve, pour déguster des escargots de

Bourgogne. C'était une des spécialités de la maison. Dessus, ils burent un crozes-hermitage de huit ans d'âge.

Florine offrait sa beauté comme un don du ciel. Pour mettre en valeur ses charmes, elle portait des tenues extravagantes, très chics, et ce jour-là, une robe en velours de soie jaune recouverte de dentelle à l'aiguille sur tulle. Elle tenait ce goût raffiné de sa mère, certes, mais aussi des gens de théâtre pour lesquels elle œuvrait. À ses yeux, rien n'était assez excentrique pour combler les insuffisances d'une enfance pauvre durant laquelle elle avait eu à subir nombre d'humiliations dans le quartier du Bon-Pasteur.

– Mon petit Silvius, tu as donné ton âme au diable.

Il prit un air grave et, comme il en avait l'habitude, posa sa main sur celle de Florine. C'était un geste innocent. Florine avait compris qu'il aimait à jouer en public de cette ambiguïté, jusqu'à laisser croire qu'il s'agissait de sa maîtresse. Et pour le satisfaire, elle déposa un court baiser sur le bord de ses lèvres, cherchant ensuite à droite et à gauche des regards insistants.

– Je puis me défaire de Pleynet, si c'est cela que tu désires.

– Mais non. Tu ne m'écouterais pas de toute façon. Mon pauvre Silvius, tu as le goût du pouvoir dans le sang. Et si tu en souffres un peu, qu'importe. Il t'apportera à la longue plus de compensations que de tourments.

Le jeune homme baissa la tête.

– J'ai voulu me prouver que j'étais capable de me mesurer à un Colomier. Tout ça pour gagner l'amour de Roxane. Mais Roxane m'a fui. Maintenant, à quoi bon ?

– Tu l'aimes toujours ? demanda Florine.

Il ne répondit pas.

– Ça se voit, mon cher. Tu es malheureux. Il faut que tu te dégotes de toute urgence une maîtresse.

Silvius haussa les épaules.

– Puisque tu n'en es pas capable..., ajouta-t-elle. Une fille intelligente, belle bien sûr, comme une actrice de théâtre, et un brin perverse. Il n'est que dans ce milieu où l'on peut croiser un tel prodige.

Florine demanda à son voisin de lui emplir son verre. Le vin lui faisait monter le feu aux joues, mais elle ne s'en émouvait point, bien au contraire. Elle courtisait l'ivresse avec une saine jubilation. Tout était prétexte à faire la fête pour elle, celle des sens et de l'esprit. « Puisque vivre nous tue, puisons au moins dans chaque seconde de quoi nous consoler aimablement. » Elle eût voulu lui instiller assez de force pour qu'il changeât à son image et abandonnât ce jeune homme trop poli, ténébreux et taciturne.

– Oublions notre père qui nous a tant fait de mal. Je t'en supplie, Silvius, cours vers la vie et ne te retourne plus.

Il essuya une larme avec sa serviette de table. Puis il se resservit du vin, comme elle le lui avait ordonné.

– Veux-tu que nous commandions aussi du champagne ?

– Juste une coupe. Mais le meilleur !

Il claqua des doigts et le sommelier accourut.

– Tu as fait des progrès, reconnut-elle.

Pourtant il ne s'aimait pas ainsi, courant dans le sillage des maîtres. C'était une sensation déplaisante qui le privait de bien des ravissements.

– L'ascension m'a bien plu, mais maintenant...

Elle éclata de rire. Pour rien au monde elle n'aurait voulu vivre sans connaître Silvius. C'était à ses yeux un cadeau du ciel, malgré les étranges circonstances qui avaient présidé à leur destin.

– Tu seras honni de nos vieux amis du cercle social, sourit-elle. On ne peut être un patron conquérant sans inspirer quelque haine. Tu as choisi ta voie le jour où tu as quitté précipitamment les révolutionnaires de la rue de la

Lanterne. Tu as signé ta perte à leurs yeux. Et le destin t'a enfermé dans une course solitaire.

Il frappa des mains en sourdine pour applaudir ce joli discours. Il l'aimait ainsi, sardonique et désabusée.

– Et Sigismond Giraud est-il toujours ton galant ?

Elle confirma d'un léger mouvement de tête.

– Je vous ai croisés, trois ou quatre fois, poursuivit-il. Mais je n'ai pas osé vous déranger, tellement vous aviez l'air heureux ensemble.

Silvius ne comprenait toujours pas pourquoi sa sœur se montrait si discrète sur cet amour, comme si celui-ci n'était qu'une provisoire passion, condamnée par l'ordre précaire des jours. Une seconde pourtant, elle s'enflamma :

– Mon Sigismond a interprété Créon dans *Œdipe roi*[1] aux côtés d'Édouard de Max. Il s'est taillé un joli succès tout de même.

En sortant du Dragon, Silvius l'emmena rue Palais-Grillet, la rue la plus commerçante de Lyon. On y croisait toutes les belles de la cité faisant leurs emplettes dans les magasins de luxe. Ils devisaient en se tenant par la main dans l'étroit passage, admirant les vitrines éclairées par l'électricité. C'était une curiosité fort courue alors.

– Ne risquons-nous pas de croiser Roxane ? dit Florine. Elle pourrait croire que nous sommes amants…

Silvius éclata de rire. Pourtant, il avait toutes les raisons de pleurer ; ce malentendu avait été le déclencheur de sa séparation. Mais, pour se sauver du désespoir, ne valait-il pas mieux rire de tout ?

– J'ai une suggestion à te faire, annonça Florine en se plantant devant lui, soudain.

La foule coulait de droite et de gauche sous la galerie

1. Tragédie de Sophocle.

couverte du Printemps de Paris, les enveloppant dans un frôlement feutré de soie et de satin.

– Je t'écoute, dit-il en prenant son visage entre ses mains.

Il le tenait si près de lui que des mèches brunes s'en venaient caresser ses joues.

– As-tu songé à te venger de Colomier ? Je crois qu'il mériterait une leçon, ce patriarche hautain et méprisant. C'est lui, et lui seul, le responsable de ta séparation. Mais tu ne veux pas le voir, petit Silvius, pourtant…

– Et comment donc ?

– Il te faudrait révéler à ses fils que leur père entretient une scandaleuse liaison avec sa secrétaire, France Lazaret. Voici qui aurait du chien, tout de même.

Silvius se recula d'un pas et pivota de côté.

– Ce serait meurtrier en effet, mais je risquerais de perdre Roxane pour toujours. Elle ne me pardonnerait pas ce coup de jarnac.

– Au moins, tu serais fixé sur elle, définitivement. Et si cela devait tourner au fiasco, n'aie crainte, mon doux Silvius, je te présenterai Émilie. La plus belle actrice de Lyon. Elle a joué Nina dans *La Mouette* de Tchekhov. Toute la critique s'est emballée pour elle. Je te connais, petit frère. Au premier regard tu en tomberas amoureux, comme Treplev.

23

Hiver 1901

Francisque Colomier était rendu au dernier degré du désespoir. Certes, il y avait la lettre de rupture de France Lazaret qu'il n'avait pas eu le courage de lire jusqu'au bout. Les trois premières phrases lui avaient suffi… Le reste, des justifications et des remords, c'était plus qu'il ne pouvait supporter. Mais il y avait pire, le sentiment brutal de percevoir, soudain, autour de soi, un monde qui vacille et s'écroule. Les derniers bilans présentés par William Fouque étaient catastrophiques.

– Nous allons prendre un bouillon car les réserves nous manquent…

Le banquier n'osa même pas livrer ses chiffres. Ils montèrent d'un étage, dans le bel immeuble de la place des Jacobins. Au sommet, les bureaux étaient somptueux. Domaine réservé au maître et à ses meubles de collection. Le cabinet privé, vaste comme une salle de bal, contenait des fauteuils Louis XIV en noyer doré et garniture de velours de Gênes rouge, un médaillier Boulle, deux ou trois consoles d'applique du XVIIe siècle, ornées de sculptures, représentant des masques d'hommes et de femmes, encadrées de rinceaux et surmontées de plateaux de marbre rouge, de petites tables en chêne doré à pieds de biche.

M. Colomier n'était pas exclusif dans ses goûts. Il aimait à mélanger les styles. Sa table-bureau était Empire avec des pieds en lyre et le siège qui l'accompagnait, d'époque Directoire, dont le dossier était enroulé vers l'arrière dans un mouvement de volute, était décoré de palmettes. Il prit place derrière ce monument et offrit à Will de s'asseoir en face de lui sur un tabouret Louis XV. Le tissu en Gros de Tours rose était passablement élimé.

– Nous ne pourrons pas tenir nos comptoirs de Shanghai et de Canton sur lesquels j'avais tellement compté, déplora Colomier.

– Il y a deux manières de procéder face à une crise, expliqua le banquier, le repli sur soi ou la fuite en avant.

– Dans le repli, nous jouons la sécurité, tandis que dans l'autre solution nous misons sur la chance, résuma-t-il.

M. Fouque ne se risqua pas à suggérer le moindre conseil. S'il conservait son amitié à Francis, il ne voulait point se compromettre pour lui. « Après tout, pensa-t-il, je n'ai jamais obtenu le poste de conseiller à la Banque de France que l'on m'avait promis. Mon fidèle ami n'a jamais daigné lever le petit doigt pour influencer Marinchard, ni intriguer en haut lieu pour me décrocher un siège. Pourquoi me mettrais-je en danger pour lui ? »

– Vous ne me dites rien, Will ? Le Lyonnais ne se fendrait-il pas de quelques petits millions ?

Fouque garda son air des jours ingrats.

– Je ne sais que vous dire. Vous avez sans doute trop négligé vos affaires ces temps derniers. Et vos fils ? Que voulez-vous en faire ?

– Rien, dit Colomier.

– Sont-ils avec vous au moins ?

– Pourquoi dites-vous cela, Will ? Auriez-vous quelque chose à m'apprendre ?

Le banquier baissa la tête. C'était d'ordre privé. Une basse vengeance, une infâme rumeur, un destructeur tintamarre courait sur la place de Lyon.

– Désormais, tout est rentré dans l'ordre, mais un peu tard.

– De quoi parlez-vous ?

Fouque alla à la fenêtre donnant sur la place des Jacobins et son regard s'attarda sur la fontaine et sur la fourmilière humaine qui faisait battre le cœur de la ville.

– France Lazaret, dit-il d'une voix craintive.

– Et alors ? reprit Colomier.

– On ne parle que de ça. À l'Union, au Lyonnais, à la Croix-Rousse… Dans ces lieux, on ne vous aime pas, Francis. On n'aime pas que les riches dilapident leur argent tandis que les pauvres triment dans les fabriques.

Le patron éclata de rire. Décidément, il n'appréciait guère qu'on dessinât ainsi la société, qu'on l'observât par le petit bout de la lorgnette.

– Ce sont les riches qui ont bâti cette ville, qui ont fait sa renommée. Les riches qui ont fait prospérer le négoce. Jadis, nous avions le monopole de la soie grège qui nous venait de Gênes ou de Bologne. Ainsi avons-nous commencé à devenir fortunés et enviés au royaume de France, enviés et détestés forcément. Mais les marchands ont incité les ateliers à hausser la qualité, souvent au prix de mille efforts et de sacrifices terribles, j'en conviens. Mais sans eux, aurions-nous atteint ce degré de perfection ? C'est nous qui avons ouvert les routes de la soie jusqu'en Amérique…

– Le savoir-faire des ouvriers n'a jamais été récompensé, temporisa Fouque. Le nouveau siècle ne nous pardonnera pas cet oubli. Le peuple se réveillera et imposera des lois sur le travail, exigera des salaires convenables.

– Je ne vois pas le monde comme vous, Will.

– Hélas, Francis, mille fois hélas. Ce sera votre erreur.

– Vous me faites songer à mon crétin de gendre, le petit paysan de l'Ardèche…

– Oui, je comprends, dit Fouque. Mais il fait son chemin celui-là. Pierre Hubelle n'a-t-il pas dit, le jour du mariage de Roxane, qu'il nous faudrait compter avec ce jeune homme ?

Colomier balança la tête de droite à gauche.

– Il a quitté notre maison. De guerre lasse. J'ai vivement encouragé ma fille à l'éloigner d'elle. Reconnaissez que j'ai eu raison. Quoi ? Vous ne me dites rien… Je n'aime pas votre manière de faire la moue. Vous douteriez de mon autorité ?

– Ce n'est pas cela. Le monde a changé. Aujourd'hui, un homme humilié peut conquérir sa revanche.

– Quelle revanche ?

– Vous ne savez pas ?

– Quoi donc ?

– Votre ancien associé, Romain Pleynet, l'a installé à la tête de sa fabrique rue du Chariot-d'Or. Désormais le petit paysan s'est mué comme par enchantement en un industriel. Il a commencé à faire la révolution dans l'usine. Il a chassé les vieux canuts pour installer du sang neuf. Et plus encore, il a entrepris de changer les machines.

– Avec quel argent ?

– Celui de Pleynet, bien entendu.

– Vous voulez dire, Will, que ce vieux fou a abandonné la Croix-Rousse ?

– Parfaitement.

– Oh mon Dieu, quelle erreur ! Ce n'est pas correct de livrer ainsi le pouvoir à un type qui n'est pas de notre monde.

– Serait-ce un signal ? Un avertissement sur ce qui va

advenir… Une espèce nouvelle de capitaines d'industrie, prophétisa le banquier.

– Mais l'Union doit réagir. Étranglons-le, Fouque. Jetons-le à terre avant qu'il ne soit trop tard. Rien de plus qu'un freluquet sans éducation, sans instruction. Un moins-que-rien.

Le négociant s'approcha de Will, les poings serrés. Il s'arrêta face à lui, puis se mit à lui marteler la poitrine sauvagement. Le banquier bomba le torse, enflant sa poitrine comme un punching-ball. Par un effet étrangement ridicule et dérisoire, M. Colomier, à ce moment, parut fort seul et démuni devant une force du destin qui le dépassait. Fouque n'avait aucune envie de mettre ce jeune homme à terre et sûrement pas pour plaire au négociant de la place des Jacobins. La vie serait donc un carrousel tournant à l'infini, emportant les uns, écrasant les autres, une mécanique folle que rien ne pourrait jamais arrêter. C'était l'image du siècle nouveau, cette force décuplée par des poulies, des engrenages, des vilebrequins, des arbres à cames…

– Vous m'avez compris. On l'écrase, ce petit avorton prétentieux. Bougez-vous, bon Dieu, faites votre métier. La banque, c'est encore le sésame, non ?

Une fois seul, le patron du Comptoir des soies se prit la tête dans les mains et hurla de rage. « J'ai vu juste. Je savais qu'il nous ferait un enfant dans le dos, le salopard. Produire de la soie à bas prix pour inonder le marché avec cette infâme mécanisation à outrance, voilà son projet. Nous tuer sans pitié. »

M. Colomier n'était pas encore arrivé au bout de ses surprises. À peine eut-il quitté son bureau, après avoir caressé avec ravissement ses meubles de collection, qu'il tomba sur ses fils.

– On voudrait te parler, père, dit Cyril.

– Je n'en ai ni le temps ni l'envie ! répliqua-t-il en boutonnant sa longue pelisse de fourrure.

– Il le faudra, père, insista Octave.

Francisque se retourna, incrédule.

– Depuis quand vient-on me dicter des ordres ?

– Vous avez failli, lui reprocha Cyril.

– J'ai failli à quoi ? questionna Colomier.

– À vos devoirs. De père et de mari…

Francis prit Cyril par le col de son veston et le tira sur le côté pour passer son chemin. Mais Octave se mit en travers.

– Vous avez déshonoré notre maison en entretenant une maîtresse. Toute la ville est au courant de vos turpitudes.

Colomier n'aimait guère le mensonge. Ce n'était certes pas pour des raisons morales, car il possédait une trop haute idée de sa personne. Mais il lui paraissait indigne d'un capitaine d'industrie.

– Vous reconnaissez vos torts, puisque vous ne vous défendez pas ? insista Cyril.

– France Lazaret a été ma maîtresse, en effet. Et je me fiche que cette nouvelle vous affecte, mes chers enfants. Je n'ai pas de compte à vous rendre. Est-ce que je m'occupe de vos soirées, moi ? De vos beuveries, de vos fêtes incessantes, de vos dépenses somptuaires au Divan, au Domino noir, et que sais-je encore ? Le jeu, les toilettes, les petites combines dans mon dos, les trous dans la caisse, les copinages infâmes avec ces trublions de l'Action française… N'est-ce point déshonorer notre nom que se vautrer dans les compromissions ? C'est autrement coupable à mes yeux que de passer quelques heures en galante compagnie au Grand Hôtel. Vous ai-je dit, mes chers enfants, ou ai-je été assez distrait pour ne le faire savoir déjà, que vous êtes tous deux de petits minables sans ambition, sans talent, indignes de reprendre le Comptoir ? Je possède encore assez de lucidité pour entrevoir que vous ne serez jamais les chefs que j'avais tant espérés. Il n'est que votre mère qui puisse me condamner. Mais elle s'en garde bien, elle qui me connaît mieux que quiconque. Puisque l'on veut, hélas, juger mon métier d'homme, s'exerçant tout aussi bien à la tête de nos affaires que dans les alcôves feutrées, je dirais simplement qu'il est celui d'un homme compliqué, traversé par des désirs fulgurants et des contradictions insurmontables. Mais à la vérité, je me livre tout entier à mon ouvrage, quoi que vous puissiez croire. Maintenant, allez donc jouer…

Francisque se fit conduire en fiacre au restaurant Rivier, place des Terreaux. « Voici qui me rajeunit », pensa-t-il en passant par les cuisines où œuvrait Marius Gaillard au milieu de ses marmitons.

– J'ai une poularde demi-deuil aux truffes, conseilla le chef, tu m'en diras des nouvelles, Francis.

M. Colomier opina de la tête et alla s'asseoir dans son coin favori. Cela faisait vingt ans qu'il fréquentait le restaurant Rivier et jamais il n'avait eu à s'en plaindre.

– Pour commencer, ajouta le chef, un potage aux écrevisses. Ça nous rappellera des souvenirs.

Le patron du Comptoir se demanda alors pourquoi il n'avait jamais conduit France Lazaret dans ce haut lieu gastronomique. Un fâcheux oubli qu'il regrettait désormais, mais il n'était point sûr qu'elle eût apprécié. La table ne l'intéressait guère ; elle lui préférait les voyages. Il se mit à sourire. En fait de voyage, nous n'aurons fait que parcourir les rives de la Saône et du Rhône, faire le grand tour de la Tête-d'Or avec une halte journalière au Grand Hôtel. « Quelle misérable vie », se reprocha-t-il. La lettre de rupture était encore dans la poche de son veston, soigneusement pliée dans sa petite enveloppe de papier bistre. C'était la preuve irréfutable que les carottes étaient cuites. « Revivrai-je un jour un si grand amour ? » se demanda-t-il. Mais l'arrivée du potage interrompit sa réflexion.

Au fur et à mesure que le restaurant s'emplissait, Colomier se renfrognait dans son coin, répondant à peine aux signes de tête qu'on lui adressait. À la fin, après une poire pochée au vin rouge, il alluma un cigare et dégusta un cognac Delamain.

Les propos enfiévrés de Cyril lui revinrent en mémoire. Il se sentit alors pris par une irrépressible angoisse qui lui étreignait la poitrine. Une minute, il crut mourir ainsi, frappé d'une de ces sortes d'apoplexies, au milieu de ces étrangers. Il chercha en vain quelque encouragement dans les regards fuyants qui l'entouraient. « Ce qu'il me reste à vivre est désormais frappé du sceau de l'indifférence, se dit-il. Même Adèle ne me regrettera pas. On me fera passer par la porte de la primatiale avant de me conduire à Loyasse. » Mais l'ombre de la mort s'éloigna peu à peu de lui. Toute cette peur irraisonnée n'était décidément que le fruit de son imagination. « Ça nous aurait bien arrangés, moi et France, se dit-il, que le chiffre de mes jours s'arrêtât ici. Dès lors que les banquiers m'ignorent, à quoi bon lutter ? J'en connais qui se sont défenestrés pour moins que ça… »

M. Colomier se soignait à sa façon, par l'apitoiement sur soi qui est une des multiples variétés de l'orgueil et de la vanité. Peu à peu, il recouvra une appétence pour la vie, même si celle-ci ne lui offrait guère de quoi se réjouir.

« Pleynet aux colonies… Bon débarras. Un ennemi de moins, pensa-t-il. Plus de maîtresse. Une femme rétive. Enfin, un brin de repos en perspective. La solitude, alors ? Mais que sais-je de la solitude ? Arriverai-je à l'apprivoiser. Ce me sera un long apprentissage. Devenir pauvre ? Voici une triste mésaventure. Je m'en défendrai, forcément. Fouque, Hubelle et Marinchard me serviront-ils à quelque chose dans mon destin futur ? Quant à mes fils, mes idiots de fils, à rien, assurément. Maintenant qu'ils me haïssent, je les aurai contre moi. Pas de quartier. S'il faut les écraser, je le ferai. »

M. Colomier demanda un nouveau Delamain. Il but à courtes lampées, sans prendre le temps de réchauffer l'alcool. Un Delamain 1881 eût tout de même mérité quelques égards.

« Trop vieux pour repartir, se dit-il. Trop vieux pour tout recommencer. J'ai traversé tant de crises : la concurrence italienne, l'essor des soies chinoises et japonaises, les maladies, les débuts de l'industrialisation… Et maintenant, la création de nouvelles fabriques avec des métiers modernes pour produire de la soie industrielle… Trop pour moi qui suis fidèlement accroché à mes vieux rêves. »

Au sortir de chez Rivier, Colomier ordonna à son cocher de le conduire au Grand Hôtel. Par fétichisme, il avait conservé la suite Rose jusqu'à la fin du mois. Il monta s'y installer, pour une nuit encore. Une ultime nuit. Comme une veillée funèbre pour un amour perdu.

24

Printemps 1901

Avec la mise en service de l'usine de Cusset, la ville de Lyon et bientôt toute son agglomération allait connaître ce bienfait du nouveau siècle, la force électrique. Jusqu'alors, il n'était que certains quartiers de la ville à pouvoir bénéficier de ce progrès grâce à la Compagnie du gaz. Mais le barrage hydroélectrique de Cusset fut une réalisation grandiose à laquelle s'étaient associés nombre de chefs d'entreprises de la ville et surtout les soyeux. En effet, les plans de l'ingénieur Raclet avaient eu besoin d'un soutien actif du monde de l'industrie et du commerce pour ouvrir un canal sur le Rhône et faciliter l'exploitation de ce que l'on nommait en ce temps-là la houille blanche.

La fabrique du Chariot-d'Or connut dès le début de l'année 1901 des transformations majeures. Après la mise en place d'un personnel formé aux techniques modernes, Silvius Andromas s'attela à la refonte de l'outil de production. Il passa commande, dans une firme lyonnaise dépendante du groupe allemand Alioth, de puissants moteurs électriques. Ceux-ci étaient destinés à équiper les métiers à tisser mécaniques. Avec leurs bâtis en fonte, les nouvelles machines n'étaient guère de conceptions différentes de leurs ancêtres : rouleau d'ensouple, chaîne, peigne, remisse, mécanique d'armure ou de façonné, rouleau d'étoffe… Mais la différence résidait dans le fait que l'homme n'en activait plus les rouages, le battant, le lancement de la navette, le mouvement des lisses ou des maillons. La force électrique accomplissait tout le travail à des vitesses vertigineuses. Mais cette puissance se devait d'être contrôlée par des systèmes de sécurité. Ainsi, en cas de difficultés, le métier s'interrompait automatiquement. Il fallait alors recourir à la main de l'homme et à sa dextérité pour le remettre en activité.

– Regardez, expliqua Silvius à ses collaborateurs, là où, autrefois, le geste lent du canut poussait la navette entre les fils levés d'un coup de marche, la trame passe et est changée quand il le faut par le jeu des boîtes mobiles à navette. Certes, l'ouvrier surveille, mais il confie à la force électrique le soin de régler le rythme, la cadence ; le pli est pris. Voici où va l'avenir…

Les nouvelles machines, métiers et accessoires, étaient des Diederichs, des Northrop, des Rüti, des Fayolle-Ancet, des Vincenzi… MM. Jean Formet, nommé chef de fabrication, et Paul Janglard, chef d'ateliers, se chargèrent de former les équipes pour le fonctionnement de la fabrique. Il y eut nombre de ratés, de métiers immobilisés, plusieurs heures parfois, d'erreurs de mise en carte à cause desquelles le liseur devait réinterpréter les semples. Mais la production se trouva accrue par deux ou trois, ce qui était considérable. Rapidement, Silvius comprit, avec sa secrétaire Élise Madronnet, le parti qu'il pourrait tirer de cette productivité. « Voici qui va nous obliger à surveiller nos commandes si nous ne voulons pas manquer de travail », expliqua-t-il en débauchant deux des courtiers Colomier pour les mettre sur le chantier.

Par on ne sait quelle obsession, Andromas avait acquis une vision pessimiste des événements. Il ne se disait point :

« Je vais accroître mes bénéfices », mais : « Je vais manquer de contrats et perdre de l'argent à immobiliser mes machines. » Cette prudence était sans cesse battue en brèche par ses proches collaborateurs. Janglard et Formet avaient, quant à eux, une débordante confiance dans l'avenir.

Andromas se donnait pleinement à son entreprise, quêtant la moindre faille dans l'organigramme du service de fabrication. Il avait la fâcheuse habitude de déplacer les ouvriers d'un poste à l'autre, comme si cette manie suffirait à rendre l'appareil productif plus performant. À la vérité, Janglard ne tarda point à lui avouer qu'il ne faisait, tout au plus, que le désorganiser. Il prit cette critique en mauvaise part et quitta deux jours de suite l'usine pour accompagner Florine à Marseille où l'on donnait un opéra de Verdi en hommage au compositeur qui venait de disparaître.

Mais dès son retour rue du Chariot-d'Or, le jeune patron reconnut ses erreurs et accorda toute latitude à ses deux adjoints. Dès lors, il se consacra à la comptabilité avec Élise, surveillant les livres de comptes étroitement et même les cartes pour l'élaboration des motifs de tissage.

Par une fin d'après-midi plutôt pluvieuse, comme il s'en trouvait beaucoup dans la dernière semaine de mars, Romain Pleynet fit garer sa Phoenix place Belfort. Drapé dans un long cache-poussière et coiffé d'un panama, il s'engouffra dans la fabrique, serrant quelques mains au passage sans s'attarder et monta directement à l'étage. C'était là, derrière de larges baies vitrées, que se situaient les bureaux de la direction. Il toqua deux fois à la porte d'Andromas et entra.

– Je viens me rendre compte des progrès, dit-il.

Silvius apporta les derniers bilans et le carnet de commandes. Pleynet s'amusa de cette docilité. « Décidément, pensa-t-il, il ne parviendra jamais à se débarrasser de ses vieilles allégeances. Ici, vous êtes le maître, monsieur ! » Mais il garda sa réflexion pour lui.

– Je sais que ça tourne, votre affaire, dit Pleynet.

– Comment le savez-vous ?

– On en parle à l'Union. On parle de beaucoup de choses à l'Union. Vous n'y allez jamais ?

– Non, dit Silvius. Pour l'instant, j'ai trop de travail.

– Il le faudra pourtant. C'est le seul endroit avec la Banque de France et le Lyonnais où se décide l'avenir de notre industrie. Ce sont nos emplois, nos bénéfices, nos fortunes passées ou à venir.

Il posa son chapeau sur le bureau, y jeta ses gants comme jadis Silvius l'avait vu faire au café de la Gaule. Toujours les mêmes rituels, les petits sourires blasés et cette manière de regarder le monde un peu de côté.

– Je vous promets que j'assisterai à la prochaine réunion.

– Vous n'avez rien à me promettre. Ceci est un conseil d'ami, c'est tout.

– Et de quoi parle-t-on par ces temps ?

Pleynet croisa et décroisa ses jambes. Il avait envie de poser ses bottines sur une chaise voisine, mais n'osait pas. Silvius se tenait droit derrière sa table, les bras croisés, les manches relevées.

– La fièvre coloniale, dit-il, soudain énigmatique. Toutes les fortunes lyonnaises veulent se positionner dans l'outre-mer et en particulier au Tonkin, en Algérie et en Tunisie. Mais les financiers n'aiment pas prendre des risques inconsidérés. Le propre des ministères de la troisième République c'est qu'ils sont branlants et incertains. C'était mieux sous le Second Empire.

– Je n'entends rien à ces choses.

– Il y a une affaire florissante, mon cher, à cueillir de toute urgence, c'est la Société des docks et entrepôts de

Haïphong. Le Lyonnais y est engagé depuis le milieu des années soixante. Nous y avons gagné beaucoup, beaucoup d'argent. Les longues périodes de crainte s'estomperaient-elles ? Je le crois et je compte sur Madagascar où je me trouverai cet été pour y jouer un rôle, moi aussi. Les araignées, certes, mais aussi la section coloniale. Les cabinets ministériels tombent les uns après les autres, mais nous autres, financiers et hommes d'affaires, nous avons besoin de stabilité. C'est pourquoi, en sous-main, le plus discrètement possible et dans un parfait anonymat, nous avons mis sur pied une direction coloniale extra-ministérielle. Détachée de toutes contingences politiques, elle nous permettra de nous implanter dans les colonies. Mon jeune ami, je vous enjoins d'entrer dans le cercle de Marinchard et surtout dans la Compagnie lyonnaise indochinoise. Moi, j'irai tout naturellement dans celle de Madagascar.

– Mais alors, il n'est pas que la soie qui nous occupe ?

– Les ciments en Chine, l'agriculture au Tonkin, la viticulture en Tunisie, la construction d'immeubles de rapports à Bizerte ainsi que l'arsenal, les mines de zinc à Zaghouan…

Silvius se montra désemparé devant autant de perspectives nouvelles. Trois mois de direction à la fabrique Pleynet l'avaient mis sur les genoux. Il entrevoyait mal d'y ajouter quelque autre responsabilité dont il ne maîtrisait pas encore les mécanismes. M. Pleynet avait beau dire d'une voix assurée que les affaires se traitaient à l'instinct, il se sentait intimidé par les majestueuses façades de la Bourse, de l'hôtel de ville, de la chambre de commerce.

– Et dire, reconnut-il le feu aux joues, que j'ai mis un peu d'argent dans le rachat d'une magnanerie…

– Une magnanerie ! s'écria Pleynet. Mon Dieu, quelle drôle d'idée ! La soie grège ne nous vient plus de France.

Celles d'Italie, du Japon et de Chine défient toute concurrence, vous le savez bien !

Silvius se mit à arpenter son bureau, alors que Romain Pleynet attendait des explications, le regard attendri.

– C'est la magnanerie de Fontbelair. Elle appartenait à ma mère qui est morte la saison passée.

– Vous n'avez pas eu à la racheter puisque vous en avez hérité ? demanda l'industriel.

– J'ai payé la part de ma sœur. Deux fois ce que ça valait.

Pleynet éclata de rire.

– Comprenez-vous cela, monsieur Pleynet ? J'ai ressenti le besoin de garder Fontbelair.

– Non, répliqua l'industriel, je ne vous comprends pas. Du reste, il n'est que dans les affaires de famille qu'on se fait rouler. Et savez-vous pourquoi ? Parce que nous y mettons du sentiment. Pour les affaires, le sentiment équivaut à des sables mouvants.

– Vous me trouvez donc trop sentimental ?

– En effet, c'est un de vos défauts. Mais vous n'y êtes pour rien. Cela tient à votre histoire personnelle.

– Qu'auriez-vous fait à ma place ?

– Je m'en serais désintéressé.

– Pourtant, vous avez conservé la Villa des térébinthes ?

Il se mit à hocher la tête, comme si l'on réveillait une vieille histoire, elle aussi par trop affective.

– Ma sœur Mildred y tenait tellement que j'ai décidé de la garder lorsque mon père a disparu. Ma pauvre Mildred, elle ne voudrait mourir nulle part ailleurs.

– Et pour vous, qu'en est-il de cette demeure ?

– Il ne faut jamais se retourner sur son passé. N'est-ce pas ce que je m'apprête à faire ? Partir…

– Mais vous reviendrez et vous serez enchanté de retrouver, ici, sur les hauteurs de Lyon, ce domaine édénique.

Le visage de Pleynet fut empreint d'un air grave et secret.

– Je ne crois pas, monsieur Andromas. Je ne reviendrai pas.

Depuis ces derniers temps, M. Pleynet avait des fourmis dans les jambes. À peine était-il arrivé dans un endroit que déjà il se projetait ailleurs. À vrai dire, il avait hâte d'en finir avec la vieille Europe. Quelques semaines seulement le séparaient de son départ. Pour l'essentiel, ses affaires étaient en ordre. Il lui restait seulement une dernière chose à régler, et non des moindres, mais il s'était promis de le faire au dernier moment pour ne pas risquer de « se retourner sur son passé », comme il disait.

Avant de quitter le bureau du jeune Andromas, il lui donna une accolade plutôt virile, avec de petites claques dans le dos.

– Vous viendrez fêter à la villa de Fourvière mon départ. Je compte sur vous, dit-il la voix empreinte d'émotion.

– Ce sera douloureux, subodora Silvius.

– Il faut savoir savourer l'instant présent et ensuite tourner la page. L'existence nous prémunit contre le feu des sentiments. Ce qui nous brûle et nous consume plus vite, c'est l'insoutenable attente. J'ai eu beaucoup de chance jusqu'alors, les événements de la vie m'ont préservé de l'ennui. Et comme dirait Montaigne, je sais ce que je fuis et non ce que je cherche, n'est-ce pas ?

L'industriel descendit dans la fabrique et alla saluer chacun des ouvriers, sans ajouter un mot ni un regard plus insistant que l'autre. C'était juste à ses yeux une visite de politesse.

Aidée par ses domestiques, Eudeline-Mildred Pickock avait fait décorer la villa et les alentours avec de riches oriflammes de soie rouge et or, des lampions dispersés dans le parc, suspendus dans les arbres ou au fil des allées. En arrivant à la fin du jour, les invités, devant tant de fantaisie, s'étaient esclaffés, s'attendant à une cérémonie d'adieu plutôt morose.

La villa de Fourvière était, pour les gens du négoce, un haut lieu dans le paysage de Lyon ; on avait un jour ou l'autre eut affaire à elle et à ses propriétaires, tant l'influence de Pleynet était courue. Si certains regretteraient sincèrement son départ pour l'Île rouge, d'autres se réjouiraient en cachette de ne plus le savoir à la Croix-Rousse ou dans les murs de l'Union.

À ce moment, seul Léon Marinchard paraissait s'ennuyer, une coupe de champagne à la main. Il allait d'un groupe à l'autre sur le gazon, longeant la longue table revêtue d'une nappe blanche brodée de fils d'or, cueillant de-ci de-là quelques brochettes de langoustes ou de saint-jacques. Il avait un fort appétit et désirait en apaiser les effets au plus vite pour se consacrer à des conversations plaisantes. Romain Pleynet ne lui avait-il pas fait jurer de ne surtout pas parler boutique, c'est-à-dire argent, banque, dividendes, commissions et bénéfices ? Nul ne croyait une seule seconde que le président de l'Union des marchands de soie et administrateur en chef de la Banque de France tiendrait sa parole.

Tous ses courtisans le suivaient comme de petits chiens, frétillant de la croupe et se dandinant dans leurs costumes de toile blanche ou bistre. Ils portaient tous, comme un uniforme, le canotier fleuri et le nœud papillon aguicheur, tandis que le chef de meute, lui, paradait en habit noir et chapeau haut de forme. C'était le style Marinchard, l'habit en toutes occasions et quel que fût le lieu.

À mesure que les coupes se vidaient le majordome

accourait pour les recueillir sur son plateau d'argent, puis en distribuait de nouvelles, dispendieusement.

– Cristal Roederer, disait M. Lamy, le champagne préféré de notre cher Pleynet…

Les langoustes et les saint-jacques furent englouties rapidement, si bien que les dames, parvenues devant le buffet un peu tard, n'eurent que les restes des roulés de jambon et de volaille.

– Il ne fallait pas roucouler dans la roseraie, mes chères tourterelles, persifla Bonnet.

Mais sur la terrasse, Romain Pleynet veillait sur ses invités. Il ne voulait surtout pas qu'ils restassent sur leur faim en se retirant au milieu de la nuit. Il claqua des doigts et Mireille, sa cuisinière, accourut.

– Servez le caviar, ordonna-t-il.

– Déjà ?

– Faites donc, je vous prie.

Deux jattes furent déposées sur la table, à la disposition des invités. Et les dames se rattrapèrent, puisant à la cuillère dans les récipients sans se lasser avec de petits cris de ravissement.

Dans le salon, dont les portes étaient grandes ouvertes sur la nature, M. Émile Lartiguay, directeur du Lyonnais, devisait aimablement avec son voisin Auguste de Moulinot, président de la section coloniale à la chambre de commerce. C'était un grand bonhomme sec, à l'allure *british* dans son costume à motifs écossais, très coloré, extravagant même. Contrairement aux apparences, il n'était pas d'une noble lignée, puisqu'il avait acquis sa particule à la fin du Second Empire. Il n'était pas aisé de s'appeler Moulinot tout court et de fréquenter les diplomates du Quai d'Orsay.

– Les corps expéditionnaires ont été très efficaces ces dernières années, dit M. de Moulinot qui se tenait au milieu du salon, droit comme un I devant un Lartiguay vautré au fond d'un fauteuil. De nombreuses régions du monde sont tombées dans l'escarcelle France. L'Algérie, le Congo, le Soudan, la Tunisie, le Maroc, le Gabon, le Niger, le Dahomey, le Tchad, la Haute-Volta…

– Et Madagascar, ajouta Lartiguay.

Pendant que Moulinot faisait le bilan des activités coloniales françaises et se félicitait des résultats obtenus par les troupes et la diplomatie, Marinchard était entré se mettre à l'ombre, suivi par le propriétaire des lieux.

– J'espère, dit le président de l'Union en se tournant vers Pleynet, que vous prendrez vite pied là-bas. Tout reste à faire.

Puis Marinchard se tourna vers Moulinot en le toisant d'un regard sévère et reprit d'une voix mielleuse :

– Il ne suffit pas d'envoyer un corps expéditionnaire et de signer un protectorat. Les ministres sont de grands naïfs. La chose accomplie, ils croient que le pays est pacifié, que la population est enfin acquise à nos idées. Mais non, je le répète, tout reste à faire. C'est-à-dire instiller le génie français…

Pleynet fit le tour de son salon d'un pas lent. Au passage, il effleura la chevelure de sa sœur qui se tenait assise dans son coin habituel. Mildred s'ennuyait. Mildred trouvait le temps long. Mildred avait de la peine à l'idée d'une longue séparation avec son frère. Et les conversations glissaient sur elle comme des gouttes d'eau sur les plumes d'un canard. Pour faire honneur à Romain, elle avait revêtu une robe deux pièces de fort belle facture, un brin ancienne il est vrai – pour elle, la mode s'était arrêtée en 1880 –, en chantilly noir sur du satin de soie rouge carmin. La jupe était aussi façonnée de nœuds en faille noire et applications perlées.

M. Marinchard ne s'était point arrêté en chemin, ajoutant le geste à la parole :

– Quand je dis tout reste à faire, j'entends bien : ouvrir les routes, bâtir les dispensaires, défricher les terres incultes, aider les missionnaires, installer nos comptoirs commerciaux, traiter avec les potentats locaux. En un mot, la guerre pacificatrice n'est qu'une rigolade face à cette grande œuvre française. La paix, vous dis-je, est bien plus compliquée à organiser. Car si nous ne donnons pas un peu d'éducation à ces sauvages et un brin de religion, ils finiront par se retourner contre nous…

M. Pleynet s'était avancé sur sa terrasse pour accueillir Silvius Andromas. Aussitôt, il le prit sous son aile et le présenta à ses invités. Marinchard se montra aimable en disant qu'il avait entendu parler de lui, et surtout de la manière expéditive dont il avait transformé la fabrique du Chariot-d'Or. Quant à ses voisins, ils le saluèrent avec une froide indifférence. Monsieur de Moulinot était trop orgueilleux pour reconnaître quelque qualité à un homme qui ne lui fût égal et Lartiguay était trop las pour émettre la moindre opinion. Il se contentait de suivre le mouvement, l'élan général.

Du reste, la cérémonie se précipita lorsque les proches amis de Pleynet s'en vinrent dans le salon. Il y avait là tout ce que Lyon comptait d'industriels, de marchands, de banquiers et d'élus. Dans le brouhaha, Silvius en avait profité pour saluer Mildred. Cette dernière l'entraîna à l'écart dans une petite alcôve.

– Auriez-vous la gentillesse d'accompagner mon frère à Marseille, le jour de son départ ? Je crois qu'il serait profondément touché par une si délicate attention.

– Bien sûr, exulta Silvius en prenant les mains d'Eudeline-Mildred dans les siennes. Ce que je suis aujourd'hui, madame, je le dois à votre frère.

– Oui, reconnut-elle, il vous aime bien. Romain a toujours pensé que l'avenir de notre monde ne se pourrait composer sans la participation des gens de votre condition. La bourgeoisie régnante a institué ses quartiers de noblesse…

Elle se mit à rire.

– Les privilèges ont été abolis à la Révolution. Ce n'est pas pour revenir à l'Ancien Régime. Mais il ne faudrait pas que l'on en invente un pire encore que celui qui fut renversé la fameuse nuit du 4 Août. Je crains cela, mon cher Andromas, le retour des crocodiles dans le marigot républicain. Regardez Moulinot, en voilà un qui doit tout à Marinchard. Et aujourd'hui, il feint de l'oublier.

– Je n'oublierai pas, madame, ce que je dois à M. Pleynet.

Mildred parut rassurée. Elle retira ses mains de celles de Silvius et lui fit signe de se retirer.

Dans le salon, Pleynet avait commencé un petit discours d'adieu en rappelant ce que la ville lui avait apporté. Marinchard l'interrompit, soudain, en évoquant, en trois phrases pour une fois, ce que lui, Pleynet, avait apporté à la cité.

– Trop modeste, balbutia Fouque.

Silvius chercha du regard des personnes de connaissance. Il y avait Hubelle, le député Prénat et France Lazaret. « Elle ne manque pas de culot », pensa-t-il. Mais il ne vit pas Colomier, ni ses fils. « Suis-je bête, se dit-il, Pleynet et Colomier sont désormais les pires ennemis. Sans doute ai-je apporté ma pierre à cette discorde, mais j'y ai gagné ma bonne fortune… » Et c'est l'esprit léger qu'il alla se placer au premier rang, à côté des élus de la ville. Certains se reconnaissaient à la cocarde tricolore qui ornait leurs vestons.

Heureusement, le speech de M. Pleynet fut bref. Et lorsque Marinchard reprit la parole ce fut pour exprimer des regrets. Mais le président de l'Union sentit que ces larmoiements étaient de trop.

Tandis qu'on faisait mouvement vers la table déployée dans le parc pour y achever les derniers restes, Pleynet prit Marinchard par le bras et le conduisit vers sa bibliothèque. Puis, se retournant, il fit signe à Silvius de les suivre. Ce dernier hésita.

– Je me suis laissé dire que vous embarqueriez avec votre Phoenix ?

Romain opina de la tête.

– Qu'en ferez-vous, là-bas ? Il n'y a que des chemins impraticables. Vous la mettrez hors d'usage avant d'avoir quitté Diego Suarez.

La bibliothèque était passablement en désordre. M. Pleynet avait commencé à emplir ses malles de livres. Il ne pourrait tout emporter et le choix était difficile. Peut-être était-ce ce qui lui faisait le plus de peine, devoir se séparer des *Mémoires* de Saint-Simon ou des *Contes* de Voltaire par exemple, mais il se consolerait avec Cervantès et Homère.

– C'est un dilemme. Que doit-on sauver du naufrage ? Les maîtres anciens, seulement. Me comprenez-vous ?

Marinchard trouva un siège dans le fatras, tandis que le propriétaire s'assit sur une de ses malles. Puis il demanda à Andromas de s'approcher.

– Promettez-moi, Léon, d'accorder toute votre confiance à ce jeune homme.

Le président hocha la tête en fixant Silvius.

– Vous avez ma parole, dit-il.

En quittant la bibliothèque, seul, Silvius fut arrêté par Mildred. Tous les invités étaient dans le parc pour goûter la douceur du soir. La cérémonie des adieux leur avait suffi et chacun des participants cherchait à s'épargner des congratulations individuelles avec le maître des lieux.

– Venez par ici, jeune homme.

Il la suivit de nouveau, se demandant bien ce qu'elle lui

voulait. Dans le boudoir de Mme Pickock, il y avait toutes les épluchures de son existence, comme elle disait aimablement : des lettres, des dessins, des photographies, des journaux, des cartes de voyage, des livres et des vêtements, dont sa robe de mariée présentée sur un mannequin.

Soudain, Silvius se trouva face à face avec Roxane. Tout à l'heure, dans le salon, au moment des discours, c'était elle qu'il avait cherchée du regard. Mais pour rien au monde il n'eût voulu se l'avouer.

– Je ne suis pas parvenue à te haïr, dit-elle.

Mildred se retira aussitôt sur la pointe des pieds. Sa mission accomplie, elle avait hâte de retrouver Jane Austen.

– Pourtant, je ne mérite pas autant d'attention.

– Ne me rends pas la conversation plus difficile.

Il tenta de lui prendre la main. Et cette fois, elle se laissa guider.

– Je pensais que tu me méprisais, dit-il.

– Pourquoi t'aurais-je méprisé ?

– De n'avoir été à la hauteur de nos rêves.

– Tu aurais dû t'accrocher à moi et ne pas me laisser partir, lui reprocha-t-elle.

– C'eût été ridicule, tout de même, jugea Silvius. On n'oblige pas les sentiments.

– Tu ne me connais pas encore.

Elle se reprit d'un petit sourire blessé.

– J'ai changé. Je ne suis plus l'enfant capricieuse de Vals.

Silvius caressa son visage. Une pâle lumière artificielle en éclairait les contours. Il sentit qu'elle était prête à fondre en larmes. Mais il ressentit au fond de lui une sorte d'angoisse indéfinissable. À la différence des autres fois, il trouva le courage de la lui avouer.

– Tu ne veux pas que nous recommencions ? dit-elle. Peut-être serons-nous à la hauteur…

Sa voix paraissait irréelle, tout comme le lieu lui-même, patiné d'étrangeté.

– Peut-être un jour, murmura-t-il.

– Aimes-tu une autre femme ?

Dans son regard noir, il y avait de l'inquiétude.

– Non, affirma-t-il. Je n'ai aimé que toi.

Et il sortit sans se retourner, traversa le salon, le parc, descendit l'allée d'un pas rapide. Puis il s'évanouit dans la nuit.

Fin du deuxième volume.

Collection

« FRANCE DE TOUJOURS ET D'AUJOURD'HUI »

Jean Anglade, *Une vie en rouge et bleu*
Le Dernier de la paroisse
Sylvie Anne, *Le Gantier de Jourgnac*
Jean-François Bazin, *Les Raisins bleus*
Le Clos des Monts-Luisants
Henriette Bernier, *Le Baron des champs*
Jean-Baptiste Bester, *L'Homme de la Clarée*
Françoise Bourdon, *Le Moulin des Sources*
Le Mas des Tilleuls
Édouard Brasey, *Les Lavandières de Brocéliande*
Patrick Breuzé, *Les Remèdes de nos campagnes*
Michel Caffier, *Corne de brume*
La Paille et l'Osier
Anne Courtillé, *La Tentation d'Isabeau*
Annie Degroote, *Les Racines du temps*
Jérôme Deliry, *Une rivière trop tranquille*
Raphaël Delpard, *L'Enfant sans étoile*
Pour l'amour de ma terre
Alain Dubos, *La Mémoire du vent*
La Corne de Dieu
Marie-Bernadette Dupuy, *Les Fiancés du Rhin*
Élise Fischer, *Les Noces de Marie-Victoire*
Emmanuelle Friedmann, *Le Rêveur des Halles*
AlainGandy, *Les Cousins de Saintonge*
Gérard Georges, *Une terre pour demain*
Le Destin des Renardias
Yves Jacob, *Sous l'ombre des pommiers*

Hélène Legrais, *L'Ermitage du soleil*
Les Héros perdus de Gabrielle
Les Ailes de la tramontane
Philippe Lemaire, *Rue de la Côte-Chaude*
L'Enfant des silences
Éric Le Nabour, *Retour à Tinténiac*
La Louve de Lorient
Jean-Paul Malaval, *L'Or des Borderies*
Soleil d'octobre
Les Noces de soie
Antonin Malroux, *La Promesse des lilas*
La Cascade des loups
Jean-Luc Mousset, *L'Enfant des labours*
Jean Siccardi, *La Source de saint Germain*
Le Maître du diamant noir
Jean-Michel Thibaux, *L'Olivier du Diable*
Louis-Olivier Vitté, *La Guérisseuse de Peyreforte*

Collection

« ROMAN D'AILLEURS »

Jean Bertolino, *Pour qu'il ne meure jamais*
Jean-Baptiste Bester, *Les Neiges de Toula*
Marie-Bernadette Dupuy, *L'Orpheline des neiges*
Le Rossignol de Val-Jalbert
Michel Peyramaure, *Les Villes du silence*
Tempête sur le Mexique
Mourir pour Saragosse

DOCUMENT

Jérôme Deliry, *Sept Enfants autour du monde*

ROMANS HORS COLLECTION

Jean-Jacques Antier, *Blanche du Lac*
Jean-Baptiste Bester, *Le Cocher du Pont-Neuf*
Lucien De Pena, *L'Argent des autres*
Joël Raguénès, *L'Instinct du prédateur*
Bernard Simonay, *Le Lys et les Ombres*

Photocomposition Nord Compo

Impression réalisée par

CPI
FIRMIN-DIDOT

27650 Mesnil-sur-l'Estrée

pour le compte des Éditions Calmann-Lévy
31, rue de Fleurus 75006 Paris
en septembre 2013

N° d'éditeur : 5185194/06
N° d'imprimeur : 122892
Dépôt légal : septembre 2013
Imprimé en France.